快慢之间有中读

俄罗斯文学的黄金世纪

从普希金到契诃夫

张建华 著

生活·讀書·新知 三联书店

图书在版编目（CIP）数据

俄罗斯文学的黄金世纪：从普希金到契诃夫 / 张建华著. —北京：生活 · 读书 · 新知三联书店，2023.1
（三联生活周刊 · 中读文丛）
ISBN 978－7－108－07447－8

Ⅰ. ①俄… Ⅱ. ①张… Ⅲ. ①俄罗斯文学－近代文学－文学研究 Ⅳ. ① I512.064

中国版本图书馆 CIP 数据核字（2022）第 086376 号

责任编辑 崔 萌
装帧设计 薛 宇
责任校对 张 睿
责任印制 张雅丽
出版发行 生活 · 讀書 · 新知 三联书店
（北京市东城区美术馆东街 22 号 100010）
网 址 www.sdxjpc.com
经 销 新华书店
印 刷 北京隆昌伟业印刷有限公司
版 次 2023 年 1 月北京第 1 版
2023 年 1 月北京第 1 次印刷
开 本 720 毫米 × 1020 毫米 1/16 印张 26.5
字 数 255 千字 图 106 幅
印 数 0,001－6,000 册
定 价 98.00 元
（印装查询：01064002715；邮购查询：01084010542）

序

《俄罗斯文学的黄金世纪》是在“三联中读”音频知识课《俄罗斯文学的黄金世纪》的基础上改写而成。本书不仅是对世界文学历史上最为辉煌的民族文学之一——俄罗斯文学“黄金世纪”的历史回顾，更是一部对19世纪俄罗斯经典作家和经典作品的阐释和评说。全书除导言外，共九章五十五节，包括关于俄罗斯文学的概论和八个作家专章。本书讲述了俄罗斯文学“黄金世纪”八位作家普希金、莱蒙托夫、果戈理、屠格涅夫、车尔尼雪夫斯基、陀思妥耶夫斯基、托尔斯泰、契诃夫的主要代表作，涉及不同体裁的作品五十六部，其中重点点评的作品有三十五部（篇）。

作为一种在线课程的纸质图书形态，这是一本具有普及意义的、有趣的轻松读物。它摒弃了学院式的理论讲述，没有佶屈聱牙的概念袭扰，却有大量生动、鲜活的故事情节，充满生活美感、人生情趣和人文情怀。书中意趣在先，文意在后，即便对于一个普通的文学爱好者和外国文化读者而言，也是有趣、有益和易于接受的。若以结识俄罗斯文学，理解、认知书中八位经典作家的作品为目标，阅读本书绝不困难，绝不缺少阅读的快感和满足。

但事实上，这本书又不是一部快餐读物，作者在书中接通了文学的精神品格、文本细读、思想和艺术发现三个方面的内容。俄罗斯文学本身是非平民式的，更非消遣化的，而是精英化的，具有贵族气质的。这种精英色彩和贵族气质不是指作家身份的独特和作品文字的艰深，而是说其思想的宏阔、智慧的深邃、审美的精微。没有一定阅读量的基础和积累，作快速浏览式的阅读也许会有个别或局部的困难，因为书中有些东西是需要我们仔细阅读之后理解、思索和咀嚼的。

经典总是常读常新的。对俄罗斯文学，特别是其中不朽的经典作家和作品而言，其思想与艺术价值在不同时代总有新的开掘和发现。本书试图通过对俄罗斯文学“黄金世纪”经典作家和经典作品的新的解读，讲出中国学者对这个文学“他者”的时代认知，言说在阅读这些经典后对当下的文化、人性、存在的思考。扎根本土、感应时代、守正创新的文学阅读，当然还需要一定的方法论上的更新，本书也许能带来一些启示。对于高校外国语言文学专业的师生，特别是俄语专业的师生来说，此书还是一部难得的教学、研究的参考书。

后现代时代是缺少伟大深邃思想智慧的一个扁平的时代，但我们可以重读、重温曾经并一直给人类带来巨大思想和艺术震撼的文化精品，以丰富我们自己的精神世界。俄罗斯文学就是这样的一个“文化仓库”和“精神仓库”，其“黄金世纪”的经典时代尽管已经成为遥远的过去，但是阅读它们，一定能引导我们走向丰富、深邃、精微，能引领我们为自己做出新的文化选择：文学的和生活的，人生品位的和精神格调的。

目 录

导 言

为了更好地阅读、理解和认知黄金世纪的俄罗斯文学，我们首先需要对俄罗斯文学的发展沿革及其在中国的接收做一个非常简要的回溯。

与西欧文学和中国文学相比，真正具有独立民族品格的俄罗斯文学的出现是大大滞后的，它只有二百多年的历史。

公元前8世纪，就有了古希腊神话和荷马史诗，它们被马克思称作最完美的人类童年时代的产物，具有永久的魅力。我国第一部诗歌总集《诗经》出现的时间更早。此后，古希腊和古罗马的悲喜剧达到了很高的水平。到了中世纪，欧洲出现了骑士文学，后来又有了繁荣的城市文学。而中国在唐朝就出现了一个诗歌创作的黄金时代，两千三百多个诗人创作了五万多首唐诗，那是光辉灿烂的世界文化的珍珠。那个时候俄国还没有文字，有文字是10世纪以后的事。

12世纪80～90年代，古罗斯才出现了一座文学的丰碑《伊戈尔远征记》。它与法国的《罗兰之歌》（1080）、西班牙的《熙德之歌》（1140）、德国的《尼伯龙根之歌》（1200）一起被马克思称为欧洲中世纪的四大英雄史诗。但是，这只是古罗斯文学的昙花一现，用普希金的话来说，“这只是一座孤零零的纪念碑”。此后的五百年，俄罗斯文学可以说是一片沉寂，没有出现具有世界级成就和影响力的文学作品。除了记述抗击外族入侵的故事，占文学主导地位的是《圣经》的古斯拉夫文译本、使徒传、伪经、布道书、宗教色彩浓郁的编年纪事、壮士诗、民间口头文学等。一直到了18世纪，逐渐发展、成熟的世俗文学才取代了宗教文学。

从13世纪末到17世纪，欧洲轰轰烈烈的文艺复兴运动的波澜未曾涉及俄国分毫。这一时期意大利有但丁、彼特拉克、薄伽丘，英国有莎士比亚、弥尔顿，法国有拉伯雷、高乃依、莫里哀、拉封丹，西班牙有塞万提斯。俄罗斯文学与中国文学更不能相比，比上述欧洲作家更早的就有宋朝的苏东坡、辛弃疾、陆游、李清照，此后又有元朝的关汉卿，明代的吴承恩、施耐庵、罗贯中。文学可谓是花团锦簇，但在俄国几乎是一片荒漠。

到了 18 世纪的彼得一世时代，随着俄罗斯文化“欧化”进程的开始，西欧文学才进入俄罗斯文学的发展进程中。俄罗斯文坛出现了古典主义，在时间上比西欧晚了将近一百年。18 世纪后半期，俄国也出现了类似西欧启蒙运动的文学启蒙、感伤主义文学，但其思想成就和影响是难能与后者媲美的。这一百年的俄罗斯文学，无论是题材、故事情节，还是人物，多是对西欧同类文学的模仿，并不具备独立的民族品格，更谈不上在欧洲文学中占有一席地位，这种局面一直到普希金才有了根本性的改变。

普希金在继承前人和学习西欧文学的基础上，创造了真正具有俄国民族独立品格的俄罗斯文学，开启了俄国文学的黄金世纪。在短短三十七年的生命时间里，普希金赶上了几乎落后西欧一百年的文学路程。在他的手里，俄国文学来了个大飞跃，开始与西欧文学并驾齐驱。普希金的诗体长篇小说《叶夫根尼·奥涅金》（1831）与司汤达的《红与黑》（1830）几乎同时面世。巴尔扎克写《人间喜剧》（1829—1848）的时候，莱蒙托夫在写《当代英雄》（1840），果戈理在写《死魂灵》（1842 年第一卷，1847 年第二卷）。此后，俄罗斯文学名家辈出，屠格涅夫、冈察洛夫、涅克拉索夫、车尔尼雪夫斯基、亚历山大·奥斯特洛夫斯基、萨尔蒂科夫·谢德林、列斯科夫、陀思妥耶夫斯基、托尔斯泰。从 19 世纪 40 年代开始，欧洲文学发生了重大的变化，一大批优秀的现实主义大师先后去世，如法国的司汤达（1783—1842）、巴尔扎克（1799—1850）、福楼拜（1821—1880），英国的狄更斯（1812—1870）、萨克雷（1811—1863），以及勃朗特两姊妹：夏洛蒂（1816—1855）和艾米莉（1818—1848）。

如果说 18 世纪俄国人拼命阅读西欧的文学作品，那么在普希金出现后的半个多世纪的时间里，西欧人开始惊呼“俄国文学的入侵”，西欧出现俄国文学热。许多欧洲作家直言不讳地承认，他们以屠格涅夫、陀思妥耶夫斯基、托尔斯泰为老师。到了19世纪80年代，又出了个契诃夫，他在短篇小说和戏剧领域中取得的成就和创新令他的欧洲同行大为惊叹。托尔斯泰、陀思妥耶夫斯基、契诃夫这三个俄罗斯文学巨匠对20世纪的世界文学产生了深远的影响，比如，托尔斯泰对法国的罗曼·罗兰，陀思妥耶夫斯基对美国的德莱塞、瑞典的斯特林堡以及整个欧洲的现代主义文学运动，契诃夫对美国的欧·亨利和英国的萧伯纳等。

"黄金世纪"不仅是俄罗斯文学历史中最为辉煌的百年，也是欧洲文学，乃至世界文学的一座高峰。2020年2月去世的美国著名文学批评家乔治·斯坦纳说，西方文学发展史上出现过三个最辉煌的阶段：古希腊时期、莎士比亚时代和19世纪后半期的俄罗斯文学。[1]英国作家劳伦斯说，就整个19世纪的欧洲小说而言，到了19世纪后期，欧洲文学思想艺术的高峰是以俄国文学为代表的。

除了"黄金世纪"，此后百余年的俄罗斯文学历史可以划分为三个不同阶段："白银时代"，这是从19世纪末到20世纪10年代末，俄罗斯文学史上现代主义文学发生、发展、繁荣至衰颓的时代；七十四年的苏维埃俄罗斯文学；苏联解体后的新时期文学。

在中国，俄罗斯文学有着独特的文化地位，阅读俄罗斯文学的历史一直可以追溯到晚清时代。1872年，中国最早出现的介绍西方文化的刊物《中西闻见录》的创刊号上就刊载了俄罗斯的寓言。清末民初，已经有了普希金、克雷洛夫、托尔斯泰的译本。当时辜鸿铭、梁启超、王国维等文化大家均有对托尔斯泰的介绍。

从五四运动开始，俄罗斯文学就成了中国人民重要的外来文化资源，一种富有生命力和精神感召力的思想资源，成为现当代中国文学不可或缺的有机构成。胡适等人在五四新文化运动中就确立了中国文化建设的一个基本立场与逻辑：要在思想、文艺上给中国政治建筑一个可靠的基础。鲁迅讲，俄罗斯文学是思想火炬，"是我们的导师和朋友"。在他不同体裁的文学创作中涉及的俄罗斯作家达四十七位之多。他在《摩罗诗力说》中用

1 ［美］乔治·斯坦纳著：《托尔斯泰或陀思妥耶夫斯基》，严忠志译，当代外国人文学术译丛，浙江大学出版社，杭州，第二版，2011年，第6页。

了整整一个小节、三千余字的篇幅来评介俄罗斯文学。这两个中国新文化运动的先驱都在强调文学对社会思想产生的重要作用。他们对俄罗斯文学的肯定和赞美，多在作家"对社会、人生中黑暗的描绘"上，在他们作品中的一种强大的除旧布新的革命力量上。

在抗日战争时期，俄罗斯文学被看作中华民族解放、救亡文学的范本。在第三次国内革命战争时期，我们介绍、宣传俄罗斯文学是为了建设自己的革命的民族文学。

新中国成立后，俄苏文学成了建设新中国，造就社会主义建设与革命所需要的新人的思想资源。《母亲》《钢铁是怎样炼成的》《青年近卫军》等作品都在不同程度上满足了这样的政治需要。到了"文化大革命"时期，苏联小说成了我们认识苏联修正主义、反修的文学教材。在80年代，俄罗斯文学在中国又一次重新回归其启蒙意义，被看作打破现代迷信、推动思想解放运动的重要一环。长篇小说《日瓦戈医生》中译本在1986年的问世恰好应和了当时中国知识分子对历史与现实的思考。小说作者帕斯捷尔纳克是站在人和人的生命价值的维度审视社会转型中的社会苦难与人的精神苦难的，他把对民族历史与民族未来的思考与对个人生命价值、自由幸福的思考紧紧地结合在了一起，这对中国这一时期的文学走向有着不可低估的作用。

我们对俄罗斯文学的阅读、阐释、认知的确经历了一个不断反思、再读、重构的过程。应该说，在相当长的一段时间里，我们对俄罗斯文学的接受是不完整的。在很长一段时间里，俄罗斯文学甚至是被我们异化了的。我们介绍、宣传、研究俄罗斯文学往往不是从文学本体出发，而是重在教育、精神引领，强调这一文学的进步作用和作家的革命精神。一直到了20世纪末、21世纪，我们对她的认知才逐渐回归文学的本体。阅读俄罗斯文学逐渐成为俄罗斯文学爱好者的私人志业，俄罗斯文学也成为高校相关专业的师生和专家阅读、研究的对象。俄罗斯文学不再担任明确的意识形态使命，俄罗斯文学研究者看到的不再仅仅是启蒙思想和革命精神，还有丰富多彩的社会生活和人性状貌，要揭示的不仅是社会历史价值，还有民族性格、精神传统、宗教神性意蕴、价值伦理、审美方式等等。

1 木心著：《文学回忆录：1989—1994》，广西师范大学出版社，桂林，2013年，第688页。

2 王蒙著：《我以我写荐轩辕》，人民日报，2016年12月12日，http://gov.eastday.com/renda/2012shwl/n/zt/u1ai6117811.html。

3 http://www.zgsyb.com/news.html?aid=279866#.

不能不承认，中国作家从俄罗斯文学的思想发现和审美艺术发现上获得了诸多的启迪并受到了深深的影响。从鲁迅、郭沫若、茅盾到巴金、老舍、曹禺，从丁玲、周立波、郭小川到王蒙、张抗抗、韩少功、余华、张炜、迟子建等，一大批优秀的现当代中国作家都在外国文学，特别是俄罗斯文学中找到过成功、成就的精神和艺术依傍。旅美作家木心说过："我曾模仿塞尚十年，和纪德交往二十年，信服尼采三十年，爱陀思妥耶夫斯基四十年。凭这点死心塌地，我满满地建立了自己。"[1] 王蒙说："少年时代，革命与文学是我的至爱，是不可分离的整体。我知道了革命与共产党，知道了鲁郭茅、巴老曹，知道了托尔斯泰与陀思妥耶夫斯基……它们比生活本身更加宏伟与高尚。"[2] 张抗抗说："因着复生的《日瓦戈医生》和《阿尔巴特街的儿女》，在我临近四十岁的时候，我重新意识到俄苏文学依然并永远是我精神的摇篮。"[3]

苏联的解体与俄罗斯国力的衰微造成了俄罗斯文学在世界文化舞台上的低迷与落寞，但其不朽的思想智慧与艺术魔力并不会因如今国家经济的落伍而变质。如同在现实生活中人不能太势利一样，评判一个国家的文学艺术成就以及它对世界文化的贡献，审视一个民族的文化是否站在世界文化的前沿，不能仅仅把经济实力作为判断的唯一标准。王蒙先生说："我们有理由相信，随着中俄两国的文化交流的日渐频密，只要俄罗斯文学本身依然是一种具有价值和特色的、不可忽视的文化存在，它就必将继续得到中国广大读者的喜爱，继续以其丰富的内涵和独特的意蕴充实与滋润我国广大读者的心灵。"[4]

本书从俄罗斯文学的黄金世纪中选出成就最卓著、影响最深远，同时也是中国读者最为熟悉的八位作家介绍给大家。他们是：普希金、莱蒙托夫、果戈理、屠格涅夫、车尔尼雪夫斯基、陀思妥耶夫斯基、托尔斯泰、契诃夫。作者力图把他们放在整个欧洲文学的背景下，用中国读者和研究者的视角，兼顾作品的思想性和艺术性对其进行分析和评介，让喜欢俄罗斯文学的读者更真切地了解其独特的光彩和无穷的魅力。

4　王蒙著：《俄罗斯文学在中国的影响呈急剧衰落趋势》，http://www.zgsyb.com/news.html?aid=279866#。

第一章

俄罗斯文学的文化特征与精神品格

我情愿用俄罗斯式的悲哀
去换取整个西方的幸福。

——*尼采*

俄罗斯文学堪称世界文学的一朵“奇葩”。她不以故事情节的有趣诱人，也不以叙述艺术的奇巧取胜。俄罗斯文学是俄罗斯作家呈现的人生世相、精神百态和灵魂奇观。读她，你不会觉得轻松愉悦，做不到无动于衷，任何一个读者都不敢对她轻慢，而是会被她的恢宏、厚重、圣洁、深邃所震撼。成就世界文学中这一“奇葩”的原因何在？是俄罗斯文学的文化特征和精神品格。

文学不仅仅是一种文学存在，更是一种历史文化存在和精神思想存在。文学的文化特征就是基于民族文化特殊性的文化性征，即她在民族文化中的地位、独有的地域历史文化特征以及精神信仰的承载。所谓文学的精神品格就是文学基于独特的文化性征的思想特征和审美品格，是指这一文学独有的意蕴、风骨、气质。

如同一个人，由于家庭出身、生平经历、文化教养不一，家规、家风的传承不同，其性格、气质、眼界、心胸也会不同，不同民族的文学因历史传统、民族性格、思维方式、表达方式的不同也会有不同的质地和品格。比如，以莎士比亚为代表的英格兰文学的“雍容华贵”，以雨果为

Русская литература

代表的法兰西文学的“轻柔浪漫”，以歌德为代表的德意志文学的“智性深邃”，以马克·吐温为代表的美利坚文学的“幽默机智”。至于中国文学的品质特征，大家都会众口一词地说“博大精深”。这既是指其悠远的历史传统，也是指其丰沛、厚广，充满哲思的审美意蕴。

我们很难设想，莎士比亚的《罗密欧与朱丽叶》和《哈姆雷特》，大仲马的《基督山恩仇记》，普莱沃神父的《曼侬·雷斯戈》，雨果的《悲惨世界》，歌德的《浮士德》，托马斯·曼的《布登勃洛克一家》，卡夫卡的《变形记》，霍桑的《红字》和麦尔维尔的《白鲸》会出现在俄罗斯文学和中国文学的历史上。

是的，像《当代英雄》《死魂灵》《罪与罚》《战争与和平》《静静的顿河》《日瓦戈医生》《古拉格群岛》《这里的黎明静悄悄》这样的作品也绝不可能在中国、英国、法国、德国、美国等其他任何一个民族的文学中看到。这是俄罗斯文学的文化特征和她的精神品格使然。当然，在包括俄罗斯文学在内的任何一个欧美文学中也绝不可能有《红楼梦》这样的旷世之作出现。

第一节

俄罗斯文学的文化特征

第一，俄罗斯文学在民族文化中具有中心地位。俄罗斯文化史是一部以文学为中心的文化史，俄罗斯文化是文学中心主义的文化。

文学中心主义文化这一倾向始于书面文字出现之时，它源于早年民族文化对语言文字的高度崇拜，源于作家在民族文化中拥有“思想主宰”和“预言家”身份的崇高地位，还源于文学家和批评家在知识分子精英中的核心构成、权威性话语以及其在社会精神生活中的重大影响。从18世纪开始，俄罗斯文学就彻底成了俄罗斯文化的中心，文学最为集中、最为完整、最为深刻地体现了俄罗斯民族的文化精神，成为俄罗斯民族精神的火炬，民族的生命力所在。

从彼得一世改革开始，俄国重大的社会变革和新的社会思想的出现大都是由文学发出预告的，作家和批评家起了十分重要的引领作用。俄罗斯文学与俄罗斯民族精神生活的这种紧密联系使得俄国的每个时代都会出现一个或几个能体现民族意识、时代精神、社会文化转型的代表性作家。如 18 世纪的罗蒙诺索夫、拉季谢夫，19 世纪的普希金、果戈理、屠格涅夫、车尔尼雪夫斯基、陀思妥耶夫斯基、托尔斯泰，20 世纪的高尔基、尼古拉·奥斯特洛夫斯基、肖洛霍夫、帕斯捷尔纳克、索尔仁尼琴。

俄罗斯没有德国、法国那种纯思辨的、形而上的哲学理论，其哲学思想往往是以一种文学的哲学言说方式呈现的。俄国哲学家弗兰克说："在俄罗斯，最深刻的和最重要的思想和理念不是在系统的学术著作中，而是以文学的形式表达的。我们所看到的文学是充满了对生活深刻的哲学接受的文学。"[1]

文学在俄罗斯文化中的中心地位，还体现在它已经成为现当代俄罗斯戏剧、音乐、绘画、舞蹈、电影、历史等其他文化形态最重要的题材和思想资源。

苏联解体后，俄罗斯文化虽然已不再是文学中心主义文化了，但正如总统普京所说："俄罗斯经典文学和标准的俄语仍是历史的精神财富之根本"，"因为只有这样才能保持民族的自我认同和成为拥有自我性格和传统的民族"[2]。当代俄罗斯文学批评家、文化史家，俄罗斯文化史学院院长，自诩为"激进的文学中心主义者"的叶夫根尼·叶尔莫林教授说："俄罗斯文学依然是俄罗斯文化的主文本……俄罗斯的未来就是俄罗斯文学的未来，没有杰出的俄罗斯文学就没有俄罗斯。俄罗斯的复兴就是其文学的复兴，以个体形式呈现的精神生活的复兴。"[3]

在中国文化中，文学的作用是次于史学的。梁启超说："在中国，于各种学问中，唯史学最为发达。"[4] 神话传说中的黄帝就有两个史官，造字的仓颉就是其中的一个。商朝（公元前 17—公元前 11 世纪）发现的甲骨文中最早出现的字中就有"史"字。早在西汉，司马迁就在《史记》中确立了"以史为鉴"的认识论原则，中国历代皇帝无一例外，高度重视历史的撰写。中国的科举制度发源于南北朝，成型于唐朝，一直到唐玄宗时，才将诗赋纳入进士科考的主要内容。受到欧美文学的影响，到了 20 世纪，文学才开始在中国人的精神生活中产生越来越大的影响，而这种影响更多

1 Франк С.Л. *Русское мировозрение.* Сборник. Наука. С-Петербургская изд. фирма. 1996. С. 151; Никольский С.А., Филимонов В.П. *Русское мировозрение* Смыслы и ценности в российской литературе и философии XⅧ—середины XⅨ столетия. Прогресс-Традиция, М. 2008. С.17.

2 https://godliteratury.ru/articles/2016/05/26/putin-obyasnil-znachenie-literatury.

3 М.А. *Черняк Актуальная словесность XXI века* Флинта-Наука. 2017. М. С.6.

4 梁启超所著《中国史叙论》《新史学》《中国历史研究法》和《中国历史研究法补编》等著作中均有此说法。

伏尔加河上的纤夫　列宾绘

是意识形态的。

第二，俄罗斯文学具有鲜明的地域文化特征。

在幅员辽阔的俄罗斯大地上生活着一百六十多个民族，生活方式和生存形态的丰富形成了作家宏阔的艺术思维以及对生活“百科全书”式呈现的热衷，造就了史诗性著作的丰饶。普希金的《叶夫根尼·奥涅金》，托尔斯泰的三大巨著，高尔基的三部曲《童年》《在人间》《我的大学》及《克里姆·萨姆金的一生》，肖洛霍夫的《静静的顿河》，布尔加科夫的《大师与玛格丽特》，帕斯捷尔纳克的《日瓦戈医生》，索尔仁尼琴的《红轮》都具有这样恢宏的史诗品格。甚至连契诃夫的短篇小说，就表现日常生活、生命形态以及人性的多样性、丰富性而言，也无愧于“百科全书”这一美誉。

广袤的疆土、丰饶的土地和森林资源，让俄罗斯作家感受到了最为强大、宏伟、神秘的自然力量，成就了他们自由的天性和对大自然的敬畏及浪漫的遐想。几乎所有在俄罗斯文学史上留下名字的作家都在为他们无限眷恋的俄罗斯大自然而歌泣。大地母亲、哥萨克、顿河、伏尔加河、高加索、西伯利亚、彼得堡、远东等从来就是俄罗斯文学不可或缺的地域元素，暴风雪、暴风雨、高山、悬崖、森林、草原、大海、白桦树、三套车等在俄罗斯作家的笔下无不有着生命的灵性，蕴含着无穷的意义，仿佛总在散发威严的宗教神圣感和超验的神秘感。

地域文化还促成了俄罗斯乡土文学的发达。一方乡土不仅是作家魂牵梦萦的地方，更是他们的历史文化之根。比如，贵族庄园之于普希金、果戈理、屠格涅夫、托尔斯泰、布宁，高加索之于普希金、莱蒙托夫、托尔斯泰，密尔格罗得之于果戈理，彼得堡之于普希金、果戈理、涅克拉索夫、别雷，伏尔加河之于剧作家奥斯特洛夫斯基、列斯科夫、高尔基，远东之于法捷耶夫，顿河之于肖洛霍夫，西伯利亚安加拉河之于拉斯普京等。文学维系乡土的旨趣是在文明社会之外寻找文学之根的民族文化因素，使俄罗斯文学始终保持“俄罗斯性”的文化与思想深度。俄罗斯社会转型中俄罗斯人的精神守正使得回望乡土、书写乡土成了作家无法回避的题中之义。民族心灵史和精神史在他们的笔下也往往被在大自然中繁衍生息的、寂然无声的乡民所承载。普希金诗歌中的奶妈，屠格涅夫笔下的农奴，《叶夫根尼·奥涅金》中女主人公塔吉雅娜的保姆，《战争与和平》中的农民普拉东·卡拉塔耶夫，列斯科夫和拉斯普京笔下的圣徒、农民就是这样的民族文化传统的载体和化身。

第三，俄罗斯文学具有深厚的宗教意识。

一个民族的灿烂文明、文学的价值偏好、民族文化的核心价值观总有其形成的文化源头。宋代的朱熹说过，“问渠那得清如许，为有源头活水来”。对于俄罗斯文学而言，这个源头的活水就是俄罗斯的东正教精神。

988年，基督教成为俄罗斯国教之后，经历了一个国家化、世俗化、现代化的过程。这一进程不是用启蒙的理性主义思想，激进地和简单化地否定宗教，而是将基督教传统置于哲学的、社会的、政治的、诗学的思考中心。任何一个国别文学中的宗教意识都不具备将基督教问题化的特征：把宗教与社会现实中的问题、矛盾以及对未来的期待，与人的精神重生、灵魂拯救结合在一起。俄罗斯作家没有把东正教思想凝固成一种基督教义，也不是拿现成的宗教信条称量俄罗斯的历史文化传统、检视人的言行，而是在各自精神探索的道路上进行卓绝的文化实践，通过一个个鲜活生动的人物和一件件发人深省的事件作文化的、人性的、道德的考量。

以天主教或新教为信仰的西欧基督教文学的神性意识表现出另一种走向。西欧文学是一种“圣诞型文学”。在那里，复活节是被圣诞节遮蔽的。这不仅是西方基督教的世俗化倾向以及圣诞节的商业化导致的，其中还有更为深刻的文化原因。西方的基督教文化与死亡没有直接的勾连，它所强调的是基督来到人间给人们带来改善现世的启示和希望，而不是人死后的精神复活。俄罗斯文学是“复活型文学”。在俄罗斯，复活节是比圣诞节更重要的节日。复活节看重的是基督对有罪孽的人世的拯救性的精神奖赏。西方的基督教强调基督是人类之子，而东正教中的基督更具有抚慰、慈悲、救赎的神性本质。这种复活型文学超越世俗法则，为人类赢得灵魂的安宁和谐，以及精神的幸福和永恒。“复活”和“圣诞”两种不同的基督教精神取向，深刻地影响了文学创作的思维类型、艺术类型和价值类型。正因为如此，“谁之罪”、“罪与罚”、精神“复活”、灵魂永恒、爱与美拯救世界等题旨才成为俄罗斯作家无处不在的宗教意识主体化了的重大文学命题。

与基督教文学“天地人神”的四维观照不同，中国文化“天地人”的原初形态失去了神性的维度。儒道两家都拒斥神性话语，儒家学说对于生命的缺陷是缺乏警惕性的，其主流思想是以“成德”，即对人的道德要求为出发点的，这导致其对人性的幽暗面只是作间接的映衬与侧面的映射。道教在实用理性的消解之下，更为功利，佛教则转向禅宗，其原本具有的神性因素流失殆尽。没有了神的启示，人的心灵难以得到慰藉，人的选择难免会丧失方向，于是善有善报、恶有恶报的宿命论观念便得以畅行，以让人得到一时的心灵宽慰，让神性正义勉强得到伸张。这样就形成了中国小说与俄罗斯小说巨大的精神差异。

第二节

俄罗斯文学的精神品格

基于俄罗斯文学文化特性的精神品格主要表现在以下四个方面。

第一，强大的责任伦理。

从普希金的创作开始，俄罗斯文学就成为一种接受社会审查和评判的社会性公众表述，伴随着俄罗斯专制制度的强化，文学经典越来越成为时代思想和社会心态走向的一种语言的文化表述。俄罗斯作家从不把文学创作当作一种自我心绪、情感的表现，而是为集体代言，为民众代言，为人类代言，为先进的思想代言。作家、批评家从未忘记对个人、民族、人类自觉的责任担当，他们从来就是社会历史文化建构的重要参与者，把自己看作民族乃至人类精神灵魂的捍卫者、拯救者。他们的创作始终承载着一个时代人的集体经验，这种经验是与民族解放、社会变革、文明进步、道德新生等命题联系在一起的。

责任伦理使得俄罗斯文学具有强大的对现实弊端和人的道德沦丧的批判功能，预测并引领未来的思想功能，使得文学创作成为时代思想和社会心态走向的风向标。作家对社会历史、民族命运、人性变化、生命存在状态的深刻体认，使得每个时代都能产生出体现社会发展，表达民族意识、民族精神的伟大作家和作品来。俄罗斯作家始终具有启蒙者的意识、改革家的精神、思想家的品格、艺术家的风采。

诗人普希金和莱蒙托夫都以不同的方式说过，诗人预言家应该“用语言点亮人们的心灵”，“燃起战士战斗的激情”，给人们“带去真正的真理与爱的学说”。而这一传统的忠实继承者，19世纪革命民主主义诗人涅克拉索夫在其创作宣言《诗人与公民》中，以公民的身份批评那些试图让人们放弃对现实社会重大命题的关注，沉浸在个人情感和情绪宣泄中的诗人，他大声疾呼：“做一个公民吧！ / 为了艺术献身，/ 为了身旁人的幸福活着，/ 将你的才华服从于拥抱一切的爱的情感！”遵循这一艺术创作原则，俄罗斯作家始终直面历史与现实中的一切残缺、邪恶，批判一切反文化现象，对社会时弊、人格缺陷，一切有碍于人的美好、幸福、自由的现象毫不妥协，以其深刻、厚重的文学创作参与了俄罗斯社会和人精神生活的重构。

文学的责任伦理，我们还可以从作家多舛的人生中得到有力的证实。以黄金世纪为例，从普希金到莱蒙托夫，从果戈理到屠格涅夫，从赫尔岑到车尔尼雪夫斯基，从陀思妥耶夫斯基到托尔斯泰，他们遭受了或被监禁、流放，或被革除教籍，甚至被判处死刑的迫害。在20世纪，也有一大批作家惨遭流亡、监禁、杀害，比如布宁、古米廖夫、叶赛宁、沃隆斯基、扎米亚京、巴别尔、阿赫玛托娃、帕斯捷尔纳克、索尔仁尼琴等等。这样的名字我们可以长长地罗列下去。普希金说：“我们的文学，不如别人家天才的奢华，而这恰恰就是其独特之处，她没有丝毫卑躬屈膝的奴颜。我们的天才崇高而独立。”[1]19世纪的思想家、作家赫尔岑说，俄罗斯文学是一部“被放逐者的记录，殉难者的史册”。

第二，鲜明的精神、灵魂向度。

文学的精神、灵魂向度是指文学对世俗生活、物质世界的超越，是指文学所拥有的一种强大的人文精神，一种对人类精神世界的关注，对生命

1 *Русские писатели XIX века о своих произведениях*, Составитель И.Е.Каплан, Новая школа. М., 1995, С.11.

彼得堡街景　马科夫斯基绘

存在的终极关怀。人的精神存在从来都是俄罗斯文学叙事的核心，相应地被作家忽视和偏废的是人世俗的物质性存在。

文学对物欲的否定这一命题，最早出现在普希金的中篇小说《黑桃皇后》之中。他描写了一个工于心计的青年军官格尔曼被金钱左右的生命悲剧。以攫取财富为生命追求的“金钱骑士”既是那个时代性格的图腾，也是个体精神堕落、道德沉沦的写照。果戈理的《旧式地主》塑造了一对恩爱有加，却整日沉浸在安逸、宁静的日常物质生活中的旧式地主夫妇。作家在他们的生活方式中看到了俄罗斯民族性格中一种无法容忍的庸俗与无聊，一种令人鄙夷的生命自恋和人性扭曲。《死魂灵》中的贵族地主们也正是在对金钱、财富的贪婪的攫取和守护中成了一具具精神畸形的“死魂灵”。萨尔蒂科夫·谢德林的《戈洛夫廖夫老爷一家》则将这一命题推向了极致：一代贵族地主对财富的攫取达到了令人恐怖绝望的程度。对财富的争夺使得家已不再是躲避社会噩梦的绿洲，而成了展现金钱社会罪恶和丑陋的市场。

19 世纪俄罗斯文学中贵族“多余人”原型所表现的正是俄罗斯知识

分子的精神创伤，这种创伤不仅连接着现实社会的种种弊端，更与人的精神疾患息息相关。托尔斯泰伯爵笔下的贵族涅赫留多夫，从放弃私有财产，批判私有制所建构的“物神”崇拜开始，拒绝与上流社会共谋，从而走向灵魂的复活。陀思妥耶夫斯基的创作探讨的是人的一种共时性的灵魂状态。他通过人内心世界的复杂、矛盾、纠结、罪感来表现人灵魂的冲突、挣扎、呼号。宗教视角更大大深化了他对灵魂的叩问。他的小说告诉读者，人类的历史不仅是一部社会发展史，更是人的个体灵魂的无有休止的搏斗史。正是在书写精神、灵魂这个意义上，宗教哲学家谢·布尔加科夫把托尔斯泰和陀思妥耶夫斯基比作“我们的文学和世界文学的两个‘太阳’”。展现精神、灵魂的复杂性并建立起灵魂关怀的维度正是俄罗斯文学独有的灵魂叙事，是世界文学鲜有的灵魂书写的光辉典范。

第三，崇高的理想主义。

“崇高”是与悲剧并列的美学范畴，是古罗马修辞学家朗加纳斯在他的《论崇高》一书中提出的审美主张，他认为古希腊艺术作为典范的一个重要原因就在于它的“崇高性”。他所张扬的崇高，就是文学需要伟大的思想、饱满的情感、高超的艺术、强烈的感染力。

俄罗斯文学对生命苦难和精神苦难的有力反拨，必然导致对“崇高理想”的向往。理想主义是俄罗斯作家基于现实缺憾而生成的对理想境界的向往、内在精神价值观的显现。俄罗斯文学家们始终在承诺一个绝对的真理——一种柏拉图式的乌托邦，这种乌托邦或是一种幸福的生活，或是一个理想的社会，或是一种理想人格，或是人类的理想天国。这个绝对真理并非来自科学，来自现实生活，而是来自对真善美的想象，来自一种反资本主义现代性的民族心灵。

在俄罗斯文学发展的历史进程中时时都有崇高的理想主义的辉映。政治上的理想主义如普希金、车尔尼雪夫斯基、托尔斯泰、高尔基；道德上的理想主义如果戈理、列斯科夫、陀思妥耶夫斯基、索尔仁尼琴；人性的理想主义如冈察洛夫、陀思妥耶夫斯基、契诃夫、布宁、肖洛霍夫、帕斯捷尔纳克；生态的理想主义如普里什文、卡扎科夫、艾特玛托夫；审美的理想主义如普希金、屠格涅夫、契诃夫、费特、帕乌斯托夫斯基等。由崇高理念生成的乌托邦叙事贯穿了俄罗斯文学的整个历史，它不仅是一种审美理想，也成为一种重要的叙事文体，构成了文学表现现实生活与想象世界的特殊领域，成为文学发展重要的精神原动力之一。

“普希金是属于未来的”，俄罗斯文坛流行的这一说法意味着诗人书写的是人类社会渴想的“迷人幸福的星辰”，是对“沉重的枷锁会掉下，阴暗的牢狱会覆亡，自由会愉快地在门口迎接你们”的未来的向往。屠格涅夫始终以饱满的艺术激情塑造了一个个时代的英雄。列斯科夫呈现在读者面前的是信仰坚定，具有高度自我牺牲精神的宗教圣人形象。车尔尼雪夫斯基更是在他的长篇小说《怎么办？》中表达了对理想社会、理想伦理、理想人格的伟大憧憬，对未来新人的呼唤。托尔斯泰遵循宽恕、博爱的基督精神，营造了一个能抵御世界冷漠、卑俗，根除仇恨和暴力的理想天国。契诃夫将生活本身的复杂、人性固有的幽暗、人格常见的缺陷通过多意的朦胧表现了出来，其中深藏着他对理想人格、理想人性、理想人和理想生活的强烈渴望。他说：“人的一切都应该是美好的：脸蛋、衣裳、思想、心灵。”

第四，内在的悲剧精神。

俄罗斯作家精神探索、灵魂拷问的文学旅程穿越的是一个充满苦难、不幸的世界，其中蕴蓄着强大的悲剧精神。比起西方和中国的同行们，他们对苦难，特别是对人的精神苦难更加敏感，更愿意也更善于表达。

充满曲折、危机、苦难的俄罗斯历史是俄罗斯文学悲剧意识生成的外在缘由。俄罗斯千年文化史中有近二百五十年鞑靼人的统治史，三百余年残酷的农奴制。历史上最严酷的极权，社会上最长久的动荡与混乱、暴力与流血，世界上最可怕的战争都曾经发生在俄罗斯的土地上。

马克思在他晚年时说过，俄国是在没有政治解放这一过渡阶段的情况下，在没有形成现代资产阶级的情况下，由封建农奴制度向着工业化国家迈进的。欧洲小说背后存在着具有稳定作用、日趋成熟的宪制结构、资本主义。然而，在果戈理、陀思妥耶夫斯基、托尔斯泰生活的俄罗斯，这些东西并不存在。俄罗斯小说的发展繁荣始终伴随着俄罗斯的社会动荡以及由这一社会动荡产生的社会灾难与人的精神危机。这正是文学悲剧精神的社会历史源头。

俄罗斯文学的悲剧精神不仅有着丰富的社会生活实践和表现这一生活的艺术实践的支持，更有根植于作家内心的深刻的悲悯情怀。这种悲悯情怀不是怜悯，不是悲情，而是深入骨髓的一种思想和精神的悲哀，有很强的内在精神、内在情感，很强的悲剧深度。显然，从对生活和生命的悲剧性考量的深度而言，俄罗斯文学要高于西欧的和中国的小说。德国哲学家尼采深深地被这种悲剧精神所震撼，他说："我情愿用俄罗斯式的悲哀去换取整个西方的幸福。"[1] 比起俄罗斯文学来，中国文学的这种悲剧精神则更弱。批评家刘再复说，中国文学"缺少罪感文学，缺乏面对良知叩问灵魂和审判灵魂的文学"，"中国古代的悲剧，除了《红楼梦》之外，缺乏大悲剧精神……缺乏对罪感的承担精神"[2]。

俄罗斯文学中的悲剧精神主要呈现出两种形态：英雄的悲剧与无事的悲剧。

长篇小说《当代英雄》《父与子》《复活》《静静的顿河》《日瓦戈医生》就是这种英雄悲剧的叙事典型。主人公毕巧林、巴扎罗夫、涅赫留多夫、格里高利·梅列霍夫、日瓦戈就是时代的悲剧性英雄人物，都是以其曲折、豪迈、凄美的人生示人的。而以普希金、果戈理、契诃夫、左琴科、舒克申等为代表的不同时代的作家都善于在最不容易被觉察和发现的日常生活细节中揭示生命的和人性的悲剧。作家告诉人们，当社会压迫、精神苦难制造人的不幸的时候，多数人会消极地适应这种社会压迫，当人性发生变异时，多数人会变得麻木不仁，两者都以不幸告终，都充满了悲剧性。但这种悲剧性所呈现的形态不是英雄式的，而是日常生活中不易被人察觉的悲剧。正如鲁迅所言，生活中灭亡于英雄的特别的悲剧者少，消磨于极平常的，或者简直近于没有事情的悲剧者却多。

俄罗斯文学的悲剧精神在其发展变化中造就了文学经典不同的悲剧美学，形成了情感色彩的斑斓与审美语义的丰盈，使得作品总是具有一种动人心弦的力量。

1 С.В. Перевезенцев. *Русский выбор. Очерки национального сознания*. Изд. Русский мир. М. 2007. С. 288.

2 刘再复、林岗著：《罪与文学》，中信出版社，北京，2011 年，第 152、155 页。

第二章

普希金：「我们（俄罗斯）的一切」

无谓的天才，偶然的禀赋，生命啊，
你为何赐予了我？

——普希金

普希金出身贵族，诞生于俄罗斯和欧洲社会充满动荡的1799年，生命终止于1837年。如同当时所有的贵族子弟一样，他在童年和青少年时代接受了两种文化教育：俄罗斯民族文化与西欧文化，特别是其中的法国文化，这两种文化传统都充分体现在了他日后的文学创作中。

普希金善良真诚，有教养，讲信义，思想深邃，情感敏锐。他超常的智慧、卓越的天资甚至会遭到朋友们的羡慕、嫉妒、恨。他拥有极大的文化气场，无论是俄罗斯作家，还是一个普通的俄罗斯人都能感受到他强大的辐射力。他同时代的文友，几乎都异口同声地说，普希金是一个属于未来的人。果戈理说："他是独一无二的俄罗斯精神现象，一个高度发达的俄罗斯人，这样的人两百年后才会出现。"[1]这意思是说，普希金的精神面貌、思想品格、卓越的天资远远超越了他的时代，超出了同时代的任何一位伟人。当然，作为一个凡人，他亦有性格上的缺陷，生活中也有不少有失检点的地方。比如，他十分自傲，酷爱赌博，相信占卜，生活放荡不羁。

他的创作道路只有二十年，而其中的十五年

1 *Русские писатели. Биобиблиографический словарь.* В 2 томах. Т.2（М-Я）. Под редакцией П.Николаева. 1990. Просвещение. М. С.179.

1799~1837

Александр Сергеевич Пушкин

始终处在沙皇政府的严格控制和监督之下。他曾两次遭到流放，时间长达六年之久，他的文学作品的出版，甚至连出行自由都需要得到宪兵警察部门的许可。然而，这个视自由为生命的诗人并没有像拜伦或是十二月党诗人那样，为了自由而献身，而是在剧烈的情感纷争中决斗而死。关于他的死，始终是一个谜。最流行的说法是，他在与法国军官丹特士决斗时被杀死，这一事实后面，有着沙皇政权的意志。另有一种看法是，他树敌太多，这个“情种”的死有他个人的责任。

在俄罗斯，乃至世界的文化历史上恐怕没有一个作家，能像普希金那样，被赋予如此多的光环：“普希金是我们的一切”、“一切源头的源头”、“全人类的人”、“俄罗斯文学之父”、“俄罗斯诗歌的太阳”、“俄罗斯的心灵”、“俄罗斯的初恋”、“俄罗斯的早晨，俄罗斯的春天”、俄罗斯给予世界的“第一个亲吻”……

其中，19 世纪俄罗斯作家、思想家格里戈里耶夫的表述最为俄罗斯人称道：“普希金是我们的一切。”对此，屠格涅夫和高尔基做了这样的阐释。屠格涅夫说：“普希金一个人完成了在其他国家需要一百年甚至更长的时间做完的两桩大事，那就是：确立了语言，缔造了文学。”[1] 高尔基则将这一思想表述为“一切源头的源头”。这是说，俄罗斯民族自我意识的觉醒，俄罗斯崭新的文化时代，俄罗斯文学民族独立品格的形成，俄罗斯文学的题材、体裁、审美形式和审美理想，现代的俄罗斯语言，这一切的一切都能在普希金的创作中找到源头。陀思妥耶夫斯基则把普希金看作“全人类的人”。在俄罗斯哲学家别尔嘉耶夫看来，“全人类的人”首先是主张以博爱思想为引领的全人类的统一；其次是容忍宽恕的博大胸怀，允许“不同的”“异己”事物的存在；第三，要善于发现不同文化、哲学、伦理、宗教、审美理念中所具有的全人类因素。[2]

“白银时代”的作家、哲学家梅列日科夫斯基说：“普希金对于俄罗斯，相当于荷马对于希腊，但丁对于意大利，莎士比亚对于英国，歌德对于德国。”但是，为什么在世界文坛上普希金并不拥有与那些作家一样的地位，为什么在世人眼中，伟大的俄罗斯文学的卓越代表是陀思妥耶夫斯基、托尔斯泰、契诃夫，而普希金未有在

1 https://www.culture.ru/s/vopros/pushkin-nashe-vse/.

2 И.В. Кондаков. *Вместо Пушкина. Незавершенный проект.* МБА. М. 2011. С.261.

Александр
Сергеевич
Пушкин

列？尽管作为一个诗人、小说家、戏剧家他完全具有这样的气质和成就。

我想，主要有三个原因。第一，普希金时代的俄罗斯文学在欧洲还根本没有地位，欧洲对俄罗斯文学的了解和认知是从屠格涅夫才开始的。第二，阳光诗人普希金的创作始终洋溢着明媚的春光和青春的清新。这在浪漫主义逐渐走向衰败，文学的社会审视、批判色彩越来越浓的19世纪30～40年代，与整个欧洲的文学意识是有悖的。第三，普希金是个诗人，而诗歌是通过韵律、节奏来表现的，其语言的美妙和音乐感是很难被另一种语言翻译、传递的，这也是诗人较少像小说家、剧作家那样获得世界性声誉的原因所在。

尽管如此，普希金的世界性影响和价值是不容置疑的。从2011年开始，联合国将6月6日，普希金生日这一天当作支持和发展语言和文化多样性的日子来纪念，教科文组织也是把这一天当作俄罗斯的文化日来纪念的。

第一节

"俄罗斯诗歌的太阳"

俄历1837年1月29日深夜2点45分，作家弗拉基米尔·奥多耶夫斯基以无比沉痛的心情写下了普希金逝世的噩耗。第二天，由《俄罗斯残疾人报·文学》刊登的文字这样写道："我们诗歌的太阳陨落了……每一颗俄罗斯人的心都懂得这一无法挽回的损失的全部代价，每一颗俄罗斯人的心都碎了。普希金，我们的诗人，我们的快乐，我们民族的荣光！难道我们真的再也没有普希金了吗？我们实在无法接受这一事实。"[1]

普希金首先是一个天才诗人，19世纪俄罗斯浪漫主义文学运动的卓越代表。别林斯基说："俄罗斯诗歌由于普希金的出现才从一个羞怯的小女生变成了天才的和经验丰富的大师。"[2]他是俄罗斯文学历史上第一个具有世界性影响和地位的俄罗斯诗人。

他一生创作了八百余首诗歌，抒情诗占了绝大部分，其中有反映社会、历史题材的政治抒情诗《致恰达耶夫》《致西伯利亚囚徒》《自由颂》

等；爱情诗，如《致凯恩》《我曾经爱过你》；哲理诗，如《假如生活欺骗了你》《致大海》《纪念碑》等；献给亲人的诗，如《冬日的黄昏》《致奶妈》等。还创作有十二首叙事长诗，如《鲁斯兰与柳德米拉》《高加索的俘虏》《茨冈人》《青铜骑士》等。

在阳光诗人普希金看来，生命的要素是自由，是对生活和人的爱，是一种乐观主义精神，是一种向善的情怀和对光明、幸福、未来始终不渝的信念。

> 我们忍受着期待的苦刑，/ 等候那神圣的自由时光，/ 如同一个年轻的恋人，/ 在等待那确切的会期，我的朋友，我们要把心灵中 / 美丽的激情，都献给我们的祖邦 / 同志，相信吧，迷人幸福的星辰，/ 将要升起，放射出光芒。/ 俄罗斯将要从睡梦中苏醒，/ 在专制的废墟上，/ 将会写上我们姓名的字样。

这是十九岁的普希金写给他的好友，哲学家恰达耶夫的不朽的诗句，也是他遭到沙皇政府流放的缘由之一。

抒情名篇《假如生活欺骗了你》表达的是对生活的乐观主义态度，张扬的是一种珍贵的生命哲学。

> 假如生活欺骗了你，/ 不要悲伤，莫要心慌。/ 相信吧，快乐的日子即将来临。……一切都是瞬间，一切都将会过去，/ 而那过去了的，将会成为亲切的怀恋。

任何人都不可能不受到生活的伤害，但人绝不能因生活中的失落、挫折、磨难而改变对人生与世界的看法，改变豁达、乐观的生存态度。而生命的过往不会死去，它永远以经验的形式留存在我们人生的记忆中。只有认真对待、反思过去，才能走好现在和未来的路。

抒情诗《致大海》是有生命的大海的心灵景观，更是自由的颂歌。

1 https://онлайн-читать.рф/images/show/16221.htm.

2 Белинский В.Г., *Избранные философские произведения в 2 томах*, Т.2, С. 160-161; Никольский С.А. Филимонов В.П. *Русское мировозрение*, Прогресс-Традиция, М., 2008, С.133

> 再见吧，自由的元素／这是你最后一次在我的眼前，／滚动着蔚蓝色的波涛，／闪耀着骄傲的美色……我的心灵充满了你，／还把你的峭岩，你的港湾，／你的闪光，你的阴影，还有波涛的喧响，／带进森林，带进静寂的荒原。

宽广无垠、魅力无限的大海是自由自在的精灵，拥有足能承载宇宙天地的襟怀。作品中浓烈的抒情诗意常常给人以飞翔的冲动。

> 让我们一起飞走吧！／我们都是自由的鸟儿；是时候了，弟兄们，是时候了！／让我们飞到闪着白光的云天之外，／飞到闪耀着蓝色光芒的海滨，／飞到那，只有风……同我散步的地方。

这是诗人在南方流放时期所作的《囚徒》中所表达的冲出牢笼，赢得自由的心声，是他对民族和个体自由精神本根的寻觅。

爱是普希金诗歌创作精神的第一要素，他的爱情诗也是他诗歌中最美妙的情感和精神风景线。容含着男女之爱、亲人之爱、对祖国之爱的爱情诗有三种美的品质：有性情，有品位，有识见。

有性情，就是情感真挚、热烈，充满生命的质感。他在早年的《阿那克瑞翁的坟墓》中，倡导要像古人那样，“尽情享受生命的华筵”，“要让情欲奔放不羁”，“向酒神与爱神祈祷，／鄙视无耻之徒那充满嫉妒的闲言碎语”。他在诗歌《愿望》中吐露心声：“我珍惜爱情的痛苦，即便死，我也会在爱中死去。”人生从来就是充满欲望的，无论人生多么没有意义，多么失败，我们还是应该充满欲望地活着，所以我们应该力求把不可多得的一次生命活得更好，更有价值。

有品位，就是幽微、深沉、意蕴隽永。“我无言地，无望地爱过你，／我忍受着怯懦与嫉妒的折磨，／我那样真诚，那样温柔地爱过你，／祝上帝会给你另一个人，也像我爱你一样。”看似失恋的痛苦，实际上情在爱在。内涵苍劲，厚味十足，尤显高尚。爱你所爱就是一种巨大的幸福，爱情生

普希金在诵读

命精致的意蕴正在于爱的付出而获得的心灵快感和幸福。

有识见，就是对爱的独到的见解、深刻的体悟。他在《哀歌》中写道：“也许，爱情会带着告别的微笑，镀亮我悲哀的生命夕阳。”爱情会逝去，也许剩下的只是情感的灰烬与空荡荡的心灵，但是逝去的爱情依然是内心自由与和谐的源泉，只要爱仍在，生命便仍有力量和光彩。“爱情与内心的自由，/ 是为我心灵送上的一曲纯朴的颂歌”，这是诗人在《致普柳斯科娃》中表达的主题。在《致凯恩》中，诗人更将爱情与精神的复活、生命的创造紧紧联系在了一起。

> 我记得那美妙的一瞬：/ 我的眼前出现了你，/ 犹如昙花一现的幻影，/ 犹如纯洁之美的精灵……/ 如今灵魂已开始苏醒：/ 我的心狂喜地跳跃，/ 为了它，一切又重新苏醒，/ 有了神性，有了灵感，/ 有了生命，有了眼泪，也有了爱情。

普希金诗歌中的精神谱系和情感方式是始终与真实的生活联系在一起的。它们既抽象又具体，既形而上又形而下。一切都充溢着召唤与祈祷的飘逸之气，却又饱含着现实生活的烟火气，似乎还散发着诗人的体温。

> 我记得那雷雨前的大海，/ 我多么羡慕那滚滚的波澜，/ 一浪接一

浪啊，汹涌澎湃，/满怀着恋情躺在她的脚边！/那时，我多么想跟随波浪/用我的双嘴轻抚她可爱的秀脚！/不，即便在热血沸腾的少年时，/在那春情难耐的日子里，/我也没有被煎熬得如此苦痛，/想要去狂吻阿尔米德们的嘴唇，/或是滚烫面颊上玫瑰般的红润，/或是那被情愁拥满的乳峰；/不，那汹涌的情欲之火，/从没让我的心灵遭受过这样的折磨！

这是诗人在诗体长篇中因海景生情的绝妙文字，是他在南方流放时期的一段生活经历。文字优美、情感灵动，这是少年心灵的“自成长”，是对青春的情感勘探。

他的诗歌所展示的不仅是思想、意象的力量，还有语言的力量。普希金坚持口语入诗，日常生活入诗。他善于从一种平淡无奇的生活日常中发掘出无限的情趣，深邃的思想光芒和美妙的诗性乐感。他的诗句朴素自然，清新亮丽。抑扬格或扬抑格的艺术形式节律鲜明，韵脚严整，诵读流畅。

我们那所破旧的小屋/凄凉又幽暗。/我的老妈妈，你为什么/静默无语地倚在窗旁？/你，我的朋友，/是风暴的吼声使你困倦？/还是你自己的纺车声响/勾起你的瞌睡？/……我们同干一杯吧，/我不幸的青春时代的好友，/我们用酒来浇愁，酒杯在哪儿？/这样快乐就会马上涌上心头。

这是普希金在《冬日的黄昏》中献给奶妈的佳句，叙事舒缓，情感真挚，情趣无限。

不仅在俄罗斯，世上但凡把普希金视为偶像的写诗人和读诗人都会永远仰视这个永远不落的“太阳”。几十年过去了，几百年过去了，普希金的诗被一代又一代不同国度的读者阅读、咏诵、效仿。今天，当我们再读它们的时候，仍然会感动、会陶醉、会被教育，我们蒙尘、积垢的内心世界会变得敞亮、清新、澄澈。别林斯基说："普希金的诗——特别是他的抒情诗——的总基调是歌颂人内在的美，充满了心灵抚慰的人情味。在普希金的任何情感中，永远有一种特别高尚的、温润的、柔情的、馥郁的、优雅的东西。阅读他的作品，是培养人性的最好方法，特别有益于男女青年。"

第二节

《叶夫根尼·奥涅金》(1)：“俄罗斯生活的百科全书”

《叶夫根尼·奥涅金》是普希金最重要的一部作品，是他集抒情和叙事艺术之大成的代表作。作者采取的是与现实生活同构的叙事方式，从1823年到1831年，用了将近八年的时间完成的。诗人称它是人生中“八年的忠实旅伴”[1]。它与法国作家司汤达的长篇小说《红与黑》共同揭开了欧洲批判现实主义文学的序幕。长篇小说的问世标志着滞后百年的俄罗斯文学终于在艺术理念、创作方法、艺术成就上与西欧文学并驾齐驱了。

19世纪20年代，随着民族自我意识和反农奴制、反沙皇专制呼声的日益高涨，俄罗斯作家对生活的认识发生了急剧的变化。作家们普遍认为，文学更需要“理性的精神”、智慧与思考，更需要用一种准确、明晰、精炼的语言表达。普希金也敏锐地意识到了社会生活对文学创作新的诉求，对文学体裁要求的新的变化。正如叙事人，也即作者在小说中所言，文学需要“反映出这个时代，/ 把现代人忠实地描绘出来”（第 7 诗章 22 诗段）的长篇小说。他说，“有朝一日，顺着天意，/ 我再也不去写诗，/……我将不顾福玻斯[2]是否恩准，/ 降格去写平淡无奇的散文，/ 一部古色古香的长篇，/ 将是我快乐的黄昏恋”（第 3 诗章 13 诗段）。诗体长篇小说正是普希金由诗人向小说家转变的一个重要标志。

《叶夫根尼·奥涅金》共 8 章，338 个诗段，5541 个诗行。这是一部以现实主义的小说叙事、抒情的诗歌文体为特征的诗体长篇小说。无论在俄罗斯文学史上，还是在世界文学史上，这种体裁都是难得一见的。长篇小说用明晰、精练、充满抒情的诗体文字，以有限的篇幅体量，传递出了十分丰厚的思想文化意蕴。普希金兼顾了共时性的社会宽度和历时性的时间进程，以巧妙的艺术构思、高度的审美技巧，将广阔的社会历史画面与对人物性格、心理、精神风貌的揭示有机地结合在了一起，实现了社会小说、历史小说、家庭小说、爱情小说等诸多小说元素的融合。普希金说，小说是“色彩缤纷的各种诗章的汇聚”。

说它是社会小说，是因为它提供了从 1812 年俄法战争到 1825 年 12 月革命党人起义之前，俄国乃至欧洲的历史文化风貌。别林斯基说，《叶夫根尼·奥涅金》是“俄罗斯生活的百科全书”。它的历史小说的品格并不在于具体、翔实的历史书写，而在于它是一部精妙的时代心灵史，是俄国贵族青年知识分子的心路历程和精神风貌的绝妙写照。说它是家庭小说，是因为作品讲述了彼得堡的贵族与外省乡村贵族地主两个家庭的生活故事。而这部小说最引人入胜之处在于，它讲述了贵族男女青年奥涅金与塔吉雅娜令人扼腕的爱情故事。

这部诗体长篇小说之所以被别林斯基称作“俄罗斯生活的百科全书”，是因为主人公奥涅金的人生故事有着其“存在”的广阔的社会生活背景，是因为“奥涅金现象”是时代的历史文化存在，也是时代的精神存在。

小说从不同侧面展现了一个时代的俄罗斯社会的历史文化风貌，受到西欧文化深刻影响的俄罗斯贵族的生活方式和精神状态。在贵族上流社会，大部分男女都沉醉于物质生活享受和生命欲望的满足中，浑浑噩噩地

1 *Русские писатели. Биобиблиографический словарь.* В 2 томах. Т.2（М-Я）. Под редакцией П.Николаева. 1990. Просвещение. М. С.179.

2 希腊神话中的太阳神，诗人自诩是“福玻斯的儿子”。

度日。这是一个贵族阶层陷于集体性精神陷落的历史时刻。这在奥涅金的家庭生活，他青少年时代在上流社会中的人生经历，彼得堡上流社会沙龙舞会上人们的各种表现，乡村贵族地主拉林夫妇的生活方式中都有不同程度、不同形式的体现。在这样的时代语境中贵族青年只能成为俄罗斯官员、将军、地主、文人的后备军和皇权的依附者。

奥涅金、连斯基是俄罗斯贵族阶层中不同类型的青年知识分子代表，他们是社会文化体系中的精英，代表了有着良好的社会形象和自我身份确认的少数群落。然而，同样是这些人，却成了灵魂浮散、焦虑不安、精神无依的病态人格的承载者。是什么导致了他们的自我放逐，甚至精神上的“病残”？这恰恰是普希金在长篇小说中要向读者解释的命题，也是他书写“社会生活百科全书”艺术构思的缘起。

小说以不小的篇幅具体、细致地描写了被欧洲文化浸染的贵族上流社会高度物质化的生活方式，极尽奢华的日常生活，所享受的文化生活——从彼得堡的沙龙舞会到莫斯科俱乐部的会堂，从家庭舞会、孩子庆生喜宴上的菜肴到彼得堡剧院的剧目。斯特拉斯堡的馅饼和金色的菠萝、林堡的鲜酪、名贵的菌蘑、血红的烤牛排、香喷喷的肉饼——他们餐桌上的法兰西厨艺精品应有尽有。贵族家宴后，更有罗泊尔、波斯顿、惠斯特牌局和华尔兹舞、玛祖卡舞的狂欢。舞会上更有媚眼飞舞的年轻佳丽和醋意大发的时尚太太。包括奥涅金在内，他们使用的都是清一色的进口货：带琥珀嘴的土耳其烟斗，瓷器、青铜器摆设，数以十计的各式梳子、钢锉、剪刀、刷子等日用品，更有众多不同款式、品牌的时装、化妆品。彼得堡大剧院里上演的不仅有轻灵飘逸的俄罗斯芭蕾舞、俄罗斯剧作家的剧目，还有拉辛的歌剧、高乃依的悲剧……

唉！那种种声色犬马／让我毁掉多少生命，……／我热爱如疯如狂的青春年代，／热爱那份拥挤、气派和欢快……／如今我纵然忧伤满怀，对一切冷淡，／他们还是让我梦萦魂绕，寝食难安。

《叶夫根尼·奥涅金》中塔吉雅娜的形象

主人公及叙事人作者回忆青春年华的感叹说明，俄罗斯贵族醉生梦死、道德沉沦和精神堕落与西欧文明的涌入及俄国社会精神危机的社会文化语境存在着某种重要的关联。

需要指出的是，在普希金的笔下，俄罗斯贵族生活的图景并非单一的，而是多形态、多维度、多视角的。既有地理空间的差异，也有文化形态的不同，甚至还有人物审美情趣的分野、精神品格的高下。小说男女主人公的文化形态大致可分为三类：介于民族传统文化和欧洲文化之间的贵族，受欧洲文化影响，却仍然守正于俄罗斯传统文化的贵族与彻底欧化的贵族。

奥涅金是彼得堡上流社会中，自幼接受了法兰西文化教育，却又在一定程度上保留了俄罗斯民族文化传统的贵族代表。他喜欢诗歌，崇拜拜伦及其笔下的恰尔德·哈罗尔德，阅读亚当·斯密。在他乡下的、如同“禅房一般”的书房里摆放着拜伦的肖像，还有《异教徒》和《唐璜》。与此同时，他又是一个俄罗斯知识精英的先进思想理念的代表，抱有社会改良的意愿和在庄园付诸实践的行动。

贵族少女塔吉雅娜也是一个有着西欧文化背景的人物，她与奥涅金一样，自幼接受了法兰西文化教育，她“没有很好的俄语知识，/用自己祖国的语言，来表达思想还有困难”。她给奥涅金的情书就是用法文写的。但与奥涅金不同，她更喜欢小说，除了英国感伤主义作家理查逊，她对卢梭有着更多的喜爱与崇尚，“一读就直到破晓”，这说明了她对社会历史和道德的关注。但尽管如此，她仍然接续并保持了深厚的俄罗斯民间文化传统。

年轻诗人连斯基则代表了贵族中为数不多的西欧文化思想的热烈追随者。他一头“长披及肩的乌黑长发”，喜欢德国古典哲学，有着“热烈而相当奇怪的性格”，是“席勒、歌德炽热的诗情火焰/把他的灵魂点燃”，让他有着“永远激昂慷慨的言谈”“各种追求自由的幻想”。

他们三人都是俄国贵族阶层的优秀分子，但因为种种原因，他们都没有成为出类拔萃的人物。不过，也因为有了他们，俄罗斯贵族文化才有了更丰富的内含。

在农奴制的俄国乡村，因循守旧的宗法传统依然强大。乡下的贵族地主们把奥涅金，这个有着自由主义思想，“把徭役制改成租税制”的改革者称为既有乡村秩序的“最最可怕的敌人”。塔吉雅娜的母亲，这个昔日的贵族少女，尽管有着自己的情感寄托，却不得不奉父母之命，违心嫁给了“上个世纪的遗老”，一个“随和善良的乡绅”，最终成了一个精明能干的贵族农奴主拉琳娜夫人。而女儿塔吉雅娜也听任亲人的安排，重蹈母亲的覆辙。尽管如此，小说表明，在俄罗斯民族现代化的进程中，西欧文化已经势不可当地渗透进了贵族地主的生活方式中：从家庭教育到生活理念、行为方式。拉琳娜夫人“穿戴时髦、打扮得体”，酷爱英国感伤主义文学，有着自己独特的审美情趣。女儿塔吉雅娜主动求爱也不能没有欧洲文学的启蒙。

普希金对俄国贵族社会生活的描绘带有浓重的戏谑、嘲讽的成分，他的整体认知是批判性的。但除了批判性，小说中还透露出浓浓的诗情。不过，这种抒情诗性是与俄国社会中普通人的生活联系在一起的。两者的交织才实现了俄国社会生活多样性和丰富性的书写。

在诗体小说的日常生活叙事中，不时地会出现一个个鲜活的民间生活场景。从城里售卖牛奶的女贩、面包师到赶雪橇上路干活的农夫，从严冬在剧场外击掌取暖、大骂老爷的马车夫到生活在贵族庄园里的农奴姑娘，贵族小姐的奶妈、仆人，喜爱民间童话，笃信占卜、解梦书的农民，从婚丧嫁娶的风习到农家关于割草、酿酒、养蜂、喂狗的家常闲谈。这一幅幅反映俄罗斯社会普通人的生活画面成为“俄罗斯生活的百科全书”中不可或缺的景观，它们是抗拒外来文化侵蚀，完成民族自我救赎并为知识分子寻找精神出路的民间力量所在。当然，诗体小说的体裁特点决定了这些社会生活画面的描写是以十分简略的叙事完成的。

除了第 1 章、第 7 章和第 8 章对彼得堡、莫斯科的贵族生活进行描写外，整部作品叙事的主体，男女主人公人生的大部分活动都是在乡村展开的。作者说，这里“没有街道，没有宫殿，/ 没有纸牌，没有舞会，没有诗篇”，“广阔的田野远离尘嚣，/ 幽暗的橡树林阴凉一片，/ 清清的溪水细语悄悄”。叙事人作者以俄罗斯宗法乡村生活映照京都五光十色、高度欧化了的都市生活，前者的真实、淳朴、清新、恬静，与后者的虚假、奢华、污浊、喧嚣形成鲜明的对比。诗人说：“我是为平和的生活来到世上，/ 天生适合于乡村的宁静，/ 荒野里竖琴的歌声更加悠扬，/ 创作的梦想也更具灵性。”[1] 两相对照表达了在贵族上流社会长大的普希金对贵族文化远离俄罗斯民族文化传统的深深的惋惜和对民间传统文化深深的热爱。在奥涅金的生命经验和情感经历中，同样存在着两者带来的甜蜜的回忆和痛苦的记忆。显然，在长篇小说所描绘的社会生活中，在男女主人公的精神求索中，横亘着俄罗斯文化与西欧文化的矛盾冲突，它构成了这部社会小说的背景底色。不了解这一点，便不能很好地理解整部小说。普希金是倡导实现俄罗斯传统文化与西欧文化相结合、相融通的。

最后我还要说的一点是，小说中社会生活的百科性还体现在对时代的文学艺术氛围的呈现上。作品中不仅有关于古典主义、浪漫主义诗歌的时代论争，还涉及了数十个俄罗斯和西欧作家的名字。比如，普希金同时代的剧作家克尼亚日宁、奥泽洛夫，英国诗人拜伦，作家理查逊、马杜林、路易斯，法国作家斯达尔夫人、尚福尔，意大利诗人塔索、曼佐尼，德国思想家、狂飙突进运动的精神领袖赫尔德等。读者从中可以了解此间俄国社会对欧洲文化经典的崇尚与流行，这是普希金立体化呈现俄罗斯历史文化建构的一个重要图景。

1 ［俄］普希金著：《叶夫根尼·奥涅金》，刘宗次译，陕西人民出版社，西安，2001 年，第 32 页。该作品中的引文均源于该译本。

第三节

《叶夫根尼·奥涅金》（2）：爱情悲剧与男女主人公的精神世界

《叶夫根尼·奥涅金》的深层意蕴，也是最富神采的部分，是男女主人公奥涅金和塔吉雅娜两人的爱情故事，是作者对他们精神世界的探讨，是他们对生命精神家园的追寻。诗人阿达莫维奇说："《叶夫根尼·奥涅金》是普希金最深刻的、最优秀的作品……与此同时，也几乎是普希金最伤感的作品。"[1] 小说中的这种伤感具有深度悲剧精神的双重意蕴，一是两情相悦的贵族青年男女最终擦肩而过，经历了一场令读者惋惜、唏嘘的爱情悲剧，二是男主人公、贵族青年奥涅金痛苦的人生磨折，其灵魂涣散、精神无依导致的自我迷失的生存悲剧。

奥涅金与社会现实充满抵牾的人生命运和迷惘、无助的精神状态主要是通过他与贵族地主小姐塔吉雅娜的爱情悲剧来展现的。

他对乡村贵族少女塔尼雅主动示爱的断然拒绝，有他在彼得堡上流社会情感游戏的经验教训，更源于他对爱情、人生、生命价值的错误认

1 *Тайна Пушкина*. Из прозы и публицистики первой эмиграции. Эллис Лак. М.， 1998. С. 242.

奥涅金与塔吉雅娜　尤利 · 尤里耶维奇绘

知。就他当时对生命的认知而言，爱情、婚姻只能是对自由的羁绊，对通行社会规则的认同，而非精神、情感的需要。而最重要的原因是他自身的精神上的“俄罗斯忧郁症”。

奥涅金在被宠溺、娇惯的贵族家庭氛围及浅薄的法式教育中长大，在醉生梦死、游戏人生中度过了青春。“社交界的喧嚣早已厌倦，/ 女人们的变心使他心灰意懒，/ 朋友和友谊也照样腻烦”，“对生活的热情已经完全失去”，“往昔岁月的幻影，/ 会时刻扰乱他的心情，/ 回忆与悔恨像毒蛇一样，/ 时时刻刻来将他啮噬”。散发着“欧式光华”的俄国上流社会将这个聪慧机敏、风流倜傥、特立独行的贵族青年变成了一个对现实和未来无比失望，冷漠忧郁的怀疑主义者。

“俄式忧郁症”是一种无形，又无具体对象，即使有所行动也无法摆脱的寂寥、无助的精神状态。它不单是 19 世纪 20 年代俄国社会精神生活中的重要现象，普希金那一代贵族知识分子的精神标记，与拜伦笔下的

"英式的忧郁症"一样，还是带有全欧性的时代情绪。1822年，诗人在写给他的好友、批评家普列特尼奥夫的信中说，"若是你知道了，我经常处于一种所谓的忧郁状态，就会原谅我写下的那些轻率的诗句"[1]。连十二月党人思想家尼古拉·屠格涅夫也说："我的绝望已经达到了无法承受的地步……无望、黑暗的未来……"[2]

不过，被清纯真挚的塔吉雅娜火一般的情感打动，奥涅金冷漠的心灵第一次受到深深的震撼，他由衷地意识到了道德的存在。他对爱的断然拒绝让读者感受到其生命困惑和精神迷惘的同时，也领略了他变得自觉、崇高的精神世界。他告诉塔吉雅娜："我爱您，但是兄长般的爱，/或许，还略多些许柔情"，"如果我注定有个好运，/要做一个父亲和丈夫；/那么，您肯定是我唯一的伴侣，/我绝不会去寻觅别的新娘，/我肯定只会选择您一个人，/来陪伴我共度我悲哀的生涯"。是真爱改变了他，对塔吉雅娜的"无情"恰恰也彰显了奥涅金道德感和自我意识的第一次真正的苏醒。塔吉雅娜对他的感激是溢于言表的，她说："在那个可怕的时刻，/您做得高尚堂正，/您在我面前完全有理，/我对您至今衷心感激。"奥涅金的真诚拉近了读者与他的情感距离，令叙事更加深入。

与奥涅金相反，塔吉雅娜在大自然的怀抱中成长，自幼与身为农奴的奶妈为伴，从欧洲启蒙文学中汲取了思想、情感的滋养，造就了独立自由的个性。她鄙弃沉闷、守旧的贵族家庭的生活方式，充满了对爱情的浪漫向往。自由无羁、独立深沉的奥涅金向孤独寂寞的她展现了与周围现实迥然不同的生命世界，燃起了她对奥涅金刻骨铭心、纯澈无比的爱。于是，置一切宗法礼教和利害于不顾的她主动给奥涅金写出了一生中唯一的一封情书。这不仅是她自主选择情感的权利宣言，更是她自我意识的觉醒，对宗法乡村社会既有婚恋规约的超越。遭奥涅金拒绝后，心碎的她造访了已出走他乡的奥涅金的旧居，阅读了他曾读过的书籍，有了对他、对自己更为深刻的认知。在纯真、热烈、勇敢、执着的个性中增添了更多的严肃和深沉。

奥涅金与塔吉雅娜在彼得堡舞会上的重逢，他对已经成了将军夫人的塔吉雅娜的追求，是爱情悲剧的深化。它既是奥涅金生命意识的第二次觉

1 *Тайна Пушкина*. Из прозы и публицистики первой эмиграции. Эллис Лак. М.，1998. С. 104.

2 Н.М.Фортунатов，М.Г.Уртминцева，И.С.Юхнова. *История русской литературы XIX века*. Высшая школа. 2008. С.105.

奥涅金与连斯基决斗　列宾绘

醒，也是塔吉雅娜精神魅力与心智成熟的充分展现。

奥涅金在无谓的决斗中杀死了年轻诗人连斯基后，备受心灵煎熬，出走多年，一无所成。回到彼得堡上流社会后，他被端庄、沉稳、内蕴丰富的塔吉雅娜深深吸引，他冷漠、绝望的心终于被散发着巨大精神光芒的塔吉雅娜温暖、点亮。此时只有他才知道乡村贵族少女塔尼雅与上流社会贵妇人塔吉雅娜的内在联系，那就是她一如既往的对纯真、自我的坚守，对大自然、故乡的依恋，对上流社会虚浮人生光华的鄙视，对人内在精神品格的欣赏与珍视。塔吉雅娜说，她宁愿用一架书，一座位于穷乡僻壤的花园，一间贫寒可怜的住房，一块如今仍埋葬着奶妈的坟地来取代上流社会假面舞会的辉煌、喧闹。

此时，奥涅金强烈的爱的萌生与其说是欲望、虚荣使然，毋宁说是生命激情的迸发，是他对人生价值新的认知，是对回归精神和情感家园的一种向往。但是，在生活中没能找到位置的奥涅金在爱情上也错过了时机，他没有想到会遭到拒绝。两个相互深爱的人最终擦肩而过，无果的爱情，注定精神孤独的男女主人公的生命悲剧给读者留下了巨大的想象空间。

塔吉雅娜独立、自由的人生信条，寻求真爱的生命意识终于被强大的宗法文化传统击得粉碎。与母亲一样，也与数十年后的安娜·卡列宁娜一样，她也违心地嫁给了她不爱的将军，违背了当初她在给奥涅金情书中的承诺："听从内心的旨意，/ 我会遇上另一个真正的知己，……另一个人！啊，不，我的心 / 不会交给世上任何人！ / 这是上帝的安排，命中注定 :/ 我是你的，谁想改变都不能！我来到世上就是因为与你，/ 今生有约，不见不散。"面对奥涅金的飞蛾扑火似的爱情追求，她只有心动，而没有行动。做"忠实妻子、贤良母亲"的俄罗斯民间道德传统，她十分喜爱的卢梭的书，《新爱洛绮丝》中朱莉·福尔玛的道德榜样，让她产生了强烈的责任感和圣洁感。她对奥涅金说："我爱您（何必装假），/ 我已经被交托给了别人，/ 我将一辈子忠实于他。"普希金无法想象，塔吉雅娜能有未来安娜那样的行为期待，这并非诗人的道德立场使然，而是他试图建造全人类幸福大厦理念的表达。别林斯基把普希金笔下的塔吉雅娜视为"俄罗斯的心灵""俄罗斯理想女性"的代表。陀思妥耶夫斯基说："如果我的幸福要建立在别人不幸的基础上，那么能有什么幸福可言呢？请您设想一下，您本人应该怀着造福于人，给他们以安宁的目的来建造人的命运的大厦。……您想过没有，您为之建造这座大厦的基础里埋藏着一个无辜遭受折磨的人的痛苦，那么他们纵然接受了这种幸福，可是他们能永远幸福吗？塔吉雅娜灵魂高尚……请问，她能做出别的决定吗？不能……"这正是普希金通过这场爱情悲剧要传递的人类应有的生命哲学和行为伦理。

奥涅金与塔吉雅娜的爱情经历了不同的人生阶段，有着不同的生命内涵。诗体小说具体、细腻地描述了他们精神世界的变化进程，巧妙地呈现出了两者精神、心理的强弱转化。两人的爱情背后既有共同的精神诉求，也隐含着有关孤独体验、漂泊意识、寻找精神家园等具有抽象色彩的生命主题。寻找精神家园，就是向"人"的寻找，就是向活着的和完整的人性的寻找。人性的链条正是在男女主人公带着困苦的执拗所进行的寻找过程中呈现出来的。在这一精神寻根的审美逻辑下，源远流长的俄罗斯文化传统与来自异域的文化精神之间的关系便有了意味深长的意蕴。男女主人公的性格中无不蕴藏着普希金试图将"俄罗斯性"与"西欧性"统一在一起的文化理想。塔吉雅娜是这一文化理想的体现者，而在奥涅金的心灵和情感中不仅有这种“俄罗斯性”的隐性存在，而且还在不断生长、壮大，只是强大的怀疑主义和深入骨髓的忧郁症一度使它窒息了。显然，《叶夫根尼·奥涅金》关于爱情悲剧的书写是极富思想和艺术深度的。

普希金是一个有着强烈社会责任感的作家，一个自觉的社会精神病理的发现者和观察者。奥涅金就是他开启的俄罗斯文学“多余人”画廊中的第一个。他对“多余人”奥涅金充满了理解、同情，亦有赞许，但对他精神心灵的拷问是严厉而不留情面的，是有疼痛感的。主人公既是贵族社会的批判者和叛逆者，有着改变自己和现实的愿望，却又无法彻底摆脱上流社会曾经加予他的精神枷锁，他无力也无法最终改变自己，即使是爱情的巨大力量。奥涅金是日后莱蒙托夫、屠格涅夫、赫尔岑、冈察洛夫等作家笔下的“多余人”的一座个性与品格的雕像典范。

最后，再说说这部诗体长篇小说的叙事艺术和语言魅力。

故事的精当与巧妙是作品吸引读者的第一要素，而这是需要叙事来保证的。细心的读者会发现，作品的叙事时空与创作主体的生命时空几乎同步，这绝非偶然。小说具有明显的自传性，极强的主体介入使得叙事人成为小说叙事的聚焦点，他的第一人称叙事占了相当大的比重，成为作者表现自我情志、心灵思想的话语载体，同时也大大加强了小说的表现效果。叙事人时而激昂，时而沉郁，时而欢快，时而伤感，情感丰沛，思想深邃，角度、立场也在不断变化。它打破了外在叙事的套路，打开了洞察作者心灵的另一层空间，大大提升了小说叙事的情感、思想张力。

叙事人或以奥涅金好友的面貌出现，或以往事记录者的名头陈述，或以诗人或思想者的身份点评，与主人公既有相似之处，又保持与他的空间距离和精神差异。叙事人说：“和他一样摆脱浮华的引诱，/ 卸掉上流社会的重担，/ 我和他成了朋友……我愤世嫉俗，他阴郁孤零 / 我们俩都受过七情六欲的煎熬，/ 两人都对人生感到厌倦，/ 两人心中的火焰都已冷黯”，“我从来都乐于表示 :/ 我和奥涅金不是一样的人，/ 以免某个喜欢嘲笑的读者……/ 拿我的特点在这里对比，/……说我是在画自己的肖像，和骄傲的诗人拜伦一样”。

小说的开放性结尾让读者似乎意犹未尽。他们会等待，等待一个他们所不知所终的“多余人”的未来，这就使小说获得了无穷的探索空间。从长篇小说问世到今天，围绕着奥涅金未来的论争始终未能停歇，他可能成为十二月党人，或终究是一个无所事事的多余人。

小说的语言既有诗歌的凝练和含蓄，又有散文的流畅和朴素。“奥涅金诗格”的十四行诗具有的优美的音韵和旋律，读来抑扬顿挫、朗朗上口、妙趣横生。被高度诗意化了的日常生活书写自然晓畅、明晰隽永。作者写人三言两语，状物生动形象，叙事发人深省，高度个性化的比喻令人印象深刻。书面语、口语、民间俚语，古老的斯拉夫语同西欧文学中的言说方式有机地结合在了一起，普希金革新的俄罗斯文学语言在诗体小说中得到了淋漓尽致的表现，这也是懂俄文的读者更喜欢读原文，总会把作品当作朗读、背诵、学习语言的最佳文本的道理所在。

第四节

《别尔金小说集》(1):
《棺材匠》《枪声》《村姑小姐》《暴风雪》

1830年9月初，普希金来到下戈罗德省的波尔金诺村办理继承父亲田产事宜，筹备婚事。原打算小住一周的计划因霍乱流行而被打破，直到11月份才离开。这短短的将近三个月的时间成为普希金一生中创作成果最丰硕的时期，成就了俄罗斯文学史上“波尔金诺之秋”的一段佳话。遭遇瘟疫封村，回程受阻这一偶然事件，竟让普希金的又一批经典作品喷薄而出，呈现出一个全新的创作样貌。

此间，他完成了诗体长篇小说《叶夫根尼·奥涅金》的最后两章，写了近三十首抒情诗（如《恶魔》《哀诗》等），一部叙事长诗《科洛姆纳的小屋》，创作了四部小悲剧（《吝啬骑士》《石客》《莫扎特与萨尔耶里》《瘟疫时期的飨宴》），完成了一部历史题材的作品《戈留辛村的故事》，一则童话《关于神父与他的童话》，还有《别尔金小说集》。这些作品题材不一，体裁多样，风格迥异，让我们充分领略了普希金艺术

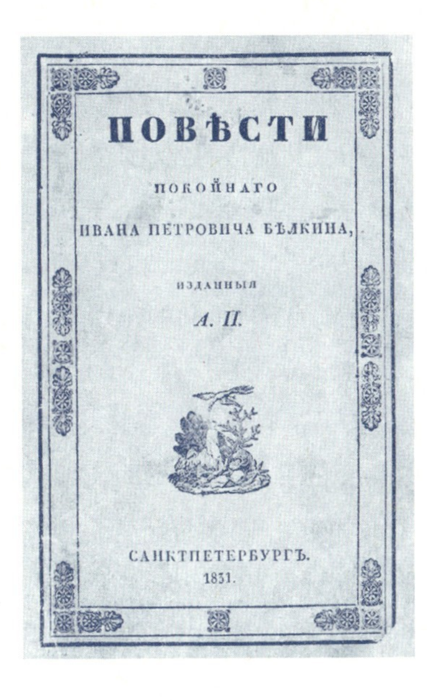

ПОВѢСТИ

ПОКОЙНАГО

ИВАНА ПЕТРОВИЧА БѢЛКИНА,

ИЗДАННЫЯ

А. П.

САНКТПЕТЕРБУРГЪ.

1831.

《别尔金小说集》初版封面，1831年

《村姑小姐》插图

殿堂的丰富与美妙。

《别尔金小说集》是普希金非诗体叙事文学第一个完美的范例，是俄罗斯文学黄金世纪现实主义小说史上的奠基之作，其独特的题材资源和精神特质对日后的现实主义文学产生了深远的影响。这些通俗易懂，充满生活情趣的作品在当时赢得了普通读者的喜爱，为文学创作走出古典主义、浪漫主义的象牙之塔，走进普通人的精神生活发挥了不可低估的作用。

小说集共包括五个中篇：《棺材匠》《驿站长》《村姑小姐》《枪声》《暴风雪》。它们多是作者在两三天内完成的，作品都有创作立意、人物体系、艺术意境的一致性。这说明它们绝非普希金的一时之兴一蹴而就的。萦绕在普希金脑海中的小说命题已经有一段时间了，这个命题就是边缘社会中边缘人的生命形态和生存状态。俄罗斯史学家克柳切夫斯基说过，“在俄罗斯，中心恰恰在它的边缘”[1]。描写波澜不惊的俄罗斯普通人的生活、情感和命运，正是这一命题点燃了普希金书写小人物的创作灵感，使他的创作具有了现代小说的特征。

在《别尔金小说集》中，普希金把小说的叙事空间完全挪移到了俄罗斯外省古老的宗法乡村，将叙事拉回到了俄罗斯民族生存的精神原乡。小说集中除了《驿站长》里有一个主人公维林与贵族军官明斯基在彼得堡相遇的情节外，没有任何与城市生活有关的描写，即使是生活在城镇里的小手艺人也都是城镇里的外乡人。

小说的艺术感染力首先在于它们与现实生活的贴近，字里行间流淌着一种浓厚的日常生活气息。以叙事人别尔金的札记形式呈现的小说故事包含着普希金个人的世情经验、生命思考、人性探究。经考证，《棺材匠》故事中的棺材铺子，就在作者经常出入的妻子冈察洛娃娘家对面的教堂旁边。《驿站长》中维林在彼得堡下榻的旅馆是他不止一次住过的地方。在19世纪20～30年代之交，普希金正处在告别青春，告别孤独无依的浪荡生活阶段，远离喧嚣的外省生活的简单、宁静是诗人所钟爱的生活氛围，对青年时代人生的思考和总结体现在他此间的众多创作中。《枪声》中主人公争强好胜，渴望出人头地的行为正是诗人对他在皇村时期生活和精神

1 Ключевский В.О., *Письма. Дневники. Афоризмы и мысли об истории.* М., 1968. С. 342. 转摘自 В. Хализев, С. Шешунова. *Цикл А.С. Пушкина « Повести Белкина »*, М. Высшая школа, 1989. С. 8。

状态的自我反思，也是他在南方流放时期心灵过于敏感，怀疑有人作弄他的心境的写照。《驿站长》里浪子回头的思想，回归家园的话题也在一定程度上迎合了他的思想情绪。在波尔金诺，他曾看见一个无家可归、酗酒沉沦的老者，使他想起了曾经被他诱惑并怀有身孕的女奴卡拉什尼科娃的父亲。普希金深感不安和愧疚，不仅委托好友将他安置，后来还让他当了波尔金诺庄园的管家。对爱情、婚姻、家庭的渴想和思考体现在了他的《村姑小姐》和《暴风雪》中。

在《小说集》中，普希金跳出了社会生活的旋涡，以一种超然于外的眼光，客观、真实地呈现了与京都生活方式截然不同的俄罗斯乡村风习，即多个世纪以来处于稳固、停滞、静谧状态，隐藏在俄罗斯社会深处的生活秩序与生命形态。车尔尼雪夫斯基说："普希金是第一个以令人称奇的客观性和深入性开始描写俄罗斯不同阶层人民风习和生活的作家。"[2] 中篇小说集展现了诗人创作另一道精彩纷呈的风景线，让读者看到了另一个普希金，并由此创立了黄金世纪文学一个重要的"小人物"母题。

普希金的现代性眼光鲜明地体现在小说所描写的人物上。他们中间有棺材匠、鞋匠、面包师这样的手工艺人，居住在乡间的军人，专事迎送各类公务人员的驿站长，还有一般的乡绅、村姑小姐、女仆等。他们既非上流社会的贵族，不是贫穷落后、因循守旧的农民，也不是西欧化了的俄罗斯乡间知识分子。他们是普希金独有的"别尔金世界"里的中间人物，是他以现代的阐释方式，让他们直接地或间接地与读者交流的对话者。他们年龄、身份不一，性格、性情迥异，人生命运不同。作者通过对一个个人物的感性化生存经验的描写，通过生活所呈现出来的种种奇诡情境的叙述，来彰显人物和生活的丰富性和生动性。这也使得中篇小说有着非常丰富的情感取向：《棺材匠》有些沉闷却不乏趣味，《村姑小姐》洋溢着田园诗意，《枪声》颇具神秘色彩，又不无喜剧风格，《暴风雪》洋溢着浪漫的情调，《驿站长》充满了伤感。有批评家说，中篇小说集是"类似于巴尔扎克《人间喜剧》的一种缩微本"[3]。

人性是我们解读《别尔金小说集》最行之有效的密码，作家讲述的外

2 А.Соколов. *История русской литературы XIX века.* Первая половина. Высшая школа. 1976. С.403.

3 В. Хализев，С. Шешунова . *Цикл А.С. Пушкина « Повести Белкина »*，М. Высшая школа. 1989. С.7.

省生活风习的故事其实都是一个个精彩纷呈而又复杂多样的人性故事。

《棺材匠》中的主人公普罗霍罗夫身上既闪耀着人性的善良之光，同时又不乏小手工艺人的那种人性的幽暗。他与邻为善，爱家爱生活，为人谨慎，沉郁寡言，却心胸狭窄，曾以松木棺材充作橡木棺材售人，把生命的激情注入到与商业对手的竞争中，甚至连做梦都梦见有人死去。受邀与同样做小生意的邻居们相聚时，一句为各自顾客健康干杯的祝福，让他备感羞辱，耿耿于怀。他在酒后的噩梦中被曾购买他棺材的亡人吓醒，醒来后充满了自责，在与两个宝贝女儿的家庭欢聚中似乎有了新的生命感悟。

《枪声》写出了人性的复杂。曾在骠骑兵团服役的西利韦奥是个怪人，是个充满神秘气质而又让人心生敬畏的硬汉型人物。他热情慷慨，深沉干练，有一手百步穿杨的好枪法，却又争强好胜，固执凶悍，强烈的自尊心和荣誉感还不时地会生出嫉妒、报复的负面心理。与年轻军官交往中的一次受辱源于他事事想占上风的心理，这一心理最终在结怨者的宽宏大度中得到了消解。偶然的一次生活事件教育了他，似乎也改变了他。

《村姑小姐》与《暴风雪》强调人性中爱的巨大力量，赞美一种自由自在、不受束缚的内在精神和强烈的生命意识。在前一部作品中，两家乡绅毫无缘由却又旷日持久的争执威胁着两个相爱的年轻人的幸福。机智的小姐丽莎打扮成村里铁匠的女儿，以“村姑”的形象面对她喜欢的青年阿列克谢，试探他的心思。在闺蜜、女仆娜斯佳的帮助下，终于赢得了爱情，阿列克谢也发出非“村姑”不娶的誓言。两位乡绅父亲在一次偶然的相遇中也尽释前嫌，相知相交，为儿女的幸福添上必不可少的一笔。在后一部作品中，乡绅漂亮的女儿玛莉亚爱上了一个来乡间度假的穷准尉，怕父母作梗，两人私下相约赴教堂举办婚礼，却被暴风雪所阻，在教堂的黑暗中玛莉亚阴差阳错与一个陌生男子举办了结婚仪式。准尉在战争中阵亡，骠骑兵团长布罗夫胜利归来，回到家乡后爱上了玛莉亚。但是，他心中不忘曾与他在教堂举办过结婚仪式的无名女子，左右为难，不料，玛莉亚就是那个在教堂与他成亲的新娘。两桩情事尽管曲折连连，但靠了爱的信念和力量，靠了对生活的热爱，有情人终成眷属。环境、习俗的“规约”，来自家庭的压力，人生的捉弄，都敌不过人对爱情信念的坚守，主宰自己命运的理念，对生活和生命的希冀。有趣的是，小说中的年轻女性似乎站在比男性更高的一个维度，有着更清醒的理智，能为男性化解困惑、指点迷津。作品既是在求证人生中美好生活的可能性，也在重温人性中一种内在精神的重要性。

在人性的表达上，普希金摈弃了那种真伪、善恶、美丑对立分明的叙事模式，他笔下的男女主人公都没有明显的精神缺陷，更不是恶的载体。他们或有人性和人格中的不足，或遭遇过人生的挫折，与人相处也会发生误解、争执，甚至怨愤，但他们都热爱生活，相信美好，自在自为。他们是灵与肉相统一的人性个体，生命中流淌着高尚与卑微、关爱与冷漠、贫瘠与丰富相融的血液，一个个都在编织各自不同的人生之梦。普希金对乡土田园及乡村人真挚、淳朴的性格充满了浓浓的爱意，对个性自我意识的觉醒表露出无比的欢喜，与此同时，他也对违逆人性的自私、狭隘、功利做了微温的揶揄、批评。

小说情节构筑的现代性体现在，作者是从人生命运的转折，在稳定的生活轨迹中出现的异质因素，来审视人的生命存在和人性样态的。小说中，矛盾冲突的缓释或解决都是人性的胜利，真、善、美、爱的胜利。与此同时，在笃信命运的普希金看来，命运似乎远比个人意志、思绪、意念强大得多，一个偶然发生的事件可能成为人生命运、未来期许变化的重大机缘：接受命运的安排，将人生交给天意，出乎意料地能为当事人带来欢乐和幸福；违逆命运，听凭主体意志的驱使，斩断与鲜活而又真实的生活的联系，却难获人生的幸福和灵魂的安妥。普希金似乎比同时代的大多数作家更早地意识到了这个世界中的非理性，生命存在的奇巧与诡秘，甚至人生的宿命。

普希金还在《别尔金小说集》里采用了一种更为复杂的叙事手段，是他对叙事文学的一个重要贡献。他虚构了一个假冒的札记作者伊凡·彼得罗维奇·别尔金。与书中的人物一样，此人善良质朴，富有同情心，受新的风尚影响，但眼界狭窄，智慧有限。在他记录的故事中还夹杂着故事讲述人、事件亲历者的声音，这两种声音交叉、重叠，完成了别尔金对真实、朴实、简明的生活事实的讲述和认知。此外，还有第三个，被他称为“艺术想象之花”的声音加入，这是在前两种话语之间的插叙、评价，带有夸张、调侃，戏谑、讽刺的成分，是隐匿的叙事人作者的声音。不同层次声音的组合使得小说叙事话语的审美取向具有了多重性：立足于回忆、再现的事实书写与民间化、伦理化的价值言说同在，表现作者价值观的戏谑、欢快的喜剧因素与揶揄、讽刺的悲剧元素共存。

综上所述，中篇小说以故事的有趣、意义的朦胧、叙事方式的别致为文学史家所称道，它们犹如一朵朵清新、鲜艳的小说之花，成为黄金世纪现实主义文学一个别致的审美标杆。托尔斯泰认为，“小说是普希金创作中最好的东西”，所以他建议，“每个作家都应该把所有的别尔金小说都拿来读读。我近日里就读了，我无法表达阅读给我留下的美妙的印象”，“作家应该不停地去研究这个瑰宝”[1]。

1 А.Соколов. *История русской литературы XIX века. Первая половина*. Высшая школа. 1976. С.405.

第五节

《别尔金小说集》(2):《驿站长》

《驿站长》是《别尔金小说集》中最显伤感,最令人动情,也是思想意蕴最丰富的小说。故事并不复杂,它讲述的是俄国十四品文官,官阶最低的驿站长萨姆松·维林悲苦的人生命运。在驿站逗留休整的骠骑兵大尉明斯基看上了驿站长漂亮的女儿杜尼娅,杜尼娅对明斯基也心存爱意。于是两人秘密商定不辞而别,去彼得堡过起了幸福的家庭生活。维林索要女儿回家,遭到明斯基的拒绝,此后老人孤独地生活在寂寞、焦虑、痛苦之中,因思念、担忧、焦虑,最后酗酒而亡。

小说真实地再现了俄国社会受侮辱、受损害的小人物不幸的人生命运,它让成千上万的底层俄罗斯读者在作品中第一次真正看到了自己,看到了自己的生活状态和生存情状。二十年后,陀思妥耶夫斯基在他的书信体小说《穷人》中,让他的男主人公捷乌什金对这篇作品发表过这样一段感慨:"《驿站长》……我读完了……我也有同样的感觉,就像书中写的那样,我自己有时也会遇到这样的窘境，就像这个萨姆松·维林，苦命的人儿。其实，在我们这样的人当中有多少萨姆松·维林啊，热心肠的苦命人儿！……不，这太真实了！您就读读吧！这太真实了！这就是在生活中发生的事！”

不过，普希金的用心不完全在社会批判上，尽管维林的死确有社会不公因素的存在，明斯基带走维林心爱的女儿杜尼娅对他造成的“精神掳掠”和“心理压迫”正是小说中微温的批判成分所在。但是，作品中的这种“掳掠、压迫”主要不是以外在的打压、迫害的方式来呈现的，而是通过维林不正常的精神状态与心理反应来表现的。普希金在小说中凸显的是，等级差异社会中人与人关系的不正常给弱者心灵造成的巨大阴影和伤害，是驿站长对主仆关系的极度敏感与惊恐，还有社会底层人固有的，一种强烈的屈辱性的自卑。

驿站长是一个民间文化传统的守望者，挂在驿站墙上“浪子回头金不换”的图画表明，尊崇这一文化传统的主人公要求子女乖巧听话，守望自己的家园，一旦迷失也要尽早回头。所以，他把跟着贵族军官明斯基出走的女儿看作迷途的羔羊，渴望她的回归。但他不理解人情、人性的真实，既无视女儿春情的萌动，也不愿意理解贵族青年对爱的渴求，错误地设定明斯基一定会始乱终弃，女儿只能成为他玩弄的对象而堕落。由这一错误的设定出发，他始终在为女儿的命运担忧，甚至宁可诅咒她死，也不愿意看到她可悲的未来。当他来到明斯基的家，看到杜尼娅已经成了清新靓丽、幸福无比的明斯基夫人的时候，他竟然目瞪口呆，不知所措。他实在不理解一个离开了家，没有了父爱的女儿怎么会出落得如此美丽、端庄。思维的惯性让误解、嫉恨的心理因此展开并彻底改变了他的生命轨迹。在这种破坏性情绪的主导下，他在这一思维模式中越陷越深，借酒浇愁，最终死去。维林的悲剧展示了他人性与人格的不健全，表现了人在爱的缺失后无路可寻的精神困境。

贵族青年明斯基青春活泼，聪明机智，风流倜傥，情商甚高，巧于“谋爱”。与驿站长父女短短的相处，便赢得了他们的喜爱。为博得姑娘更多的好感，他又称病滞留驿站，终于赢得了杜尼娅的芳心。明斯基利用驿

[illegible]

普希金作品《驿站长》手稿

《驿站长》插图

站长应允周末捎杜尼娅去教堂做礼拜的机会，永远带走了她。但是，他并非维林想象中的花花公子。他信守让杜尼娅幸福的承诺，他对姑娘的爱承载起了“执子之手与子偕老”的地久天长。婚后的杜尼娅富足、幸福。当维林来彼得堡讨要女儿时，他不仅表达了歉意，还人情味浓浓地送给了维林一笔钱，让他安度晚年。小说结尾，我们看到了一个显赫而又非常幸福的明斯基夫人，她乘着六匹马拉的豪华轿车，带着三个健康的孩子和奶妈，为已经去世的父亲上坟。

小说中没有关于杜尼娅与明斯基出走的任何细节，只是马车夫道出了真情，说她心甘情愿地跟着明斯基去了京都。尽管她只有十四岁，但驿站送往迎来的生活历练成就了少女的早熟，她深知漂亮女孩的魅力，也懂得如何讨男人的欢心。明斯基是她遇到的第一个心仪的男人，爱情对她来说不仅是自然真实的，也是纯净甜蜜的。偶遇、相爱、结合、被抛弃——上流社会一大半情感模式对于这两个不同等级、不同文化背景的男女竟然完全不适用：爱情超越了等级、地位、物质、精神的各种障碍。诚然，杜尼娅过起了自己小家庭的幸福生活，完全不顾生她养她、与她相依为命的父亲的感情和心理，这不能不说是她获得爱情后的一种自私。但书中的三个小细节却也道出了她对父亲的一片深情：与明斯基出走后的一路啼哭，在彼得堡突然见到父亲后的愧疚惊厥，在父亲坟墓前久久的恸哭。

探寻驿站长不幸的真正原因，读者会发现，这似乎是一场没有“罪人”的悲剧。无论是贵族骠骑兵大尉明斯基，还是维林心爱的女儿杜尼娅都绝非维林悲剧的制造者。读完小说，读者似乎找不到任何过失者，驿站长维林之死的悲剧被杜尼娅夫妻幸福的家庭生活大大地弱化了，似乎不但不会赢得读者的眼泪，反倒是当父亲的维林显得狭隘、自私，是他心头的“不平”“嫉恨”表现出了巨大的杀伤力，让他痛不欲生，最终命丧黄泉。

读者会想，如果维林果真如愿将女儿领回家中，硬是拆散一对恩爱的夫妻，成就了让女儿回家的作为父亲的“爱心”，那必将扼杀杜尼娅的幸福，造成两个幸福男女绵绵无期的痛苦和悲剧，结局将会更加苍凉、悲哀。倘若维林拥有宽大的胸襟，对女儿追求爱情幸福能够认可和宽容，对明斯基有起码的信任，假如杜尼娅能够体察父亲的一片良苦用心，用其美好、幸福人生的事实消除老人家的偏执、狭隘与妄想，如果明斯基能做得更好，没有恃势傲人、恶语相向，那么这一家人一笑泯恩仇，携手营造幸福美满、和谐的生活场景绝非荒唐的假设。

在普希金看来，维护一个正常的社会秩序，需要有等级的存在，关键是应该有一个健康的等级关系。在小说中，他用一种妥协性的言说，消解不同等级之间的对立与敌视，提倡不同等级的人相互间的理解、宽容、和谐与爱。爱是人类的精神之家，人们在追求幸福、享受欢乐的时候，要学会不要给他人造成不幸，即使在孤独无助、忍受痛苦时，也要学会理解、宽容和爱。追求生命的欢乐与幸福，实现人生的美好与和谐决不能靠一味的抗争，重要的是对这个世界的秩序及他人的真正理解和宽容，不同社会地位、不同文化背景的人能够进行情感、心灵的对话，唯有如此，和谐、美好、幸福才有可能——这就是拥有博大的人文襟怀的普希金在小说中表达的人文理想。

当代俄罗斯文化学家伊里因说："普希金没有把俄罗斯的制度和俄罗斯的生活理想化。但是，拥有俄罗斯心灵的他，却从其内在的深处开始倾听俄罗斯人民的心声并了解在他自己身上的俄罗斯心灵的深刻性，在俄罗斯心灵中了解自己的深刻性。"[1]

1 Карпушин С. В., Ковалева Е. С., Терентьева А.В. *А.С.Пушкин: Начало всех начал. Жизнь, творчество, эпоха.* Русич. Смоленск. 1999. С.596.

第六节

《上尉的女儿》（1）：题解与历史叙事

《上尉的女儿》是普希金唯一一部非诗体长篇小说。它既是诗人最重要的历史题材的代表作，也是他小说创作的最高成就。这是在中国翻译的普希金的首部作品，出版于 1903 年，当年作品的译名叫《俄国情史》，又名《花心蝶梦录》，译者的名字叫戢翼翚。

1773—1775 年，俄罗斯发生了历史上规模最大、人数最多、影响最为深远的布加乔夫领导的农民起义。这场农民运动遍及乌拉尔、西西伯利亚、伏尔加河沿岸等多个地区，最后遭到沙皇军队的残酷镇压。布加乔夫被杀头，他最亲密的战友、起义军的四个主要领导人被绞死。这场轰轰烈烈的农民起义沉重地打击了沙皇叶卡捷琳娜二世的统治，深刻影响了俄罗斯近代史的发展。两百多年来，这一历史事件始终是史学家和文学家所关注的一个重要命题。

《上尉的女儿》就是一部以布加乔夫这个真实历史人物为主人公的长篇小说。作品虽然体量不大，但它有后彼得时代广阔的社会历史容量、丰富和完整的人物性格、曲折的情节和丰厚的审美意蕴，在文学史上有“小史诗”之誉。普希金从1832年构思，1836年完成，总共用了四年的时间。

此前，普希金进行了一次俄罗斯的深度游。他专程去了农民起义的发源地奥伦堡、喀山、乌拉尔，进行了广泛的调查、走访，收集了亲历者和见证者讲述的各种故事，还写下了珍贵的历史文献《布加乔夫史》，记录了大量的历史信息和生活素材，为他突破旧说、重新审视历史打下了坚实的基础。

在普希金的文学创作中，历史题材占有相当大的分量，特别是在1825年十二月党人起义失败后，俄罗斯历史成为诗人艺术思考的一个重要对象。诗剧《鲍里斯・戈都诺夫》，叙事诗《斯坚卡・拉辛之歌》，中篇小说《彼得大帝的黑奴》，叙事诗《波尔塔瓦》《青铜骑士》等，就是他生前最后十余年创作的历史题材作品。与它们相比，《上尉的女儿》从题材的选择、情节的构筑到叙事基调、思想意蕴方面都有了重大的突破。作品几乎重新改写了农民起义军领袖布加乔夫的形象，表达了普希金对历史独有的价值判断和具有全人类意识的文化思考。所以，《上尉的女儿》又被批评家称作普希金的“精神遗嘱”。整部作品节奏紧凑、情节紧张、可读性很强，是体现普希金历史观的一部重要作品，是黄金世纪历史小说中的一部重要经典。

小说问世以来，批评界对它的阐释、分析、研究的成果可谓汗牛充栋，小说改编的影视作品也不断问世，但经典巨大的思想艺术价值仍然给我们留下了巨大的阐释和思考空间。

描写一场如此意义深远的农民运动的历史长篇小说，为什么作者却用了“上尉的女儿”这样一个十分生活化的标题？这是我们首先要回答的问题。

19世纪尼古拉一世统治的时代，把布加乔夫这个被统治阶级视作叛国逆贼的哥萨克农民领袖作为文学主人公显然是行不通的。普希金的这一命名首先是为了躲避书报检查官的眼睛。以沙皇军队的要塞司令米隆诺夫的女儿玛莎的爱情故事为线索，对于隐藏作者对历史事件官方认知的批判性文化立场，从而曲折地表达他在历史关怀中的人文思考是十分有利的。其次，作者力图用这样一个命名淡化他的史识，强调人物个体对待历史的态度，通过展现个体的人生命运与历史的关联，曲折地表达他的历史认知。

历史小说可以有两种写法：一种方法是以真实的历史人物为核心，以他们的生平和历史命运当作叙述主线，正面讲述和评价历史事件和历史人物。比如，受到马克思高度评价的英国司各特的《清教徒》以及阿·托尔斯泰的《彼得一世》、中国作家姚雪垠的《李自成》、二月河的《康熙大帝》等。另一种方法是将历史人物与虚构人物的命运交融在一起，借助两者之间的互动来展现历史事件及历史人物的命运，表达作家的价值指认。比如，托尔斯泰的《战争与和平》、雨果的《九三年》、玛格丽特·米切尔的《飘》、狄更斯的《双城记》、罗贯中的《三国演义》等。普希金采取的是第二种历史小说的书写方式，但他选择了独特的叙事视角，实现了在审美视野和精神走向上的重大突破。普希金说过，俄罗斯与其他欧洲国家从来就没有共同之处，它的历史需要别样的思考、别样的表达。

首先，小说并没有对农民起义的战斗场景做大量直接正面的整体描述，十分有限的战事描写都是以人物人生遭际的形式呈现的。小说中除了真实的历史人物布加乔夫、沙皇叶卡捷琳娜二世之外，还有众多虚构的人物：贵族子弟格利涅夫、他的随从萨维利奇、白山炮台司令米隆诺夫上尉与夫人和他们的女儿玛莎、沙皇近卫军官施瓦布林等。布加乔夫是作者着力刻画的历史人物，作家要展示的是他艰难窘迫的生存状态和坚韧不拔的生命品格。而小说中的虚构人物，作为那个历史时期俄国不同社会阶层的代表，都与布加乔夫和他领导的农民起义军有着不同的交集和关联。历史进程不仅直接影响了他们的人生命运，还充分展现了他们的生命形态和精神品格。历史人物和艺术虚构人物的人生遭际、行为活动、情感纠葛构成了小说的主要内容，使得作者的历史思考有了鲜活的生命承载。

其次，小说融入了大量的生活叙事。作者从贴近生活现实，反映人物的生存状态走进历史和历史人物的深处。比如，贵族子弟格利涅夫所受的童年教育，他与随从萨维利奇的日常生活，他们与家人的书信往来，白山军事要塞司令米隆诺夫的家庭生活，夫人瓦西莉莎的待人接物，面临布加乔夫进犯时，夫妇对女儿玛莎的叮嘱惦念，甚至连布加乔夫形象的塑造，也都是通过他的日常生活和言行来完成的。日常生活是人性展露得最自然、最充分、最真切的领域，它可以充分补充、丰富历史叙事，使人物性格的塑造更饱满。人在日常生活中的感性和理性中蕴含着丰富的情感、理智、智慧、精神、思想，它们是检验人物的历史价值、展现人性形态的重要手段。

第三，为了赋予历史小说在虚实之间的一种浪漫的抒情气质，作者将审美重心转移到了对人的生存、情感、人性的探究上，而其中的爱情故事更是小说独特的景观。贵族子弟格利涅夫和白山炮台司令的女儿玛莎的爱情故事使得历史小说中家庭社会的背景更重于历史的分量。爱情故事不仅是历史动荡中男女情感的真实书写，也是对布加乔夫、格利涅夫、施瓦布林这些人物性格、道德、精神品格进行诠释的重要手段。历史理性的探寻和思索与非理性的情感纠结相交织的言说方式，使得历史事件中的阶级矛盾、历史冲突、人性呈现更接近于人类心灵的真实状态，更有利于深化对历史事件和历史人物的认知，使得历史叙事拥有了更为丰满的血肉和抒情特质。

长篇小说的基础文本是人生札记，札记作者是格利涅夫，是他年逾五十之后写下的回忆文字。回忆录记述了他在十七岁时听从父亲的教诲，去军队服役，接受战地生活考验、磨炼意志的人生经历。此间他与布加乔夫有着直接的接触，与农民起义军有过正面的冲突。从他的记述中可以窥见以往史学家、文学家鲜有记载的历史故事和人物心理行为的细节，这就使得艺术虚构中的感性认知与历史真实之间始终保持着一种内在的一致性。

格利涅夫的人生经历有内心激情和历史反思的两重性质。正是他的存在以及与布加乔夫一次次的相遇，引发并展开了对布加乔夫人生命运、个体性格、精神品格的书写。最后也是他亲眼目睹了布加乔夫走上断头台的悲剧人生，从而把历史故事推向了终结。此间，他的人生交接着白山炮台

《上尉的女儿》插图　阿利丰斯·拉蒙特绘

рис Павелъ Соколовъ
грав А. Ламотъ

рис Павелъ Соколовъ
грав А. Ламотъ

рис Павелъ Соколовъ
грав А. Ламотъ

司令米隆诺夫上尉及夫人被农民起义军杀害的命运，与沙皇近卫军官施瓦布林的剧烈冲突，与上尉女儿玛莎的爱情。他还亲自参与了与农民起义军的正面战斗。他遭受诬陷被捕，险遭流放，侥幸昭雪，进而由此引出了女皇叶卡捷琳娜二世的形象。

意大利史学家和哲学家克罗齐说过，任何历史都是当代史。普希金在《上尉的女儿》中思考的不仅是18世纪的历史，还有对十二月党人运动失败后，俄罗斯现实政治、社会问题的思考。他在看似平静的历史叙事中透露出对一系列现实问题的思考和强烈的人文诉求。贵族与农民，人民与政权，哥萨克与国家的关系问题不仅是18世纪的历史存在，在普希金及之后的时代也有着极大的现实性。

独特的文体和情节结构保证了历史叙事的清晰、流畅和圆满，其中有两个特点是特别需要加以强调的。其一，作品是以作为历史事件见证人和参与者格利涅夫的札记形式呈现的，从回忆者的角度叙说历史、表现人物，能使作品具有更大的真实感和可信度，同时赋予了叙事人很大的自由度和灵活性。在陈述主人公亲眼所见的历史真实的基础上，在保持叙事的连贯性，叙事主人公性格、心理完整性的基础上，作者得以将自己的评价有机地融进主人公的认知中。其二，历史小说的整体结构中蕴含着一条格利涅夫与玛莎的爱情线索。这一不可忽视的故事情节有两个重要的功能：既强化了小说的生活质感和情感温度，淡化了流血、杀戮、绞刑所带来的生命悲凉；又服务于人物的塑造，增添了为格利涅夫与玛莎相爱起了重要作用的布加乔夫的人性厚度，也为沙皇叶卡捷琳娜的民众关怀拓展了空间。历史小说《上尉的女儿》并不会因为对18世纪布加乔夫哥萨克农民起义的书写而被铭记，却一定会因其呈现的历史中的人性、人格和历史哲思永远被人们称道。

第七节

《上尉的女儿》（2）：人物体系和审美意蕴

重写历史，归根结底就是重写历史人物，因为人物是历史的主体和灵魂，普希金正是通过展现生命个体在历史中的相互关联来表达他对历史的认知的。他将一个个人物有机地嵌入了小说的结构之中，将人物的塑造与历史场景的展现水乳交融地融汇在一起，实现了人性内涵与社会历史内涵的有机结合。

这种结合最集中地体现在两个富有人性深度的人物形象的刻画和塑造上。首先进入我们视野的是小说中一个十分重要的虚构人物，一个折射历史时代的人物格利涅夫。他之所以重要，并不是因为这一形象光彩熠熠，而是他在小说历史叙事中独特的结构功能。他既是小说中的人物，也是小说的叙事人、作品历史话语建构主调的叙述者，是小说核心人物叶梅里扬·布加乔夫人生命运的记录者。

格利涅夫出生在一个外省贵族军官家庭，尚在襁褓之中就被以中士的身份列入了沙皇近卫军谢苗诺夫军团。除了法国家庭教师的文化教育，他自幼接受的是正统的军人家庭教育。父亲的谆谆教诲——“爱惜衣服要起于新，珍惜荣誉要始于少”——成为他人生遵循的行为准则，这个贵族军人后代养成了强烈的公民责任感和军人荣誉感。

十七岁那年，他接受父亲的叮嘱，去了军队服役，接受严格的锻炼和考验。而且他没有去彼得堡的谢苗诺夫军团，而是去了穷乡僻壤的白山炮台，这就是这一人物的历史底影。格利涅夫正直、善良、理性，是一个人情味很浓的青年军官。他有着建功立业的远大理想，是贵族军人精神建构的载体和符号，他立志为国效力，绝对服从军人的天职，与农民起义军势不两立。

贵族军官身份无疑具有隐喻性，它隐含着对贵族社会的历史认知和对沙皇政权的绝对忠诚。作为国家政权和贵族阶级利益忠实的捍卫者，他也从不为农民起义作任何辩护。他的思维方式、行为规范完全称得上沙皇军官的典范。白山炮台陷落之后，他被起义军俘虏，布加乔夫问他：“如果我放了你，你能不能答应，起码不与我作对？”他回答说：“这我怎么能答应你呢？你也知道，我是由不得自己的，接到了命令与你们作战，我就执行，没什么可说的。”正因为如此，他个人的眼光和对历史人物布加乔夫的评价便显得格外真实可信，具有不可辩驳的说服力。

格利涅夫在奔赴白山炮台服兵役的途中遇暴风雪迷路，偶遇布加乔夫，在这个素昧平生的农民领袖的热心帮助下，他才走出迷津。此后，他在不同的情境又与布加乔夫多次相遇，成了后者人生命运的见证者。有趣的是，叙事主人公格利涅夫在前往白山炮台的途中，做过一个带有预示性的梦：一个庄稼汉从床上起来，挥舞着斧子，砍死了许多人，他本人也被死尸绊倒了，但却得到了这个庄稼汉的安抚。这个梦应验了日后的许多事情，而这个梦中的庄稼汉就是布加乔夫。

当他得知赫梅利松将军率领沙皇军队正在追杀布加乔夫残部的时候，他既为身上沾满了无数人鲜血的这个“恶棍”的必然下场感到高兴，也为他面临被捕斩首的结局深感不安。他内心不由得感叹道：“叶梅里扬啊，叶梅里扬，你怎么就没被刺刀给捅死，没被沙弹给打死呢，要是你没想过这一出该有多好。”越是无意间道出的内心情感，就越是表现出他的同情、惋惜之情隐藏之深，说明其内心深处非常在意这位农民领袖的人生。然而，作为沙皇政府愚忠的效力者，格利涅夫从未与贵族的精神原则剥离，他只是以直觉的方式感受人和历史，感受到了历史人物的人格魅力和内在的精神力量，却无法意识到历史人物与历史整体的关系。他始终只是一个历史的见证者和记录者。

随着与布加乔夫的结识，认识的深入，格利涅夫正统的是非观念在消解，贵族阶级的立场在动摇。他感谢布加乔夫在他遇到暴风雪迷路时为他指点迷津，为一次次对他的真诚宽容而深深感动，为布加乔夫的神勇、正义感和广阔的胸怀所折服。格利涅夫从由衷的感激、深深的同情，到对布加乔夫的英雄精神和人格魅力的深深敬仰，他的情感取向和价值偏好也越来越倾向于这个哥萨克起义军领袖。直到最后，他目睹血淋淋的现实，尽管无法承认农民暴动的必然性和合理性，无法接受战乱给社会、百姓带来的深重苦难，却仍在一定程度上承认布加乔夫人生事业的正当性。

格利涅夫与玛莎的爱情是小说中的重要情节，它强化了小说的生活质感和情感温度，淡化了流血杀戮所带来的生命悲凉，又增添了人物的人性厚度。爱情属于个人，不属于历史，但波折连连的爱情既有与历史动荡的紧密勾连，同时又牵动着布加乔夫和女皇叶卡捷琳娜二世两个真实历史人物的内心。他们的爱情经历了两次重大波折，一次是白山炮台被起义军攻陷，沙皇军官施瓦布林利用被布加乔夫任命为要塞头领的身份，企图强行霸占玛莎，还有一次是格利涅夫遭施瓦布林诬陷锒铛入狱，先后被判处死刑、流放。是格利涅夫的忠诚，玛莎的执着和无畏，更是布加乔夫的正义感，以及女皇叶卡捷琳娜二世慈善博大的心胸，才让玛莎得到拯救，格利涅夫得以申冤，让他们的爱情终成正果。爱情的书写揭示了个体命运与历史的隐秘关系，呈现了个体被历史裹挟，爱情的艰难曲折，凸显了格利涅夫和玛莎的生命激情和爱情的力量，以及布加乔夫、叶卡捷琳娜二世崇高的精神品格，这是对他们人性光芒的有力确证。

《上尉的女儿》插图，给叶卡捷琳娜二世的信　1861年绘

在《上尉的女儿》中最为耀眼的形象当属农民起义军领袖布加乔夫。在普希金的笔下，他不再是被丑化的历史存在，而成为俄罗斯文学中第一个血肉丰满的民间英雄形象。

布加乔夫是个哥萨克农民，却又有着与农民不一般的地方。他是一个识字的农民，长了一对炯炯有神的眼睛，冷静狡黠、机警敏锐。他首先是以一个可疑的流浪汉形象出现在格利涅夫面前的。他引领格利涅夫走出暴风雪中的迷津，这一无私相助的热心、真诚以及格利涅夫赠送御寒皮袄表示感谢之举都给读者留下了十分温馨的感觉。第二次，格利涅夫是以被起义军攻陷的白山炮台守军的俘虏身份出现在布加乔夫面前的，但布加乔夫没有为难他，不仅赦免了对自己有恩的格利涅夫，甚至允许他去州府通报自己一周后攻占奥伦堡的计划。布加乔夫的宽厚善良、知恩图报、光明磊落给格利涅夫留下了深刻的印象。

在攻陷了白山炮台之后，布加乔夫仗义疏财，将钱币散发给民众，还惩处了无耻的施瓦布林，为格利涅夫解救了孤苦无依的玛莎，表现出令人敬佩的正义感。正因为如此，他在民间和起义军官兵中才有了“民众庇护人”和“红太阳”的美誉。白山炮台司令夫妇阵亡后，企图强娶玛莎的沙皇军官施瓦布林遭到嫉恶如仇的布加乔夫的严词斥责，他救下了孤苦无依的姑娘，成全了格利涅夫与玛莎的爱情，充分体现了俄罗斯哥萨克农民的朴实、真诚、强烈的正义感。

普希金将他卓越的军事才能，鲜明的人格魅力，强大的精神气场一一展现在读者面前。小说中布加乔夫的性格是充满矛盾的。他和善可亲却又阴森恐怖，他快活爽朗却又神秘莫测，他真诚善良却又蛮横专断，这些矛盾不是外在的，而是内在于他的人性的，是水乳交融地统一在一起的，是军事家、政治家和充满魅力的人格个体的统一。

作为一个军事家，他坚毅果断、英勇善战、不畏强敌，具有横扫千军如卷席的气概和能力。在行刑前被关押在囚笼里，他依然视死如归，对自己奋斗的一生无怨无悔。作为一个政治家，他有着清醒的政治头脑，对于起义军的农民构成，对他们唯利是图的习性和狭隘愚昧的精神缺陷有着充分的认知，对农民起义的未来结局有着十分冷静的判断。他说，我们的路子很窄，我的自由并不多，我的手下都有各自的小九九，他们都是盗贼，我始终要保持警惕，一旦战事失利，他们立刻会拿我的人头赎回各自的性命。作为一个不无浪漫主义的生命侠客，这个个体有着崇高的生命理想和澎湃激荡的血性。他鄙弃安逸的生活，渴望轰轰烈烈的人生，他把黑夜、利剑、骏马、弯弓当作最好的朋友。

作者将布加乔夫卓越的军事才能、冷静的政治智慧、迷人的人格魅力、强大的精神气场一一展现在读者面前。更令读者感到惊叹的是，他与人相处从来不以社会政治立场为原则，而是以情感、人性和人格为标准，在正直、诚实、善良的人面前，他那对如鹰般的双眼便变得柔和起来。他对格利涅夫说，你看到了吧，我并不像你们的兄弟说的那样是个吸血鬼，而一旦意识到欺骗、伪善、狡诈，他的两眼就会露出火焰般的光芒。他所讲述的卡尔梅克的童话故事表达了对一种生命形态的高度崇尚："与其像乌鸦一般贪吃腐肉，苟且偷生三百年，莫如像雄鹰一般嗜血搏击三十三年。"这一充满诗情的生命追求，反过来映衬了格利涅夫生命形态的逼仄和卑微。普希金赋予布加乔夫诸多的个性特征和生命精神，一再表明他是

叶卡捷琳娜二世的肖像，1794年绘

人性、智慧、力量的化身。俄罗斯女诗人茨维塔耶娃说，布加乔夫对任何人都未承诺过要做个好人，然而尽管未作任何承诺，却是个大好人，“这是我第一次与恶的相遇，未料想却原来是善的化身”。

小说家以这种多重的叙事方式，饱满、充盈地完成了对农民起义军领袖布加乔夫形象的塑造，在指出了其历史局限性的同时，复原了其人性和人格的巨大魅力，这一有悖于社会主流话语的价值判断，彰显了普希金对农民起义和历史人物独特的解读。

除了这两个中心人物之外，小说中还有虽然柔弱却细腻真挚、爱憎分明的玛莎，为沙皇英勇壮烈捐躯的米隆诺夫夫妇，绝对忠诚，且又充满生命尊严和责任感的格利涅夫的随从萨维利奇，优雅庄重、温柔慈祥的女皇叶卡捷琳娜二世，还有邪恶、猥琐、狡诈的近卫军官施瓦布林，这些人物虽然着墨不多，但共同传达出普希金依托人性思考感悟和映衬历史情势的叙事意识。小说中形形色色的人物的全部故事都在告诉我们，人性才是人类精神的原乡，才是衡量历史人物的价值，判断历史进程、人类命运以及文明进步倒退与否的一个重要尺度。

俄罗斯文化批评家洛特曼在他的《〈上尉的女儿〉的思想结构》一文中说，普希金的最后一部小说确立了一种从全人类的，而非社会原则的人际关系出发书写历史的可能性。塑造人物形象、书写人生命运，并非作家要在历史小说中实现的艺术目标，历史小说要解决的问题在于应该如何认识这场历史悲剧和这场悲剧中的人和事。对于这一命题的回答也意味着我们对这部历史小说和普希金历史观的最终解读。

小说家被这场农民运动带来的流血、苦难、浩劫所震惊，同时又为沙皇残酷血腥的镇压深感不安。他理解农民暴动的不可避免性，深深地同情布加乔夫，欣赏他可歌可泣的传奇人生，赞美他高尚的人格、英雄的精神，表达了民众对这个民间英雄永远的怀念。然而，作家认为，如同小说中所描写的在大自然中肆虐的风暴一样，农民暴动是一种听凭原始生命蛮力滋长的暴力行径。在他看来，任何暴动流血都是泯灭人性、制造死亡的人类灾难，它只能造成历史文明的断裂、国家的动乱、民众的苦难、社会秩序和道德伦理的溃败。他怀着强烈的人类良知，借助于格利涅夫的口，发出了“但愿上帝再也看不到俄罗斯的毫无意义和残酷无情的暴乱”的呼喊。作家主张沙皇体恤民众，国家政权应该表达人民的情绪、意志和愿望，民众应该尊重王权，倡导沙皇与民众关系的和谐，国家政权和哥萨克的和解，表达了他对稳定和秩序的期盼。

普希金关心的是人类的文化发展和文明进步。他在小说中说，人类社会最有效的、最坚实有力的变化，说到底就是没有任何暴力动荡的风习的改善。小说结尾，女皇叶卡捷琳娜与玛莎在皇宫后花园相遇，她在自己的梳妆室里接见孤女的场景，充满了安宁和谐的诗意氛围。女皇在阅读玛莎申冤信时专注严肃的神情，她那种体察民间疾苦的爱心，对为国捐躯的上尉的女儿的满腔深情和郑重承诺，都给读者留下了难忘的印象。当代俄罗斯女作家乌丽茨卡雅说，每当读到这个场景，她都会潸然泪下。普希金试图用这样抒情诗意的画面来表达对美好人性的崇尚，对女皇叶卡捷琳娜二世作为一个人的善良本质的不可动摇的信念，对回归光明美好的生活真诚的希冀，对爱与善最终能赢得胜利的坚定信念。

第八节

普希金的历史文化价值和精神价值

在普希金逝世后的一百八十多年时间里，俄罗斯经历了首都的迁徙、朝代的更替、战争的创伤、革命的洗礼、文学潮流的更迭、文化时尚的流转，但普希金始终是俄罗斯人的最爱，是每一个俄罗斯人一生中最早记得和最后忘却的名字。果戈理说："普希金是非同寻常的一个现象，也许，是俄罗斯心灵的唯一的现象：这是一个，也许是二百年后，才会出现的发展成熟了的俄罗斯人。"[1]

1899年，为庆祝普希金诞辰一百周年，在古罗斯接受基督教洗礼的圣山东正教大教堂，举行了十分隆重的追悼诗人亡魂的仪式。俄罗斯都主教安托尼发表了演讲。他说："普希金的名字把各种不同社会地位和年龄的人都吸引到了这里，有老人和少年，男人和女人，军人和非军人，高官和平民百姓，他们都把已故诗人看作自己最亲爱的、最贴心的人。所有文学的、哲学的和不同政治阵营的各界人士，都设法把

1 *Пушкинская энциклопедия.*Изд. АСТ.М. 1999. С. 743.

左起克雷洛夫、普希金，茹科夫斯基和格涅吉奇在彼得堡夏园　切尔涅佐夫1832年绘

普希金的名字和自己联系起来。”[1] 显然，在俄罗斯，普希金是全民之爱。普希金的历史文化价值和精神价值，不能狭窄地局囿于文学中。

普希金处在一个除旧布新的时代，一个新俄罗斯曙光初露，新文化旭日冉冉升起的时代，他是这一时期迎接民族曙光与文化旭日的俄国贵族知识分子的杰出代表，是俄罗斯文化地壳运动中升起的一座高峰，俄罗斯文学、文化走向现代性的历史坐标。其历史文化价值和精神价值主要体现在这样几个方面。

第一，普希金首先是个作家，他最重要和最突出的贡献在于语文学领域。普希金是俄罗斯黄金世纪文学的奠基者。他的文学创作体现了俄罗斯黄金世纪文学的题材广度、思想宽度和文化纵深。他开拓了浪漫主义诗歌，创立了现实主义小说，革新了俄罗斯语言，完成了俄罗斯文学在19世纪的历史性话语转型。他的作品积极回应了俄罗斯走向现代化进程中出现的一系列命题：多余人、小人物、金钱骑士、贵族文化、乡土文化、欧洲文化、俄罗斯历史等。普希金死后，所有的俄罗斯作家、戏剧家、作曲家、雕塑家、电影导演，无不从他那里汲取题材、体裁、人物、情节、语言的资源。他的创作始终在变动中，他一直在各类文体之间跨越，不断探

1　*Пушкинская энциклопедия.*Изд. ACT.M. 1999. C. 769.

2　同上书，C. 783。

3　同上书，C. 26。

4　Карпушин С. В., Ковалева Е. С., Терентьева А.В. *А.С.Пушкин：Начало всех начал. Жизнь, творчество, эпоха.* Русич. Смоленск. 1999. С. 596.

索文学表达的边界。俄罗斯第一个获诺贝尔文学奖的作家布宁说："我们当中谁人没有模仿过普希金？"[2]

他的诗歌、小说、悲剧、童话有许多的思想层面和文化面向。《别尔金小说集》是他对俄罗斯乡土文化的讴歌，他的四个小悲剧是对欧洲文化的致敬，他的诗体长篇小说是对这两种文化思想及对其审视的有机融合。他的历史小说既指向历史，更指向未来，他把历史事件、历史人物的过去和没有未来的未来，有机地、巧妙地编织在了一起。在探寻自我意识和思考社会文化两者之间，普希金的创作明显地更重于后者。他的创作中深深凝聚着伟大的爱的人文理想。在所有的叙事和抒情作品中，诗人的目光始终如一的熨帖、充满柔情，他毅然地承受生命的余裕，心灵澄明，不起纤尘。爱情的不幸、人生的苦难并不影响生活的美好，对生活的乐观主义情怀。普希金的艺术世界中虽然有惆怅、哀伤、痛苦、眼泪，却从来没有恨。所以陀思妥耶夫斯基说："倘若普希金能活得更久，兴许我们之间会少了许多我们所看到的误会和争执。"[3]

18、19 世纪之交，俄罗斯文学使用的仍然是交织着古斯拉夫语和希腊语的古俄语。普希金以凤凰涅槃式的方式使这一语言获得了新生。第一个用全新的类似于中国白话文的语言，书写了全新的民族精神文化空间。借助于普希金搭建的俄罗斯语言阶梯，今日"00 后"的俄罗斯年轻人可以毫无障碍地一脚踏进黄金世纪文学。正是在这个意义上，批评家杜勃罗留波夫说："他教会了俄罗斯大众阅读，在这方面他的功绩是极其伟大的。"[4] 果戈理说："普希金如同一本词典，体现了我们语言里的全部丰盈、灵动和力量。"[5]《叶夫根尼·奥涅金》就是一个典型的范例，诗体长篇小说是极为丰富的话语合成：口语、书面语。他激活了古斯拉夫语词，还有西欧文学中的言说方式。普希金从不以刻意的夸张渲染吸引眼球，他的抒情和叙事的语言总是那么平静淡然、娓娓道来，借助于语言营造的意境总在弥漫散发着浓浓的诗意。他用心的语言所获得的卓越成就使得具有独立民族品格的俄罗斯文学在其诞生之初就达到了辉煌的高度。

第二，在历史文化方面，别林斯基说，普希金不仅是一个诗人，而且

5 Карпушин С. В., Ковалева Е. С., Терентьева А.В. *А.С.Пушкин*：*Начало всех начал. Жизнь, творчество, эпоха.* Русич. Смоленск. 1999. С. 596.

还是第一次觉醒的社会自我意识的代表。他的文学创作充满了高度的文化自觉。这种自觉不是俄罗斯文化的欧洲化，也不是狭隘的民粹主义，而是一种基于民族的自我意识，以民族文化建设为核心的俄罗斯精神的确认，是一种具有普世价值的人文精神。普希金既有对民族文化积极正面的自信，也包含着对负面消极东西的清醒与自省，整合与改造。他没有封闭在个体、群体或是民族本土文化中，而有着对人类文明发展、人格人性完善和谐的体认与追求。

普希金从不致力于建构完整的思想体系，但他在文学创作中所体现的思想却比专门的思想家还来得广阔温暖、丰富复杂，也更具有感染力和影响力。“白银时代”的俄罗斯哲学家罗赞诺夫说，“你试试按照果戈理、莱蒙托夫的方式活着，你会因他们的一元论、‘一神主义’而窒息，你会有一种可怕的桎梏感，那是一间虽然散发着百花的芬芳，却门窗紧闭的屋子，但在普希金那里，所有的门都是敞开的，甚至没有门，因为没有墙，甚至连屋子都没有，那是一座真正的花园，在里面你是不会疲劳的”[1]。他的作品中没有果戈理、陀思妥耶夫斯基创作中罪感与救赎、天堂与地狱、上帝与魔鬼一类的话题。他也没有像托尔斯泰一样，把他的思想凝固成一种主义或者学说，他从不拿现成的观念来称量俄罗斯文化的昨天和今天。他作品中莎士比亚、歌德的审美元素，要大大强于但丁的审美元素。

俄罗斯道路、俄罗斯思想、俄罗斯哲学、俄罗斯命运在他的笔下，从来就是一幅幅活生生的人物画、一件件发人深省的事件、一个个深刻的社会文化命题、一种种不同人性的表现。在影响现代俄罗斯文学价值观的众多因素中，有一个因素尤为重要，那就是他为现代俄罗斯文学确立的“立人”的价值取向，这既是一种形而上的哲学观，又是一种形而下的文学实践。作为一种哲学观，他高度重视生命个体对人的尊严、生命价值、精神诉求的敬畏，他始终在为人类寻找精神家园；作为一个形而下的文学实践，他的创作充满了对社会底层的关心，对苦难的关注，还有面向未来和世界的开放意识与希望理想之光。在一定的意义上，普希金完成了彼得一世未能完成的走向欧洲和世界的文化改革的夙愿。

1 Карпушин С. В., Ковалева Е. С., Терентьева А.В. *А.С.Пушкин*： *Начало всех начал. Жизнь, творчество, эпоха.* Русич. Смоленск. 1999. С. 600.

普希金的政治立场是与他对人类历史的总体思考有关的，他没有对历史进程中的冲突作说教式的、实用主义的判断，而是冷静地思考了历史冲突的客观原因。从历史主义原则出发，从专制制度的历史根源这一事实出发，他坚信在俄罗斯启蒙进步思想的引领下是可以解决这样的历史冲突的。他的人文主义精神总是充满了伟大的向善情怀和理想精神，进而成为现代俄罗斯启蒙思想的核心，化作了现代俄罗斯的文化基因，俄罗斯文学的精神基础。外部世界在他的心目中更为广阔遥远，除了欧洲，还有中亚的荒漠、爱琴海的岛屿、神秘的阿拉斯加，以及古老的中国。但他没有陀思妥耶夫斯基对西欧轮盘赌的那种欣赏，也没像果戈理、托尔斯泰那样对西欧文明充满了恐惧与憎恨。他对沙皇尼古拉一世说，我想去法国或是意大利，但是如果这也不允许，我请求允许我随时能去访问中国。虽然他未能成行，但是对东西方文化的阅读和研究为他提供了时空的深度转移。他摆脱了宗法斯拉夫传统的桎梏和对西方文化的一味效仿，将充满活力的西方文化精神和沉闷的俄罗斯文化精神和谐地融合在了一起。

文艺复兴时代对古希腊崇尚生命快乐的理念几乎没有触动俄罗斯，普希金补上了这一课，他以热爱生活、笑对生活的态度呼唤回归尘世生活，享受生命的快乐。普希金是一个无神论者，或者可以说是一个泛神论者，他像虔诚的信徒一样，相信命运的神力。他在诗中说：“无谓的天才，偶然的禀赋，生命啊，你为何赐予了我？”他的生命态度和情感主调从来都是光明的，甚至在他惆怅苦闷忧愁时，他自己说，他的忧愁也充满了亮色。当代俄罗斯诗人鲁布佐夫说他的这种忧愁“如同月光般皎洁明丽”。

他关于生命存在这一经典的提问中蕴含着浓郁的宿命论思想。早在童年时代，一个善于占卜的女子就预言说，如果在他生命的第三十七个年头上，没有被一匹白马、一颗白色的脑袋或是一个白衣人所累，那么他一定能长寿。他深信不疑，果然就在不满三十七岁的那年，被长着一头偏白色浅发的男子杀害。在与冈察洛娃在教堂举办结婚仪式的时候，读经台上的一个十字架和福音书掉了下来，普希金手中的蜡烛也熄灭了，他脸色苍白，自言自语道：这是凶兆。这一预言也再一次被不幸言中，婚姻没有给他带来幸福，反而造成了他的痛苦和过早的死亡。预言、迷信、梦幻，几乎充斥在他所有的叙事作品中，成为其中不可或缺的审美元素。他使俄罗斯文学一度中断了的多神教传统重新回归俄罗斯文化中神奇的一面。

在艺术审美层面，普希金对于俄罗斯文学最大的影响还在于，他将“美”的概念从一种思想性和精神性的东西转化为日常生活里的元素，即他实现了日常生活的审美化。在他的笔下，散步、聊天、读书、跳舞、看戏、吃饭都能入诗。他能敏锐地捕捉生活的变化，记录生活的律动，见证生活前行的足迹。他以他的创作表明，正是感性领域、日常生活才有其充分的美学阐释价值。他的创作告诉我们，只有向日常生活倾斜、不同程度地回避理性意义的深度建构，作家才能有效地传达生活自身的肌理，展示生命的丰富性和可能性。美不仅是一种语言和风格，还是一种生活和生命存在，一种思想的方式。当代俄罗斯文化学家伊里因说：“他所缔造的美的一切成了俄罗斯心灵的本质，并留存在了我们每一个人的身上。”[1]

诗人力求文学作用于社会意识、文化启蒙，这与当时俄罗斯文学主流的社会政治批判形成了鲜明的对照。他从不做任何宣传鼓动、道德训诫，他从来不担忧没有他的提醒和教导，人们会堕落，会误入道德迷津，会下地狱。他从未发出过像格里鲍耶陀夫的《智慧的痛苦》、赫尔岑的《谁之罪》、车尔尼雪夫斯基的《怎么办？》、托尔斯泰的《我不能沉默》这样的政治表达和呐喊。尽管在尼古拉一世统治最为严酷、社会最为沉闷、全民沉默的时代，他比这些作家更有理由愤怒、呼号和说教。与“黄金世纪”其他作家相比，他更加自然宁静、朴素真诚，更重要的是他更加优雅，更加文学。他说“我要用动词点燃人们的心灵”[2]。普希金是个职业诗人、文学家，他唯一的工具就是词语。

当然，金无足赤，人无完人，普希金无疑也是复杂矛盾的，甚至不无民族沙文主义的。他反对专制暴政，认为俄罗斯帝国是一座民众的大监狱，但他也无法想象，除了对俄罗斯帝国的忠诚，他还会有别样的家国情怀；他无法容忍统治阶级对民众反抗的残酷镇压，却始终对沙皇，尤

1 Карпушин С. В., Ковалева Е. С., Терентьева А.В. *А.С.Пушкин: Начало всех начал. Жизнь, творчество, эпоха.* Русич. Смоленск. 1999. С.596.

2 *Пушкинская энциклопедия.1799-1999.* Изд. АСТ.М. 1999. С. 17.

3 *Тайна Пушкина.* Из прозы и публистики первой эмиграции. Составитель М.Д.Филин.（转下页）

其是彼得大帝怀着深深的崇敬和膜拜。他说："我，当然鄙视我的祖国，从头到脚。但是，假如一个外国人也持有与我一样的感情，我会感到懊丧。"[3]诗歌《斯坦司》为刚刚加冕的新沙皇尼古拉一世祝福，相信他能成为像彼得大帝一样的伟人："愿你为家族的传承自豪，如先祖一样盛名卓越，像他那样坚定果敢、孜孜不倦，如他一样宽厚慈祥。"他歌颂俄罗斯帝国扩张的"伟大功勋"，赞美俄罗斯民族能征善战的战斗精神，认为那是先进文化对野蛮文化的消弭和胜利。《致俄罗斯的诽谤者》就是他为镇压了波兰人民起义的沙皇军队写下的一首赞美诗。

普希金博物馆

普希金是永远说不尽的。俄罗斯诗人阿达莫维奇说："关于普希金的话似乎已经说完了，可是只要你拿起他的书重新去读，你就会感觉到几乎什么也没有说过。"[4]普希金故居博物馆女馆长加丽娜·谢多娃博士说："每个读者，无论他是乡村少年还是大学生，是历史学家、哲学教授，还是语言学家、作家，都有他自己所理解的普希金。但是对所有的人来说，他又是同一个人。"[5]这同一个人就是沙皇尼古拉一世所说的，"俄罗斯最聪明的人"，就是梅列日科夫斯基所说的"崇高自由的精灵"。

普希金来到人世间已经二百多年过去了，但是普希金用生命、心灵感悟的文学却没有随着时间远去。普希金是读不尽、讲不完的。他以跨越时空的艺术生命力战胜了时代，他的文学创作所展现的思想与情感仍与今日读者的思想情感发生着联系。21 世纪的今天，人类所面临的共同的精神困惑、文化难题与普希金所面临的命题有着某种程度上的相似——生命信念

（接上页）Эллис Лак. М.，1998.С.211.

4　*Тайна Пушкина*. Из прозы и публицистики первой эмиграции. Составитель М.Д.Филин. Эллис Лак. М.，1998. С. 238.

5　https://www.culture.ru/s/vopros/pushkin-nashe-vse/.

的失落与精神价值的溃散。普希金最可宝贵的精神遗产——以独立的主体意识，辉煌的人格力量，巨大的爱的热情重整个体的和民族的主体形象，正是解决这一难题的出路所在。伟大诗人用生命之丝营造的纯洁无瑕的人类的爱的宫殿，无论现在还是将来都会给读者开启一条开阔、丰厚的人生之门的路径。

普希金与中国有着特殊的情缘。据不完全统计，到上个世纪末，普希金诞辰二百周年之际，中国出版的普希金作品已多达二百余种，总印数超过了五百万册。[1] 从鲁迅在《摩罗诗力说》中的第一篇关于"普式庚"的文字到以瞿秋白、查良铮、戈宝权为代表的中国现代作家、诗人翻译和研究的译作和著作，从 1996 年中国"普希金学"学科的确立和"普希金研究会"的成立到世纪之交不同版本多卷本《普希金文集》的出版，"普希金热"已经成为百年来中国外国文学界难得的现象。俄罗斯驻华大使杰尼索夫感叹说："除了俄罗斯之外，我们很难找到另一个国家能够如此经常地、大量地出版普希金的作品。"[2] 到了新世纪，国家社会科学普希金研究项目的立项，普希金研究成果和硕士、博士学术论文还在不断涌现，他的塑像还分别矗立在上海教育会堂附近街心花园和北京首都师范大学的校园里，这些都充分说明了普希金在中国外国文学研究界的地位和分量。

1　刘文飞著：《阅读普希金》，人民文学出版社，北京，2002 年，第 295—296 页。

2　陈建华主编：《中国俄苏文学研究史论》，重庆出版社，重庆，2007 年，第 11 页。

第三章

莱蒙托夫：生命之谜与璀璨的文学光芒

请相信吧，公爵，
我还不如我的恶魔呢。

——*莱蒙托夫*

1814~1841

莱蒙托夫是继普希金之后，俄罗斯文学黄金世纪的第二位大诗人，是19世纪俄罗斯文学风格转向的一个重要节点。莱蒙托夫的出现，标志着普希金阳光和谐、靓丽优雅的言说风格渐渐远去，它正在被一种沉郁凝重、灵魂激荡、充满悲悯情怀的文学声音所取代。这种内质的变化和深隐的力量演化出了黄金世纪文学一个新的审美境界。

2014年，在莱蒙托夫诞辰二百周年之际，普京专程来到他的故居，拜谒这位天才诗人。他说，“他是一个天才。他也是我们时代的天才！……米哈依尔·尤里耶维奇绝对是一个爱国主义者”，一个“被世界放逐的漂泊者，有着俄罗斯的灵魂”[1]。天才、爱国、漂泊、俄罗斯灵魂，这四个关键词概括了这位大诗人的艺术才华、价值立场、生命形态和精神品格。

莱蒙托夫卓越的禀赋并不在普希金之下。他还不会走路，就学会了哼唱，长大后他既是个小提琴家，又能谱曲。少时，他的水彩画和油画

1 ［俄］弗拉季米尔·邦达连科著：《天才的陨落　莱蒙托夫传》，王立业译，新星出版社，北京，2016年，第2页。

2 ［俄］莱蒙托夫著：《莱蒙托夫：诗选》，外国文学名著丛书，余振译，上海译文出版社，上海，1980年，第126页。

Михаил Юрьевич Лермонтов

就已经博得了行家们的赞许。他通晓法语、德语、英语，能阅读拉丁语。他还有一手高超的马术，却为此落下了腿疾。他五岁迷上了戏剧，十岁琢磨着恋爱，十二岁通读了俄罗斯文学和欧洲文学，十四岁作诗。他说，他怀着“一种奇特的恋情”，“带着真诚的眼泪，热爱祖国”。他把自己比作“天空的行云，永远的流浪者”。他说：“我不是拜伦，我是另一个 / 还未可知，还未可量的年青诗人 / 同他一样，是人世放逐的流浪者，/ 但却深藏着一颗俄罗斯的心。”[2]

在黄金世纪的俄罗斯作家队伍中，恐怕没有人比莱蒙托夫的人生和创作更充满谜一般的色彩了，没有一个作家会激起人们如此多的想象性的描述和猜谜般的假设。

他 1814 年出生在一个显赫的贵族家庭，1841 年去世，不到二十七年的人生太过短暂。他远古的家族史，一直可以追溯到苏格兰的莱蒙特家族。他扑朔迷离的身世和在决斗中去世的真相都引发过无数的臆想和猜测。关于莱蒙托夫欲说还休的话题并未止于此，甚至连一些诗歌是不是出自他笔下，批评家、研究者们也给出过不同的说法和答案。围绕着诗人人生及文学创作的种种谜团，原因何在？我想，这与莱蒙托夫的个性以及文学作品的巨大张力有关。

莱蒙托夫首先是个诗人，同时他还是剧作家和小说家。十二月党人起义时，他才十一岁。青少年时代，他看到的是绞刑、流放、眼泪、痛苦，是“满目疮痍的俄罗斯”。在他的创作中，烈火般叛逆的激情是与冷彻骨髓的绝望、悲观融合在一起的。他的创作继承了十二月党人歌颂自由、反对暴政的光荣传统，与此同时，又反映了新的历史时代渴望自由和斗争，却又无所作为、虚度年华的一代贵族精英的悲剧命运。他说：“我悲哀地望着我们这一代人！ / 我们的前途不是暗淡就是缥缈。”（《沉思》）但是他的悲观并不意味着厌世主义，他的怀疑也绝非虚无主义，相反这是一个在新的历史条件下找不到出路、忧国忧民的叛逆者的坚强不屈，苦苦挣扎的个体的精

Михаил Юрьевич Лермонтов

神底色。他的悲观中有一种鄙视一切的高傲，一股坚不可摧的精神力量。这是一个充满了批评精神并饱含着现代意识的作家。他将文学视为批判社会、审视自我的一种终极性的精神立场和独立行动，同时他又十分看重文学的审美性。别林斯基说，倘若莱蒙托夫不是在青春年少时去世，那么他的文学光焰说不定会将普希金的辉煌遮蔽；托尔斯泰说，如果莱蒙托夫还在，那么还要我，还要陀思妥耶夫斯基干什么？…… 这些话都是不轻易置言的大批评家、大作家讲的，所以更令人深长思之。

第一节

“恶魔”诗人

一个作家的创作美学首先是体现在他的“生存美学”中的，它贯穿其一生，最终才形成他的生命品格和诗学风格。尤其是对待像莱蒙托夫这样的诗人。他的大多数作品都有明显的自传性，他的文学创作与他的生命个性同质、同步、同义，在俄罗斯文学黄金世纪的诗人队伍中，这是一个最具魔性的“恶魔”诗人。

“恶魔”心性——这恐怕是除了莱蒙托夫的外祖母、父亲和极为有限的几个朋友外，上自尼古拉一世，下至与他有过交往的许多人对他的一种共同评价。“恶魔”是他生命和精神存在的结晶体，也是莱蒙托夫创作的核心形象。

> 他的天性是恶的集成，/在黑暗的云雾间翱翔，/他爱那宿命的风暴，/它还爱那阴沉沉的黑夜……他并不懂得爱情与怜惜，/……贪婪地吞食战火硝烟、/鲜血升腾的热气/……只要我还活着，/傲慢的恶魔便不

会与我分离。[1]

这是他在十五岁写下的《我的恶魔》中的自白。不过，我们不可过分看重“恶魔”一词中“恶”的负面意义，莱蒙托夫生命中常在的孤独、傲慢、狂野、反叛正是“恶魔”心性的基本特征，它们是建构莱蒙托夫性情、人格、生存美学的基本要素。浪漫主义作家和思想家、莱蒙托夫的好友、被称为“俄罗斯的浮士德”的奥多耶夫斯基公爵曾经问莱蒙托夫，他以谁为长诗《恶魔》中的原型。莱蒙托夫说：“以我自己啊，公爵，难道您没看出来？”公爵追问说：“但是您并不像这位可怕的反抗者和阴鸷的勾引者。”诗人答道：“请相信吧，公爵，我还不如我的恶魔呢。”[2]

莱蒙托夫三岁时母亲去世，贵族外祖母担心生活窘困的女婿无力抚养和教育儿子，逼他远离了外孙。米沙是在没有父母之爱，只依靠专横的外祖母的抚育长大的。孤独、不自由成为他幼时最大的生存现实。除了物质的丰裕，家庭生活没有给他留下任何美好的记忆。米沙生性善良，却任性顽劣，遇到大人责罚农奴去马厩过夜，善良的米沙便会倒地撒泼、哭闹不起，但他折腾起小猫来却是手段残忍。他动辄气他的外祖母，稍不顺心，就会将她心爱的花草连根拔起，恣意践踏。一场大病——淋巴结核加剧了他“孤僻、自我的根性”。他不再与同龄的孩子玩耍，学会了沉思、遐想，这造成了情感、心灵和思维的早熟。小小年纪就被死亡的思绪弄得痛苦不宁。他说：“我从生命起始，/ 就酷爱抑郁的孤独，/ 沉溺于自我，/ 唯恐无法掩饰的忧伤，/ 会唤醒人们的怜悯……”[3]

莱蒙托夫外祖母像

与孤独、自恋相伴的是他的奇倔、狂野——这既是莱蒙托夫长大

1 М.Ю.Лермонтов, *Избранные произведения*, Московский рабочий, 1957, С.57.

2 ［俄］弗拉季米尔·邦达连科著：《天才的陨落　莱蒙托夫传》，王立业译，新星出版社，北京，2016 年，第 286—287 页。

3 М.Ю.Лермонтов, *Избранные произведения*, Московский рабочий, 1957, С.11.

莱蒙托夫绘

后的一种生存方略，也成为他的人格疾患。他不喜欢任何人，几乎没有朋友，独自沉浸在书的海洋里，或埋首于诗歌创作中。一旦遭遇挫折或是委屈，他喜欢当面嘲弄、戏侮他人，若是没有嘲弄对象，他会没完没了地拿他的勤务兵出气。一次次地参与决斗，在与高加索山民战斗中表现出的神勇和无畏都是其狂野性格的充分体现。别林斯基说："这是一个极为剽悍，随时都会动刀子伤人的俄罗斯人。"[1]

"恶魔"始终是一个不甘被教化、规训的，自由、自然的存在，是一个与强大的社会形态、文明形态对抗的精灵。莱蒙托夫凭着桀骜不驯的天性并借助一双犀利的"恶魔"之眼，清晰地、带着无限伤痛地看透了现实世界的平庸、荒谬和人的丑陋、邪恶。

> 我常常被包围在花花绿绿的人群中，/ 每当我面前，仿佛是在梦魇中，/ 舞姿翩翩，乐声悠悠 / 在粗俗的千篇一律的陈言俗语中，/ 闪过一具具行尸走肉的身影，/ 一个个人模狗样的伪君子。……每当我

1 Вячеслав Пьецух, *Русская тема*, М. Глобулус, 2008, С.159

2 Лермонтов, *Избранные произведения*, Московский рабочий, 1957, С.110.

3 同上书，1957, С.110。

> 清醒后将谎言戳穿，/ 人群的喧嚣将我的幻想惊散，/ 嗨，我多么想搅乱他们的欢愉，/ 把浸透了痛苦和愤懑的如铁诗句无畏地，/ 掷向他们的面庞。[2]

诗歌鲜明地表达了他面对精神幻灭的贵族上流社会的一种决然姿态，正是明察秋毫的“魔眼”和卓然世外的“魔性”实现了他对现实秩序的终极抵御。

然而，其人生的悲剧恰恰在于，他鄙视上流社会，却又被这个社会所吸引，他憎恶卑劣无耻的皇室贵族，却又无限迷恋五光十色的宫廷生活。即使从南方流放地归来，在彼得堡休假的三个月里，他也不甘寂寞，奔走在上流社会，陶醉于社交界对他诗歌天才的追捧中，不管不顾地以被流放者的身份出席皇室的宫廷舞会。上流社会以及它所代表、象征的一切——荣耀、辉煌、地位曾是他的向往，当他发现拥有这一切的只是肉身、皮囊，这不再是他的理想时，他便不知所往了，生命的悲情由此而生。

他说：“真理永远是我的圣殿，……我视真理为一个有着高尚品格的人的唯一的保护者。”[3] 正是对真理的追求使得莱蒙托夫的青春生命显得尤为活泼、热烈和奔放，甚至到了冲动和盲目的程度。文学所宣传的真理和自由思想从来都是要受到惩罚的，他似乎早在十七岁就预见到了这一厄运，“一座血腥的坟墓等待着我，/ 那里没有祷文，没有十字架，/ 在咆哮不止的湍急的河岸上，/ 还有这烟霭蒙蒙的天穹下”[4]。

莱蒙托夫还是一个“情魔”。这个天生的情种似乎始终在迷恋、抛弃，又迷恋、又抛弃的情感轮回中，从未将一首爱情的歌曲唱完。他说：“孩提时我这颗骚动的心，/ 就已经懂得炽热的爱的怅惘。”[5] 有五个女子先后被莱蒙托夫以不同的方式宠幸，但很快又被他厌倦，最终又都成了他人的妻子。在第二次流放高加索期间，莱蒙托夫曾与来此游玩的法国女诗人奥迈尔·德·赫尔有过短暂的恋情。即使被捕坐牢期间，莱蒙托夫也未闲着，为看守的漂亮女儿献上了一首情诗（1840）：“我显然已等不到自由，/ 牢狱里的日子像是年复一年的漫长……假如没有可爱的女邻，/ 我则早已

4 ［俄］弗拉季米尔·邦达连科著：《天才的陨落　莱蒙托夫传》，王立业译，新星出版社，北京，2016年，第4页
5 同上书，第133页。

会死在这囚牢！……今天我们随着霞光一起醒来，/ 我朝着她轻轻点头致意……选一个沉沉的黑夜天，/ 用浓烈些的酒把父亲灌醉，/ 将一根条纹毛巾挂在窗前，/ 好让我看见。”[1]

“恶魔”的自由追求还有另一种虚指，即对现代都市文明的恶感，对自然、上苍的向往。他渴望一个自然与精神相统一，纯真、和谐、安宁的理想世界。他一生都在瞩目大地、天空，晨曦、星星让他兴奋和感叹。“高加索”是他最想写的诗，是莱蒙托夫探寻自由天性、纯真与和谐源头的一个方向。

> 我热爱高加索，/ 如同我的祖国唱响的一首甜美的歌。/……在玫瑰色晚霞的梦中，/ 每每能听见草原不断重复的那无法忘却的声响，/ 我热爱高加索，/ 热爱她那峻峭的峰峦。/ 山峦峡谷，我与你在一起感到幸福无比……我在那里见过上帝的双眼，/ 只要一想起那眼神，便心潮澎湃。[2]

高加索不仅是地理学意义上的山地高原，更是未被上流社会文明裹挟、席卷、淹没的纯净、崇高的精神高地，是超越自然、宇宙的生命认同，是他实现自我净化、精神救赎的圣地。

时代的历史烙印，无情的现实，青春的理想，浪漫的激情被击碎后的失望和痛苦使他永远陷入了心灵的“魔障”中。诗人莱蒙托夫以其“阴暗的浪漫主义”呈现了恶魔的全部特质。是时代翘首期待着与莱蒙托夫相遇，还是他的精神气质迎合了时代的精神内核？其实这是一个双向拥抱的过程，“恶魔诗人”莱蒙托夫是与时代同构的。

1 М.Ю.Лермонтов, *Избранные произведения.* Московский рабочий, 1957, С.123

2 同上书，1957，С.11。

第二节

叙事长诗《恶魔》

“恶魔”是莱蒙托夫诗歌的核心形象，《恶魔》则是黄金世纪浪漫主义叙事长诗的一座高峰。诗人从1829年开始创作，1841年完成，十二年的跨度，创作贯穿了他整个文学生涯的始终，这是他倾注了一生心血和艺术体验的文学精品。恶魔形象深得读者的喜爱，影响深远，成为俄罗斯音乐家鲁宾斯坦和柴可夫斯基，画家、雕塑家弗鲁贝尔等一代又一代艺术家的创作原型。

《恶魔》分为两章，各16个诗段，总共32个诗段。故事并不复杂。被上帝贬谪人间的恶魔孤独忧郁，四处漂泊。他飞跃高加索群山，来到了格鲁吉亚山谷，看见了一个正准备婚礼的公主塔玛拉。漂亮的新娘点燃了恶魔早已冷漠的心，他施展魔法迷惑了前来迎亲的新郎，致使他中途遭到奥塞梯人的截杀，化作情魔的他又用爱的幻梦搅乱了塔玛拉的芳心。为了摆脱诱惑，塔玛拉走进了修道院。然而，上帝无法庇护她，她心潮激荡，渴望着爱抚。这时恶魔来到了修道院，在海誓山盟的爱的表达之后，吻了塔玛拉，亲吻时毒液霎时渗入她的心胸。塔玛拉香消玉殒，恶魔也难逃昔日的命运，孑然一身，漂泊依然。

阅读一部艺术精品就像探寻一片深海，不是一眼就能看透它的深层意蕴的。长诗绝非表象的“情欲的沦陷”，它有着更为丰富、深刻的思想内涵。

讲述魔鬼故事的文学作品不计其数，其中的名篇有但丁的《神曲·地狱篇》、弥尔顿的《失乐园》、拜伦的《该隐》、歌德的《浮士德》，还有普希金的抒情诗《恶魔》。魔鬼形象从来就是自由精神的象征物和尘世邪恶的释放口。莱蒙托夫传承了魔鬼形象既有的精神特征，又在其历史文化的共性中赋予了它新的审美意蕴。在他的笔下，魔鬼形象由《圣经》、民间故事中荒诞不经的神秘文化转化成了一种多向度的社会、哲学、审美的沉思，有了一种现代的精神与文化观照。

《神曲》中的撒旦

恶魔形象在一定程度上可以看作诗人的“自画像”，恶魔的身影中有莱蒙托夫生命形态的附丽。

恶魔与莱蒙托夫的人生异质而同构。长诗的起始句“忧郁的恶魔，谪放的精灵”，暗示了两度被流放的莱蒙托夫的苦难人生。魔鬼“曾是圣洁的智慧天使，高居在上帝天穹中”，曾“深得造物主的宠幸，/ 既有信仰，也懂得爱憎，/ 未曾怀疑，不亵渎神明，虚度似水年华的坏习惯，尚不曾侵蚀他纯洁的心灵”。对那段人生的维护、珍藏传递了恶魔原本美好的人性和品质，映现了诗人曾经有过的纯真美好的岁月。“下界的尘寰，只是罪恶的大地”，“尘世间没有真正的幸福，/ 没有永驻的美，/ 那里只有罪恶和绞刑，/ 那里只能靠卑下的情欲活着，/ 那里因为恐惧既不会恨，也不懂得爱”。恶魔看透了尘世人间的冷漠和罪恶，映现了一个超然于主流价值观的独行者对现实的真切感受。这也是莱蒙托夫的抒情诗《魔王的宴席》《死》《我常常被包围在花花绿绿的人群中》等诗歌的主题。

孤独、漂泊的生活导致了恶魔的精神异化。“在他空漠沉寂的心中 / 除了冷酷的嫉妒外，再也激不起 / 新的力量和新的感情，眼前所看到的一切，全是蔑视或憎恨。”他“徘徊在世界的荒野里，……找不到安身之地，散播着罪恶而得不到欣喜”。他“如同一只被撞坏的小船，/ 没有帆儿，没有舵，/ 顺着流水自由飘荡”。恶魔精神征候的起源就在于这无情的现实。以魔鉴人，以恶魔的处境映照现世。魔鬼的生命形态既是作者人生的镜像反映，也承载着诗人对现实世界的认识与思考。

恶魔以“散播罪恶”的方式实施着对现实的反叛。我们在他的反叛精神中可以看到一种气吞山河、睥睨天下的英雄气概。“他统治着这个渺小的人世，/……无论走到哪里，他都从未遇见过 / 能抵御他无敌艺术的人。”“在同飓风有力的斗争中 / 我常常卷起漫天的飞尘 / 披挂上闪电和云雾的甲胄，/ 惊天动地地在云霞里奔腾。”他蔑视并呵斥天使，天使只能“用他那悲凄的眼神 / 望了望这个可怜的心灵 / 随后展开他的双翼，/ 慢慢消逝于广阔的天穹”。他说：“我就是那世俗的毁灭者，/ 我是真知与自由的君主，/ 我是人间奴才们的皮鞭，/ 是上苍的仇敌，宇宙的灾难。”恶魔叛逆精神中否定一切、摧毁一切的特质，成为日后黄金世纪文学中虚无主义的一个精神源头，激发了莱蒙托夫同时代人对现存秩序和制度的挑战，具有情感和道德伦理的启示作用。别林斯基深爱“恶魔”，他说：“恶魔成为我的生命现实，我常常对别人，对自己说起他，对我而言，他就是真理、情感、美的化身。”[1]

长诗的第二章演绎了恶魔与公主塔玛拉浪漫悲惨的爱情故事。诗人说，是“天国为爱情敞开了大门”，这既是上帝对爱和生命的尊重，也是恶魔用爱的方式来改变自身命运，远离孤独、痛苦和邪恶的实际行动。莱蒙托夫有他讲述爱情的审美辩证法：他要从现实苦难中发现依稀闪烁的生命希望，从生命的罪恶中发现残存的人性，在爱的激情中展示可能的悲哀。恶魔的心灵世界绝非一个干涸的湖底，他不顾天使的阻挠，疯狂地爱上了美丽的塔玛拉。“我情不自禁地开始羡慕，/ 不太美满的人间的欢乐”，只要“披上你爱情的神圣衣饰，……就能成为 / 容光焕发的新的天使”。在“第一次领悟了 / 爱情的哀伤、爱情的激动”之后，“从黯然无神的眼睛里 / 淌出了一大滴辛酸的泪”。这一滴“火焰般炽热的，非人间的”泪竟然将修道院墙上的石头烧透。恶魔的爱是真诚而强烈的，这既是他对生命欲望的追寻，也是他人生忏悔和自我拯救的起点。他自己说，是“复活的征兆”。

他对塔玛拉坦陈：“我就是毁灭希望的那个人，我就是那个谁也不爱的人”，“我亵渎了一切高尚的东西，/ 玷污了一切美丽的事物”，“啊，……这是多么痛苦，多么恼人；/ 整整的一生，多少个世纪 / 独自享乐着，独自痛苦着，/ 总是在进行着没有胜利、/ 没有和解的永恒的斗争，/……通晓一切，感知一切、目睹一切 / 竭尽全力去憎恨一切 / 蔑视世上的一切”。恶魔的自我检视是认真的，他告别自我，走向新生的生命宣言是严肃的，他对爱的永恒价值和信念的向往也是真诚的。“啊，怜悯我吧……你只要用一句话就可以 / 把我送回至善和天国。”“我想要同神圣的天国和解，/ 我想要相信真理和至善 / 我想要祈祷，我想要爱。”

不过，诗人对恶魔爱情的书写是多元的。一方面，他显示了爱的力量

1　М.Ю.Лермонтов. *Избранные произведения*. Московский рабочий. М.， 1957. С.693.

塔玛拉和恶魔　弗鲁贝尔绘

安坐的恶魔　弗鲁贝尔绘

的强大和不可阻挡，恶魔心灵与情感的不死。在恶魔的生命世界里，爱情甚至是大于和高于生命的。另一方面，他也在恶魔与塔玛拉的爱中看到了情欲的邪恶，它注定了爱的悲惨结局。爱的盲目和自私，恶的使然，让他不仅杀死了塔玛拉善良、英勇的未婚夫，夺去了塔玛拉年轻美丽的生命，自己也难逃永远孤独、永远漂泊的生命结局。恶魔试图斩断与尘世的联系，带着塔玛拉去往天堂，通向上帝和爱的永恒，这一努力最终失败了。诗人似乎在印证一条哲理：绝对的怀疑、一味的否定、崇高理想的缺位和没有穷尽的个人反叛永远是灾难性的，在永恒的冷漠中、在鲜活的生命之外、在现实的时空之外是无爱可言的。

恶魔生命的辉煌与凄美在于他不是一个恬适苟安的灵魂，他始终在抵抗尘嚣，寻找归隐心灵、安放灵魂的“天堂”。恶魔的生命形态既有莱蒙托夫的社会思考，更有他对生命终极意义的探寻。恶魔最终回到了他生命的原点——一种孤独、漂泊、叛逆、作恶的状态，表达了他守护自身价值的精神困境和寻求解脱的努力的徒劳，恶魔形象因此似乎获得了一种悲壮、峭拔的气象。恶魔既是高傲的，又是自卑的，既是冷漠的，又是热情奔放的，既是得意的，又是失落的。他既不想成为前者，也不想成为后者，恶魔最大的痛苦在于不想成为自己，却始终只能是他自己，这恰恰是他的一种最为持续又最为深刻的生命悲剧。

《恶魔》是叙事主人公用第三人称讲述的故事。在叙事主人公构建的主文本中，又嵌入了恶魔等人物的第一人称叙事。作者形象尽显在叙事的主文本中，与魔鬼的话语相互渗透、映照、对话，两者在情感和价值判断上有着明显的高下，形成了长诗十分丰富的情感层次和不同的价值取向。长诗的丰富性和深刻性不仅仅在于其思想的丰富、深刻，还在于其情感和价值判断的丰富性和深刻性。

以长诗中的自然景色描写为例。在恶魔的眼中，大自然是“荒僻而奇异”的蛮荒之地，他对一草一木、一花一鸟，这一个个“上帝的造物”与“神的世界”只是“投以轻蔑的一瞥，在他高高扬起的骄傲的额头上，/没有显示出任何的表情”。相反，叙事主体对所有生命、自然万物无不充满了敬畏与热爱。他对永恒的雪峰、黑黢黢的山谷、奔腾的捷列克河、凛然的高塔、一丛丛的蔷薇表达了诗意的赞美，其中有着深厚的，具有人类普遍心理属性的对生命的亲近和爱，与否弃一切美和生命的魔性的邪恶形成了鲜明的对照。

塔玛拉的形象在诗人和恶魔的心目中尽管同样地美丽，让他们惊羡和爱恋。但爱的颂歌在两人的口中也显示出截然不同的音韵色调。恶魔的“七情六欲突然，/ 重新开口”，“我向着你的闺房飞来，/ 一直待到朝霞升起 / 把那甜蜜的黄金色的梦 / 吹向你柔美的睫毛和香腮”。而叙事人对塔玛拉的赞美似乎有一种宗教的情感因素：“自从人类被逐出伊甸园，我敢说，南国的阳光下，从未有过佳人如此娇艳！”恶魔的爱多了邪恶的成分，其爱喷射的毒汁最终杀死了他的爱人。澎湃的激情和幻想只能以飞扬的姿态显现在虚构世界，而无法落在大地上，恰似一只跷起在路沿上，永远无法落下的脚。

《恶魔》独有的艺术魅力还在于：诗人并没有直接描写恶魔灵魂的情状，没有展现主人公目的明确的奋斗与挣扎，而是用一种高于生活的精神走向去描绘他激烈的心理和情感冲突：一种深沉的悲伤和热烈的狂喜，莱蒙托夫正是以这种方式表现了恶魔精神和灵魂的卓越。

第三节

《当代英雄》（1）：毕巧林的精神世界

《当代英雄》可以看作莱蒙托夫现实生活版的叙事诗，在小说主人公毕巧林的身上也有作者莱蒙托夫的身影。阅读《当代英雄》并不是一件很轻松的事情。作品虽然体量不大，但思想意蕴颇为复杂。别林斯基说：“长篇小说中有一种很难说透的东西。”[1]

小说中，尼古拉一世的时代语境，贵族上

《当代英雄》俄文版初版

流社会以及沙皇军队里的生活场景，其实都只是离故事有些遥远的叙事背景，人物的生命体验和复杂情感才是小说真正书写的对象，而且它们都有着不同寻常的异质性。书中有关于灵魂创伤、人生波折、情感体验的各种文字，还有细密的、近乎偏执的人物心理描写以及令人战栗的道德诘问。而所有这一切都是通过主人公毕巧林，这个莱蒙托夫以自我为原型的人物的内心世界展现的。阅读小说的难度在于我们与主人公毕巧林心灵对话的难度。批评界定义的社会心理小说、“多余人”小说，其实全都应让位于“当代英雄”这一精神景观叙事。

毕巧林出身显赫的贵族且博学多才、教养一流，这是他赖以自傲的身份和精神优势；他年轻英俊、体魄健硕、潇洒风流，这是他成为“偶像级”男神的资本。无论在京都上流社会，还是在山间要塞，无论在男性群落，还是在女性世界，他总能所向披靡，从不言败。他有绝对的男人的阳刚与魅力，壮士般无坚不摧的力量，刚毅坚强的意志，超群的智慧，无论是机警狡黠的走私贩子，还是自由勇猛的山民，或是上流社会的贵族、军官，任何人设置的障碍也无法将他阻拦。毕巧林绝对拥有时代英雄的生命品格。

与此同时，他也拥有与这一生命品格相应的精神境界。毕巧林曾在上流社会享受过一切可以用钱得到的乐趣，体验过各种女人施予的爱情。但

《当代英雄》英文版首版

1 *Русская литература XIX века.* Под редакцией Ю.И. Лысого. Просвещение.М. 1997. С.116.

俗世的享乐并没有使他快乐，女人的柔情也没给他带来幸福，纸醉金迷、崇尚虚荣的上流社会的生活让他厌倦，知识贵族的精神空虚和思想稀薄令他鄙视。毕巧林始终坚守自我，拒绝流俗自污。他与贵族军官格鲁什尼茨基的决斗绝非单纯的个人恩怨或是为了自身名誉的搏击，本质上是深刻、睿智、豁达与浅薄、猥琐、狡诈的两种精神和人格的较量。他从骨子里有一种对庸俗、空虚的抗拒，对世俗性、功利性的超越，这正是毕巧林超凡脱俗的精神力量所在。

他始终雄踞于“俗人”之上，他眼中的“俗”首先是人格上的庸俗。他的老朋友、老战友，单纯、质朴的马克西姆·马克西梅奇在见到多年未见的毕巧林后激动得泪水涟涟，毕巧林却有一搭无一搭地应酬了两句后扬长而去。其实，毕巧林并非不懂友情、无情无义，而是他不喜欢这个上尉军官身上无法容忍的“流俗”。马克西姆·马克西梅奇善良、真诚、热情，但比起毕巧林来，这个凡夫俗子显然过于现实，过于物质。他清晨起床就喝酒，白天便玩多米诺骨牌，无所事事，也无所用心。至于在高加索伊丽莎白温泉疗养地的、当地的地主贵族，还有来这里做水疗的贵族男女，或喜欢喝酒、追女人、玩赌博，或自说自话，喜欢卖弄、邀宠，毕巧林对他们冷眼鄙视亦在情理之中。反倒是五官不正、睿智犀利、生活严谨的医生维尔纳让他看到了一颗高尚的心灵，找到了一个绝无仅有的惺惺相惜的知音，然而他仍然在这个好友身上看到了他并未脱俗的那颗“虚荣心”和渴望致富的“金钱欲”。

纵然如此，毕巧林的生命品格与精神境界并没能造就一个真正的时代英雄，他成了时代的弃儿。莱蒙托夫用“时代英雄”这一不无讽喻的修辞，来表达他对复杂、矛盾、充满悲剧性的生命存在的一种体察与感悟，也是他在为自己这个“永远异己者”的“恶魔”及其批评权利的辩护。

小说中并没有对充满种种病态症候的现实世界的直接描述，但毕巧林日记所记录的温泉世界里的众生相，以及主人公对其晦暗青春的回忆，便能让我们发现一个非理性的、梦魇式的荒诞世界。他回忆当年在彼得堡上流社会的生活时说：“我谦虚谨慎，他们说我狡猾，于是我变得畏首畏尾。我明辨善恶，可是没有人珍惜我。大家都侮辱我，于是我变得爱记仇了……我觉得自己比他们高贵，人家却把我看得低贱。于是我就变得爱嫉妒了。我愿意爱整个世界，可是没有人理解我，于是我学会了仇恨。我晦暗的青春就是在我与自己和社会的斗争中流逝的。”我们在毕巧林的话语中看到的是一个被不正常社会现实所摧折的生命，这生命为了自我安全和归属感的需要有权利做出自己的反应并要求补偿。不幸的是，毕巧林把枪口对准的不是社会制度本身，而是社会对行为伦理与生命价值认知的错位，这不仅是他遇到的时代命题，也几乎是人类生命存在的一个共同的主题。

作为一种“应激反应”的自傲、冷漠、尖刻成为毕巧林一种强大的有生力量，激发他对现实世界和现实中的人尽情地泼洒敌意。他肆意嘲弄军官格鲁什尼茨基，只要抓住他言行中不洁的动机，便会用各种尖刻的言辞揭穿其为人的猥琐和狡诈。他喜欢在好友维尔纳面前卖弄他的智慧和见识。医生的“我迟早会在一个美好的早晨死去”的生命感慨被毕巧林的一句更为哲学的话语消解，“除了你说的以外，我还相信，我是在一个倒霉的夜晚出生的”，他向这位俄罗斯的“靡菲斯特”表达的是更为深沉和睿智的叔本华式的生命悲剧意识。连深爱着他的梅丽公爵小姐都对他的“毒舌”心惊胆战，她说：“我宁愿在林子里被人捅死，也不愿意被你的毒舌骂死。”毕巧林的心中始终充满着一种由悔恨、怅惘生成的怨气，而高度膨胀的自我中心主义强化了其恶毒的“魔性”。“我爱仇敌，尽管不是基督教倡导的那种爱。他们给我解闷，让

毕巧林与格鲁什尼茨基决斗

贝拉

毕巧林与梅丽公爵小姐

我热血沸腾。总是保持警觉，捕捉每一个眼神，猜测每一句话的意思，揣摩意图，揭穿阴谋，假装受骗，然后突然一击，粉碎苦心经营的阴谋大厦，这才是我所谓的生活。”一个人在表现出特殊的刻薄和粗暴的时候，往往是为了掩盖其内心隐秘的情结：对现存社会观念的摈弃和对现有文化秩序的质疑。刻薄与残酷向来是与暴力合谋，成为暴力过程的体现的。毕巧林在决斗中杀死了格鲁什尼茨基，一个个美丽的女性也逃脱不了他情感上的冷暴力。

莱蒙托夫不仅从他自己的人生中汲取了足够的情感经验，还竭尽想象地构建了毕巧林与四个女子（有着各自的生活原型）的情爱纠葛，以检视他自己的情感世界。毕巧林轻而易举地征服了一个个女人的心。然而，他对女人的迷恋并不是情感层面的，而是生理、心理层面的。贝拉让他着迷的是她高挑修长的身材和两只山羚羊般的黑眼睛；塔曼镇，十八岁的“美人鱼”，让他发狂的是她那个“标致的鼻子”，琢磨不透的性格，还有火辣辣的激情；梅丽令他销魂的是她长着的一对有着天鹅绒般睫毛的眼睛，而他之所以要招惹她，是占有欲的驱使；薇拉是他唯一爱过的意志坚强的女人，他爱她也只是因为他始终未能彻底征服她。与她们在一起，他不承担任何情感责任，也不遵循任何道德原则。“不论我爱一个女人爱得多么狂热，如果她让我感到我要和她结婚，那么永别了，我的爱人！我的心就会变成石头，任何东西都不能使它再热起来。我愿意牺牲一切，只有结婚是例外。”“难以抑制的爱的冲动把我们从一个女人抛向另一个女人，直到我们找到一个讨厌我们的女人为止。……这一永无止境的秘密就在于无法抵达终点，也就是说，这种情欲永无满足的时候。”我们从毕巧林与梅丽公爵小姐的情感游戏以及他与将军夫人薇拉的相爱与别离中，从毕巧林卑微琐细的自我情感、幸灾乐祸的心理、工于心计的思维的叙写中，可以读出他逼仄的心胸和并不光明的心理投影。

女人是毕巧林的“最爱”，但“情圣兼情魔”的他从来没有握住过一双真实、温暖的手，他始终被锁在自我的镜像中，那是他孤独的宿命。那是因为他根本性地缺乏精神与心灵的崇高并将之投入到爱情之中，还因为男权主义的思想作祟，他对异性的兴趣仅仅在于“撕下她们身上只有老练的目光才能看透的神秘面纱”，是为了检视自己那颗“冷静的头脑”和“备受煎熬的心灵”。他所有的情感、心理状态都是坚硬的，所以也都是不幸的。读者眼睁睁地看着美纷纷失落、离去，甚至凋萎、毁灭。薇拉在写给毕巧林的充满血泪的诀别信中说：“你爱我，将我当作自己的私有物，当作欢乐、焦虑和悲伤的源泉，没有这些感情的交替更替，生活就会单调乏味。……我的心已经在你身上耗尽了一切最宝贵的东西，耗尽了眼泪和希望。爱过你的女人，看到别的男人不能不带些轻蔑，不是因为你比他们都好，哦，不是的！但是在你的天性中有些特别的东西，你独有的东西，一种孤傲和神秘的东西。你的声音里，不论你说什么，总有一种无可辩驳的力量；没有人像你这样如此经常地喜欢被人喜爱；没有一个人的恶能像你身上的恶那样富有魅力；没有一个人的眼神能像你的眼神那样让人心情愉悦；没有一个人比你更善于利用自己的优势，也没有人比你更加不幸，因为谁也不会像你这样努力地损毁自己。”这不仅是毕巧林最难分难舍的女人对他的评价，也是莱蒙托夫以一个女恋人的名义书写的其人性与情感的真实表白。在自我反省这个意义上，毕巧林是远高于奥涅金的。

毕巧林灵魂中的光明与黑暗、人性与魔性超越了小说的社会批判，而呈现为人性中的统一存在，一种不可回避的人性悖论。莱蒙托夫不仅是在肯定人性善恶的合理存在，更是在寻找以毕巧林为代表的俄罗斯知识分子的“精神走向”。“特立独行”不仅成为毕巧林的一种生存方式，还是他的一种哲学性的存在，成为他抗拒外在世界，寻找超越性人格和实现自我存在的生命之道。畸形的“独处”是主人公被边缘的结果，也可以看作他寻找自我的主体选择。作为独行者的毕巧林不属于任何群体，他完全行走在主流话语之外。他借助于此，于社会身份缺失的情境中睥睨凡世苍生，寻求自我的独立和生命价值的实现。在毕巧林身上，有莱蒙托夫对自由、独立的抒情化致敬，有他关于“特立独行”的理性思考，同时也有为优秀的俄罗斯知识分子如何实现自我提供的可资借鉴的策略和教训。同时，我们可以发现，毕巧林看似在批判、消解现实社会既有的价值和秩序，其实并不能消解他自己对贵族血统的执着，对等级观念的认同，他徒有一个朦胧且无法实现的“英雄梦”，这一种连自己都无法把握的无奈也是他人生中悲剧的一面。

第四节

《当代英雄》（2）：毕巧林的生命悲剧启示录

精神的苦难、生命的迷惘、情感的失落、前景的茫然还不是毕巧林生命悲剧的全部内容，因为悲剧的要素不仅仅是巨大的痛苦，还要有对痛苦的深层反思，对自我的灵魂拷问。

毕巧林对其生存状态和危机拥有一种高度的自觉，他对其卑琐本质的犬儒主义有着清晰的认知和真诚、无情的谴责。他说："我沉迷于空虚低俗的情欲，在情欲的磨炼下我变得像铁一般又冷又硬，……我无数次地扮演着命运之斧的角色！我就像一把行刑的利器，毫无感情地落在那些在劫难逃者的头上……我的爱没有给任何人带来幸福，因为我从来没有为我爱的人牺牲过什么。我爱女人只是为了爱自己，为了自己的快乐。我贪婪地吞噬着她们的感情、她们的温柔、她们的欢乐与痛苦，我这样做只是为了满足我奇特的内心需求，而且从不知餍足。"[1]这是毕巧林始终坚守的美好而珍贵的自省精神，不过，在这种自省中有一种自贬式的自恋，因为它缺乏一种

1 ［俄］莱蒙托夫著：《当代英雄》，王宗琥译，生活·读书·新知三联书店，北京，2019年，第179—180页。

真正的自省，其中更多的是一种自嘲与逃避的策略，我们在主人公有限的生命中也没有看到他任何积极的人生价值的调整。

毕巧林始终在寻找生命的价值和人生的意义，尽管对于他而言，它们始终充满了不确定性。他痛苦地责备自己人生的迷惘，探究生命悲剧必然性的内在依据。他不断地发出人生的内心责问，一个又一个问题总在搅扰着他，令他备受折磨，他始终在寻找这些问题的答案，探寻内心的每一个波动，审视自己的每一个思想。他在自身的忏悔中努力让自己尽可能地真诚，不仅坦承自己的缺点，而且还想象出不曾有过的，或者是对自己最自然的举动所做的有欠真诚的解释。毕巧林日记清晰地记录了他深刻的忏悔："我感觉到自己身上这种不知餍足的欲望，仿佛要吞噬人生之路上遇到的一切：我只是从我个人得失的角度来看待他人的痛苦与欢乐，把它们当作维持我精神力量的养料。我本人再也不会为情欲而疯狂，我的虚荣心被环境所压制，但是它以另一种形式表现出来，因为虚荣心无非是对权力的渴望，所以我最大的满足来自于让周围的一切服从我的意志，让人家对我充满爱戴、忠诚和敬畏。"[1]他的忏悔表明，人的可贵之处在于，他既有力量使自身的欲望达到满足的最大值，还有更伟大的力量对自身欲望和不洁行为无私检视。对于罹患现代梦魇、跌落精神泥淖的现代人来说，这一忏悔具有正本清源的价值力量。"永远不要拒绝一个忏悔的罪人，因为他绝望之后可能犯更大的罪行"，毕巧林这句严肃而沉重的话语是对他人生忏悔价值和意义的最好注脚，也是对人类生命存在最可贵的终极关怀。毕巧林的"恶魔"心性并没有遮蔽其冷静、纯真、高远的品格，莱蒙托夫称他是"当代英雄"，并非妄说。

毕巧林毫无因由地在从波斯回国的途中去世，莱蒙托夫在小说中一带而过的这一告白试图向读者表示，这是一个没有当下、没有未来，更没有人理解和接受，充满悲剧性的"当代英雄"的凄惨结局。这一结局似乎隐含着作家对自己未来生命的一种迷惘和预言。小说叙事人在"毕巧林日记"中说："一个人心灵的历史，哪怕是最渺小的心灵的历史，也未必不如一个民族的历史更有意思，更有教益，尤其是当这一历史是一个成熟的

1　［俄］莱蒙托夫著：《当代英雄》，王宗琥译，生活·读书·新知三联书店，北京，2019 年，第 139 页。
2　同上书，第 72—73 页。
3　同上书，第 4 页。

头脑内省的结果。”[2]更何况，在个体的心灵史中蕴藉着整整一代人的心理。

莱蒙托夫在这本书的前言中说：“《当代英雄》的确是肖像画，但不是一个人的肖像画：这是一幅由我们整整一代人身上充分发展了的缺点构成的肖像画。”[3]在毕巧林这幅肖像后面，在他的“智慧的痛苦”的深层，除了他对自己的检视，还隐藏着莱蒙托夫对那个时代的贵族知识分子，以及他自己的一种深刻的思考与洞察。小说既是莱蒙托夫的精神自传，也是19世纪30年代俄罗斯知识分子的一部生命启示录。

ТАМАНЬ (*).

=

Тамань — самый скверный городишка изъ всѣхъ приморскихъ городовъ Россіи. Я тамъ чуть-чуть не умеръ съ голода, да еще въ добавокъ меня хотѣли утопить. Я пріѣхалъ на перекладной тележкѣ поздно ночью. Ямщикъ остановилъ усталую тройку у воротъ единственнаго каменнаго дома, что при въѣздѣ. Часовой, черноморскій казакъ, услышавъ звонъ колокольчика, закричалъ съ просонья дикимъ голосомъ «кто идетъ?» Вышелъ урядникъ и десятникъ. Я имъ объяснилъ, что я офицеръ, ѣду въ дѣйствующій отрядъ по казенной надобности и сталъ требовать казенную квартиру. Десятникъ насъ повелъ по городу. Къ которой избѣ ни подъѣдемъ — занята. Было холодно, я три ночи не спалъ, измучился, и началъ сердиться. «Веди меня куда-нибудь, разбойникъ! хоть къ чорту, только къ мѣсту!» закричалъ я. — Есть еще одна фатера — отвѣчалъ десятникъ, почесывая затылокъ: только вашему благородію не понравится; тамъ нечисто. Не понявъ точнаго значенія послѣдняго слова, я велѣлъ ему идти впередъ, и послѣ долгаго странствованія по грязнымъ переулкамъ, гдѣ по сторонамъ я видѣлъ одинъ только ветхій заборъ, мы подъѣхали къ небольшой хатѣ, на самомъ берегу моря.

Полный мѣсяцъ свѣтилъ на камышевую крышу и бѣлыя стѣны моего новаго жилища; на дворѣ, обведенномъ оградой изъ булыжника, стояла избочась другая лачужка, менѣе и древнѣе первой. Берегъ обрывомъ спускался къ морю почти у самыхъ стѣнъ ея, и внизу съ безпрерывнымъ ропотомъ плескались темно-синія волны. Луна тихо смотрѣла на безпокойную, но покорную ей стихію; я могъ различать при свѣтѣ ея, далеко отъ берега, два корабля, которыхъ черныя снасти, подобно паутинѣ, неподвижно рисова-

(*) Еще отрывокъ изъ записокъ Печорина, главнаго лица въ повѣсти «Бэла», напечатанной въ 3-й книжкѣ «Отеч. Записокъ» 1839 года.

《塔曼》日记第1页

此外，我们还要对长篇小说中所呈现的莱蒙托夫的生态伦理观念作一个简单的追认。莱蒙托夫在小说中对高加索的大地、山峦、峡谷、河流、各种植物之灵踪的追寻是不可掩其光彩的。他的笔下有那么多多姿多彩、栩栩如生的大自然景观，有那么多对自然魅力的倾心书写，然而，仅仅从风景描写的角度来解读这部作品是远远不够的。他写悲悯的山河大地、宁谧纯洁的雪山、惊魂不散的草木花树，这是他以对自然的无比敬畏尝试建立宇宙神性的可能。清晨的雪山上，宁谧一片，山路就像通向了天穹，一种愉悦的感觉传遍全身，站在世界的巅峰，叙事人获得了一种神灵赋予的孩子气。他说：“当我们远离尘世喧嚣贴近自然的时候，会不由自主地变成孩子，所有后天获得的东西都从心灵上脱落，心灵恢复到原初的或者是最终将达到的状态……淳朴的心灵对自然之美的感受要比我们这些激动的讲述者强烈并鲜活一百倍。”[4]主人公毕巧林只有在这里和这时，才实现了与世界和与自我的和解。作家没有像许多质疑人类中心主义的生态写作者

4 ［俄］莱蒙托夫著：《当代英雄》，王宗琥译，生活·读书·新知三联书店，北京，2019年，第35页。

莱蒙托夫手绘风景图

那样，把人排除在大自然之外。在他的笔下，我们总能看到一个因为自然而获得性灵延展，精神被圣洁化了的人，一个沉潜在伟大的真实和静谧中的人，一个在纯真的大自然中与上帝神灵对话的人。莱蒙托夫小说开阔、深邃的根由还在于他所理解的大自然有一种愉悦心灵、道德治愈、净化人性、坚固信仰的作用。作家似乎在大自然中看到了光芒和希望，人有其心，天有其灵，天人一理，天人合一，其中蕴藏着人类灵魂的救赎之路。

莱蒙托夫是黄金世纪小说叙事文体的创新者，在别林斯基把文学当作改造社会利器的时候，莱蒙托夫就已经自觉地从文体和叙事技术层面开始对小说创作的审美形式进行探索了。由五部中篇小说组成的长篇呈现出旅行随笔、日记体小说、心理小说、神秘小说四种不同的体裁特征，实现了长篇小说的文体跨界。旅行随笔拓宽了作品的创作时空，丰富了主人公人生的书写。毕巧林的三则日记《塔曼》《梅丽公爵小姐》《宿命论者》赋予了作品鲜明的心理小说特征，极大地丰富了对主人公的内心世界和复杂情感的书写。其中关于高加索的大自然和温泉疗养地贵族生活的描写呈现了主人公的情感方式和另一种生活方式。《塔曼》《宿命论者》都带有一定的神秘色彩，具有揭示超拔于现实生活的精神世界的特殊功能。

作家的艺术创新并非只是对社会心理的揭示，更为重要的是对人的生存状态、灵魂困境——人性之困、情感之困、精神之困——的关注和思考，莱蒙托夫通过暧昧与悲壮、寻找与反抗同在的叙事策略，实现了对主人公复杂人性和复杂灵魂的揭示。为了实现这一目标，他动用了各种不同的艺术手段。

长篇小说有三个叙事主人公，从第比利斯前往高加索的一个好奇的旅人、上尉马克西姆·马克西梅奇、毕巧林自己。通过三个不同视角的叙述，毕巧林慢慢地向我们走来、靠近，直至我们完全看清楚了他，从他的外貌肖像到他的情感、心理、灵魂。自然，作家的着眼点不在文体本身，其文体探索和叙事技术都是为思想和情感表达服务的，是为了显现毕巧林精神世界的纵深服务的。此外，小说中用词的色泽饱满度非常高。别林斯基说："长篇小说的文笔时而像闪电的火花，时而像雷电的劈击，时而像撒落在天鹅绒上的珍珠。”批评家讲的首先是智慧，其次是力度，最后是优美。一部好的小说其实不是写得如何波涛汹涌，而是思想深邃、情感充沛、意义隽永、色彩鲜明，能引领读者穿越迷丛，走向光明。

邦达连科说：“这是一部最俄罗斯化，最欧洲化的长篇小说。”[1] 长篇小说曾唤起乔伊斯书写英雄的巨大激情，他说：“这本书对我所产生的作用太强烈了，就可读性的程度而言屠格涅夫的任何一篇小说都不能与其相比。”[2] 他的《斯蒂芬英雄》，后更名为《一个青年艺术家的画像》的自传体小说就是这一激情的产物。

1 ［俄］弗拉季米尔·邦达连科著：《天才的陨落 莱蒙托夫传》，王立业译，新星出版社，北京，2016年，第331页

2 同上书，第338页。

第四章

果戈理：「俄罗斯一切不祥叙说的源头」

很早以前，我就一心在努力，
让人在读完我的作品后能随心所欲
地把魔鬼嘲笑个够。

——果戈理

1809~1852

19世纪30年代，当文坛有人传出普希金已“江郎才尽”的时候，果戈理在1834年发表了一篇题为《说说普希金》的文章，这篇讲述诗人不朽艺术魅力的短文在文坛引起了强烈的共鸣。文章提出，“真正的民族性并不在于描写俄罗斯的民族长袍，而在于表现人民的精神”，“事物越是平凡，诗人越是要站得高，要从平凡中发掘不平凡，从不平凡中看到千真万确的道理”[1]。批评家别林斯基从中看到了文学重建的思想光芒，他预言说，“普希金统领文坛的时代正在逝去，果戈理开始占有领衔地位”[2]。

正是果戈理，这个比普希金小十岁的作家，在黄金世纪俄罗斯文学的历史上，缔造了一次革命性的断裂。他在普希金弥漫人心的乐观主义、理想主义美学中敲入了两根刺眼的钉子：生命存在的荒谬与人类道德的罪愆，实现了俄罗斯文学内在的和外在的双向“重构”。他通过对彼得堡以及俄罗斯外省生活的叙写，对形形色色俄罗斯人生命形态的描述，创作了表现俄罗斯宗法社会民族性庸俗和集体性荒谬，张扬文学宗教精神的第一批经典，确立了以表现社会和人的精神

1 *Пушкинская энциклопедия. 1799-1999.* Изд. АСТ. М. 1999. С.745，746.

2 В.И.Кулешев. *История русской литературы XIX века.* Изд. МГУ.1997. С. 229.

3 Мочульский К. *Духовнвый путь Гоголя.* Париж，1934. С. 86；Машинский С. *Художественный мир Гоголя.* Просвещение. 1971. С. 497.

Никола́й Васи́льевич Гоголь-Яновский

病态、道德颓丧为内容的“黑暗意识”。他还创造了一种新的文学审美形态，一种以戏谑、幽默、讽刺、夸张、变形为艺术手段的“怪诞现实主义”。俄罗斯著名的文艺学家、哲学家、东正教神学院教授莫楚尔斯基说：“我们文学的一切‘黑暗意识’都源于果戈理：托尔斯泰的虚无主义，陀思妥耶夫斯基笔下的深渊状态，罗赞诺夫的‘叛逆精神’。果戈理是俄罗斯文学的第一个患者和她的第一个受难者，俄罗斯一切不祥的叙说都源于他。”[3]

第一节

俄罗斯文学“黑暗意识”的始作俑者

果戈理出生在乌克兰波尔塔瓦省密尔格罗德县的一个贵族家庭。文学和宗教氛围浓厚的家庭环境造就了他对文学一生的情缘。中学时代他就尝试写作，热心参加学生剧团的演出。少年时代就有强烈的家国情怀和宏大的人生抱负，立志做一个真正有利于人类的人。十九岁那年，他来到京都彼得堡。然而，一切并不如意。写作的尝试不被人们看好，舞台上的表演屡屡失败，在彼得堡大学的教职也很难胜任，最后只是当上了国家机关一个普通的文书抄写员，渴望成功的希冀凄清地落空。但是，果戈理凭着对乌克兰乡村风习的了解，对都市生活的个体经验以及一种敏锐犀利的洞察力，凭着对现实生活和生命存在的严肃思考，随后在全身心投入的文学创作中获得了成功。

他文学生涯的第一页并非幽默讽刺之作，而是对乌克兰民间生活的叙写。二十三岁时完成的第一部浪漫主义作品集《狄康卡近乡夜话》让他

《狄康卡近乡夜话》插图　马科夫斯基绘

一夜成名。自由自在的乡村生活，充满浪漫情趣的乡民故事，散文化的抒情笔法，爱憎分明的价值判断，赢得了普希金、别林斯基等文学权威的高度赞赏。普希金兴奋地说："这才是真真实实的欢乐，真诚自然，毫不做作，亦不拘泥古板。一些地方写得诗意盎然！在我们当今的文学中这一切都十分难得，我到现在都没能平静下来。"[1] 别林斯基从中看到了"美的本质所呈现的各种形态，在果戈理的这些初创的诗意化的想象中人民是独特且典型的，闪耀着争奇斗艳的花朵般的光芒"[2]。作品中凝聚着青年果戈理对民间文化的热爱，对循规蹈矩、呆板、平庸的生活方式的否弃，对横行乡里的压迫者们的讥嘲和批判。果戈理说："很早以前，我就一心在努力，让人在读完我的作品后能随心所欲地把魔鬼嘲笑个够。"[3] 这个魔鬼就是现实和人性中的黑暗。

在果戈理的笔下，"黑暗"有这样三个层次：第一，历史文化传统中一切陈旧、停滞、僵死的东西，一种以集体无意识的形式沿袭下来的不洁的力量，它们始终在影响人们正常、健康的生活。第二，外省和京都社会现实中，人们的日常生活中无处不在的广义的庸俗，如想入非非、平庸无聊、狭隘猥琐、卑微奴性，一种显性或隐性的黑暗存在。第三，人性中负面的、邪恶的东西，如欺骗、贪婪、蛮横、冷漠、吝啬等。果戈理说，这样的黑暗存在于包括作家本人在内的每个人的心中。从早期的《狄康卡近乡夜话》到他创作的最高成就《死魂灵》，果戈理在每一部作品中都在与形形色色的"黑暗"做斗争。

从 1831 年到 1836 年的五年时间里，果戈理与普希金有过多次交往并结下了深厚的友谊。普希金高度关注他的创作和生活状况，以他的方式在一定程度上成就了果戈理。果戈理从普希金那里获得的不仅有他对创作的建议、意见，还有创作的灵感和情节资源。但果戈理的人文关怀表现出有异于普希金的价值取向和审美趣味。在他的眼中，普希金创作中的美是一种"纯净的美"[4]，他称赞诗人"从万物中，无论是渺小的，还是伟大的，只抽出……唯有诗人熟悉的其崇高的方面，却未能以不同的方式运用于生活中"[5]。通过这一赞赏我们似乎可以发觉果戈理的一种微温的批评，即普

1 Н.М.Фортунатов, М.Г.Уртминцева, И.С.Юхнова. *История русской литературы XX века*. М. Высшая школа.2008. С.166.

2 Н.В. Гоголь. *Энциклопедия*. Алгоритм. Эксмо. Око. 2007. С. 125.

3 В.И.Кулешев. *История русской литературы XIX века*. Изд. МГУ.1997. С.210.

希金对生活中卑微、丑恶事物的漠视。他甚至不无偏颇地说："普希金对诗人的影响是巨大的……对社会的影响却是微不足道的。"[6]在他看来，文学家应该让读者看到生活中的黑暗之处，麻木的俄国社会和俄罗斯人需要用不幸、危机、灾难进行精神激活，诗人和作家"应该去战斗……应该成为一个大丈夫，从各个方面集聚力量，去完成一桩桩宏大的事业……还需要对付一些卑微且琐细的事情"[7]。正是在这一文学观的引领下，果戈理踏上了一条不为同时代人所理解，孤独且不无艰难、痛苦的创作之路。

19 世纪 30 年代中期，在以乌克兰乡村生活为题材的《密尔格罗德》小说集出版后，又有两部作品集问世：《小品集》和《彼得堡故事集》。彼得堡生活题材的同质性构成了作品主题指向的一致性：京都繁华富丽、五光十色生活表象下人的生存黑暗与精神苦难。它们的问世标志着果戈理创作题材和艺术风格的悄然转向：从乡村生活转向对病态的都市现实生活和人的道德形态的关注，从洋溢着喜剧精神的浪漫主义向以幽默、讽刺和笑为特点的批判现实主义的转型，由纯粹的写实变为写实、夸张、变形、怪诞的合成，由理性的言说向理性与非理性并重的叙事转向，实现了他的文学创作中思想倾向和审美向度的重大突破。《狂人日记》《外套》《涅瓦大街》《肖像》《鼻子》等中篇小说就是这样的代表作。它们标志着由果戈理开创的，"书写黑暗""道德检视"永远在场的文学精神在俄罗斯文学的黄金世纪真正确立。

1836 年，喜剧《钦差大臣》被搬上舞台，在艺术上获得了巨大的成功。然而，它激发了一场热烈的文学争论，一些批评家仅仅把果戈理看作讽刺作家，还有人认为，果戈理在嘲弄、否定整个沙皇制度，果戈理备感委屈和痛苦。成功的艺术并没有给社会生活带来道德上的推进，作家的创作思想甚至遭到了阉割和曲解。果戈理开始重新思考文学创作的价值和意义，一种比经验主义更为重要、更为深入、更为本质性的思考。他为自己确定了更为重大的道德原则和精神使命，他要揭示社会的痈疽和现实的混乱，要让人们看到生命存在的不完美。他在给好友的信中说："这是一个巨大的转变，是我人生中一个伟大的时代。"[8]

4 Лебедев Ю.В. *Русская литература XIX века* 10. Ⅰ М. Просвещение, 2000 с. 197

5 Лебедев Ю.В. *Русская литература XIX века.* 10. Ⅰ М. Просвещение, 2000. С. 198.

6 Василий Зеньковский. *Гоголь.* Серия Дух и слово. Школа Слово. М. 1997. С. 113，114.

7 ［俄］果戈理著：《与友人书简选》，任光宣译，安徽文艺出版社，合肥，1999 年，第 234 页。

8 Лебедев Ю.В. *Русская литература XIX века.* М. Просвещение. 2000. С. 198.

与这一道德精神紧密相关的是19世纪30年代后期果戈理宗教意识的高涨。1836年，果戈理去了欧洲。第二年早春，他来到了被他称为“离上帝最近的”罗马，迎来了他皈依宗教的春天。他阅读《圣经》，出入修道院，造访基督教徒。当他在冥冥之中意识到是上帝在引领着他时，他的内心充满了幸福与喜悦。他说，他居然“成了一个失语的僧人，生活在一个无言的世界中，那个世界不属于他，而属于上帝”[1]。他在创作中始终聆听上苍的呼唤，把文学写作看作传达“上苍的言说”，要求自己绝对服从并期待它赋予的灵感。他对人说：“比起文学家来，最好能把我看作一个基督徒和一个人。”[2]在罗马，他听到了普希金去世的噩耗，在无比的悲痛中感到了从未有过的与上帝和天国的亲近。此间，他完成了长篇小说《死魂灵》的第一卷，又开始了第二卷的写作，那是他试图从文学创作中实现宗教拯救生命的实践。与此同时，他还以一个长者的身份扮演着精神导师的角色，用新的宗教理念思考俄国的社会生活，写下了著名的《与友人书简选》。

在渴望摆脱黑暗，走向光明，实现自我和世人道德存在、灵魂新生的过程中，果戈理发现他的意识不断地处于分裂状态。更有甚者，当他投入巨大的心血，沉浸在“新生”题材的文学构思时，他发现自己已深深陷在了理想与现实对立的巨大痛苦与矛盾中。他试图消除理想与现实、传统与现代之间的隔阂，自我与他人之间的鸿沟，但是，在他的生命实践中不断产生对话的精神分裂却在证实消除这些隔阂、鸿沟的艰难。此外，在现实生活中自我精神分裂的状态与他力图在小说故事中所讲述的健康心理、完美人性、复活灵魂形成了巨大的反差，他无法找到生存价值的个人意义和一种哲学的慰藉。临终前，果戈理重病缠身、精神失常，生命挣扎的最后一刻是如此痛苦、可怕，这导致他最终焚毁了未能完成的《死魂灵》第二卷，以四十三岁的人生终止了对生命和文学的宗教求索。

果戈理的文学成就并不丰饶，然而，其艺术魅力和深远影响不会因为其创作成果数量的有限而降低，他让生命存在的荒凉和精神灵魂的溃散有了艺术真实的依据，让黄金世纪文学的后来人有了可以效仿的先驱。“白

1 Василий Зеньковский. *Гоголь.* Серия Дух и слово. Школа Слово. М. 1997. С. 113，114.

2 И.А. Виноградов. *Гоголь художник и мыслитель. Христианские основы миpовозрения*，М. ИМЛИ РН，2000，с. 3

银时代”的诗人安宁斯基说：“谈论果戈理的意义就意味着谈论陀思妥耶夫斯基、冈察洛夫、皮谢姆斯基、奥斯特洛夫斯基、萨尔蒂科夫，谈论迦尔洵、契诃夫、高尔基，就会知道，俄罗斯活着的诗人们正在编织一条条线，将果戈理的创作与未来的俄罗斯文学连接了起来。”[3]

3 И.Анненский. *Художественный идеализм Гоголя*. Серия "Литературные памятники" Иннокентий Ф. Анненский, М. "Наука". 1979; http://annenskiy.lit-info.ru/annenskiy/articles/annenskij/hudozhestvennyj-idealizm-gogolya.htm.

第二节

《彼得堡故事集》（1）：《涅瓦大街》《肖像》《鼻子》

果戈理的小说创作中有三个地理空间，首先是他的故乡，乌克兰波尔塔瓦省的密尔格罗德，那是他在《狄康卡近乡夜话》和《密尔格罗德》两本书中描写的乡村生活景象。作品中有宁静秀丽的大自然和淳朴善良的乡民，却也是魔鬼的出没之地。不过，那里黑暗的书写被更多的浪漫主义的温暖或忧伤稀释了。第二个是彼得堡，那是尼古拉一世时代的彼得堡，是果戈理讲述的俄罗斯京都里各种故事发生的场域。这里的社会现实和人性的黑暗有了更多的奇诡与悲苦。第三个是外省的乡镇，那是《钦差大臣》和《死魂灵》中生活和生命故事的疆界。在这两部作品中，社会和人性黑暗的描写多了些残缺和凋零，给人以更大的心灵震撼。将果戈理的创作置于文学地理学的视域中，也许能更深入地理解他创作中黑暗意识的不同层次和审美品格的差异。

彼得堡是果戈理成年后生活得最久的地方，是他文学起步和文学产出最丰盛的地方，也是他为自己建构的一个最重要的文学故乡。果戈理在这里有过宏大的抱负、美好的期许，也经受过人生命运的打击和精神的困苦，彼得堡的生活使他的人生和文学创作有了更为丰厚的意蕴。作为俄罗斯帝国的首都，这里有各级官僚机构、大小官员，还有踟蹰在社会底层的各种小人物。《彼得堡故事集》由《涅瓦大街》《肖像》《鼻子》《狂人日记》《外套》五部中篇小说构成。现实与理想、物质与精神、美与道德的碰撞构成了果戈理表现人与社会关系的基本冲突。在这些作品中，作者对彼得堡的态度是矛盾、复杂的。帝国首都既是一个高楼林立、金碧辉煌、奢华神奇的都市，又是一个灰色、沉重、阴郁，时有鬼怪幽灵显身的黑暗之地。这里既是贵族官僚的欢乐谷，也是普通市民的苦难地，既是一个任人追逐的名利场，也是一个让人变得平庸、潦倒，甚至堕落的大染缸，它还是一座会将人逼疯的疯人院。不过果戈理并没有把这些对立、冲突叙述为一个个为民请命、伸张正义的故事，而是对人的生存形态给予了更多的关注，《彼得堡故事集》无不具有复合性的意蕴题旨。

《涅瓦大街》插图

中篇小说《涅瓦大街》是《彼得堡故事集》的创始篇，是被普希金看作审美意蕴“最丰富”[1]的一部作品。

小说中，彼得堡中心，最繁华的涅瓦大街辉煌壮伟、热闹非凡，然而映入叙事人眼帘的却只是胡子、礼帽、衣袖、长衫，看不到一张人脸。这是一个人被物遮蔽，不见活人，没有心灵、情感，精神迷失的都市。年轻貌美的女子沉醉于灯红酒绿之中，宁愿出卖色相，也不愿自爱自强地活着；德国手艺人铁匠和鞋匠浑浑噩噩、酗酒求醉，前者在迷乱中居然会让鞋匠割去他的鼻子，因为他觉得，每个月二十卢布四十戈比的烟钱纯粹是为鼻子花的；自

1 Н. В. Гоголь. *Энциклопедия.* М. Эксмо. Алгоритм. 2007. С.368.

信且富有才华的年轻画家因为对美好的绝望而告别了生命；被美诱惑，受到生存境遇伤害的青年军官则以低头顺命的方式屈从了现实。

作者在这样一个背景中展现了青年画家皮斯卡廖夫和年轻军官皮罗戈夫不同的生命状态以及精神世界。画家在涅瓦大街上遇见了一个迷人的黑发女子，将她当作美的化身和浪漫主义爱情的理想。不料，她却是一个妓女。痴迷于美的他却仍然向她求婚，希望女子能改弦更张，以诚实的劳动回归正常、健康的生活，却遭到无情的拒绝和嘲弄。画家感叹道："现实与理想背道而驰，如此令人憎恶。"浪漫理想的破灭让他最终丧失了理智，自尽身亡。

画家的好友，中尉皮罗戈夫渴望功名，幻想着通过一桩美满的姻缘来改变窘迫的状态。他也在涅瓦大街上看中了一位金发美女，却误将这个良家少妇当作放荡女子。善恶莫辨的他明知女子已为人妻，却依然心有不甘，趁她丈夫不在，前去求爱，结果遭到她丈夫及其好友的一顿暴打。事后，他却若无其事地在涅瓦大街漫步，用甜甜的糖果安抚自己，阅读报纸平复心情，晚上还与朋友们一起快活地跳了场舞，居然忘记了出席画家朋友的葬礼。

人生沉重，麻烦不断，画家与军官的故事像场玩笑。小说中所有的描写都很具体，环境、人物及其行为似乎都很真实，故事却很虚妄，没有现实依据。作家虚构的人物故事是为了衬托其背后现实生活中的阴森黑影。果戈理写世界的不可知和人内心的迷茫，表达理想与现实的巨大反差。两个年轻人对彼得堡寄托了过多的希望，这希望却无情地被生活击碎，又被作家赋予了负面的道德含义。画家以自我毁灭的方式选择了与现实的决裂，军官以苟且偷安的方式选择了与现实的和解。他们都是彼得堡黑暗生活的生命存照，又都是各自浪漫主义幻想的牺牲品。小说展示了弱者精神的颓败和生命的悲哀。

果戈理还借助爱情的主题表达了对美与道德的思考。主人公的生命际遇说明，美与道德并非统一，美可能造成人的精神迷惘、道德堕落，甚至激发人的邪恶。作品是果戈理告别他在《狄康卡近乡夜话》中所追求的美学浪漫主义，走向道德叙事的一个明证。小说结尾，涅瓦大街依然灯火通明。不过，那街灯的亮光是骗人的，那只是画家皮斯卡廖夫眼中彼得堡的表象。随着他的离去，涅瓦大街的光明、美丽、壮伟、崇高全都不见了。彼得堡在用各种方式腐蚀着人心，吞噬着人命。京都的景象不堪入目，故而，叙事人只能用风衣将自己紧紧地包裹起来，为了不再被那亮光下阴森的黑影所扰。

中篇小说《肖像》也讲述了一个画家悲剧性的人生命运。果戈理依然保持着对人的生存状态敏锐而深切的关注，作品的丰富性仍然饱满，只是帝国首都的“黑暗”主题又有了新的艺术呈现。

主人公是一个才华卓越、前景无量的青年画家恰尔特科夫。他生活贫困，连房费都付不起。有一天他被一幅天才的肖像画作深深吸引，画中老者的一对神秘、奇异的眼睛使他深受震撼。他倾其所有买下了肖像画，准备开始真正的艺术创作。然而，他发现，凭着一颗为艺术献身的自由心灵，他无法获得成功和财富。鬼使神差得到的一笔钱给了他阔绰、舒适、时尚生活的优越感，却让他似有所悟。于是他放弃了献身艺术的决心，拒绝了老一代艺术家的忠告，踏上了一条为金钱、名誉和社会地位作画的不归之路。他迎合富人和权贵的好恶，满足他们美化、矫饰肖像的心理需求，走向了媚俗、虚假、矫饰。果然他有了财富、声名、地位。故事说明，在物欲泛滥的社会中艺术的金钱化已经成为一种合理的存在。无论在现实生活中，还是在艺术领域里，一切都可以被当作商品买卖并受利益左右。果戈理在小说中说：“我们的 19 世纪早已拥有了一副银行家的庸俗面孔，它所享受的只是写在纸上的以百万计的数字。”[1]

恰尔特科夫的人性中光明与黑暗的斗争是小说的另一个重要题旨。在为艺术献身的理想与追求金钱欲望的角逐中，年轻的主人公任凭欲望恣肆，失去了追求艺术美的初心，是人性中黑暗对光明的压抑。随着艺术家身份的迷失，他认同了金钱世界，告别了真正的艺术，人性中的黑暗也在不断吞噬他的良知。强烈的嫉妒心使然，他疯狂地收购并焚毁所购得的各种名画，以此对艺术进行绝望的抵抗。人性的黑暗让他彻底失去了从自身

1 А.Н.Соколов. *История русской литратуры XIX века*（ Первая половина ）. М. Высшая школа. 1985. С.456.

角度衡量生命价值和意义的可能。针对人性的异化，果戈理曾大声疾呼："多多地把我们那颗锱铢必较的心灵唤醒吧……驱逐哪怕是只有一闪念的冷漠而又可怕的利己主义，它会将我们的世界吞噬的！但愿你在用那强有力的手段攫取的同时，掠夺者那颗不安的心灵能受到良心的啮噬，即使只有瞬间，让投机者不再精心算计，放弃无耻和狡诈，在天才面前不由自主地流下眼泪。"[1]

然而，果戈理并没有让艺术之神放过他。肖像画中老者的两只传神的眼睛化作厉鬼始终盯着恰尔特科夫，最终导致他发疯，死去。临终前，守在他床边的人仿佛都化作了一幅幅神秘、诡异，而又可怕的肖像画，画作在他的眼中不断地分裂、增殖，挂满了墙头，一对对可怕的眼睛从天花板、地上、墙上凝神望着他，令他痛不欲生。果戈理的《肖像》是对普希金在中篇小说《黑桃皇后》中表现的"金钱骑士"主题的一种呼应，主人公恰尔特科夫为黄金世纪文学中的"金钱骑士"画廊又增添了一个生动的形象。

中篇小说《鼻子》一改此前两部中篇的言说方式，大大强化了故事的怪诞色彩。普希金说："我们从中发现了那么多突兀的、奇幻的、欢快的、独到的东西。"[2] 作者以戏谑、讽刺的笔法讲述了一个离开了人脸的鼻子四处游荡、作威作福的荒诞故事。

一个理发匠吃早饭时候，发现面包里有只鼻子，深感困惑。而八品文官科瓦廖夫早晨醒来后，发现鼻子没了，十分尴尬。后来他在涅瓦大街上发现了自己的鼻子。它披着绣有金边的文官制服，戴着一顶插有羽毛的礼帽，正襟危坐地乘着马车前往喀山大教堂做礼拜。科瓦廖夫向警察局长报警未果，到报社刊登寻鼻子启示遭拒，找寻片儿警帮忙不成，结果连相亲都可能因此失败。警察局长说："一个正派的人怎么会丢掉鼻子呢？"投机商以为来了商机，制作了各种高矮不同的凳子，以便让人们观看离开了人脸的鼻子，这个人间的稀罕景象。至于它是谁的鼻子，从哪里来的，谁都不关心。后来鼻子拿着假身份证在去往里加的途中被抓，它终于回到了主人的手中。然而，鼻子不愿意回到主人脸上，而鼻子复原手术又可能导致

1 А.Н.Соколов. *История русской литературы XIX века*（Первая половина）. М. Высшая школа. 1985. С.457.

2 Н. В. Гоголь. *Энциклопедия*. М. Эксмо. Алгоритм. 2007. С.385.

《肖像》插图　克拉夫琴科绘

主人公破相。于是有人建议他先将鼻子泡在酒精瓶子里，待价而沽。一个月后，鼻子几经周折才终于复位，八品文官这才又继续他得意的为官人生。

据说，果戈理有着一个如同鹰喙般奇特而又巨大的鼻子，大鼻孔、宽鼻梁、尖鼻头。作者以鼻子说事，不仅是一种叙事策略，还把它当作了能嗅出彼得堡社会精神危机的气象仪。小说讲述的是一种“鼻子现象”。鼻子与其说是人的一个器官，莫如说是一种身份、地位、权势的隐喻，是检视只认官阶、地位，不认人的势利社会的试金石。凭着身披的那身官服、戴着的那顶礼帽，鼻子就能在涅瓦大街散步，去商店浏览，在花园漫步，去司局机关走访，看望高官朋友，畅行无阻。被果戈理“陌生化”了的鼻子还揭示了彼得堡商业社会唯利是图的本质。

小说以荒诞开始，以荒诞终结。当作家赋予小说一种整体性的荒诞时，我们也被引入了关于彼得堡人的荒诞性生存的思考。鼻子与人脸的离异是人异化的生理呈现，鼻子的非理性行径还表达了错综迷乱的彼得堡社会的现实，以及人们非理性的荒诞思维。荒诞成为果戈理向“不真实”的生活索取“真实”的手段，实现其致力于揭露社会“本来面目”的目的。

《黑桃皇后》插图　克拉夫琴科绘

“啊，不要相信这个涅瓦大街吧……全都是欺骗，全都是幻象，全都不是看上去的那个样子！”中篇小说《涅瓦大街》中叙事人的呼喊可以看作《彼得堡故事集》小说的主题词。还需要指出的是，小说中尽管充满了怪诞、荒唐、讽刺，但果戈理对苦难、奇异的生命叙事是相当冷静的，他的笔触没有那种义愤填膺的激情，倒是多了一种戏谑和幽默，还有绵里藏针的细致和锋芒。彼得堡华丽生活帷幕后面灰冷无情、庸俗猥琐的真相以及人物的精神陷落都能给读者一种真切的痛感，那平和、从容的叙事中萦绕着果戈理丝丝缕缕的忧伤、同情和悲悯。

第三节

《彼得堡故事集》（2）：《狂人日记》《外套》

《狂人日记》和《外套》是《彼得堡故事集》中最著名的两部中篇小说。从这两部作品中我们可以发现小说集创作题材的微妙变化。作家的创作视线在下沉，他把小说的关注点投向了彼得堡社会更为下层的人群。两部小说中的主人公都是生活在社会官僚结构末端的小吏，是九品文官，其实就是在政府机关负责抄写文书的公务员。果戈理继承了普希金在小说《驿站长》中确立的“小人物”母题，但在叙事视角和审美意蕴上有了新的拓展。

《狂人日记》是一部整体性的荒诞故事。它是四十二岁的狂人波普利辛在四个多月的时间里，以第一人称叙事断断续续写下的生命日记，是他记录下的一篇篇妄语疯言，表达的是他对匪夷所思的现实所进行的绝望抗争。

波普利辛是被贫苦的生活和卑下的社会地位逼疯的。他没有钱，头发像乱蓬蓬的稻草，穿一件又脏又破的老式外套。他提前支取薪水，显然是生活拮据，入不敷出所致。在政府机关里，人人都唯财富、权力、地位是瞻，虚伪冷漠，相互充满了敌意。他被同事冷落，遭上司训斥，他们话语间总是表露出对他低能的轻视和不屑。他没有存在感，连女人都瞧不起他。其次，他虽然穷苦卑微，但却有头脑有思想，具有批判性思维，充满了抗议精神。他愤世嫉俗，憎恶官场的虚假狡黠，揭露社会的黑暗。他觉得女人们都是被金钱、地位的“魔鬼迷惑住”了。他自视甚高，甘于贫贱、沉于下僚于他是绝不可接受的。他说：“为什么我只是一个九品文官？也许，我会是一个伯爵或将军，只是看上去像个九品文官而已。”为什么“世上一切最好的东西都让侍卫官和将军给霸占了”？他认定人人平等，一个侍卫官算什么，头上没长三只眼睛，鼻子也不是金子做的，与众人没任何区别。生存的艰难与绝望的反叛造成了他人性的扭曲、精神的分裂，于是他便成了一个妄想狂。

波普利辛的不幸几乎是全方位的。他看上了局长漂亮的女儿索菲，向她大献殷勤，却招致人们的哄笑、讥嘲。科长说他“身无分文”“痴心妄想”，劈头盖脸地骂他：“瞧你这个德行，你想想，你算个什么东西？你是个窝囊废，什么都不是。”但偏执的他却不顾一切地非要跑到美女家中，想通过与她的小狗美吉的交谈来探查姑娘的心思。遭到小狗拒绝后，他又设法从两只小狗的通信中得知，姑娘从未把他看在眼里，她与侍卫官的婚礼已在筹办之中。他深受歧视与打击。面对坚硬的现实，无奈和凄凉的他只能将希望寄托在奇诡的梦幻中。

波普利辛梦见自己成了西班牙王位的继承人，一个让众人臣服的国王斐迪南八世。他煞有介事地将这一“君王梦”当真，忘却了一切的不快。在机关里，他用斐迪南八世的名字签收文件，冷冷地面对科长，无视局长的到来，把他看作无聊透顶的“瓶塞”。他甚至还闯进局长家中，以国王的身份向索菲表白爱情。他在意念中微服私访，昂首阔步地行走在涅瓦大街。穿戴好帝王的服饰后，他便等候使节们前来迎接他。朦胧中他还来到了西班牙，准备履行国王的权力和使命。然而，这个在荒诞中寻找出路的叛逆者最终等来的却是凉水的浇头，棍棒的敲打，一个无处可逃的悲

波普利辛　列宾绘

惨结局。

波普利辛的病态心理，其荒唐而又令人啼笑皆非的思维和行为方式是正常理性被压抑，人性被扭曲和异化的结果。曾几何时，他为能在国家政府部门高就而深感荣幸，他崇拜局长这个“国家要人”胜出常人的高贵与智慧，为能为他削羽毛笔而深感自豪。他批评书报检查官未能查出一首宣传自由主义思想的诗歌，以证实他的敏锐不凡。他鄙视下人，深信自己能“大有作为、步步高升”。只是他的自夸和自信多少显得有些做作和轻佻，因为这残存的一点自信是在荒诞和绝望中孕育的。果戈理对主人公病态心理的书写其实只是一种叙事策略，他真正指向的是人的心死。在对彼得堡生活的渴望与绝望中，人心全然颓丧、死亡了，这才是生命存在的本质意义的黑暗。

果戈理对狂人的精神苦难有着欲说不能、欲哭无泪的悲悯，其强烈的悲悯情怀体现在小说结尾中。孤苦而又绝望的狂人向母亲发出了悲天悯人的呼唤：“救救我吧！把我从这个世界带走吧！走得越远越好！母亲啊，救救你可怜的儿子吧！把你可怜的孤儿搂在怀里吧！在这个世界已经没有他的活路了。”作者试图用绝望的呐喊来唤醒时代，激活人们爱的精神，拒绝这个不道德的社会，以寻找对抗苦难，杜绝心死，重新燃起生活希望的可能。

批评家别林斯基给予了《狂人日记》极高的评价，他说：“艺术家荒谬的怪诞，奇诡的幻想，对生活和人，对可怜的生命和可怜的人的善意的嘲笑……那里面充满了诗意、哲理，这是个用诗意的形式书写病态心理的

《外套》插图　库斯托季耶夫绘

故事，就其真实性和深刻性而言，是一部足可与莎士比亚的笔法相媲美的奇绝之作。”[1]

《外套》插图　库克里尼克斯绘

《外套》是《彼得堡故事集》中被批评界最为看重的作品。作家精心修改打磨，花了五年多时间才完成，在黄金世纪的俄罗斯文学中具有非同寻常的价值和影响。陀思妥耶夫斯基说，“我们都脱胎于果戈理的《外套》”，大作家表达了小说对他和此后的俄罗斯文学不容低估的深远影响。这影响的核心要义在于，它确立了俄罗斯文学关于“小人物”生命存在之思的终极命题。

与《狂人日记》完全不同，这部小说整体上是写实的，果戈理描绘的是一种不无夸张的原生态的日常生活。作品讲述了主人公巴什马奇金因为一件新外套而丧命，有些可笑，又有些可悲的故事。果戈理通过被社会主流遮蔽的边缘人物的真实生存状态的描述，以笑中带泪的方式表达了对社会、人性以及生命存在命题的思考。

小说中的彼得堡是一个代表着繁华、荣耀、先进、文明的地方，一个只遵循由金钱、权力、地位构建的游戏规则的地方。在巴什马奇金就职的这个政府机关里，除了这一简单的规则，人们对其余的一切都漠不关心。即便这其余的一切是一个善良、诚实、勤奋的人对尊重、理解、同情的苦苦哀求，甚至是一条真实的人的性命。即便这其余的一切是大人物为所欲为的霸道，手下人为虎作伥的恶行，人与人之间的残忍与粗暴，甚至是明火执仗的抢夺。

主人公巴什马奇金就是这一社会规则的受害者。他出身卑微，巴什马奇金的姓就是“鞋”的意思。他年俸只有四百卢布，是个永远为上司抄写文书的小吏。他贫穷、孤苦、无助。一件破旧的外套早已抗不住彼得堡冬日的严寒，所以他决定要为自己缝制一件新的外套。于是，他节衣缩食，晚上不喝茶，不点蜡烛，甚至为了减少鞋底的磨损，踮着脚尖走路。皇天

1　П.В.Соколов. *Гоголь. Энциклопедия.* М. Алгоритм. Эксмо. Око. 2007. С. 249.

不负有心人，他终于欢天喜地地穿上了新外套。他似乎因此赢得了同事们些许好感。不料，在一个深夜，刚上身的新外套就被人强行掠走。他哭诉无门，屡遭大人物惊吓，精神恍惚，大病一场，最后呜呼哀哉。或许，果戈理对主人公并不愿意如此决绝，潜意识中的伤痛和不平使他不愿让巴什马奇金默默地死去。主人公死后化作了厉鬼，四处剥取别人的外套。甚至抓住了当初曾呵斥过他的一个大人物，还抢走了他的外套。这活像是果戈理的一种玩笑式的愤怒的宣泄，对社会现实绝望的“吐槽”。是绝望逼出了巴什马奇金心中悲凉的反抗意识，逼出了最真实的生存本质——自我尊严的确立。这是小说家为读者呈现的一种生命迷失和终结之后，黑暗中的一线光亮，一种于绝望之中的希望。

然而，书写“被侮辱被损害的小人物”的生命之痛只是小说的命题之一，民族心理的痼疾和人的存在之思才是果戈理更重要，也是更深刻的着力点。

巴什马奇金循规蹈矩，“无论换了多少任厅长和各级上司，他总是坐在老地方，保持着老样子，干着老差事”。一生中只有一次，因为外套被抢而没有去上班。面对专横而又无情的上司，竭尽羞辱之能事的同事，他一言不发。实在忍无可忍时，他才会嘟囔一句：“别打扰我，你们干吗跟我过不去？”走在大街上，他的帽子总能恰到好处地接住有人从窗口扔下的秽物，总有西瓜和香瓜皮之类的东西点缀其上。他的眼前总有一行行字体在美妙地晃动，以至于走路时会差点儿与马鼻子相撞，吃饭时会连同苍蝇和嘴边的杂物一块儿吃下去。饭后，他又会继续抄写带回家的公文，若没有公文可抄，他也会自得其乐地给自己抄下一个副本，以便呈送给一位新人或者权贵。凡此种种，他的生命形态显得格外卑微奇崛、滑稽可笑。显然，他不是一个值得同情的弱者，而是一个令人鄙弃的愚者，是人类生存境遇下滑、精神生态恶化的大多数人中的一个。

阅读小说里的种种细节，我们会感到全部故事都笼罩在一个被压抑的精神氛围里，让人有一种沉重的悲凉感。一个连基本生活、生理欲求都难以满足的人，只能靠一种放弃尊严和颜面，自降身份的小丑扮相来换取基本的生存权利，荒唐而又可鄙。当人们把一种荒唐的东西当作正常的东西来接受的时候，那么这一荒唐的存在便让人们觉得心安理得了，这是精神文化真正的衰颓和没落。果戈理的深刻之处在于，通过一个活得憋屈、受伤，没有尊严，没有人格，如鞋一般任人踩踏的人物形象的塑造，写出了民族精神文化的垮塌。巴什马奇金是近千年俄国宗法、专制社会造成的俄罗斯民族心理痼疾的载体，是狭隘、麻木、屈辱、奴性的民族性格和精神创伤的代表。这一心理痼疾和精神创伤被一代代弱者所认可、接受、继承，并已经化为民族的深层文化心理，甚至集体无意识。作家从对个体生命的生活描摹上升到了对民族乃至人类普遍命运的关切和表达上来。

我们从主人公形而下的生存状态中可以察觉到小说中一种形而上的有关存在思考的哲学品质。巴什马奇金的生命悲剧是价值观的悲剧。麻木于僵化了的愚昧、屈辱的生活，怀抱着得过且过的苟且理念，失去了任何生活和生命追求，奴性价值观的弥漫彻底改变了他的生活态度、思维和行为方式，导致了他人性和人格的彻底异化。小说对这一异化的书写正是对这一思维和行为方式的哲学批评。这一哲学批评的矛头所向是思维与理智的懒惰，进取精神的衰退，创造力量的匮乏。在果戈理看来，这也是一种变相的“恶”。如何阻止甚至扑灭社会和人性中这种荒唐的“恶”，以防止它诱发、助长各种“罪”的滋生、增殖和蔓延，首先需要一个个体的人去发现自身的这种荒唐的“恶”，并张扬其内心的良知。这是果戈理的宗教赎罪思想的先兆。

纳博科夫说，一个智性的读者“会在《外套》中发现一些隐蔽之处，这些隐蔽之处把我们的生存状态和其他一些状态及模式联系在一起……普希金的文章是三维的，而果戈理至少是四维的”[1]。他所说的那第四维，即除天、地、人之外的一种神性维度。换言之，即一种虚拟、奇幻、诡异的神秘维度。主人公的诞生、命名、制衣、穿衣到他死去的生命存在中，确实隐藏着他逆来顺受，“听命于上苍”的宿命论思想，并由此关联着生命的世俗存在与精神皈依的题旨。巴什马奇金缝制和穿着新衣，直至新外套最后被抢，死后沦为幽灵的过程，实际上是他不断去除衣物、裸身，即一

1 ［美］弗拉基米尔·纳博科夫著：《俄罗斯文学讲稿》，丁骏、王建开译，上海译文出版社，上海，2018年，第72—73页。

个肉体生命逐渐堕落为鬼魂幽灵的蜕变过程。所以纳博科夫说："他的鬼魂才是他这个人本身最有形、最真实的部分。"[1]巴什马奇金异化、堕落的全部形态就体现在他由人变成了鬼。

1 ［美］弗拉基米尔·纳博科夫著：《俄罗斯文学讲稿》，丁骏、王建开译，上海译文出版社，上海，2018年，第73页。

第四节

喜剧《钦差大臣》

果戈理不仅是一个杰出的小说家，还是一个优秀的剧作家。他一生中创作了六部喜剧，《钦差大臣》是其中最富冲击力的一部，是黄金世纪俄罗斯戏剧史上的一座丰碑。在果戈理的文学创作中，它具有里程碑的意义，不仅将19世纪的戏剧文学推向了一个高峰，也为建构黄金世纪立体的俄罗斯文学景象做出了重大贡献。剧作从1835年第一次在亚历山大皇家大剧院演出后，无数次地被搬上舞台、银幕，经久不衰，成为具有世界影响的喜剧经典。

五幕喜剧《钦差大臣》讲述的是一个社会及人整体性道德堕落的故事，是剧作家对弥漫于整个社会的人的精神危机的思考。单就题材而言，果戈理并没有特别的创新之处。在他之前，俄罗斯的喜剧作家冯维辛、卡普尼斯特、格利鲍耶陀夫分别在他们的《纨绔子弟》《谗言》和《智慧的痛苦》中都以不同方式嘲讽了贵族上流社会及其官僚。这些剧作都以善恶的

纪念果戈理诞辰200周年的小邮票，上面绘有其作品《钦差大臣》的图案

二元对立为基本冲突，表现了具有进步启蒙思想的精英人物与保守僵化的贵族官僚的斗争，最后都以前者的胜利和后者的颓败而结束，似乎显得有些表象，深度和力度不够，更重要的是，缺少了一种剧作家自觉的使命感。但在《钦差大臣》里，戏剧冲突发生了根本性的变化。这部喜剧中没有一个正面人物，它展现的是恶与恶的碰撞，是社会的道德垮塌与作者的道德追求之间的冲突，这一冲突成为推动整个剧情发展的动力源。果戈理的创作理念中有一种强烈的道德使命感。他并不把喜剧看作仅仅给人带来轻松愉悦的消遣艺术，他认为喜剧是提出并思考现实问题的一个重要的艺术渠道，是张扬善的有力武器。他说："戏剧绝不是可有可无的，绝非无用之物……这是一个不错的讲台，可以向世界讲述许多善。"[1]"我在《钦差大臣》中要将我当时所知道的俄罗斯的各种丑恶，在最需要人坚持正义的地方和场合中所发生的一切邪恶聚拢到一起，狠狠地把它们嘲弄一番。"[2]果戈理强调喜剧要揭露并讽刺丑恶，要张扬善的精神，这是他作为剧作家义不容辞的责任和使命。

喜剧故事发生在外省一个遥远且偏僻的县城，一城之长得知钦差大臣带着沙皇谕旨要来城里视察，便召集下属商量应对办法。大小官员都劣迹斑斑，唯恐被抓住把柄，个个惊恐不安。此时，一个年轻的彼得堡京都小官赫列斯塔科夫因旅行途中挥霍无度，赌博又输光了钱，滞留该城，神经紧张的官员误把他当作了钦差大臣。于是假钦差与地方官员的交往、对话、碰撞便成了竞相比欺骗、比贪欲、比堕落、比无耻的一场场表演。

1　Н.М.Фортунатов, М.Г.Уртминцева, И.С.Юхнова. *История русской литературы XX века*. М. Высшая школа.2008. С.174.

2　*История русской литературы*. В 4 томах. Т.2. Под редакцией Е.Н.Купреяновой. Ленинград. Наука. Ленинградское отделение. 1981. С. 548.

《钦差大臣》可以看作俄国社会道德、精神的“现代传奇”。

赫列斯塔科夫是喜剧的中心人物。“钦差大臣”的头衔激发出这个浅薄、无耻小吏的全部精神病象。他无边无际、海阔天空地吹牛。他声称在彼得堡被人当作将军，自称是普希金的好友，与著名演员相识，吹嘘在彼得堡喝的冒着热气的汤，都是从巴黎用轮船运来的。连他的仆人都说，普希金会在夜里拜访他的主人，给他阅读手稿，请教他的意见。在应邀住进市长府邸之后，他居然向市长的女儿献媚、妻子求爱，洋相百出。他向城里官员、商人行骗要钱，且屡屡得手。而一应人等的谄媚、逢迎、贿赂更让赫列斯塔科夫有恃无恐。

面对钦差，县城的大小官员也无不释放出蝇营狗苟、厚颜无耻的道德颓相。他们毫无差异地溜须拍马，无一例外地行贿受贿，毫无二致地欺骗撒谎，一味地追逐金钱、权力、享乐。市长心安理得地榨取民脂民膏。他从政三十年，骗过三任省长，自己却从未受过骗，是个官场的老江湖。钦差的到来，为他当上京官、成为将军、过上京都的奢华生活提供了可能，于是他竭尽所能溜须拍马，甚至甘愿搭上女儿和夫人。法官猥琐、庸俗，陪审员整天满身酒气。教育督学冥顽无知，好酒贪杯。邮政局长享受偷拆私人信件的快乐，满足无聊的好奇。警察局长与警察动辄挥舞老拳。慈善医院院长不学无术，医院肮脏不堪。这些官吏的病态欲望、畸形人格因赫列斯塔科夫的出现而显形于天下。他们对这个乳臭小人不着边际的胡言乱语深信不疑，对他接收贿赂而能使他们实现飞黄腾达之梦兴奋无限。

各级官员的曲媚心态与赫列斯塔科夫的厚颜无耻互为映衬，呈现了京都官员与省城权贵颇有异趣的精神同构。果戈理在完成了对各色人等描绘的同时，彻底解构了官场的神圣与威严，揭示了道德沦陷深层“邪恶”的人性土壤。不仅市长的女儿、夫人表现出邀宠、献媚之丑态，连两个未入官场的贵族地主也不甘寂寞，造谣生事、蛊惑人心。集吹牛拍马、撒谎欺骗、庸俗下流、猥琐无耻之大成的“赫列斯塔科夫习气”不仅是京官赫列斯塔科夫心灵幽暗的表现，还是省城大小官员为官、为人的生存方略，进而已经成为一种社会流行的精神疾患的代名词。果戈理说：“他们的原型总能在眼前找到。”

不过，如果把《钦差大臣》看作果戈理对俄国农奴专制的批判显然是不尽如人意，违背作家创作初衷的，而仅仅把喜剧看作揭露俄国社会整体性的道德沦陷显然也是不够的。果戈理无意于对俄国农奴制度的批判，他宣称要嘲弄的“丑恶”与“不正”更多是在人性层面的。1935 年，在宫廷诗人茹科夫斯基等人的说服与鼓动下，沙皇尼古拉一世当着几个亲信诵读了《钦差大臣》的手稿，并给予了极高的评价。果戈理说：“若是没有皇帝本人的高度首肯，我的这出戏是无论如何也不可能搬上舞台的，何况当时已经有人说要查禁了。”[1] 真正的钦差大臣到来，这一喜剧性的哑剧结尾也寓意性地表明，腐败、堕落将难逃法网。果戈理是相信沙皇政府的公正、清明的。因此，剧作家与其说是社会制度道德堕落的揭露者和批判者，莫如说是个道德的教化者。喜剧卷首语，民间格言“脸丑莫怪镜子”旨在道德的自我检视，是全剧的中心语。

喜剧标题“钦差大臣”有着两层意蕴：一是词语的直接意义，即由沙皇指派，行督查各级官僚政务之事的官员。只是剧中真的钦差大臣并没有出现。二是潜在的寓意，即道德良知，它才是人类至高无上的精神和道德的“钦差大臣”，是上苍的显灵。果戈理曾多次强调，“人固有一死，到那一天他的良知会觉醒，垂死之人会意识到，他生前所做各种不道德之事是难逃惩罚的”[2]。

果戈理在喜剧中否定性的价值取向一目了然。但这一价值取向的表达是隐性的，剧作家从不对剧中人物作任何的道德评判，即使在他为演员书写的人物性格特点的提示中。那么，在一个道德堕落、邪恶横行的世界里，由谁来实施这一否定，唤起微弱的人性之光呢？剧作家采用的是一种独特的审美形式——“笑”。果戈理写完了《钦差大臣》后，难以抑制笑的畅快、激动和喜悦，对他的好友、莫斯科大学史学教授波戈金说：“笑吧，让我们现在更多地大声笑吧！喜剧万岁！”“笑”是作品中唯一的正面形象，是道德黑暗中的一束光亮，它是贯穿并终结作品的重要审美意象。剧作家以笑的方式实现对社会以及人精神道德的审视，表达对人性黑暗的

1 П.В. Соколов. *Николай Васильеви. Гоголь. Энциклопедия*. М. Эксмо. Алгоритм. 2007. С.466.

2 *Русская литература XI--XX вв.* Пособие для абитуриентов. Под редакцией Н.И.Якушина , В.И.Баранова. М. Русское слово. 2004. С. 124.

《钦差大臣》插图　Д. Н.卡尔多夫斯基绘

果戈理在朗诵《钦差大臣》　В. А.塔布林绘

否定和道德更新的呼唤。市长在戏剧舞台上向观众发出的意味深长的道白——“你们有什么好笑的？你们还是笑笑自己吧！”，成为全剧总结性的警句，这是让人们正视、遏制，并最终消除人性黑暗的道德呼唤。

文论家巴赫金高度赞赏果戈理作品中“笑”的元素，并把它称作一种“笑文化”。他说：“笑，是对现实的一种确定的但却无法译成逻辑语言的审美态度，亦即艺术地观察和把握现实的一种确定的方法，因之也是架构艺术形象、情节、体裁的一种确定的方法。”[3]

在《钦差大臣》里，果戈理借助于人物啼笑皆非的对白、逻辑缺失的思维、忍俊不禁的行为形成“笑”的效果，建构“笑”的形象，让读者在“笑”中感知人物的精神病象。

市长精明能干且每周都要上教堂。法官说：“他有时有太多的智慧，所以比没有智慧还要坏。”话语逻辑的缺失所引发的笑，是对市长假作虔诚的指控，是对他参透所有从政奥秘，通晓不可说破的为官规则的狡诈、油滑、阴险的揭露。为迎候钦差大臣，市长拆去了城市的部分围墙，指派魁伟的警察站岗，以表敬岗勤业，城市安全稳定、生机勃勃。这一城市奇观与他的政绩显得牛头不对马嘴，关联着市长可笑的城市理念。

读过几本书，有点自由主义思想的法官认定钦差大臣的造访是为了战前的民情调查，他接受的贿赂是猎犬，不是钱，因而不能算受贿。他说，陪审员因为幼时摔了一跤，成年后便满身酒气。这些荒唐的思维逻辑令人忍俊不禁。慈善医院的医官居然连一句正确的俄语都不会说，他认为，对

3　［俄］巴赫金著：《巴赫金全集第五卷：诗学与访谈》，白春仁、顾亚铃译，河北教育出版社，石家庄，1998 年，第 218 页。

病人的治疗应顺其自然，该死就死，能好自然会好。令人觉得可恨又可笑。法院的卫兵们会在法院厅堂里养鹅，贵族地主波布钦斯基在旅馆房间门外偷听市长与赫列斯塔科夫的谈话，因过于专注，会连门带人一起摔进来。一个胖教员每次上课的时候会做鬼脸，历史教员讲到历史人物马其顿的时候，会从讲台上跑下来摔凳子，以显示他的英雄气概……

如此这般的种种奇谈怪论、奇思怪念、奇言异行在剧作中俯拾皆是，形成了人物对白中一个完整的、令人捧腹的“笑”的话语能指链。它们关联着混乱无序、庸俗无聊、旁逸斜出的奇诡的精神空间，在现实生活中无处落脚的怪诞想象和意绪，给人以冲撞道德伦理的越界感，生成令人恐惧的有关精神病症的联想。“笑”会不断地让读者和观众与剧中人物进行无声的对话，让丑陋尽显，正义回归，善良胜利。“笑”显得自然真实、清新美好，散发着健康的气息，保持人性的真纯和善良。果戈理在剧中并未提出他的道德理想，他只是借助“笑”保持对抗人性异化的人格精神，驱散并消除人性中邪恶的因子。狂欢式的“笑”的深刻性在于它永远是未完成的，它不断地在埋葬可笑、可鄙的旧事物、旧人，又在不断地促成新事物、新人的生长。

值得指出的是，果戈理“笑”的对象是包罗万象的，是针对一切事物和人的。它与纯粹否定的讽刺文学的根本不同就在于，不把嘲笑者本人排除在嘲笑对象之外。他说：“任何一个人，如果不是几分钟，哪怕只有那么一分钟都曾经是或正是赫列斯塔科夫。”[1] 果戈理的“笑文化”中内含着自我嘲笑的道德激情。他的创作思考中始终有他自己的人生经历在场。他坦陈曾多次假冒高官参加他本无权参加的高规格社会活动，他曾以普希金密友的名义做过招摇撞骗之事，道德重建是他的生命实践和创作实践中的重要一极。

1 *Русская литература XI--XX вв.* Пособие для абитуриентов. Под редакцией Н.И.Якушина, В.И.Баранова. М. Русское слово. 2004. С. 125.

第五节

《死魂灵》（1）：
“死魂灵”及其隐喻意义

《死魂灵》是果戈理唯一的一部长篇小说，是他用了五年时间完成的巅峰之作。这五年正是他生命体验日趋深刻，博爱的精神不断升华，艺术实践和审美表达臻于完美的人生阶段。果戈理说，在这一创作过程中，“笔者的心中有许多，许多的爱……它在我心中与日俱增。与此同时，信仰也在增坚……我们的救世主……赋予了我力量，让我升华，甚至让我的创作也能像他一样”[1]。这部作品是他在创作中将人的精神黑暗，俄罗斯民族独有的心性品格和生命希冀表现得最为集中、最为充分、最为震撼的一部经典。它为俄罗斯文学的黄金世纪提供了第一部极富价值的文学的“忏悔文本”，具有不可替代的标志性意义。

如同但丁的《神曲》一样，果戈理的小说也是按照地狱篇、炼狱篇、天堂篇三部曲来构思的，分别表现俄罗斯民族振兴的三个阶段：俄罗斯人在地狱中的现实存在、漫漫的新生之路、迎

1 П.В.Соколов. *Гоголь. Энциклопедия*. М. Алгоритм. Эксмо. Око. 2007. С.306.

接光明与美好的未来。作家试图在过去、当下、未来中，在一个独特的时间空间里，呈现俄罗斯及其生活在这片土地上的俄罗斯人的精神状态，表达尚在地狱中受难的人的自我净化和灵魂复活。人的灵魂是长篇小说的核心与真正的主人公。而果戈理更为宏大的艺术追求在于，他要将俄罗斯民族获得的拯救和复兴当作整个人类获得拯救与复兴的光辉典范。正是基于这一价值取向和审美判断，果戈理把这部作品称作具有史诗品格的一部“叙事长诗”（поэма）。

然而，俄国的历史文化并未能提供任何俄罗斯民族得以自我拯救与灵魂复活的经验现实，果戈理带有浓重乌托邦色彩的艺术构思仅仅停留在了人的地狱状态的呈现和对炼狱状态的思考上。他至死都未想清楚，如何以艺术的方式表现俄罗斯人走向新生的艰难历程。作家留给后人的是《死魂灵》的第一卷，还有未完成的第二卷。不过，《死魂灵》第一卷所产生的巨大的社会和精神震撼，以及对此后俄罗斯现实主义文学的深远影响使得这部书成为黄金世纪前半期最重大的文学事件之一。

小说讲述的是一个十分奇诡的买卖死魂灵的故事。沙皇政府规定，贵族地主根据登记造册的农奴名单可向政府部门申请贷款，六品文官兼商人乞乞科夫利用这一政策规定，乘坐马车到外省巡游，要从贵族地主手中将已经死去，但尚未注销的死农奴过户到自己名下，以骗取政府贷款。在结识了省城的头面人物之后，他走访了五个贵族地主，如愿以偿地购得四百个农奴。然而，不久事发，惊恐之中的乞乞科夫逃之夭夭。果戈理似乎开了一个玩笑，让已经死亡的农奴燃起了一场又一场死魂灵买卖交易的战火，小说命题及其故事变成了一个整体性的隐喻，喻示着俄国社会方向感的失落，俄罗斯人，特别是贵族地主道德与人性的沉沦。

小说的中心人物乞乞科夫是俄国现代资本主义文明的产物。财富、利益是其心理结构与生命存在的源泉和动力。他善于逢迎，虚与委蛇，见风使舵，光鲜时尚的外表背后缺乏的是精神力量的支撑。其精心设计的圈套，百转千回的说辞，都只是为了钱。这是一个头脑被金钱蛀空、灵魂出窍的行尸走肉。他的出逃也说明，他已经意识到，作为一个典型的失德者的可耻和可悲。不过，除了面目可憎的一面，他又有一些讨周围人喜欢的人格元素。他谈吐文雅、礼貌周到、热情委婉，偶有对生活一定深度的思考，内心世界还有瞬间的对美的赞美和向往。这是果戈理告诉读者，这一残缺的生命尚持存着自我救赎的人性之光，是他留给读者的此人还能重新做人的一丝念想。小说中崎岖不平的乡间之路不啻是俄国乡村状貌的写照，也是俄国社会历史发展之路曲折坎坷、歧路交错的象征。求购死魂灵的乡间之游实际上成了乞乞科夫的“地狱”之游、“死人国”之游。

《死魂灵》首版扉页，果戈理亲自设计

艺术家以其罕见的喜剧想象力塑造了生命形态各异的贵族地主，他们个性鲜明，令人记忆深刻。地主马尼洛夫与乞乞科夫在省城偶遇，长达五分钟的紧紧拥抱，让两个男人的门牙疼了一整天的猛烈的长吻，足见热情掩盖下的肉麻、无聊与粗鄙。文明礼貌、温文尔雅的表象掩盖着两人浅薄空虚的内心世界。被乞乞科夫称作“大娘”的小地主柯罗博奇卡在出让死魂灵的过程中展现了其全部的抠门、愚昧、狭隘、迷信的心性，那是积淀在近千年宗法俄罗斯乡村文化传统中的负能量。与马尼洛夫形成鲜明对照的是地主诺兹德廖夫，他惹是生非、耍赖撒泼、粗野蛮横。这是一个凭借着肢体话语的蛮荒之力应对生活和他人的鲁夫莽汉。饕餮无际、食量惊人，是吃货索巴凯维奇的特点。口腹之欲使然，他非整羊、整猪、整鹅不食，牛犊般大小的火鸡肚子里还要塞满鸡蛋、鹅肝、米饭等各种美食，呈现出罕见的人性贪婪、人格残缺。按照弗洛伊德的说法，人类只有处在幼年的“反智期”才会被口腹欲望所钳制。被这一欲望奴役的索巴凯维奇，无疑还没有形成健全的人格，无论他拥有多少财富，依然处于生命理性尚未开化的野蛮期。普柳什金是果戈

《死魂灵》中的地主形象

理塑造的死魂灵画廊的终结者，是最为纯粹、毫无任何美好掺杂的、十足的庸人形象。如果说马尼洛夫是固化成型、停滞僵死的，那么普柳什金却是鲜活、动态的。他由一个勤奋、精明、能干的当家人变成了一个衰老、颓废、悭吝的守财奴。仓库、栈房里堆积如山的粮食、布匹变成了石块、泥土，长上了青苔霉衣。一只旧鞋跟、一片脏抹布、一枚烂铁钉、一块陶瓷片他都能捡回家。在他身上似乎可以听见地狱里敲响的最后钟声。作者以他老年的生命存在为典型，呈现了一个没有任何精神追求，没有任何向往，没有任何美的感受的干瘪、枯朽的活僵尸。这五个地主虽然性格迥异，却具有“死魂灵”身份的同质性，都是生活在精神地狱中的人物。

与沉睡的、停滞的、平淡无奇的庄园生活似有不同，省会城市的“主人”们生活在充斥着舞会、茶会、聚餐、牌局、看戏、台球、养马、赛狗的热闹中，像是充满了活力、向往、忙碌和喧嚣。但这只是一种表象，两地人的本质毫无二致。作者说，省长是个“最可尊敬、最和蔼可亲的人”，因为能绣一手漂亮的刺绣活。警察局长、检察长和民政厅长、邮政局长无不聪明、博学，因为他们打牌要打到鸡叫好几遍。这些“顶顶值得尊敬的人”的太太也都是“顶顶和蔼可亲的，最值得尊敬的女人”。因果荒唐、违背逻辑的叙述话语构成双重虚构的文本形态，作家以这种修辞方式揭示了平日里人们无法靠近的官员们的生命景观。他们面相不同，但人心相似，汇聚在这个道德危机重重的城市里，加剧了它的丑陋和晦暗。《死魂灵》中各色人等面对现实的冷漠与麻木，生活的无聊与庸俗，内心的空虚与阴暗，是被现代物质文明所害的精神成果。作家无情地拷问着每一个个体，而遍布小说的深入骨髓的道德黑暗与精神惶惑，则让他的读者扪心自问，审视自身的黑暗，消解自身的惶惑。

赫尔岑说：“这是一部由大师写下的疾病史。果戈理的叙事长诗是一个在庸俗生活的影响下堕落的人，突然在镜子里看到了自己兽化了的嘴脸后，发出的恐惧与羞耻的呼喊。但是，倘若胸中能吐出如此之呼喊，那么那里一定还存有健康的东西，还有伟大的复活的力量。”[1] 在果戈理看来，无论是乞乞科夫、五个贵族地主、省城的各类官员，还是形形色色的仆

1 П.В.Соколов. *Гоголь. Энциклопедия*. М. Алгоритм. Эксмо. Око. 2007. С.329-330.

人、车夫、农夫，他们当下的道德颓丧、人性堕落，只是俄罗斯人一时的病象，他们伟大的向善情怀和神性因素才是其本质特征，是灵魂新生、民族振兴的精神基石。

果戈理说："《死魂灵》之所以如此震惊了整个俄国，并产生了极大的反响并不是因为他们揭示了她的一些伤口或是内在的疾患，也不是因为他们展现了无往而不胜的恶及其扼杀善的令人震撼的画面。全然不是这样。我的主人公完全不是坏人，我只要给他们中的任何一个人以善的品质，读者就会容忍他们所有人。……我的读者中谁也没想到，在嘲笑我的人物的时候，他实际上是在嘲笑自己。"[1]《死魂灵》的第二卷中，叙事人有这样一段话："心灵的奥秘是存在的。不管一个误入歧途的人怎样远离了正道，不管一个无可救药的罪犯变得怎样冷酷无情，也不管他深深陷于堕落的生活中而无法自拔，可是，如果你用他的本性，用他那被自己玷污的天性去指斥他，那么，在他的内心一切都会不由自主地动摇起来，他的整个身心都会随之震颤的。"[2]小说末章，乞乞科夫深感良心的责备。他怀揣重新做人的宏愿，肩负着为子孙后代"有所建树的责任"，在向新生活飞奔，成为修行与新生的代表。他乘坐的三套车，是"横卧半个世界的平旷的国土上"的俄罗斯国家的象征。它"受着神明的鼓舞"，"汇成一阵狂风"，在"旋风似的飞奔"。作家预言，凭着健康而强有力的性格和丰富的内心世界，俄罗斯民族必定会将其他民族和国家远远地甩在后面。

皇家科学院院士、文学批评家施维廖夫是果戈理非常看重的，也被认为是唯一能正确理解他长诗的人。施维廖夫说："在长诗《死魂灵》的第一部内容中深深地嵌入了我们的俄罗斯生活，其粗鲁的、兽性的、物质的一面，具有非常重要的现代意义，看上去可笑，但深层是悲哀的。""上帝的世界是博大的，宽广且缤纷多彩的：那里为一切人都留下了位置。在那里住着的有索巴凯维奇、诺兹德廖夫。艺术家所创造的艺术世界也是这样的：那里兴许也为一切人留下了位置，诗人包容一切的想象决不鄙视任何事物，全世界，从天上的星星到人间的地狱，都在它的统领之下。"[3]

我们不妨把这部俄罗斯的《奥德修纪》与狄更斯的《匹克威克外传》

1 Никольский С.А., Филимонов В.П. *Русское мировозрение. Смыслы и ценности в российской литературе и философии XVIII—середины XIX столетия*. Прогресс-Традиция, М. 2008. С.19.

2 ［俄］果戈理著：《死魂灵》，满涛、许庆道译，人民文学出版社，北京，1983年，第375页。

和福楼拜的《布瓦尔和佩库歇》这两部小说稍作比较。在后两部作品中我们都能看到时代的鲜明印记：流浪汉匹克威克在英国的游历所反映的是真真实实的英国社会的不合理现象，后者所反映的也是1848年法国革命前后确确实实的法国农村现实。但读者肯定会怀疑，果戈理是否真的要再现俄罗斯社会现实，他在多大程度上是从对现实的认知中来描写这些人物的，而且他们还会觉得，《死魂灵》中的外省社会俨然是个巨大的符号，这个符号标志的不仅是俄罗斯，还是一个在现代秩序里面建构的都市与乡村的人文景观，以及这种景观所表达的人类精神的巨大灾难。我们在小说中很难看到故事发生的年代。马尼洛夫究竟是谁的后代？普柳什金是个时代的典型化人物，还是一种具有普遍意义的人性类型？长篇小说所表现的情境和人物确实很难用确切的现实生活环境去框住。作家关于人的灵魂的非常想象和宏大思考，他所涉及的“忏悔”“自新”的命题，确实是此前黄金世纪文学中绝无仅有的艺术现象。

3 П.В.Соколов. *Гоголь. Энциклопедия.* М. Алгоритм. Эксмо. Око. 2007. С.306—308.

第六节

《死魂灵》（2）：道德忏悔和灵魂自新

在同时代的俄罗斯作家中，很少有人像果戈理那样，对社会和人的精神迷失、道德堕落感到如此焦虑和惶惑的了。《彼得堡故事集》是作家这一焦虑和惶惑的早期呈现，作品多表现个体的道德沉沦和人性异化，在充满批判、揶揄、讽刺的文字中，流露出作家一种隐性的无奈和忧伤。此后，果戈理的这一创作主题和价值取向始终未变，只是迭有递进和深化。作家现代性的焦虑在不断地向着宗教的维度释放。喜剧《钦差大臣》所展现的道德迷失与精神堕落有了全社会的征候，从而使得作家的不安与焦躁显得更为急切、激烈、宏阔。当年他在《彼得堡故事集》中所持的精英批判立场已经远去，那种无奈与忧伤已经荡然无存，而自我检视、道德更新的“忏悔意识”已露端倪。这一重大的调整使得他对人的精神黑暗的展现接通了人的灵魂拯救，让他的道德审视接通了宗教神性的观照。

长篇小说《死魂灵》中的人物，在相当大

的程度上与喜剧《钦差大臣》保持着性格、形象的连续性。一个个死魂灵次第而出，成群结队。巨大的灾难感和伤痛感使作家在作品中以前所未有的细腻和深度揭示了一个个“死灵魂”恶德丑行的细节。他们的人性异化的形态更加具体、完整，更富个性化，堕落、蜕变的心理也表达得更加细腻。只是作者“含泪的笑”中多了一份平静和深邃。与喜剧《钦差大臣》的价值取向一致，果戈理在长篇小说中并未站在人物的对立面，他所展示的一面面“死魂灵”的镜像是为了给他们洗脸、沐浴、净身、忏悔的，是为了自我的道德检视。他在小说中发问：“你们中间有谁会怀着基督教徒的谦恭，不是在大庭广众，而是在静悄悄反躬自问的时刻里，向自己心灵深处发出这样一个沉重的问题：在我的身上是不是也有乞乞科夫一点影子呢？”[1] 其实，果戈理的同时代人已经听到了作家的这个声音。赫尔岑在日记中写道：“我们所有的人在成年之后，以这样的或那样的方式，不就是过的果戈理的主人公那样的生活？一些人沉溺于马尼洛夫式的无聊的幻想中，另一些人像诺兹德廖夫那样胡作非为，还有一些人像普柳什金等等。”[2] 别林斯基也说：“我们当中的每一个人，不管他是多么好的一个人，如果像对待别人那样公正、深入地了解一下自己，那么肯定会在自己身上，或多或少地找到果戈理许多人物身上的多种元素。”“只是我们的自尊心和精神上的自豪感让我们觉得我们都是活的灵魂，而不是乞乞科夫、索巴凯维奇，果戈理世界中的人物……”[3] 所以，《死魂灵》已经成为一部自我心灵忏悔、灵魂自新、道德检视的书。书中有着作者漫漫的温情，因为他渴望的不是摧毁、消灭，而是改造、更新，左右他心情的不是愤怒，而是爱。

果戈理未能在现实生活中得到永恒的真理和拯救的希望，却在基督那里得到了。他深刻认识到，真诚的忏悔和拯救需要对基督的皈依，由基督之爱激发的，这被他称作“贤明”的人性良知。他说：“理智无疑是更高的能力……还有一种最高的能力，它的名字叫贤明……唯有基督可以把贤明赐予我们……已经具有智慧和理智的人，也一定会得到贤明，如果他日夜祈祷，日夜向上帝祈求它，把自己的心灵升华得温顺善良并且把自身内

1 ［俄］果戈理著：《死魂灵》，满涛、许庆道译，人民文学出版社，北京，1983 年，第 262 页。

2 Герцен А.И. *Дневник 1842-1845* //Соб. Соч. В 30 т. Т. 2 . С 200; Виноградов И.А. *Гоголь художник и мыслитель Христианские основы миросозерцания.* ИМЛИ РАН , Наследие , 2000 ， С.320.

3 Виноградов И.А. *Гоголь художник и мыслитель. Христианские основы миросозерцания .* ИМЛИ РАН , Наследие , 2000 ， С.320.

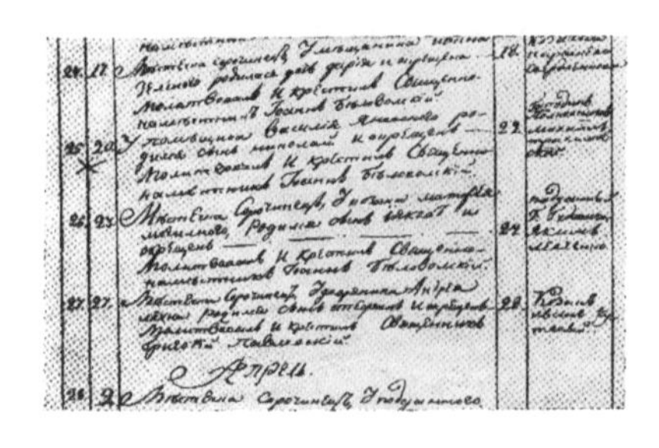

果戈理进入教堂的记录

的一切尽可能收拾得干净，以迎接这位天赐的客人。”[1]

当他以一个东正教徒的目光重新打量这个堕落的世界的时候，首先看到的是俄罗斯民族心灵中固有的强大的宗教神性，他笔下人物的人性因素和向往上帝的神性元素并没有泯灭，这是俄罗斯人具有忏悔与被拯救的思想和精神资源。地主马尼洛夫心甘情愿地把他的死农奴无偿地送给乞乞科夫，是为了“获得某种心灵的向往，精神方面的吸引”，而乞乞科夫亦曾向一个无依无靠的寡妇和一个苦命的孤儿伸出过援助之手。作者说，“在我们的这位主人公乞乞科夫身上……也许在他冷酷无情的生活里就潜伏着一种往后必定叫人毁灭并在上天的智慧面前屈膝下跪的力量”，这种生命的良知和永远的向善情怀“是上天旨意的产物，它们含有一股永恒的、终生不息的召唤力。它能给人间带来欢乐光明的景象，能为世人播下前所未有的幸福”[2]。作品中的一些细节，特别是作者关于俄罗斯的抒情插叙，描绘出他内心被爱唤醒的细腻柔情和真诚善良，传递出他对俄罗斯民族自我救赎和道德更新的坚定信念。所以，为了让人们脱离精神的苦海，走向新生，他说：“要以强有力的抒情向那位美好的，但昏昏欲睡的人发出呼吁。从岸边扔给他一块木板，放开嗓门向他喊，让他拯救自己的灵魂。”[3]

创作《死魂灵》第二卷的过程，是他要为“死魂灵”忏悔，为他们确立一个崇高的道德理想，一种生命的使命和责任的过程，也是果戈理不断自我忏悔的过程。此间他频繁地出入教堂，走访圣徒，“聆听上苍的呼唤，要求自己绝对服从并期待它给予的灵感”[4]。

小说手稿中出现了善于经营、懂得自律、心地善良的新型地主柯斯坦若格洛。深受触动和鼓舞的乞乞科夫感到了自责。在代表正义的公爵大人面前，如同面对着上帝一样，他俯首忏悔：“该死的撒旦诱惑了我，勾引

1 ［俄］果戈理著：《与友人书简选》，任光宣译，安徽文艺出版社，合肥，1999 年，第 74 页。

2 ［俄］果戈理著：《死魂灵》，满涛、许庆道译，人民文学出版社，北京，1983 年，第 259 页。

3 同上书，第 94 页。

4 Лебедев Ю.В. *Русская литература XIX века* 10 Ⅰ . М. Просвещение, 2000 с. 199.

我逾越了人的理性和良知。我犯了罪。”他无法抑制心头的悲哀，放声大哭。“一种热爱劳动的生活，一种脱离都市的喧嚣，告别因为忘记劳动耽于安逸而萌生欲念的生活，在他的面前发出了强大的魅力。”[5]

然而，果戈理花了五年时间写下的，“每一行字都是用心灵的震荡换来的”第二卷手稿，却被他付之一炬。反躬自省、面壁思过的果戈理意识到，作品违背了他忏悔的初衷。他说：“描绘一些表现我们民族的崇高品德、美好性格，这不会带来任何结果。……如果没有立刻像白天一样清楚地给每个人指出通向崇高和美的道路，那根本就不应去谈论它们。”[6] 何况此时，面对刚刚觉醒的乞乞科夫，还有一大群“死魂灵”的忏悔和救赎之路，作者并非完全是清晰的。

在开始书写“死魂灵”复活的同时，果戈理也以独特方式开始了他自己的人生忏悔和精神朝圣。1846 年，他完成了生命中的最后一部著作《与友人书简选》。这是一本由三十二篇书信构成的书，是他与不同人物进行的有关宗教、文学、艺术、历史、社会、教育等众多命题的深情对话，是他将基督精神内化为一种道德准则，在一种苦难的愉悦、宁静的燃烧、超

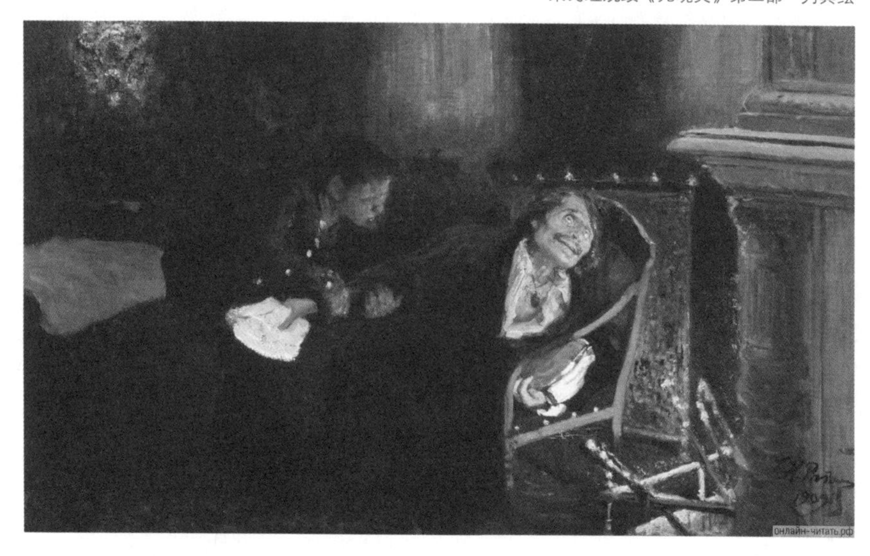

果戈理烧毁《死魂灵》第二部　列宾绘

5　［俄］果戈理著：《死魂灵》，满涛、许庆道译，人民文学出版社，北京，1983 年，第 373 页。

6　［俄］果戈理著：《与友人书简选》，任光宣译，安徽文艺出版社，合肥，1999 年，第 119 页。

越的情感中写下的壮伟的道德布道。在这部被他称为“精神遗嘱”的书中，果戈理撇去了文学探索的审美色彩，完全转向了人类的精神建设，从外在的生活世相退回到了人内在的心灵，呼唤理想和信仰重建的神圣性。

宗教探索是全书的思想核心，直接导致了“基督徒向前进”“光明的复活”“在世上谁的使命最崇高”“究竟什么是俄国诗歌的本质及其特色”“就《死魂灵》致不同人的四封信”等著名篇章的问世，表达了从人的生命信仰到神性福祉的思考。它们以通透的反思力度，直指世界和人的表象的精神本质，又与神秘主义划清了界限，是留给同时代人重要的思想馈赠，也能给今人带来许多有益的启示。

果戈理执意让他笔下的人物在走投无路的绝境中归向神灵，让迷途的羔羊找到了真理、道路、生命的真谛，获得基督的救赎，成为新人。他认为，世界上一切的源头、根子以及对一切的肯定乃是对上帝的爱。自感罪孽深重的乞乞科夫泪如雨下，“一些至今不曾尝味过的，陌生的，他自己无法解释的感情，涌上了心头。仿佛在他的身上，有一种东西，一种遥远的东西……想要苏醒过来……想要冲出来，飞向自由的天地”[1]。

果戈理对俄罗斯民族的精神优越，乃至拯救世界的使命是深信不疑的。在《死魂灵》第二卷的“结尾章”中，他借助总督大人的口说：“任何手段，任何威胁，任何责罚，都无法铲除不义……我必须发出呼吁，向胸膛里还跳动着一颗俄罗斯的心，向或多或少能够理解崇高这一字眼的人，发出呼吁……我谨请你们对自己的责任，对自己在尘世应尽的职分，郑重地想一想。”[2]

在果戈理看来，俄罗斯天性的优越之处就在于，它比其他民族更能深刻地接受基督博爱的思想，懂得能让人变得更加完美的《福音书》的话语，而最能体现这一民族天性的就是俄罗斯教会。他说，我们的“教会就像位贞洁的处女，唯独它从圣徒时代起保持着自己的毫无瑕疵的原始贞洁，这个教会及其深刻的教义和细微的外在仪式好像为了俄国人民而直接从天上移了下来，它独自有能力解决一切疑团症结和我们的问题，它可以当着整个欧洲的面创造出前所未有的奇迹……我们应用我们心灵的芳香宣

1　［俄］果戈理著：《死魂灵》，满涛、许庆道译，人民文学出版社，北京，1983 年，第 376—377 页。

2　同上书，第 389 页。

3　［俄］果戈理著：《与友人书简选》，任光宣译，安徽文艺出版社，合肥，1999 年，第 45 页。

4　同上书，第 49 页。

告教会的真理”[3]。果戈理从宗教体验的维度竭力彰显“在俄罗斯人天性中许多接近基督法则的东西”，赞美俄国人对基督复活节的情有独钟。他认为，西方基督教会的主教们未能以自我人生的圣洁来实现完满的、全面的基督教的贤明，从而使万民疏离基督。

他坚守忏悔精神，倡导“去探索个人的心灵，因为那里有万物之规律；只是应首先找到通往自己个人心灵的钥匙”[4]。他说：“在基督徒面前有永远闪光的地方，有永恒存在的业绩，因为他的目光始终盯着自我，这种目光不断变得明亮，向他揭示出他身上的新缺点，并与之进行新的斗争。”他甚至强调神职人员忏悔的重要性，并指出“神父也需要给自己留出时间，因为他需要进行自我的修炼。他应以救世主为榜样”[5]。他对重在仪式的形式皈依保持警惕，主张抛弃“吻吻残疾人的脸，喊喊爱国主义口号”[6]的功能性的爱的表示，而要把俄罗斯当作修道院，要像亲吻救世主一样，去亲吻那位让他注意自我的人，要把像拥抱兄弟一样去拥抱全人类的信仰当作每个青年人心爱的理想。

他倡导苦难的拯救，认为基督徒成圣的生命必须经过痛苦的历练。他说：“我们注定要用痛苦的悲伤去获得书本里得不到的智慧……首先要让自己的智慧变得纯洁，然后再努力使他人的灵魂纯洁。”“如果我们大家还有什么事业，……那就是突然，一下子抛弃我们所有的缺点，会玷污一个人崇高本质的一切，带着肉体的痛楚，不要怜惜自己，一切都为了能够从自身丢弃羞辱和玷污我们的东西……”[7]

他还说，一个真正的基督徒作家应该有意识地用文学来呈现有信仰的观念和有信仰的生命，让文学充满由信仰而获得的神圣光辉。他说，诗人应该成为社会及其一切高尚而崇高的活动的一种先进的激发力量，他必须号召人去迎接另一种高尚的战斗——不是为了我们暂时的自由、我们的权利和特权，而是为了我们的灵魂（我们上天的创世主认为灵魂是自己造物的最珍贵的东西）去战斗。

果戈理声称，“应把这本书称作人的一面镜子”[8]。他以基督徒的真诚请求宽恕，原谅他的文学作品中出现的伤人的话语，给别人曾经带来的不

5 ［俄］果戈理著：《与友人书简选》，任光宣译，安徽文艺出版社，合肥，1999 年，第 48 页。

6 同上书，第 268 页。

7 Виноградов И.А. *Гоголь художник и мыслитель Христианские основы миросозерцания* . ИМЛИ РАН, Наследие, 2000, С. 346.

8 ［俄］果戈理著：《与友人书简选》，任光宣译，安徽文艺出版社，合肥，1999 年，第 294—295 页。

快和厌恶，对他人有意无意有过的轻视和不敬，还有这本书可能给读者带来的不快。他说，他的稿酬所得将用于赴耶路撒冷的朝圣之用，并承诺“余下的钱将补贴给那些像我一样，想启程前往圣地的人”。

第七节

果戈理与鲁迅

中国人读果戈理，自然会联想到我们的作家鲁迅。讲中俄的文字之交和俄苏文学对20世纪中国现代文学的影响，果戈理与鲁迅也是一个绕不开的话题。

首先，鲁迅有着强大的俄罗斯文学情结。而在俄罗斯作家中，果戈理无疑是他最爱的一个。鲁迅是果戈理《死魂灵》最早的译者，《死魂灵》是他翻译的唯一一部俄罗斯长篇小说。他第一个把果戈理的忏悔和拯救意识介绍给了中国读者。果戈理绝对想不到，他的小说创作在几十年后会对远在东方的中国作家鲁迅产生如此深远的影响，成为后者重新感觉和思考中国历史和现实的一个重要的参照系，成为启发和确立其文学审美价值取向的一个重要因素。

其次，果戈理与鲁迅在文学创作的主题以及审美追求上有着许多共同点。鲁迅的《狂人日记》是从果戈理的《狂人日记》演化而来的。两位作家对社会的精神黑暗有着同样的切肤之痛。

两部作品都为各自民族族群的精神创伤记忆留下了极有分量的文学证据。只是鲁迅的“中国狂人的故事”有了另一种讲法，他笔下的狂人有着更为深广的忧愤。鲁迅的《狂人日记》成了中国现代文学的奠基石，开创了中国现代小说“感时忧国”的精神传统。

最后，鲁迅与果戈理两人都是各自民族文学史上的标志性人物。果戈理是俄罗斯文学黑暗意识的确立者，是黄金世纪伟大的俄罗斯文学主体精神——道德意识、拯救意识的始作俑者。而鲁迅，是20世纪中国现代文学“黑暗意识”的开创者。用他自己的话说，他“肩住了黑暗的闸门”，得以将历史的负担与民族灵魂的拷问承载于一身。

果戈理与鲁迅这两个作家都具有鲜明的精英意识，都是在为民族、群体代言，都具有批判现实、拯救灵魂的使命担当。极强的使命意识使然，他们总是在用个体的生命激情、心灵感悟描写社会生活和人，高度关注这个混沌的世界已然建立的精神秩序，以及这一秩序下人的精神和道德困境。这是超越时空的果戈理和鲁迅能产生对话的情感和思想基础。

鲁迅与果戈理的“相遇”，虽然在文学使命的自觉上有所共鸣，但影响两人的文学使命的自觉因素和价值观因素却大不相同。我不是鲁迅的研究者，无意也无力对两个作家作全面、深入、精准的比较研究，只想就他们小说中共有的，但内涵不同的四个精神文化向度稍作分析和比较，这四个精神文化向度是：社会历史、民族文化心理、生命存在、人道主义。这也许能在一定程度上让我们看到两个同样与“黑暗”做斗争的文学巨匠在讲述“俄罗斯故事”与“中国故事”时价值取向的异同。

第一，社会历史向度。

果戈理与鲁迅两人的创作都有鲜明的社会历史向度，他们对社会现实的思考无不充满了深刻的历史反思，其讽刺、批判的矛头无不指向社会现实中的“黑暗”存在。在他们眼中，这种社会黑暗主要体现在人心和人性上。他们笔下的真实的人生，人的本来面目，往往都会被覆盖在厚厚的传统历史文化的堆积层下。他们看待人生的不幸与苦难，人的道德沦陷和精神垮塌，常常都具有一种超越现实的意识与旨趣，都有意表达一种真实却高远的审美理想——民族的精神拯救。

从历史文化、社会心理、人性的角度审视既有的社会现实和历史文化，这是果戈理超越了现实政治关系的社会历史向度。而鲁迅在这一社会历史向度中，更强势地介入了现实政治，他非常强调文学创作对现实生活的一种全方位的强势介入。这是两个作家的文学创作在社会历史思考上的重大差异。

果戈理是贵族出身，他是既有沙皇社会制度的维护者，还是一个基督徒。他从乌克兰小城来到彼得堡，后来又去了西欧，此后大部分时间在德国、瑞士、法国、意大利居住，直至逝世前三年才回到俄罗斯。除了身体原因，用他自己的话来说，他希望“离开我们的时代……脱离开我们周围的一切，把心灵带入一种创作需要的安稳平和的情绪中”[1]。果戈理是远离时代社会生活的，我们在果戈理的小说中几乎看不到现实生活真切的历史印记。他的文学自觉的使命意识源于理性，一种服务于国家、民族、上帝的信仰理念。他的相当一部分小说情节是他从普希金或是朋友那里听来的故事改编的，更像是他慎重思量，从理念出发的一种超越现实的思想认知。他说：“我不从简单的临摹的意义上去绘制肖像。我创作肖像，不过并非凭想象，而是凭理解去创作它。我理解的东西愈多，我笔下的作品就愈真实。”[2]他的全部小说创作与其说是现实生活的真实再现，莫如说是他关于生活的零散记忆的文学认知。小说《鼻子》就是他用鼻子与人换位的荒诞形式来呈现他对彼得堡社会生活的一种文学的理性表达。他小说中的人物形象没有历史时空的依托。其小说的言说方式是在保持基本线性叙事逻辑的基础上，省略历史时空的叙述，腾出笔墨集中描绘富有主题意蕴的场景和人物，使每个场景和人物的寓意获得更多的自由生长空间，以展现阐释的深度与广度。

从审美的价值追求来看，果戈理小说的思想重量，不是社会生活的再现，不是历史的思考，不是批判现实主义文学固有的那种犀利、尖锐的社会批判，而是对现实生活中人的黑暗“罪性”的探索，是对人的，包括他自己在内的精神、道德状况的检视与反省，是一种改恶从善的道德规

1 ［俄］果戈理著：《与友人书简选》，任光宣译，安徽文艺出版社，合肥，1999 年，第 312 页。

2 同上书，第 309 页。

劝。作为一个宗教思想家，果戈理在他文学的道德、人性的思考中注入了十分深厚的宗教意识，这也在一定程度上弱化了他的社会历史意识。越是走向生命和创作的终结，社会历史的向度也愈显淡薄，而宗教神性的因素占了主导地位。

鲁迅出生在乡村，他所拥有的中国文学传统，所处的历史时代和置身的社会文化语境都与果戈理有着巨大的差异。他见多了人间的苦难与不平，他的文学使命的自觉是建筑在这一人生体验基础之上的，他的个人成长经验和时代氛围是形成其小说观念的核心部分。鉴于积极入世的个性，鲁迅在他的创作中表达的，从来都是对社会罪恶的愤怒抗议。鲁迅热情亢奋地参加过辛亥革命，这种激情在辛亥革命之后，特别是在五四运动前后，一度化为一种深沉，一种看透了世道后的内敛。而到了 20 世纪 20 年代，他被卷入学潮，目击了刘和珍被杀，经历了被章士钊罢官之后，再一次激动、积极、犀利起来。在民族危亡之际，占据他创作思想中心地位的是国家的、民族的现实与未来。《狂人日记》《祝福》《伤逝》，鲁迅灵敏的艺术触须始终在他所处的历史时代中。他的小说，特别是他的杂文无不具有鲜明的斗士风格，体现在嬉笑怒骂的文学风采和狠揭烂疮的思想深度中。对植根于中国社会现实土地上的鲁迅而言，对社会时弊的批判这一历史使命感是起主导作用的。与此同时，他的关注点还在于不合理的社会制度对人的精神戕害和人格摧残，被社会制度之恶激发出来的一种病态的精神人格。这是他对人类现世拯救的另一种精神拯救，与果戈理不同，鲁迅天然地对现实的拯救抱有一种深刻的质疑。

第二，民族文化心理向度。

民族文化中的因袭重荷，一种长期以来影响民族发展、民族前进，阻滞民族生命力勃兴的精神文化障碍同样是果戈理与鲁迅高度关注的对象，并成为他们小说创作的另一个重要的向度。

由社会层面进入民族文化心理层面，表达民族族类的人性退化、生存荒谬、心理扭曲，是这两位作家更为深层的精神文化发掘。两位作家都在为各自民族精神的扭曲感到强烈的颓丧与悲哀，一生不断揭露和批判民族性的沉沦。他们抨击旧传统，批判庸俗，反对民族心灵的保守、停滞、麻木、僵化。他们所揭示的民族的生命困境都有一种强烈的人性意识，都具有人性和心灵拷问的深度，充满了生命关怀和灵魂关怀。只是果戈理是宗教神性的，而鲁迅则是世俗生命的。两位作家的文化批判都借助于幽默的手段，果戈理的幽默是含泪的笑，鲁迅的幽默则是含笑的泪，前者洋溢着一种喜剧精神，而后者却以悲剧精神为主导。

果戈理对俄罗斯民族文化传统中负面因素的认知，源于他对人的原罪，以及人在历史长河和文明演进中人性异化的思考，因此他的治疗民族心理痼疾的方法，强健民族文化精神的出路在于人的道德自新与灵魂忏悔，在于张扬一种基督精神。他早期的浪漫主义创作《狄康卡近乡夜话》是为了复活民族野性的游魂，短篇小说《旧式地主》和《两个地主吵架的故事》是作家对一种落后、愚昧的宗法乡村生活和庸俗的生存方式中人性颓丧的揭示，而《钦差大臣》《死魂灵》则是一场“俄国可怕的忏悔”，是对心灵和灵魂拯救的呼唤。果戈理塑造的那些主人公生活得肉体、感性、愚钝，活得非文化而且心安理得，没有丝毫的心灵痛苦、点滴的道德困扰和些微的精神承担，他们是作家为了人的道德拯救所树立的一面面镜像。他们既有各种身份的特定印记，又是各种类型精神道德问题的聚焦点。作家倡导包括他自己在内的全民性的忏悔、道德自新是以安顿灵魂，回归真、善、美、爱为归宿的。果戈理宣扬基督精神，树立道德标杆，塑造道德新人，这是他对民族文化心理批判的思想要义所在，也是他从人的内心深处寻求生命的真谛和灵魂拯救的良方。

与果戈理不同，鲁迅对几千年民族文化传统的积弊，特别是封建礼教的针砭，对已经成为民族集体无意识的文化心理的揭示是在社会关系、政治制度层面上的。《孔乙己》是对造就主人公悲剧性格的文化成因——教育制度的反思。《故乡》中闰土的精神麻木既是时代的苦难之果，也是中国乡土的封建文化熏陶的结果。《阿Q正传》所描写的是阿Q在辛亥革命中的表现与人生命运，然而未庄的情景、精神胜利法的癔症恰是中国作为一个农业国家的主体民众——农民愚昧、保守、停滞心理的绝好写照。

《狂人日记》则强化了对几千年来封建专制的中国传统文化朽坏的思考，是一种“吃人”文化的形象展示。《祝福》是封建礼教对女性的精神摧残。应该说，鲁迅将农民、乡土乃至整个中国近现代以来的历史上的精神创伤具象化、个体化了，民族文化心理的揭示呈现出更生活、更具体的境界。鲁迅立足于现实生活，希望通过对外部社会环境的改造实现人精神的疗救。在叙事形式上，与取“代入式”立场的果戈理不同，鲁迅选择的似乎是一种贴近生活的叙述立场，他是拒绝对人进行思想教化的，他坚持搁置判断和解释，致力于情境和人物心性的呈现，以此推进反思的深度。或者可以说，鲁迅的思想深度，恰恰是通过拒绝给出某种思想得以显现的。

第三，生命存在的向度。

任何拥有永恒价值的文学大都有两个基本向度：一是向着社会生活、人的生存的，这一向度是具体、形而下的，一是向着生命本体、人的存在的，是普遍、形而上的。前者让我们走近人生和生活的深处，后者让我们从哲理层面认识人与世界、人与人的关系，两者有机地融合于文本中。对这种两面性，用康德的话来说，我们的思考越是深沉和持久，它们就越是能唤起我们内心的惊奇和崇敬之情。一部伟大的作品的思想智慧是不可能穷尽的，其文本中生活和生命隐喻、象征的丰富性和深刻性，就在于它们能跨越时空，表现或反映出人生命存在的本相，并具有全人类价值的人道主义思想。这里所说的隐喻、象征不是指修辞层面的艺术手段，而是指文本所拥有的深沉、持久的，形而上的审美意蕴。揭露、批判、谴责的文学若不以爱、自由等崇高的人道主义的精神价值为旨归，它们便难能真正实现时空的跨越。果戈理与鲁迅，中俄这两个具有强烈的反抗与批判面向的大作家在生命存在和人道主义的向度上同样有着相似性和差异性。

果戈理与鲁迅在书写民族及生命个体的精神扭曲、道德沉沦的同时，都有着强有力的对人生命本体的关注和对灵魂的拷问。

《外套》中的主人公巴什马奇金问世已经快二百年了。小说里面有关他生活、行为的许多细节，甚至主人公的人生追求和价值取向都已与现代人大相径庭，它们都不再是我们阅读的兴趣所在。然而，文学大师纳博科夫却读出了具有形而上意义的生命本体存在的荒谬，现代人的精神荒谬。他说："这个故事的实质远比对社会的抗议更深刻。果戈理风格的纹理中所存在的缝隙和黑洞暗示着生命本身之纹理中存在的缺陷。有什么事情错到了极点，所有的人都是轻度的癫狂者，总在追求在他们看来非常重要的什么东西，同时一种荒谬的逻辑力量使他们不断重复着自己徒劳的工作，这才是这个故事真正的'寓意'。"[1]小说主人公生命形态的残缺，他将全部的人生理想寄托于一件微不足道的外套，甚至彻底摒弃了七情六欲、喜怒哀乐，这种精神世界一片空白的活法，道出的是一个"疯子"的生命存在。其实，在我们现代人的身上不也多多少少有着巴什马奇金的影子吗？不要以为，彼得堡在中国数千公里之外，主人公与我们又隔着那么久远的年代，就不会有巴什马奇金式的荒唐了。想起当下有人为了一辆轿车，一套房子，一张外籍绿卡所进行的永不懈怠的奋斗，与巴什马奇金荒唐的所为相比，又有什么两样呢？

作家对人的生活方式、精神世界的感受与他对个体生命存在意义价值的形而上的体认纠缠在了一起，这才使小说具有了思想的深度和强大的审美张力。因为有了前一点，果戈理才没有脱离现实，没有走向纯粹的失落感、荒谬感的书写，而因为有了后一点，他的小说才没有陷入单纯的"批判现实""社会历史"的意义。

同样，鲁迅的《孔乙己》中的孔乙己，穿着又破又脏的长衫，赊欠酒钱，吃茴香豆，满嘴之乎者也，是百年前浙江农村旧式书生的时代标记，是那个愚昧、封建的社会历史造就的产物。这是文本形而下的社会历史价值。然而，今天的读者却能从他身上读到一种迂腐、刻板、僵化，不能与时俱进，甚至冥顽不化的生存形态。百年前的孔乙己早已死去，而且永远不可能复返，但这一文学形象所具有的一种属于一切时代的孔乙己式的生命形态却是永恒的。每当我在教室、讲堂，宣讲苏联现实主义文学变迁的陈年旧账，面对着刷屏、玩微信的莘莘学子，我就怀疑自己是不是就是那个当代版的出入咸亨酒店、穿长衫的旧书生。而台下的学生不也是当年酒店伙计的传人吗？他们不太爱读书，也一心想着将来能做掌柜、当老板。

1 ［美］弗拉基米尔·纳博科夫著：《俄罗斯文学讲稿》，丁骏、王建开译，上海译文出版社，上海，2018年，第71页。

绍兴咸亨酒店的画面与当今高校的人文景观不也有着某种相似之处吗？

公正地说，生命存在的本体关照这一哲学向度在果戈理和鲁迅的小说中并非是主导的。面对沉重的黑暗现实，面对民族精神深层的混乱与撕裂，果戈理与鲁迅更多想到的还是一种社会承担和文化责任。这既是研究者长期以来关注的焦点所在，也是两位作家之所以得到社会如此关注，成为社会所拥有的文学存在的原因。

不过，我们仍然可以在他们充满哲思的作品中发现两者价值观的出入。果戈理很少有对生命存在的终极意义、价值的宏大思考，他始终沉浸在灵魂拯救的念想中。果戈理的修身、自我完善的价值取向，不是以实现人的个性发展为旨归的，而是以压抑、牺牲人的个性，回归俄罗斯性、国家主义为指向的，他的价值取向在理智上面向未来，但在生命实践上却是面向传统、宗教的。他说："真正俄国的智慧""在于在任何事物中找到合理的中庸"，"上帝吩咐用自己国家的天然因素构建人并且让人以这种形式出现，关于这种人的内部构建的思想在我国终将变成一种遍及俄国的、普遍的、人人盼望的思想……这个美好的时代终将到来"[1]。果戈理对《死魂灵》的炼狱、天堂的构想正是这一思想的文学体现。

鲁迅对整个生命苦难的感受具有极强的震撼力，这是一种超出法则、伦理、宗教道德的生命体验，因此，他的生命思考具有更为丰沛的现代意识和生命价值。学者钱理群认为，小说《故乡》是"知识者的一次'归乡叙事'和'寻梦之旅'"，不仅是叙事主体精神历程的再现，更是洞穿现实而感到绝望的现代知识分子的人生信念和希望的重建。[2]对精神故乡的追索不仅仅是知识者，也应该是人类始终的生命追求。《风波》是鲁迅的一个社会历史文本，但书中赵四爷的形象，他的不断将长辫子盘在头上或垂落在身后的生动意象，突破了小说既有的审美意义的局限，从而获得了个体生命存在的本体性价值。它揭示的是中国人，甚至是现代社会中人的一种趋附潮流、迎合时代的生存哲学。在散文诗集《野草》中，鲁迅多次涉及对人类生与死的理念的看法，表达了对生命存在的感性与理性、偶然与必然、生命与死亡等的哲学思考。"目睹了死的袭来，同时深切地感觉着

1 ［俄］果戈理著：《与友人书简选》，任光宣译，安徽文艺出版社，合肥，1999年，第261、260页。

2 左其福：《文学教育背景下鲁迅〈故乡〉的阅读与阐释》，《小说评论》2017年，第3期，第101页。

生的存在”，通过活着的死亡与已经死亡的活着来追问生命的本体存在意义。鲁迅小说的经典性不仅源于艺术的独创性，还源于思想的现代性。比起果戈理来，鲁迅是一个更具有现代意识的，更具有思想家品格的文学家。

第四，人道主义的向度。

我这里所谈的人道主义，是取其窄义，即作家以爱为思想核心的一种伦理原则。

果戈理与鲁迅的内心都充满了对民族、祖国、人类之爱，爱是他们小说叙事共同的思想核心。对于基督徒作家的果戈理而言，这不是为了爱的爱，而是实现伟大的博爱和完成自我救赎的起点。他说：“如果不热爱俄罗斯，您就不会热爱自己的弟兄们，如果不热爱自己的弟兄们，您就不可能产生对上帝炽热的爱，而如果不炽热地爱上帝，您就不会拯救自己”[3]，“任何人离开对上帝的爱都无法拯救自己……只要按照基督嘱咐那样去爱弟兄们，对上帝本人的爱就最终会自然而然地出来的。到大众中间去并首先获得对弟兄们的爱吧”[4]。

所以，这种爱被果戈理褪去了世俗色彩。在他看来，世俗的爱无法成为承担灵魂拯救的精神资源，基督的大爱才是永不枯竭的精神源泉。要爱邻人、爱兄弟、爱所有的人，包括道德堕落、精神垮塌，但良知尚存、神性犹在的罪人。他说：“无论是怎样的罪人，只要他还活在世上，雷还没有把他击倒，这就表明他之所以活在世上，是为了有某个人受到他的命运感动之后，会帮助他拯救他”[5]，“这种爱是上帝赐予我的，为此我就像得到一件最好的恩赐一样而感激他……我的心灵是上帝亲自用种种考验和痛苦培育的”[6]。这一大爱的思想充分体现在了他的那本《与友人书简选》中。

在果戈理的笔下，与爱相对立的恨是被否定的，因为它只能带来血腥与暴力，带来新的道德困境。不过，果戈理作品中的“爱”的母题也有被转换成“恨”的命题的思考，这表现在他早期浪漫主义的文学创作中。《狄康卡近乡夜话》中的《可怕的复仇》，是青年时代作家对复仇的一种伦理探索，是复仇者在复仇过程中的艰难选择，是复仇者在复仇后的一种道

3　［俄］果戈理著：《与友人书简选》，任光宣译，安徽文艺出版社，合肥，1999年，第123页。

4　同上书，第121页。

5　同上书，第142页。

6　同上书，第10页。

德自省，但也是一种宗教精神的回归，因此他所写的复仇也是为了宣扬大爱的。而博爱精神则贯穿在他的《钦差大臣》和《死魂灵》这两部最重要的作品中。京都和乡村贵族精神文化塔尖的衰落，恰好证明民族道德忏悔和拯救的紧迫性。屠格涅夫说过，如果奶油不好，牛奶就更不用说了。作品中讲述的一桩桩不光彩的事件，被推到阳光下的一个个恶形恶状的官僚，丑陋不堪的贵族地主都在作家心目中，他们既是需要道德救赎的“罪人”，也是作家施爱的对象。有了这样的认知，我们就不难理解作家对他笔下人物的悲悯情怀。

鲁迅的爱主要体现在一种社会关系层面上，是在人伦日常、尘世今生层面的，而不是地狱天堂的。即使是他的散文诗集《野草》中的《失掉的好地狱》也是隐喻社会现实的。而且，鲁迅的爱是爱与恨的结合，并强烈地表现为恨。当然，这种恨并没有脱离“爱”的母体，是爱的另一种表现形式，是爱派生出来的。鲁迅反对“费厄泼赖”，倡导一种痛打落水狗式的不可妥协的战斗精神。他认为复仇是正义的、合理的、符合社会民众心理需求的。爱所外化的仇恨的结果是对恶的惩罚、正义的昭彰、怨仇的昭雪。正因为如此，他的憎恶、仇恨才是美的，他的报复思想实际上是一种人道主义的变形。此外，鲁迅人道主义的言说比果戈理更具进取的生命力量，更具对民族生存现状的现代性观照。在鲁迅爱的声音中包含着对民族强力的呐喊，对民族精神脊梁与魂魄的希冀，对新人、超人的期待，他的爱是落实于人生的。这不仅与鲁迅的战斗精神有关，而且还与他早期把尼采哲学当作自己的人生观有关。

社会历史、民族文化、生命存在、人道主义这四个向度对理解果戈理与鲁迅的创作构思和价值取向不可谓不重大，两位文学巨人作品的思想张力和审美快感的生成在很大程度上依赖于它们。

第五章

屠格涅夫：「小说家中的小说家」

作家最高尚的幸福在于
能够表现生活的真谛，
即使这一真谛与你的喜好相矛盾。

——屠格涅夫

长期以来，世界文坛公认的俄罗斯文学三巨头是屠格涅夫、陀思妥耶夫斯基、托尔斯泰。屠格涅夫首先在19世纪60年代驰誉欧洲文坛，到了19世纪的80～90年代，托尔斯泰继而成为世界文学的巨星。20世纪文学的现代主义运动兴起之后，陀思妥耶夫斯基才逐渐成为世界文学的大师。在这三位文学大师中，有更喜欢屠格涅夫的作家、批评家。美国小说家亨利·詹姆斯（1843—1916）称屠格涅夫是“小说家中的小说家”。丹麦文学批评家勃兰兑斯（1842—1927）说：“屠格涅夫是最伟大的作家。”法国批评家泰纳（1828—1893）不仅十分推崇屠格涅夫，甚至说，“与他相比，托尔斯泰与陀思妥耶夫斯基……好像是天才的外行”。近三四十年，又出现了契诃夫比屠格涅夫更有价值的说法。“三巨头”作家名录的变更，无疑是社会历史变迁、文化观念转型和文学价值取向更替的结果，也是人们审美趣味变化的一种反映。

屠格涅夫出身贵族、家庭富有、身材魁伟、教养一流、性格和善温婉，是文坛众多青年崇拜的偶像。青春年少的陀思妥耶夫斯基曾问过他

1818~1883

哥："这是个什么人物？我差不多爱上了他。诗人、天才、贵族、美男子、富有、聪慧、富有教养。只有二十五岁，我不知道，老天爷还有什么没给他。而且，性格真诚直率，太优秀了，准是在精英学校里培养出来的。"[1]

屠格涅夫先后在莫斯科大学、彼得堡大学、柏林大学学过语文和哲学。在柏林大学他接受了黑格尔、康德的哲学思想，结识了一批优秀的俄国侨民，其中有自由主义思想家斯坦凯维奇、赫尔岑、巴枯宁，后成为主张俄罗斯走西欧发展道路的坚定的西欧主义者。

1843 年，屠格涅夫的人生发生了两件非同小可的重要事件：一是他认识了别林斯基，二是他爱上了一个有夫之妇：法国著名的歌剧演员波丽娜·维阿尔多。与前者的结交，使他的文学创作有了鲜明的社会历史向度，他以介入社会现实的姿态，力图走在时代思想的前沿。与后者的爱情彻底改变了作家的人生道路，对维阿尔多及其家庭始终不渝的追随造就了他此后人生和情感走向的基本轨迹。

屠格涅夫以诗人身份在文坛面世，但时间

1　*Литературная матрица*. Учебник, написанный писателями, XIX век, Лимбус Пресс, СПб. М., 2011, С. 164.

不长，成就也不大。在将近半个世纪的文学生涯（1834—1883）中，他在小说、戏剧、散文等多个领域均有建树。他的主要作品有：特写及短篇小说集、六部长篇小说、近二十部中篇小说、近十部戏剧作品，还有大量优美的散文诗。在他的创作中小说成就最大，影响也最深远，是世界小说皇冠上璀璨的珍珠。他的长篇小说《罗亭》《贵族之家》《父与子》，中篇小说《初恋》《春潮》《阿霞》等更是其中的精品，也是中国读者非常熟悉、喜爱的外国文学读物。

屠格涅夫在他的文学创作中始终持存着一种他所独有的启蒙思想与塑造英雄、展现崇高的主体精神。这种主体精神所体现的精英意识与果戈理、陀思妥耶夫斯基、托尔斯泰的截然不同，他无意于道德重建、灵魂拯救、指点江山、传播主义。以赛亚·伯林说："他的心力所重，主在体会、了解。"[1] 他所反映的时代思想、历史文化、人性道德、哲学存在的蕴含无不基于他个人的生活体验。他的思想表达委婉含蓄，颇有分寸感，满满的文化性。"白银时代"批评家、哲学家梅列日科夫斯基说："在俄罗斯，这个充满了形形色色革命的、宗教的极端主义的国度里，这个自我贬损，充满了各种狂热夸张的国度里，屠格涅夫几乎是普希金之后唯一的一个有分寸感的天才，文化的天才。在这个意义上，屠格涅夫，与伟大的创造者和破坏者托尔斯泰及陀思妥耶夫斯基相反，是我们唯一的守望者。"[2]

在审美形式上，屠格涅夫始终坚持一种精致

1　［俄］屠格涅夫著：《猎人笔记》，丰子恺译，人民文学出版社，2019 年，第 407 页。

2　Ю.В. Лебедев. *Русская литература XIX века*. Просвещение. М.,2000. С.55.

Иван Сергеевич Тургенев

主义的叙事风格。小说没有复杂宏阔的结构、离奇曲折的情节、触目惊心的大起大落，故事基本上都是在生活的平面上向前推进的。作品中的场景小巧精致，结构紧凑完整，情节引人入胜，人物的肖像刻画和心理描写都十分细腻。在上述的方方面面，屠格涅夫都采用精雕细刻的方法。为其精致主义的叙事风格添彩的，还有他柔美流畅、精妙考究、诗意化的语言。

作为黄金世纪俄罗斯文学的重要存在，小说家屠格涅夫创造了文学史中的多个第一：他是第一个书写俄国农奴制社会中普通农民阶层的作家，是第一个将俄罗斯文学介绍给西欧的俄罗斯作家，是第一个在欧洲赢得巨大文学声誉的俄罗斯作家，是第一个赋予了俄罗斯小说所拥有的全部元素的作家：时代的精神，崇高的思想，爱与怨、生与死、世间与天国等生命的基本命题，精细的心理描写，叙事、抒情和悲剧的高度融合。然而，作家似乎又与“伟大”无缘。在世界文学的奥林匹斯山上，伟大的作家都是站在这座大山顶峰的。而屠格涅夫仅仅是作为一个俄罗斯文学的经典作家被载入世界文学史册的。

第一节

特写与小说集《猎人笔记》：俄罗斯农民的“斯芬克斯之谜”

19世纪的40～50年代是与普希金和莱蒙托夫生活和创作的20～30年代大异其趣的时代，这是浪漫主义文学正在远去，以别林斯基为代表的俄国革命民主主义批评家呼唤文学关注的焦点应该向社会问题挪移的文学时代。俄罗斯文学进入了一个以关注、批判现实为主潮，多样化和多元化的发展时期。正是在这个时代的开端，屠格涅夫以独特的姿态进入了文学的历史庭院。他像一个不速之客，首先闯进了很少被同时代作家关注的俄国农奴制社会中的农民阶层，《猎人笔记》就是他带给读者的第一部影响深远的小说集。

《猎人笔记》共有特写与小说二十五篇。全书的叙事人是一个游走于乡间旷野的狩猎者，一个善良真诚、情感丰富、目光犀利且熟悉乡村庄园生活和民间传统的贵族文化人。屠格涅夫借助于这样一个现实生活的钻探者，以平视的目光和贴近大地的姿态，深入到了俄罗斯乡村社会的深处。他诗意酣畅地描绘了广阔、秀美的俄罗斯大自然，敏锐、准确地捕捉到了时代的历史风貌，真切地再现了普通农民的生存境遇与精神状态，用清淡、质朴、高度生活化了的文字塑造了一个个生动、鲜活的农民形象。托尔斯泰读完这本书后说："在出现了屠格涅夫之后，要成为一个作家变得很难了。"车尔尼雪夫斯基说："谁要是拿起武器反对《猎人笔记》的作者……那他本人就是对俄罗斯每一个正派的人的羞辱。"[1]

乡土情结是作品集最重要的美学特征。这体现在作家对美不胜收的俄罗斯大自然的赞颂，对俄罗斯农民和乡村文化的钟情及其文化思考。小说文本对草原、山川、土地、村落、天气、各种动植物等乡土元素的大段描写总是洋溢着一丝清逸渺远的诗意。对农民的生活习性、精神样貌所引发的猎人内心种种情感的表达有着无限的丰富性和厚重感。

名篇《白净草原》十分鲜明地表现了这一特色。迷路猎人与农家孩子们通过短暂的相识相叙，很快成为心灵相通的忘年交。孩子们天真未凿的人性是俄罗斯乡民崇尚自然、追求真纯的文化精神的体现。带有神秘色彩的草原是一个能与人交流的鲜活的生命个体，在篝火的映衬下，那"沐浴着红色火光"的空中白鸽是能飞上天的虔诚的灵魂。让孩子们恐惧的"不可名状"的夏夜的声响，沼泽地里苍鹭的叫声，关于神秘的人鱼、林妖、水怪的传说，还有孩子们那如同草原和天空般辽阔高远的对生命奥秘的幻想，无不是乡土俄罗斯的诗意景象。乡土情结构成了《猎人笔记》的审美支点，屠格涅夫从中发掘出不同的历史、文化、人性的内涵。

正是在这片乡村土地上，读者看到了俄国农村资本主义的发展，新型生产关系的形成，时代不同思想和精神的遇合。《莓泉》传达了俄罗斯农村由劳役租制改为代役租制的经济转型，农奴通过缴纳田地赋税赎身，逐渐变成自由民的身份的默默变化。《事务所》塑造的田庄事务所管家已经成为地主庄园的新主人，农村经济的新型管理者和经营者。《总管》里的主人公不仅是地主的大管家，还是邻村一百五十俄亩土地的租赁人，经营着马匹、焦油、黄油、大麻等各种生意的富农商人。作品中的大量细节表明，资本正以不可阻挡的强势侵入俄罗斯的自然农业经济中，广大农民

1 В.И.Сахаров，С.А.Зинин. *Литература XIX века.* Русское слово. М.2005. С.215.

经受着来自贵族地主和商业资本的双重压榨和剥削，过着贫穷的生活。读者还可以在《独院小地主奥夫夏尼科夫》和《总管》里分别看到“坚守古风”的斯拉夫主义者老爷难以被农民理解的窘迫，貌似温和、附庸风雅、崇尚自由主义思想的地主的虚假与伪善。他们不啻俄国19世纪40年代不同社会阶层和社会思潮在乡村的投射。

不过，与同时代俄罗斯“写实派”作家揭露、批判现实的创作不同，屠格涅夫没有过多地停留在对农民苦难生活的书写中。与法国乔治·桑的感伤主义色彩浓郁的乡村小说不同，作家也无意于表达对田园牧歌式乡村中农民生活的赞美和向往，而是多层面地书写俄国农民的生存境遇，展现他们不同的精神世界。

《霍里和卡利内奇》中的主人公是两个有些文化的佃农。前者自信理性、务实智慧、见多识广，是个用怀疑主义的目光打量现实与未来生命的思索者。后者亲近自然，勤劳能干，喜欢唱歌、弹琴，拥有一颗快活并充满幻想的孩提般的心灵。他们无不是俄罗斯农民善良、聪慧、自信、充满尊严的生命人格的显现，这是作家心目中俄罗斯农民的历史存在和自然存在的优秀代表。《歌手》中农奴歌手雅科夫令人惊讶的艺术感受力和对美好生活的无比向往令人动情。他那惊心动魄的歌声、真挚的深情和青春的力量让包括猎人在内的所有人如痴如醉、潸然泪下。《梅奇美人河的卡西扬》中虔诚的云游者卡西扬是一个熟识民间故事传说的文化老人，一个珍爱大自然和一切生命的智者。《叶尔莫莱和磨坊主妇》表现了曾经的地主侍女，如今的磨坊女主人阿琳娜追求幸福的生命激情。《活尸》中身患残疾的村姑露克丽亚，心中始终有上帝，面对死神的到来宁静、安然，从不抱怨命运的不公，从人生的悲苦中寻找生命的超越。小说集对农民的言说方式后来也在他的小说名篇《木木》中得到了延续。伟大的哑巴奴隶盖拉西姆把自己看作自然天地、人类社会的一分子，而绝非女奴隶主的私有财产、她的驯服工具。他对后者既无意识也决不承认。在女主人令他扔弃那个与他日夜相伴的狗的威逼下，他与他心爱的狗一起，以壮烈的“沉河”行动宣示了人的尊严和伟大的人格。

《霍里和卡利内奇》插图　叶丽扎维塔·比约姆绘

诚然，乡村的生命乐章中亦有不谐音的存在，作家同时看到了乡村生活中美好诗意的流失。在他的笔下，也有农民在黑暗的精神泥沼中的沉沦。《约会》中的仆人维克多，摆出一副从贵族老爷那里学来的趾高气扬的派头，在约会中无情地伤害一位纯真的农家姑娘。《莓泉》里昔日地主的女仆一旦成了伯爵的姘妇，心中潘多拉魔盒中的恶便尽情地释放了出来。她贪婪无耻、任性暴戾的程度丝毫不在她的主人之下。《车轮子响》讲述的是农民抢劫、杀人的罪恶，作者涉及了日后陀思妥耶夫斯基和列斯科夫

《施格雷县的哈姆雷特》插图　屠格涅夫绘

在他们的小说中探讨的人的“罪恶”的命题。猎人在歌手雅科夫深广、忧愁的歌声中不仅听到了俄罗斯真实而炽热的灵魂的交响，还忽然产生了一种“绝望、压抑的感觉”。赛歌会以人们毫无节制地狂饮烂醉，尽显丑陋的收场，表达了作者对农奴生命处境和精神困境理性思考后的一种悲哀。作家还在《塔季扬娜·鲍里索夫娜和她的侄儿》《施格雷县的哈姆雷特》《切尔托普哈诺夫和涅多皮尤斯金》中呈现了形形色色的不雅的农民形象，他们或懒惰、浪荡，或粗俗不堪，或精神空虚，反映了被愚昧、落后的宗法乡村文化和刚刚兴起的资本主义文化扭曲的农民的精神现实。

显然，对俄罗斯宗法农村人群的主体——农民真实面目和本质的思考才是《猎人笔记》的思想要义所在。读者在“第一次听到了俄罗斯农民淳朴而聪明的谈吐”，看到了“俄罗斯人的伟大力量和坚毅精神”的同时，也能感受到作家内心深处对他们深深的哀叹和隐忧。屠格涅夫在他的散文诗《斯芬克斯》中说：“这就是你，卡尔普、西多尔、谢苗，来自雅罗斯拉夫、梁赞的庄稼汉，我的同胞，地道的俄罗斯人！你早就是斯芬克斯了吗？”作家在他的作品中第一次表达了对俄罗斯农民这个“斯芬克斯之谜”的言说冲动和独特的文学思考，对俄罗斯文学探索“俄罗斯人民心灵”之谜的传统做出了独特的贡献。毋庸置疑，从题材和文本实践的角度而言，《猎人笔记》对于文学家如何理解、认知、揭示俄罗斯乡村文化和农民心灵世界的真实具有重要的启示意义。

作家在《猎人笔记》中的现实主义追求确立了他此后创作的一贯性：回到现实生活，回到真实生活的深处。与此同时，我们能发现，屠格涅夫对乡村文化的两极——庄园文化与乡民文化的社会思考是多重而复杂的，这恰恰是他不同于同时代现实主义作家独特的历史人文情怀所在。这为他以追求大历史为己任的长篇小说书写的社会历史内涵奠定了多元思考的基础。这部成名作让屠格涅夫由此成为当时最受读者欢迎、喜爱的作家之一，成为这一时期俄罗斯文学沙龙、读书会的灵魂之一。而书报检查官因为允许这本具有民主主义倾向的书的出版而遭到沙皇尼古拉一世的解职。

第二节

长篇小说《贵族之家》：一首哀婉、凄切的“爱”的颂歌

屠格涅夫的长篇小说都有鲜明的社会历史色彩，作家对时代的动荡脉跳、社会的思想走向、新人的代际更替十分敏感和关注。俄罗斯批评界和文学史界几乎异口同声地称屠格涅夫是“19世纪俄国社会思想的编年史家”。作家始终在捕捉并表达代表社会发展的新思想，塑造作为这一思想承载者的新人物。他的基于个人生活体验的，对贵族知识分子人生的书写总是与社会生活的整体性、多样性和复杂性有着紧密的勾连，持续地激发读者对社会历史和人生现实的多种思考。他的长篇小说中总有一种创作主体意欲表达的思想光芒，那光芒的源头有时模糊难定，却可以照亮整部小说的话语建构：从故事情节到人物体系，从情感纠葛到自然景观，乃至客厅里的一场思想论争、花园池塘边的一段道白、一座僻静宁谧的修道院、一座颓败破落的农家木屋……

在长篇小说《贵族之家》中，我们仍然可以看到代表不同社会思想的知识分子个体，他们生

活在传统与现代之间，拥有截然不同的精神世界。发生在庄园贵族卡里金娜家中客厅里，主人公拉夫列茨基与彼得堡内务部侍从官潘辛之间的一场对话，是围绕着俄罗斯未来之路的思想交锋。拉夫列茨基是俄罗斯民族精神传统和道德的守望者。他反对潘辛提出的“俄罗斯需要彻底欧化”的主张，驳斥他的“只要把优良的制度介绍进来，一切都可以迎刃而解”的说法，认为“高高在上、一意孤行的所谓改革，若没有对祖国的深刻认识作根据，没有对于理想的真实信仰作后盾，那是决无成就的”[1]。而他在家乡华西列夫斯科耶，与大学同学米哈莱维奇的一次长谈，涉及了社会、信仰、人生等多个命题。米哈莱维奇称他是“博雅的游惰汉”，一个徒有敏锐思想，却无所事事的犬儒主义者。小说中这两部分文字篇幅虽然十分有限，却演绎了19世纪40年代发生的，那场意义深远的斯拉夫主义者与西欧主义者的思想冲突，知识分子有关社会使命的论争，呈现了主人公的人生命运与历史的关联。

不过在这部长篇小说中，这一历史叙事只是作为人物塑造的手段呈现的，长篇小说的思想主题和作家的审美追求都不在此。作品中历史文化语境被大大淡化了，人物感时伤怀的历史情绪不见了，作为社会先进思想代表的时代英雄也不见了。屠格涅夫对主人公的人生悲剧，特别是情感悲剧的兴趣要远远大于对其精神悲剧的书写。《贵族之家》是屠格涅夫唯一一部试图疏离社会历史缠绕，把长篇小说写成纯然“爱情小说”的审美尝试。小说原标题以女主人公“丽莎”命名就足能说明问题。也许，正因为如此，长篇小说才具有了更强的可读性，似乎也更受读者的青睐和追捧。

拉夫列茨基出身于贵族世家，但他母亲是一个女仆，血管里流淌着平民的血液。他外貌粗犷、强壮，性格质朴、沉稳、踏实、守拙。他曾潜心读书，努力问学，对土地和故乡一往情深。然而，与奥涅金一样，也有一种“多余人”的征候：他天性软弱、优柔寡断，在现实生活中没有方位和目标，缺乏坚实的思想、信仰支撑。但他的多余、无为并不体现在对社会角色的追求中，而表现在其屈辱的婚姻、不幸的情感、无所作为的人生中。

1 ［俄］屠格涅夫著：《罗亭 贵族之家》，陆蠡、丽尼译，人民文学出版社，北京，2006年，第246—247页。

对女性美貌抵抗力的缺失，导致了拉夫列茨基婚姻的不幸。妻子瓦尔瓦拉令人销魂的美色只是她纵欲、享乐的资本。这个将军的女儿沉溺于五光十色的物质、感官生活中，她崇尚西欧鄙夷俄罗斯。与潘辛一样，她也是一个民族失根的文化和道德的堕落者。拉夫列茨基对妻子在巴黎的滥情虽然憎恶乃至愤怒至极，但只能听之任之，并搭上了不幸的一生作为献祭。离开妻子后，拉夫列茨基整整四年躲藏在意大利的一个小城，孤苦无依，没有家，没有事业，成了一个流浪者。深知其性情的姑妈早就对他预言过，无论在哪儿，他都不会有自己的家的，他注定会终生漂泊，流离失所。

与远亲少女丽莎的相遇成为他重新感知现实、认识生活的媒介。妻子已死的传闻揭开了他追求美好情感和人生意义的生活新篇章。但不久，谣言被无情的事实戳穿，妻子带着女儿突然出现在他面前。与丽莎的两股情感激流刚刚汇聚到一起，却又面临着立刻要被强行分离的空虚与绝望。丽莎最后走进了修道院，拉夫列茨基只得将她深深地葬入心底。而小说最后，他走进修道院与丽莎无声的告别，说明他对既有生活反抗的无力与无能，以真爱为人生最高价值的这一生命追求的最终落寞与消亡。

读者尽可以指责拉夫列茨基懦弱、无能，为他不幸的爱情和那凋零的人生命运忧心、感叹，却无法否定这个优秀的贵族知识分子崇高的精神世界。他的宽厚、善良，诚挚、道德，无不闪耀着人性的光辉。他在责任感、道德感上是远胜于他的“多余人”兄长奥涅金、毕巧林的。作家同时代的批评家安年科夫说：“拉夫列茨基们不为追求显性的目标、成就活着，不渴慕虚荣、权力，不沉溺于动物的本能欲望，无论对己，还是对他人都有着崇高的道德精神追求。正是他们使得周围的日常生活富有了生气，他们在完善着同胞们的心灵世界。”我们还能隐隐地感受到拉夫列茨基忧郁的心情中所蕴含的民族忧患意识，所背负的思想重量，这也是屠格涅夫悲悯情怀的价值指向所在。

小说的另一个动人心魄之处在于，屠格涅夫塑造了一个背负着沉重的精神“十字架”，始终生活在负罪感、赎罪感之中的贵族少女丽莎的形象。

这颗崇高、圣洁的心灵向读者展示的是一个纯净、深挚的情感世界。

丽莎脸色苍白、面容端庄、天性宁静、表情严肃，具有圣像画中圣母的外貌特征。她头顶圣洁的光环现身于作品初，丝毫无损地延续到作品终，毫无瑕疵，水晶般澄澈透亮。她所受的教育不是来自贵族的父母亲，而是虔诚自守的保姆阿加菲娅，丽莎从小是在她口中听到关于隐士、圣人、女殉道者的生平故事的。“她不分亲疏地爱着所有的人，但只有上帝才是她爱得热烈、胆怯、温柔的唯一。”上帝阻隔了她与世界、生活、现实的联系，造就了她深深的自律、忏悔、赎罪的情结。她不仅始终在为自己的灵魂祈祷，还在为贵族家庭，父亲积攒的财富忏悔、赎罪。生来就背负着家庭罪感的丽莎，注定在接受与表达爱的第一天就承受痛苦，始终在冥冥之中感受着上帝的意旨。从那一刻起，她的内心就充满了矛盾：对爱情和个人幸福的渴望，对爱的合法性、合理性的怀疑。即使是十分短暂的心灵的欢悦与幸福，精神自由的片刻放纵，对丽莎来说也是谨慎的、羞涩的，带着理性的冷静与严酷。瓦尔瓦拉毫无征兆的回归也彻底改变了丽莎的人生走向。从得知拉夫列茨基的妻子活着的那一刻起，她就一直在克制着感情。在见到了拉夫列茨基的妻子后，她更有了深重的罪愆感。她认定，她的人生使命就是将爱与婚姻的权力归还给他的妻子，“因为是上帝让他们结合，只有上帝才能使他们分离”。丽莎最终与世俗人生的诀别拂去了尘世的苦难，实现了以其圣洁、高蹈的灵魂铸就的精神理想，充分展示了俄罗斯女性善良、自尊、牺牲、奉献的伟大精神，也是作家大爱、大慈、大悲悯情怀的集中体现。

其实，屠格涅夫并非一个宗教作家，甚至可以说，他在理性上是否定宗教信仰的。但是，他却与他的男主人公一样，深深感受并接受了俄罗斯民族意识中浓郁的宗教情结。正因为如此，他才塑造了这样一个“最最宁静，同时又最最富有基督精神的丽莎形象”。

如果丽莎生活在21世纪，以现代俄罗斯女性具有的思维方式，她也许不会离开拉夫列茨基和他的庄园，不会把自己自我放逐在爱情的乐园外。她会为自己找到一个合适的出口。她也许会明白，爱有多种方式，爱本身是没有错的，不管发生在怎样的矛盾和道德氛围中。但视爱情神圣对婚姻质疑的屠格涅夫要咏赞的是一种爱的精神的永恒、圣洁，一种可以征服感官、震撼心灵的伟大的爱的诗性美：对爱情无悔的坚定和绝望无终的等待。而这也正是屠格涅夫个人情感世界的表征。诚然，丽莎的爱情规则对于今人而言，已经没有任何意义，现代人已经有了自己快乐与悲剧的人生规则。但是，作家提倡的一条爱情规则却是亘古不变的，那就是：美丽的爱情须以美丽的心灵和道德为附着。

《贵族之家》不仅是一首咏唱圣洁爱情的颂歌，还是作家对他所钟爱和忠诚的乡土庄园文化的一首颂歌。拉夫列茨基结婚之后，一度“迷在欢乐里，醉在幸福中”，“像孩子一般地，完全任幸福把自己卷走了”[1]。昔日的青春、生命的尊严、贵族家庭的骄傲、心灵和精神的故乡，这一切似乎都已离他远去，成了凄楚的黄昏、遥远的梦乡。在斩断了与妻子的联系，漂泊了多年之后，拉夫列茨基最终靠着对故土庄园文化的惦念与乡愁，回到了俄罗斯大地。这是这个地道的俄罗斯人，有着深深的民族自觉意识的优秀贵族坚持传统的孤傲与尊严的表露。他要找回一度被时间和生命苦难所淹没的贵族庄园文化传统。在与丽莎道别之后，又是对乡土殷切的思念和悲怆的祭奠使他回到了乡下。主人公锲而不舍的乡土情怀可视为对似嫌陌生的历史文化的巡礼。这既是他的精神需求，也有其深厚的民族心理依据。作家在小说尾声中说：“他真已成了一个善良的农夫，他真已学会了耕种土地，他的劳作不仅为着自己；他也不遗余力地改善着而且保证着他的农民的生活。”[2] 这正是这部小说悠久深厚的乡土庄园文化强大的生命力所在。

《贵族之家》是屠格涅夫心理刻画最细腻、抒情诗意最浓的小说之一，是作家精致主义叙事的一个典范。作家穿梭于人物的内心世界，温柔而又残酷地注视着男女主人公的一举一动，从容而又冷静，精细而又生动地刻画出他们心理的些微波动、情感的细腻变化、灵魂的剧烈震颤。从小说的细部来讲，诗意浓浓、真情四溢，充满了令人心旷神怡的自然景色，鲜活精致的人物肖像，感人至深的事件情境，奇巧靓丽的语言。在整体上，

1 ［俄］屠格涅夫著：《罗亭 贵族之家》，陆蠡、丽尼译，人民文学出版社，北京，2006年，第185页。

2 同上书，第312页。

小说又是一部不折不扣的悲剧，以“丽景述哀”，以“命运述哀”达到了“倍增其哀”的艺术效果。屠格涅夫的书写是非常严肃、庄重的，沉重的主题与书写的诗意形成了极大的艺术张力。长篇小说在社会历史、人类情感、文化传统意义上所形成的强有力的互动关系，交织成了一曲壮丽、哀婉的悲歌，催人泪下、感人至深。在俄罗斯黄金世纪的小说史中这是一部十分难得的，讲述唯美爱情的优秀作品。

第三节

《父与子》(1)：时代的思想言说与对“家园”的人类学思考

在屠格涅夫的长篇系列中，《父与子》是受到文坛和批评界关注最多的一部，因而也是影响最为深远的一部。诺贝尔文学奖得主、德国作家托马斯·曼说：“假如我被流放到无人居住的荒岛时只被允许带六本书，那么其中的一本肯定是《父与子》。”[1] 纳博科夫说：“《父与子》不仅是屠格涅夫所有小说中最优秀的一部，也是整个 19 世纪最精彩的小说之一。”[2]

《父与子》的思想与艺术魅力不仅仅在于作品的时代感，还有作家对超越时代、历史的人类学命题的思考。长篇小说从侧面写出了俄国社会一段风云激荡的历史——发生在俄国 19 世纪中叶，农奴制废除前后，一场声势浩大的社会思想运动，同时也提出了亘古以来人类所面临的一些基本命题，展现了具有普泛性意义的人的生存状态和生命伦理。作为一部社会历史长篇小说，《父与子》并没有专注于人物社会性或阶级性特征的描述与社会现象的展现，小说中这两个层面

1 Л.Н. Назарова. *Тургенев и русская литература конца XIX – XX начала вв.* Науа. Ленинградское отделение. 1979. С. 10.

2 ［美］弗拉基米尔·纳博科夫著：《俄罗斯文学讲稿》，丁骏、王建开译，上海译文出版社，上海，2018 年，第 87—88 页。

叙事的落脚点都不是在对外在事件、思想理念的陈述上，而是在对具体人物的精神信念、情感性情、生命形态的呈现中。

小说中时代的思想言说集中体现在主人公巴扎罗夫与贵族巴维尔·彼得罗维奇之间因为价值观不同而引发的多场思想争论。巴扎罗夫是应他的好友、大学同学阿尔卡季之邀，来到他乡下贵族庄园家中做客的。这是一个刚刚从医学院毕业的青年学生，他出身平民，粗犷、坚毅，信仰唯物主义，崇尚科学。他的与众不同之处更在于，否定一切既有的权威和思想原则，他是一个对现实充满质疑的“虚无主义者”。而阿尔卡季的伯父巴维尔·彼得罗维奇是个英国范儿的俄国贵族，时尚、精致、优雅，自由主义贵族的精英身份赋予了他过分的自信、骄傲和盲目。他坚守贵族的精神和道德原则，反对虚无主义、怀疑主义的激进思想。两人间的思想论争涉及社会进步、艺术、科学、宗教，甚至农民等各种社会问题，具有丰富的文化征候和众多值得辨析和思考的社会内容。

巴扎罗夫是作家笔下平民知识分子的精神象征，社会新思想和时代新人的代表。而以巴维尔·彼得罗维奇为代表的老一代贵族愚钝、惶急、焦躁、颓唐，表现出了一种解不开的困惑和挣不脱的自缚。这场发生在平民民主主义知识分子与自由主义贵族之间的思想争论勾勒了驳杂时代图景的精神轮廓，是追求社会进步与坚持因循守旧的保守主义思想斗争的反映，以至它波及不同阶层人的日常生活、社会交往。甚至连住在荒僻乡村的巴扎罗夫年迈的老父亲都不甘落伍于时代，他说：“对于一个有思想的人来说是没有穷乡僻壤的。至少我尽可能努力做到如常言说的思想不要发霉，不要落后于时代。”[1] 长篇小说中的时代思想言说充分说明，屠格涅夫对俄国社会思想走向的高度关注，对那个时代的自由主义贵族和平民知识分子新人的历史存在一种深刻认知。

应该指出的是，时代的社会思想斗争并非长篇小说唯一的内容，甚至可以说，不是最重要的一个维度。作者将时代人生化了，将思想个性化了，小说书写的历史对应性被融汇进了生动、鲜活的人物形象和人生命运中。作家从中所表达的对家庭、青春、代际鸿沟这样一些人类生存基本命

1 ［俄］屠格涅夫著：《父与子》，张冰、李毓臻译，生活·读书·新知三联书店，北京，2019 年，第 189—190 页。

题的思考，这一具有人类学意义的维度，才使小说具有了更显著的思想深度和广度，也具有了阐释不尽、余味无穷的艺术空间。

《父与子》插图，巴扎罗夫与巴维尔·彼得罗维奇在争吵　博洛维科夫斯基绘

家庭是屠格涅夫写作情绪最饱满激越的章节。在《父与子》中，家庭生活画面始于小说，也终于小说。家庭维系着几代人的生活，为人物的生命活动提供了具体、真切的场所，规定着人物的人生细节和生命走向，充满了秩序感、稳定感以及代际关系的整体图式。正如纳博科夫所说，“家的主题……正是整部小说中最为成功的部分”[2]。

小说叙事从尼古拉·基尔萨诺夫在省城客栈迎接大学毕业回家的儿子阿尔卡季开始，用了几乎十章的篇幅，仔细、真切地叙述了基尔萨诺夫这一家人，特别是父辈的两兄弟——尼古拉与兄长巴维尔琐碎、杂沓的家庭日常生活。呈现在读者面前的是一个规矩、考究的“英式”俄罗斯贵族家庭的生活视域。随后，巴扎罗夫带着好友阿尔卡季回到他自己的家乡，探望已有三年未见的父母亲，家庭叙事开拓出另一个偏远、落后乡野的家庭空间：安静、和暖、亲切的平民之家，一种传统、静态，未被时代文化浸淫的田园视景。其间，穿插着巴扎罗夫与阿尔卡季往来于两个家庭、朋友或社交场合中的生活遭际，但场景的变化最终没有改变他们各自最终回家的人生之路。

屠格涅夫尤为关注的是贵族家庭的生存状态和精神困境。尼古拉与巴维尔两兄弟年逾不惑，都是俄罗斯的贵族翘楚，贵族传统的忠实卫士。他们从永恒的贵族道德出发审视生活、人与人之间的关系，认定贵族的价值观牢不可破、不可亵渎，贵族的事业永不衰败。然而事实是，乡村贵族庄

2　［美］弗拉基米尔·纳博科夫著：《俄罗斯文学讲稿》，丁骏、王建开译，上海译文出版社，上海，2018年，第103页。

《父与子》插图　尼古拉·彼得罗维奇在迎接久未归家的儿子阿尔卡季

园的田产家业和生活形态不断在颓丧中：田园荒芜、房屋破旧、森林出让、墓园荒败、牲口瘦弱……这两个精神孤独、茫然无措、生活在自我中的老一代贵族只能任由自己变成时代的弃儿。在他们身上承载的是作家对俄罗斯贵族家庭历史存在的一种批评性反思，他要表现深陷贵族文化“规训”且固守其价值体系的贵族，及其在与新生活、新思想的遭遇中出现的惶惑与挣扎，一种时代和命运双重夹击下的精神困境。

但是，如果把《父与子》放在屠格涅夫整个长篇小说的体系中来审视，我们就会发现其中独有的婚姻、家庭建构的新取向：一向视爱情神圣而对婚姻质疑的屠格涅夫表达了他对构建一种合理婚姻、家庭生活、家庭亲情的审美体认。

庄园主尼古拉对与去世的女管家的年轻女儿费涅奇卡的情人关系感到羞怯、赧然、惴惴不安，在儿子面前一直抵抗着内心的慌乱。但这一对老少恋的男女之情不是粗鄙、邪恶的，而是满怀真挚的。尼古拉说，他与费涅奇卡一起生活，“并非是我一时的轻浮和冲动”，费涅奇卡也说，“人世间我只爱尼古拉·彼得罗维奇一人，而且爱他一辈子”[1]。而巴扎罗夫的父母瓦西里与阿莉娜这对老夫妇夫唱妇随、恩爱有加，是宗法俄罗斯农家婚姻家庭的典范。两对夫妻男欢女爱、恩爱相守的婚姻，两个不同阶层家庭生活的和睦、稳定互为映衬，共同鸣奏出对家庭的赞歌。他们似乎隐含着

1　［俄］屠格涅夫著：《父与子》，张冰、李毓臻译，生活·读书·新知三联书店，北京，2019 年，第 266 页。

作者关于家庭生活伦理的启示：以爱为基础的幸福婚姻和家庭才是人生命的意义指向和情感归宿。

相反，巴维尔对一个轻佻女子、公爵夫人 P 畸形的爱给人一种官能式、碎片化的情感征象，演绎了他人生的溃败。而此后他一直过着孤苦无依的单身生活，无爱无婚的他俨然成了一个精神、情感双双受创的受难使徒。漂亮的费涅奇卡激荡着他对爱和家的向往，他说："还有什么能比爱人而不被人爱更可怕呢？"[2] 而巴扎罗夫无人与共的孤独、与生活始终的断裂、自我迷失的诸种困境，无疑也有他情感无依、缺乏爱的寄托的原因。

小说结尾，美丽的年轻寡妇安娜·奥金佐娃出嫁了；两情相悦的青春男女阿尔卡季与安娜的妹妹卡佳终成眷属，还生了个儿子；基尔萨诺夫家里的仆人彼得娶了个经营菜园的老板的女儿。长篇小说以有限的先辈的生活片断与新生代生活的片断相交替，表现出浩渺、延续的家族传承，表达了作家对婚姻、家庭生活的无比倾心，这也是他对在《贵族之家》中爱与家失落的一种补偿。

屠格涅夫一次次将视点投向家庭中的亲情，成功地将家庭中的人伦关系审美化、仪式化，给小说带来了特有的温馨、亲切感，形成了与以往的家庭生活书写截然不同的言说风格。小说中的家庭亲情不再是符号、抽象的情感载体，而是具有了家庭的本体意味。作家要重现并张扬一种普适的、不可违逆的家庭伦理，渲染一种不可摧毁的血缘关系和生命感性的合理性，强调代际传承的重要性。

小说用相当多的篇幅描述了父亲尼古拉不顾辛劳，整整五个小时在城里的旅馆中苦苦迎候儿子阿尔卡季的动人画面，基尔萨诺夫家人为阿尔卡季回到家中，瓦西里与阿莉娜老夫妇为儿子巴扎罗夫归来大喜过望、激动不安的一幕幕景象，还有阿尔卡季、巴扎罗夫离去时家人的难过、揪心、仓皇的表现，无不令人动容。听到费涅奇卡通报"少爷"回来了，父亲尼古拉"几乎从沙发上跳起来"，伯父巴维尔"感到某种欢快的激动，宽厚地笑着，握住归来游子的双手摇动着。……这顿晚饭一直吃到午夜以后……尼古拉……开怀畅饮，直喝得两颊通红，他一直在笑，有点像孩子

2 ［俄］屠格涅夫著：《父与子》，张冰、李毓臻译，生活·读书·新知三联书店，北京，2019 年，第 267 页。

似的又带点神经质地笑着。普遍的兴奋情绪也感染到仆人身上”[1]。巴扎罗夫突然归来，父亲瓦西里激动得浑身颤抖，母亲阿莉娜“惊叫一声，摇摇晃晃”，不顾丈夫的劝慰，“她没有放开手臂，只是微微地抬起她那张满是泪水，湿漉漉的、皱纹纵横而柔情脉脉的脸，稍稍离开巴扎罗夫，用那双充满幸福又可笑的眼睛看了他一眼，便又埋头在儿子的怀里了”[2]。亲情描写不仅推动着家庭小说情节的发展，同时也在揭示人物精神心理发生的各种细微变化，及至异样与错位。

显然，《父与子》的人物系列无不在家庭的框架中被作家赋予了独特的情感检验、精神观照与伦理审视，其人类学题旨在于凸显“家园”作为人生“归宿”的永恒的伦理价值。

1　[俄]屠格涅夫著：《父与子》，张冰、李毓臻译，生活·读书·新知三联书店，2019年，第228页。

2　同上书，第184页。

第四节

《父与子》（2）：青春与代际鸿沟

《父与子》还是一部书写青春的小说。青春的魅力在于成长，成长既是对“自我”的认知与寻找，也是在“自我”丧失之后所获得的一种心灵救赎。作家对青春生命的思考主要是通过小说中的巴扎罗夫和阿尔卡季这两个形象来表现的。前者剽悍，勇于搏击，试图用“思想蛮力”作为生存的方式，后者羸弱，向往安稳与秩序，匍匐于生活的机制规则中。

假如我们把巴扎罗夫的“虚无主义”看作一种发展变化的价值观，而不是刻板的经院哲学概念，那么他对“虚无主义”的追求也是一种思想和精神追求，因为他把思想批判当成对抗思想专制的武器，把绝对自由当作自己的存在意志。

巴扎罗夫否定社会制度、人类文化遗产、等级原则，乃至沙皇与上帝，从这个意义上来说，他是一个思想意识上的革命者，尽管他并没有明确的政治纲领。他满怀社会抱负，坚信只要有了知识和科学实践就能了解和解释自然、社会，就能根治人类的疾病和现代社会的弊端，在这个意义上，他又是一个人道主义者。在他的“虚无”背后是对社会现实、对人的存在的再发现，为文明进步、社会前进提供了可能。所以，巴扎罗夫是屠格涅夫隐藏在内心深处的青春英雄情结的一次集中绽放。

然而，虚无主义又是一把双刃剑，因为它只能让青春的生命在无意义的废墟中认知和寻找自我的价值。巴扎罗夫拉开了与世俗人生的距离，他没有医学专业大学毕业生之外的生活角色。“虚无”成了他肆意把玩的行为程式和言说方式，这使他完全丧失了回归正常生活轨道的能力，最后任由青春的火焰与光芒渐趋黯淡。他无意于在性格与命运之间、在信仰与行动之间建立起必然的逻辑关系，进而形成了他浮萍般的无力感与无所归依的疏离感。基于“虚无”的青春生命的困窘是屠格涅夫青春思考的一个重要视点。

青春的爱情，似乎可以作为我们考察年轻生命品相高下的准则之一，而爱情叙事通向的终点更是青春生命价值的要义所在。在巴扎罗夫激情昂扬的社会化言论和锲而不舍的捉拿昆虫、解剖青蛙的活动之外，我们常常会感觉到在他表情漠然的脸庞后面缠绕着各色说不清的心事、欲望。一听到要去会见一位名叫库克什娜的太太，他立刻就发问：“她漂亮吗？”一见到安娜·奥金佐娃的“两个漂亮的肩膀”，他就有些魂不守舍，“热血沸腾”，向她投去贪婪的目光，连他自己也发现了“各种各样的‘可耻’的念头，仿佛有个魔鬼在戏弄他”[1]。而到了漂亮姑娘费涅奇卡身旁，更是面露“痴相”，任由欲望所向披靡地升腾、决堤。生命欲望成为巴扎罗夫精神虚无的唯一代偿。纳博科夫说：“在巴扎罗夫的性格中，在他的傲慢、意志力和冷酷思想的暴力背后，有着一股天生的年轻人的热情，巴扎罗夫很难把这种热情与他将要成为的那个虚无主义者所应有的冷酷结合起来……具有普遍性的青春逻辑总是超越高度理性的思想体系——虚无主义逻辑的。”[2]

屠格涅夫对巴扎罗夫“非英雄化”生命结局的处理更带有几分嘲弄。一个军医之子，医学院毕业的医师竟莫名地在一次寻常的小手术中遭感染

1 ［俄］屠格涅夫著：《父与子》，张冰、李毓榛译，生活·读书·新知三联书店，北京，2019年，第151页。

2 ［美］弗拉基米尔·纳博科夫著：《文学讲稿》，申慧辉等译，上海译文出版社，上海，2018年，第88页。

而死。临终前，他希望看到的只是那个曾经喜爱过的女人安娜·奥金佐娃，未曾忘记的只是对她的关于爱的表达。作家不仅将这个优秀的青年代表置于情欲的炙烤中，让他无法“崇高”，还将他置于屈从命运的偶然性死亡中，让他无法“豪迈”。从世俗的角度来看，巴扎罗夫的青春生命不无滑稽可笑。其毫无生存能力的短暂的一生只成了一次思想和信仰的献祭和牺牲。

阿尔卡季是个贵族家庭的乖乖公子，父亲和伯父的生活方式、生活情趣、精神指向构成了他青春生命成长的基点。他起初激情满腔，一度把巴扎罗夫当作精神导师、崇拜偶像，称他为“我有生以来所遇到的最杰出的人中的一个”。但随着生活的继续，与形形色色男女的接触，加上他自身的肤浅、经验的局限和对精神本质的疏远，他很快便将化作旺盛思想激情的青春激情熄灭，对情感生活的过分倚重成为他通往灵魂生命的障碍。一开始他莫名地“爱上了奥金佐娃，开始默默地陷入苦闷之中”，在感到无力得到安娜之后，很快又在与安娜的妹妹卡佳的接触、交往中寻找情感的慰藉。对思想信仰、战斗精神的主动疏离，使他讨巧、务实地回归了生活，走向了与安娜妹妹卡佳世俗意义的婚姻，选择了“婚姻之茧”为他最终的人生归宿，曾经仰望精神导师的心灵之眼也从此闭上。巴扎罗夫说：“你生来就不是过我们这种痛苦、艰辛、贫穷的生活的……你们贵族弟兄，除了高尚的驯服和高尚的激昂，不可能达到更高的程度……而我们是要战斗的。是的，战斗吧！我们的灰尘会使你的眼睛不舒服，我们的泥污会弄得你一身肮脏……你是个很不错的人，但你毕竟是个软弱的人，自由主义的小少爷……如此而已。”[3]

屠格涅夫为青春立碑的意义并非单一的。无论是巴扎罗夫式的虚无主义，还是阿尔卡季一度的“求新求异”，都只是他们青春生命求索中的过渡性观念。这些观念只是表象，不可能是目的，一旦寻求到新的信仰和生活价值，他们便会自觉地退出精神观念的舞台。这与其说是精神退化的结果，不如说是对于新的信仰的虚位以待。在作家看来，唯有确立真正的人生理想，真正走进现实生活，而且又能摆脱世俗生命欲望的缠累，才能真正达到青春生命的高扬！在这个意义上，屠格涅夫笔下的两个青春生命之

3 ［俄］屠格涅夫著：《父与子》，张冰，李毓榛译，生活·读书·新知三联书店，北京，2019 年，第 298—299 页。

《父与子》插图，巴扎罗夫向奥金佐娃表白

喻未尝不带有灵魂救赎的意味。

长篇小说《父与子》还揭示了人类历史发展进程中一个永恒的命题——“父子”的代际鸿沟，它成为长篇小说共时性叙事的一个核心命题。代际既有传承，也有很难消弭的鸿沟，甚至冲突。“父与子”不只是数十年的时间龄差，还是亲历与想象的距离，“生者”与“死者”的距离。断裂和遗忘总是在发生，父辈的经验不再是后生的守戒规约，他们的精神也不可能是子辈永远的精神营养，这既是历史的真理，也是生命的真理。历史总在不断前进，人类对于意义的追寻也永远不会停歇，不同时代的人与时代的对话方式以及对生命意义的追寻永远不同，这就是人类代际鸿沟与冲突生成的根本原因所在。

在屠格涅夫的笔下，父辈始终被身份、经验和所选择的角度遮蔽。他们生活在历史中，太多亲历的过往使他们无法突破生活经验的限定性。巴维尔多年漂泊西欧，即使在俄罗斯玛里伊诺的乡村中，他也只读英文书报。在他思维的最深处，总有一个声音在不断提醒他：“失去了自己的过去，也就失去了一切。”他的兄弟尼古拉也总在想，如何“用某种比记忆更有力的东西，来留住以往那段美好的日子”。庄园主的身份也成了他融入时代的牵绊。经验是他俩观照并审视时代及他人的出发点，也是他们离现实、子辈越来越远的根由所在。连巴扎罗夫的父亲瓦西里，这个慈善、充满爱的老人也一直生活在往昔中，他喜欢回忆当年军营的生活，讲究“一定之规”，爱唱那首《罗伯特》的老曲子，那里面有“法则，法则，我们给自己制定法则，……为了快乐地生活”这样的歌词。他把自己与老伴儿比喻为哪儿也去不了的“树洞里的蘑菇”，最终被现代文明挤到了边缘，只能努力守卫“树洞”，捍卫那回报并不丰厚的父母爱子的喜悦。

在代际鸿沟的冲突中，屠格涅夫分明站在了子辈的立场上。他欣赏朝气蓬勃而又充满战斗精神的巴扎罗夫参与“历史清场”的高度热情，肯定他试图立足于实践、造福于社会的革新精神。然而，代际鸿沟的内涵绝非简单的对错、进步与保守、激情与衰颓的二元对立。作家还从相反的方向表达着对这一人类历史上永远存在，却难以释解的人类学命题。小说也由此开启了作家对子辈虚无精神的批判性认知。

巴维尔与巴扎罗夫因为费涅奇卡引发的一场决斗将代际鸿沟的主题提升到了充分自觉的高度，将读者带进了一个隐喻式的“弑父”境界。作者将这一“捍卫自身名誉”的肯定性情景转化成了对父与子两代人的否定性情境。被巴扎罗夫冒犯的小女人费涅奇卡，不过是一个面容俏丽、形象模糊的性别符号，在决斗目的的表象后面，隐藏着两人难以启齿的玩世不恭。在这场以生命为赌注的荒唐争斗中，“父与子”两人扮演的是同样的角色：他们共同自导自演了一场心灵与情感的荒诞剧。

决斗之后，巴扎罗夫回到父母的身边。宏大的思想远去，贵族父辈的

《父与子》插图，巴扎罗夫与巴维尔进行决斗

文化旗帜落下，作者展现了在一种相对稳定、固化的宗法社会结构中的父子关系。在家中，巴扎罗夫始终处于孤独与飘忽的精神状态中，一种无聊烦闷、杂乱无序的生存意绪始终主宰着他每天的生活。他竭力要摆脱来自父母的热烈的亲情，他说："我发现，这种感情在人的心里是根深蒂固的。""我的父母，整天忙碌，并不为自己的卑微而担忧……然而我……我却只是感到无聊和怨恨。"他从不关心父母因他离去而经受的心灵痛苦，甚至很少与他们讲话。来自血脉关联的父子、母子的挚爱情深与巴扎罗夫的淡漠、冷酷形成了鲜明的对照，这是作者对巴扎罗夫虚无精神的又一种解构。

"代际鸿沟"命题的恒常性与个体变动不居的人生表现出长篇小说意义图式的复杂性和矛盾性。一方面它的意义生成于质疑、打破传统的思维方式、生活方式、价值观，另一方面它的意义还在于对传统秩序、思维方式和生活方式本身合理性的一种认可、维护与继承。解构、传承、建构——形成了作家对处理代际鸿沟命题的整体认知。屠格涅夫的这一认知是指向未来的。他深深地感觉到，新思想、新理论、新信仰与社会生活大面积重叠的稳定已经成为过去，而社会思想的演进带来了一个严重的后果——生活中许多美好的东西，包括作为家庭伦理核心的爱情、亲情，普适的社会价值体系，正在被各种主义、思想消解。许多重要的变化正在人们身边发生，这一切甚至转变为日常生活中的某种气氛、人的感受和心理情绪。无论是对历史以往朦胧的归顺，还是对既有传统迷惘中的忤逆、反抗，各种前所未有的新的可能都活跃在社会转型的日常生活之中。但是，概念、思想、理论、主义并不一定就是人类生活中最为深刻的内容，生活所独有的情感和存在性质绝非任何一种"主义"可以化约的。无论出于何种年龄，无论抱有怎样的价值观念，人始终是人，正是人类普遍的美好情感的存在，健康、良好的代际关系的维护，世界才得以美好，人类才得以繁衍、发展，不同时代、不同思想观念、不同年龄的人才得以对话。人决不能像巴扎罗夫那样，断定家庭生活只是一片毫无价值的沼泽，似乎只有摆脱这个"凡俗的琐碎世界"，才能获得对世界一个完整的认知，实现文明的新的进步。

家庭、青春、代际鸿沟，在对这些人类学命题的思考中潜藏着屠格涅夫超越社会、时代的人文关怀和伦理悲悯，他透过时代思想的烟云透射的是更为遥远的方向。

第五节

长篇小说的人物体系与艺术风格

屠格涅夫在总结他的长篇小说创作时说，他“要尽自己的精力和能力，力求认真并公正地描绘，如莎士比亚所说的，‘时代的人物和艰辛’（the body and pressure of time），融汇成一个个相应的类型，迅速变化的俄罗斯文化人的形象”[1]。人物与时代的互证是屠格涅夫对黄金世纪俄罗斯文学社会历史叙事的一个重大贡献，也是19世纪后半期俄罗斯文学展开宏大叙事的一个重要路径。他长篇小说中的社会历史叙事，不是对重大社会事件的描摹，也不是对社会变迁的言说，结构起整部作品的是以主人公为核心的人物体系。

基于这样一个特点，作家在具体人物的塑造中，首先关注的是与时代精神契合、蕴含着历史和未来、具有现代品质的优秀知识分子。他们既是俄国社会思想演进的时代记录，也是俄罗斯知识分子的心灵档案与精神档案。

《罗亭》中的罗亭、《贵族之家》里的拉夫列茨基、《前夜》中的英沙罗夫、《父与子》中的巴扎罗夫、《烟》中的利特维诺夫、《处女地》中的涅日丹诺夫，这些主人公分别是贵族“多余人”、平民民主主义革命家、虚无主义者、资产阶级企业家、民粹主义革命家，他们是19世纪40年代末到70年代末社会思想的引领者。他们崇尚高洁、重义轻利，具有入世承担、出世独善的思想品格。他们的精神追求、人生命运的差异，恰恰表现了屠格涅夫塑造这一类主人公的根本用心：呼唤时代“新人”的涌现，推进时代前进的步伐。

这些人物现实的社会意义还在于，其中的大部分人物都有真实的社会原型：罗亭的原型是俄国贵族革命家、无政府主义者、民粹主义理论家巴枯宁，拉夫列茨基的身上有着俄国斯拉夫主义者的鲜明印记，巴扎罗夫的原型是作家同时代著名的文学批评家杜勃罗留波夫。屠格涅夫从社会文化的活水源头中撷取小说的思想和形象资源，开掘俄罗斯思想精神内涵中具有强大生命力的东西，意在为俄罗斯不同时期的文化精英立碑。这是历史性地理解屠格涅夫长篇小说中这些灵魂人物的出发点。

基于宏大叙事的现实关切，屠格涅夫对这些人物的塑造落实在了对他们与历史之复杂关系的深层探讨上。在长篇小说的主人公中，拉夫列茨基、巴扎罗夫、涅日丹诺夫这三个表征时代的“新人”面临着更为复杂的现实，试图改变社会和个人命运的努力更显得困难重重。拉夫列茨基缺乏明晰的生命信仰，试图置身于时代之外，最后以孤苦无助的人生形态退出了历史舞台。巴扎罗夫以否定一切作为他的行为程式和言说方式，无法获得自我与现实生活的根本关联，最终结束了没有未来的生命。涅日丹诺夫走向农村，号召农民革命振兴俄罗斯的幻想彻底破灭，以自杀结束了他的革命生涯。他们虽是时代的先锋、精神的导师，却最终逃脱不了历史过客的悲剧性命运。

屠格涅夫表明，他们的悲剧在于其社会梦想和多舛人生与时代之间的错位，体现在知识分子的崇高自视与社会地位沦落所造成的心灵与信心的重创。他们始终为了人民，却不了解人民、脱离人民，所以无法将崇高的精神追求和生命理想转化为切实有效的现实行动。他们对于自我的生命形

1 *История русского романа.* В 2 томах. Т.1. Под редакцией Г.М.Фридлендер. Изд. АН СССР. 1960. С.456.

态是清醒的，但却无力改变自我，更奢谈改变群体的脚步。他们似乎始终是陌生的，对故乡陌生、对人民陌生、对爱情陌生，甚至对自我精神也是陌生的。现代性的时间之光和知识分子自身缺陷的合力，不但促成了个体及其生命理想在时间维度上的死亡，也促成了其精神维度上的失败。“漂泊者”“多余人”“受难使徒”是这些思想先行者的终极形象。作家通过他们的思想言行、心灵的变形和夸张来实证时代文化人的心灵悲剧。这一悲剧既是历史的，也是人性和人格的。

与这些主人公互为对照的是长篇小说中的另一组人物。他们彰显着与主人公不同的时代思想的依托，是独特的历史阶段中不同精神和不同生命形态的知识分子代表。《罗亭》中作者以没有信仰的毕加索夫凸显罗亭精神世界的富有和思想视域的宏阔，却以列兹涅夫揭示罗亭言行不一、缺乏行动能力的多余人“征候”。《贵族之家》中西欧主义者潘辛轻浮、空虚、狭隘的人物形象的功能在于提升拉夫列茨基的精神品质，而好友米哈莱维奇对事业的坚韧、执着、务实却反衬了拉夫列茨基逼仄的精神空间。《父与子》中的巴维尔、阿尔卡季老少两代贵族与巴扎罗夫的交集展现的是两个世界、两种时代观念、两种人生命运的碰撞，包含着作家对人之生存境况的深切思考。《处女地》否定了走进乡村，倡导农民革命的民粹主义者涅日丹诺夫，揭示了其必然覆没的历史命运。这一组人物都有作家对小说主人公精神世界或建构或解构的因子，隐含着他对俄罗斯历史积重的反思和乌托邦远景的瞻望，还有对完美生命境界的追寻。

卢托维诺沃庄园

《前夜》插图

在长篇小说的人物体系中还傲然伫立着一群美妙的俄罗斯少女形象。这些女主人公纯洁善良，典雅庄重，性格坚强，精神崇高，情感激烈而内敛，散发着迷人的色彩和神圣的光芒。她们是推动长篇小说故事发展的重要链条。这些少女形象既有各自的性格内涵，又具有独特的符号意义。《罗亭》中的娜塔莉亚是生命意志的符号，承载着检验罗亭精神、人格的审美使命；《贵族之家》中的丽莎是爱的符号，承载着作家神圣爱情的审美理想；《前夜》中的叶莲娜是生命使者的符号，担当着继承男主人公神圣事业的伟大使命。男性的言行不一，女性的言行一致；男性的优柔寡断、软弱无助，女性的敢爱敢为、刚强坚毅，形成了鲜明的对照，并成为长篇小说中理想女性想象叙事的基本模式。女性形象对社会现实的深刻体认，对精神理想的坚定追求，使人感受到作家的一种超越性别意识的审美追求，这是他对男性作为历史与现实困境承担者角色的怀疑，对充满精神理想的女性爱的一种精神代偿。在“屠格涅夫的少女”身上寄托了作家无尽的精神和人生念想，成为黄金世纪俄罗斯文学中纯真、美丽、崇高、圣洁女性的代名词。

屠格涅夫的创作被相当多的作家、批评家称作“水彩画”。有“文学批评艺术家”之誉的“白银时代”文评家阿依亨瓦尔德说：“这不仅是指他的写作手法，显在的温柔和秀美，遣词造句的精致，还是指他写作的一种内在意蕴。”[1]那是一种屠格涅夫独有的淡雅、柔和、充满诗意的审美意蕴。

屠格涅夫小说的叙事语速匀称、节奏舒缓，他始终坚持一种“漫步式”的言说方式。叙述者从不急着奔向故事的结尾，讲完他要讲的道理。对他而言，一字一句的叙述本身就是写作目的，追求一字一句的准确、优美，意义的丰富、深邃就是目的。他的叙述通达、晓畅，格调淡雅、柔美，句子都不长，很少有托尔斯泰那样句法结构复杂的长句。

他主张“复杂的简洁和精准的表达原则”[2]，即形式简洁、语义丰沛、语言精巧柔美，富于书卷气。他尤其重视语言表达的情感因素。我们在小说中常常可以读到这样奇妙的搭配和比喻。“同情满满的愤怒”，“温柔的蔑视”，“幸福的撩拨”，“复杂多变的情感犹如阳光灿烂、多风的日子里那云彩的阴影，轻柔妙曼，不时快速地在她的眼眸和美唇间掠过”（《初恋》）。“死神如同渔夫，将鱼儿网在他的网里，却暂时仍将它置于水中：鱼儿还在游动，却始终被网罩着，渔夫随时可以将它提出水面。”（《前夜》）在独特的表达中见出情感的幽微和复杂，有着强烈的对立性，展现出张力之美。在普希金创造的文学语言的基础上，屠格涅夫使小说语言呈现出更加绚丽多彩的风姿。

在叙事与抒情这两个小说元素中，屠格涅夫更看重抒情。各种文类都是他走向抒情的途径，“抒情诗意”成为作家的写作追求和他本人的审美体认。这种诗意化的抒情表现在自然景色的描写，人物形象的塑造，隐秘的心理描写，细腻、复杂的情感表达等多个方面。

其中，对俄罗斯自然景色的描写是作家主导性的抒情手段，它生成了

1 Ю.Айхенвальд. *Силуэты русских писателей*. Изд. Руспублика. М.1994.С. 256.

2 Г.А.Бялый. *Русский реализм: от Тургенева к Чехову*. Советский писатель. Ленинградское отделение. 1990. С.240.

3 ［美］弗拉基米尔·纳博科夫著：《俄罗斯文学讲稿》，丁骏、王建开译，上海译文出版社，上海，2014 年，第 79 页。

小说基本的文体形态：一种高度诗意化的田园意境。它堪称对屠格涅夫诗意化抒情最经典的理解。草场、丛林、夏日、入夜、池塘、林荫道、钟楼，它们既是绚丽多彩的俄罗斯庄园文化的美丽景致，也是展现人物内心世界不可或缺的独特空间。娜塔莉亚与罗亭在花园池塘边的爱的宣示，丽莎与拉夫列茨基在花园里爱的表白，叶莲娜在钟楼旁与英沙罗夫相遇时澎湃的爱的宣誓，安娜与巴扎罗夫在面向花园敞开的窗户前的情感倾诉，玛丽安娜与涅日丹诺夫在丛林中爱的诉说等，都是附着于充满诗意的景色描写的。纳博科夫说，屠格涅夫的风景描写“是屠格涅夫最精彩的文字……屠格涅夫散文中不时出现的这些色彩柔和的画面——是水彩画的效果，而非果戈理艺术画廊里弗兰芒式的辉煌的油画效果”[3]。

抒情性的重要性还在于其中的一种悲剧的内在底蕴。这种悲剧性不仅体现在情节的演进中，更体现在人物的气质和命运中。罗亭、拉夫列茨基、巴扎罗夫、英沙罗夫、利特维诺夫、涅日丹诺夫、叶莲娜、丽莎等男女主人公的性格、命运无不如此。这种悲剧性源于人物崇高的英雄激情无法在现实生活中得以实现，是美好、良善、崇高注定被毁灭的命运。抒情性恰恰因为有了这种深层悲剧意蕴的注入而得到了极大的升华。屠格涅夫说：“每个人的命运中几乎都有某种悲剧性的东西，只是这一悲剧性的东西被庸常的表面生活给遮蔽了……我周围的所有人都是安安静静、默默无闻的存在，但一旦你仔细地观察，就会发现人人皆有的悲剧性的东西，或是个人的，或是历史、民族发展所导致的。”[4]

屠格涅夫小说叙事的抒情、熨帖、宁谧、温婉总能给读者以莫大的精神和心灵享受。旅居德国的格鲁吉亚当代著名作家米哈伊尔·吉戈拉什维利说：“当你的周围环境恶劣，或是你感到寂寥无趣时，在你心情沉重、情绪低落或是感到压力巨大时，你不妨泡上一杯茶，加上蜂蜜和柠檬，躺在沙发上，盖上一条暖和的毛毯，拿上一本屠格涅夫的书。你一定会恢复正常的！”[5]

4　Г.А.Бялый. *Русский реализм: от Тургенева к Чехову*. Советский писатель. Ленинградское отделение. 1990. С.237.

5　*Литературная матрица*. Учебник, написанный писателями, XIX век, Лимбус Пресс, СПб. М., 2011, С. 180-181.

第六节

中篇小说《阿霞》《初恋》《春潮》：全新的爱情审美言说

在创作长篇小说的同时，进入不惑之年的屠格涅夫开始了他中篇小说的创作。其题材和叙事风格，及至艺术趣味和审美品位都表现出明显的变化。这种变化主要体现在这样三个方面：其一，作家把他对人生的回眸、记忆作为小说叙事的主要内容，具有一种“虚构之非虚构”的特点。其二，这些记忆文字尤显真诚、亲切。阅尽世事万象和情感繁芜之后的作家在人生的怀旧中执着地寻找爱与善、光亮与温暖、生命的真谛，使小说中的生命叙事显现出丰富的层次和绚丽的色彩。其三，作家有意放弃了对艺术技巧的刻意追求，其朴素无华的言说、从容的白描式笔墨、细致缠绵的情感，呈现出小说形式方面的自由与超越。

这一被记忆激活的生命激情在今天愈益显示出其独有的思想蕴含和艺术风采。哲学家马尔库塞说：“记忆之所以具有治疗作用，是因为它具有真理价值。而它之所以有真理价值，又是因为它有一种保持希望和潜能的特殊功能。”[1] 中篇小说传达的是作者刻骨铭心的生命体验，是屠格涅夫希望弥合曾经的心灵伤口，补偿人生憾缺，对生命作温暖拥抱的深情表达。

分别创作于19世纪50、60、70年代的《阿霞》《初恋》和《春潮》是以爱情为主题的三部中篇小说。小说主人公都是青年屠格涅夫的化身，爱情故事都是作家人生经历中“实然”的存在。作家在俄罗斯文学史上第一次将爱情当作独立的审美对象，书写对过去、现在、未来永远敞开的，人类两性的“共情”状态。这一爱情言说与历史是疏离而隔膜的，与时代、种族、阶级无关，也无关乎社会、道德、善恶。作家要表达的是一种全新的爱情审美认知，有着肉与灵、感性与理性、心理与哲学的多重面向。

屠格涅夫第一次开启了青春爱情书写的“身体和感性之旅”。强调身体性以及与之相关的欲望、情感、意志等非理性因素在爱情发展或逆变中的关键作用。

《阿霞》中旅居德国的二十五岁的俄罗斯青年N.N.对十七岁俄罗斯姑娘阿霞爱的萌生是瞬间的、直觉的、感性的。阿霞吸引他的是她“美丽细小的鼻子”“一头剪得短短的像男孩子那样的浓浓的鬈发”。令他激动不安的是与她那“娇柔的身子的接触；耳边急促的呼吸”，“像许多烧红的针似的跑遍我全身的一股微火”……而默默地沉浸在爱的感觉和遐想中的阿霞，因为未得到爱的承诺，竟然“发着高烧、满脸泪痕、牙齿咯咯地打战”。在这场猜谜式的爱恋中，倒是男青年始终在感性和理性间徘徊，爱情使他快乐、甜蜜、幸福、疯狂，也使他苦恼、无措。“跟一个十七岁的她那种性格的少女结婚，那怎么可能呢？”这是他对未来生活实利无益的，少女古怪性格的担忧和焦虑。短暂恋情的收场正是生命感性、情感直觉的溃退和功利理性胜出的结果。阿霞离去，青年这才有了无尽的“悔恨”，小说表明了情感、身体、审美直觉遭到生命理性压抑后爱情的失语。

《初恋》中十六岁少年沃罗佳对公爵小姐齐娜伊达的爱慕情愫始于对异性身体美的迷恋，那是爱欲的本能、力比多的灌注与投射制造的爱情。公爵小姐的美是通过沃罗佳“我”的感觉“折射”出来的，是随着“我”

1 ［美］赫伯特·马尔库塞著：《爱欲与文明》，黄勇、薛民译，上海译文出版社，上海，2015年，第10页。

的感觉的深入、情感的起伏逐渐放大、灿亮的。“她优美的体态、颈项、美丽的手、白头帕下面微微蓬松的淡黄色鬈发、半闭的敏慧的眼睛、睫毛和睫毛下面娇柔的面颊”令沃罗佳神魂颠倒，继而产生从未有过的“心跳、兴奋、激动”。少年朦胧的初恋中没有任何生命理性的羁绊，他全然不顾姑娘年长他五岁，而且她爱恋着并最终嫁给了他的父亲。初恋无果，父亲去世，齐娜伊达也因难产死去，但阴阳两隔中的人似乎仍然可以用爱传递心声。一桩注定无果的青涩懵懂的爱情，还有那些真实经历过的、非理性的心理与情感纠结，被作者切切实实地以一种极有质感的语言娓娓道来，呈现出浪漫的初恋叙事抵达的至深、至高和至远的境界。

爱情的审美永远是美感决定着美，而不是美才引起美感。《春潮》中十八岁的德国少女杰玛其实并不漂亮，她的“鼻子略显大了些，还是鹰钩形的轮廓，上唇有些淡淡的绒毛”。走进二十一岁萨宁心中的也不是她的“心灵”或“精神”，而是他心目中理想的“亭亭玉立”的身材，他眼中“俊美的容貌”“优雅中含着力量的手势”“蒙上一层暗影的又黑又深的双眼”“夹杂着短短的极逗人的尖叫的笑声”。这是超越理性的青春爱情所形成的生理和心理基础。于是，“他什么也不考虑，什么也不盘算，毫不瞻前顾后了；他摆脱了过去的一切……从自己孤单的独身生活的忧郁的岸边一头扎进那欢快的浪花翻滚的大激流里”。

爱欲是爱情的原动力，是骚动于生命深处，不以人的理性和意志为转移的自发力量，是奇特而又充满悖论的矛盾体。它既是崇高的，能让人以本能的性爱欢乐驱散人生的阴冷和无常，引导人们忘我地去创造人生的美丽与幸福；它也是消极的，会剥夺人们生命存在所不可或缺的自由，产生盲目的依附和奴性，甚至让人沉沦、堕落。小说家在展现爱情独特的精神光芒的同时，又在不断重复着情欲对人的奴役，人在情欲面前的无力和迷茫。小说《春潮》中萨宁在为筹办与杰玛婚事的行程中，鬼使神差地被妖艳的玛丽亚诱惑，居然完全忘记了此行准备婚事的目的，丢下了他的真爱。正是这个情欲世界的征服者利用了萨宁“喜爱一切美的东西”的本能冲动，最终摧毁了他与杰玛的一桩美丽的爱情。这不是萨宁对杰玛爱情的不坚，也不是作家对其道德面貌的臧否，而是关于情欲奴役人性和情感的展示。

“才子佳人”多是中外作家和读者的爱情想象，在这一结构中女性多半无缘置喙，但屠格涅夫彻底打破了这一传统，展现了女性生命意识的觉醒并成为爱情行为的主体。“阿霞”们也不再像长篇小说中的女主人公一样，成为检验男性、拯救男性的“精神之恋”的对象。在这些中篇小说中，昔日成为男性精神成长因素和精神理想守望者的文学“圣女”形象被屠格涅夫彻底放逐了。

由阿霞、齐娜伊达、杰玛组成的女性世界是高度自由、独立的。她们在爱情中仅仅听凭心灵的驱使，毫无畏惧，没有怨恨，顺受其命，有勇气独自去拥抱不幸与苦难。在爱情中她们不需要庇护者，她们行为的基点是爱，而不是“有所依凭”。自然，女主人公爱情的主体性所表现的形态各不相同：阿霞的爱剧烈而又深沉，“像雷雨一般的出人意外”；齐娜伊达的爱高度自我，执着坚毅、义无反顾；杰玛的爱“不像一道喷泉水似的在心里涌流，而始终是以宁静的光辉照耀的”。爱情是她们点亮生命、追求幸福、认知世界的方式。她们的性格中都有非常决绝的一面，阿霞默默地爱上青年 N.N. 后克制着内心的波澜，变得更加孤独自守，最终宁可逃离爱情，也不愿在自我激情的燃烧中毁灭。齐娜伊达不看重财富、地位，也不在乎年龄，围绕在她身旁的伯爵、绅士、军官、诗人个个年轻、漂亮、富有，然而她将他们玩弄于股掌之中，却偏偏爱上了“不穿华丽衣服，不戴贵重宝石，谁也不认识”的已逾不惑之年的“老男人”，这是一种强烈的被支配欲激发了的爱欲本能。她们等待的爱情坚不可摧，而她们深爱的男人甚至全然不知她们的疼痛、深情、纠结，不知她们的泪水涟涟，她们用一曲曲青春的绝恋融汇成了汹涌却短暂的爱的春潮。

屠格涅夫对爱情的审视始终立足于个体生命的感受中，基于其踽踽独行的生命成长及其所经历的情感磨难。他强调身体与爱欲的合法性，用仁慈、宽容的眼光关注爱情中的悲欢离合，探究人在爱情中的心理与精神变异，将爱情还原为与自然生命相交相依的鲜活而又脆弱的人性存在。然而，读者会发现，小说中男女主人公所有的爱情都是无果的，这既是屠格涅夫人生真实的反映，也是作家探究爱情真谛，构建更具心理、精神、哲学空间爱情言说的艺术意图所在。

阿霞的爱情心理内含着恐惧与迷恋两种情感原型，外显为始终伴随着她的焦虑。她一怕其私生女的出身被男青年识破，二怕母亲女佣的身份被他知晓，她因担心贵族青年嫌弃她的卑微、浅薄、无趣而忧心忡忡。隐秘的精神负担加剧了她想在恋人面前表现自己的欲望，迷恋而不知所终的心理加剧了她的担忧和恐惧。患得患失的青年即便十分欣赏和爱慕阿霞，也未能从其狭隘的精神世界中展开一个恣纵开阖而又宁静愉悦的情感空间，只能眼睁睁地看着心爱的人离去。齐娜伊达是在半秘密状态中与少年的父亲幽会的，遭遇爱情后的虐待与被虐看似矛盾对立，却是爱情潜意识中人格分裂的表征，是作家对源于人性复杂性的爱情复杂性的思考。

在屠格涅夫看来，爱情不存在文学家所崇尚的理想境界，理想爱情只是男女两性的一种向往，一种无法最终实现同时又无法放弃的生命追求。小说中的爱情故事都以悲剧告终，但悲剧并非小说的最终结尾。叙事主人公是伴随着爱情的波折成长的，作家每每会从爱情悲剧中挖掘出他对爱情本质和情感奥秘的认知。

有了与阿霞未果的情感经历，青年 N.N. 才懂得了一条伟大的生命哲理："爱情没有明天——它甚至也没有昨天；它既不记忆过去，也不去想象将来，它只有现在——而且这并不是一天——只是短短的一瞬。"少年沃罗佳在数十年后仍然把那场初恋当作生命中最有价值、绝无仅有的美妙情感，当作今日生命的温暖和慰藉，当作对生命更真切的理解和感悟。"当黄昏的阴影已经开始笼罩到我的生命上来的时候，我还剩下什么比一瞬间消逝的春朝雷雨的回忆更新鲜，更可宝贵的呢？""啊，青春，青春……也许你的魅力的全部秘密，并不在于你能够做任何事情，而在于你能够想你做得到任何事情——正在于你浪费尽了，你自己都不知道怎样用到别处去的力量。"三十年后，杰玛已远走纽约，白发苍苍而又孤苦无依的萨宁仍怀着愧疚的心理在苦苦寻找他的爱。他感叹道："所有最卑微的背叛、最无耻的忘却、最出人预料的转变，尽管曾生成嫉恨的浓烟或僵冻的冰雪，但最终擦出了智慧之光，磨出了暖人的温热。”正是与杰玛相遇，萨宁才有了对爱情与人性的真正认知、对生命的万般珍惜。

屠格涅夫的爱情言说，是在传统与现代两个不同文化维度的参照中展开的。他的价值立场不是单面的，而是多维和立体的，充满矛盾和辩证的。甚至小说中情感的含混和暧昧都是其丰富性的必要因素，正是这种复杂多向的价值向度，生成了其原始而蓬勃、丰富而感性的美学价值。他将爱情往事变成了爱情审美的源泉，将一桩桩未果的爱情变成了叙事人心灵中永恒而又神圣的精神财富，使得爱情命题拥有了神话诗学的品位。只此一念，他的小说也成了永恒。

第七节

屠格涅夫与法国文学

俄罗斯文学与西欧文学的关系可以追溯到18世纪。古典主义、感伤主义、浪漫主义文学在俄国文坛的兴起是西欧文学，特别是法国文学直接影响的产物。而19世纪俄罗斯文学的崛起，法国文学对其的影响更是不可忽略的。不仅是普希金那一代诗人，随后相当多的贵族作家都是在法国文化的氛围中接受教育、成长壮大的。法语是俄罗斯贵族的第二母语，是他们了解并走向欧洲的文化中介。普希金说："在所有各国的文学中，法国文学对我国文学的影响最大。"[1]1878年，屠格涅夫在巴黎召开的国际文学大会上说："二百年前，我们还不太了解你们，可已充满了对你们的向往。一百年前，我们还是你们的学生，现在你们把我们看作自己的同行了。"[2]

在屠格涅夫之前，俄罗斯文学几乎不为欧洲所知，直到他作为俄罗斯文学使者在巴黎的出现，俄罗斯文学才走进法国文坛，走向欧洲文学的中央。此后，通过半个世纪的积蓄与沉淀，它才真正迎来了在全球绽放的辉煌。

屠格涅夫与法国文学的关系要从他奇葩的恋情说起。1843年秋，二十五岁的文学青年爱上了来彼得堡做巡回演出的二十二岁的法国女演员，有夫之妇波丽娜·维阿尔多。从那时起直到生命的终结，他与维阿尔多维系了近四十年的恋情。维阿尔多长得并不好看，不过，她不仅是个驰名欧洲的歌剧演员，还是通晓五种欧洲语言的才女、法国女作家乔治·桑的好友、屠格涅夫文学才华的知音。这段感情在屠格涅夫人生中有着非同寻常的意义。为了她，屠格涅夫终身未娶，尽管爱他的女人众多。此后，屠格涅夫长年旅居法国，生活在“别人家的屋檐下”，偶尔才回俄国。维阿尔多介绍屠格涅夫结识了一批法国作家和欧洲文化名人，如福楼拜、乔治·桑、狄更斯、肖邦等。70年代初，为了追随维阿尔多，屠格涅夫彻底移居法国，在离巴黎五十公里的一个小镇布日瓦利定居，并成为该镇的骄傲和荣光。他的这个寓所也成为福楼拜、龚古尔兄弟、左拉、莫泊桑经常造访的地方。临终前，病重的屠格涅夫还专门将维阿尔多叫到床前，让她记下了他用法文口述的名为《末日》的最后一篇小说，那是一个身心衰疲的俄罗斯贵族的人生回忆。

在法国，屠格涅夫很快就以其卓越的文学成就征服了他的文学同行，在法国文坛占尽了六七十年的风光。乔治·桑、福楼拜把他看作俄罗斯现实主义文学的杰出代表，埃德蒙·龚古尔、左拉、莫泊桑都称他为“导师”。1874年4月14日，福楼拜、屠格涅夫、左拉、埃德蒙·龚古尔、都德五位文学大师在巴黎的一座咖啡厅，以“午餐会”的方式探讨文学。这一延续了六年的“五人午餐会”，又名“福楼拜午餐会”，成为法国文学史和俄法文学交流史上的一段佳话。

在百年的俄法文学交往中，屠格涅夫与法国作家的关系占有重要的地位。没有一个作家像屠格涅夫那样，其思想、情感与法国作家和人民有着如此紧密的联系。他说：“我真诚地热爱并尊敬法国人民，认可他们在历史上所拥有的伟大和光荣的角色，毫不怀疑其未来的作用，我许多最好的朋友，我最亲近的人——都是法国人。”[3] 他与法国作家有着广泛的交往，

1 ［俄］普希金著：《普希金散文选》，谢天振译，百花文艺出版社，天津，1995年，第84页。

2 И.С.Тургенев. Полное собрание сочинений и писем. В 28 томах. Т.15. 1965. С.55-56.

3 Ладария Л.М. И.С.Тургенев и классики французской литературы. Сухуми. Изд. Алашара.1970. С.14.; И.С.Тургенев. Полное собрание сочинений и писем. В 28 томах. Т.15. 1968. С.17.

波丽娜・维阿尔多像

其中与梅里美、福楼拜、左拉、莫泊桑的关系最密切。这一段历史交往的重要意义在于，屠格涅夫不仅让俄罗斯文学为法国作家和读者所知晓，从而影响了一个时代法国文学的审美走向，而且还让法国文学的最新成就被俄国作家和读者了解和喜爱，而深得这一文学精髓的首先是屠格涅夫自己，他从中汲取了艺术滋养，构建了一种新的小说美学。

1857年，屠格涅夫与梅里美在伦敦相遇，他是第一个引领屠格涅夫走进法兰西文学界的作家。梅里美是法兰西第二帝国的参议员，与帝国统治阶级上层过从甚密，屠格涅夫并不赞同他的政治立场和人生观。但在屠格涅夫心目中，他是一个有威望的老一代法国作家和批评家。屠格涅夫的戏剧创作有着梅里美早期剧作题材、情节的明显印记。梅里美也把屠格涅夫看作除普希金之外最亲近、最喜爱的俄罗斯作家。两人结交时，梅里美已年逾花甲，不再进行文学创作，而专事俄罗斯文学翻译和文学批评。梅里美翻译了普希金、果戈理、托尔斯泰的作品，还在屠格涅夫的协助下把

《猎人笔记》《初恋》，及屠格涅夫的长篇小说翻译成了法文，他还是屠格涅夫的俄译本法国文学的校订者。

梅里美被《猎人笔记》中强大的向善情怀所折服，他高度赞赏屠格涅夫对现实生活的真实描写，肯定他既不吹响革命号角，也不夸张现实生活苦难的文学真实观。他说：“屠格涅夫努力在各处发现被遮蔽的善。他甚至能在最卑微的人物身上发现崇高的品质。在这个意义上，他像莎士比亚。如同那位英国诗人一样，他热爱真理，善于塑造令人惊叹的真实形象。”[1] 他以批评家独具的慧眼对屠格涅夫说：“你们的诗歌，首先寻找的是真理，随后美自然也就有了。而我们的诗人，走的却是完全相反的路。他们首先关注的是效果、机智、华美，在实现这些要素的同时，如果他们认为能不损害真实，也许会把真理当作一种附加的东西拿来。”[2] 梅里美对两种文学内在特点的深切理解，对于19世纪50年代强调文学以美为最高追求，疏离现实生活的法国文学而言是影响深远的。

1863年，屠格涅夫与福楼拜结识，两人成为长达十七年的人生挚友和文学知己。福楼拜对年长三岁的俄罗斯作家精致而又高雅的艺术感觉和渊博的学识十分敬仰。他说，“屠格涅夫是我非常爱戴的艺术家”[3]，“一个无话不谈的人”[4]。他认真阅读并仔细研究屠格涅夫的每一部新作，尤其赞赏作家在《初恋》《春潮》《前夜》中对生活本质把握后所呈现的充满美感的抒情特质。屠格涅夫也非常珍视两人的友情和文学交往，他把两人比作“朝一个方向打洞的鼹鼠”[5]，说“福楼拜是我在世界上最爱的人之一”[6]。苏联科学院1968年版的屠格涅夫二十八卷的文集中，有整整一卷是他与福楼拜的书信，足见两个作家友谊的深厚和交流的深广。

福楼拜与屠格涅夫都不是唯美主义者，都主张形式和内容的统一。福楼拜说：“在我看来，内容与形式是统一的，我无法想象两者的分离，思想越美，那么句式也会越漂亮……思想的精准才能产生语词的精准。”但两人对美的理解却有差异。福楼拜认为，“美是与现实生活无法兼容的”，而屠格涅夫对美的理解更为宽泛，他说，艺术的最高原则与其说是文体的考究，莫如说是真实地描写生活现实。[7]

1 Ладария Л.М. И.С.*Тургенев и классики французской литературы*. Сухуми. Изд. Алашара.1970. С.62—64.

2 И.С.Тургенев. Полное собрание сочинений и писем. В 28 томах. Т.15. 1968. С.70.

3 Ладария Л.М. И.С.*Тургенев и классики французской литературы*. Сухуми. Изд. Алашара.1970. С.101.

4 同上书，С.68。

5 同上书，С.74。

6 同上书，С.99。

7 同上书，С.81。

福楼拜认为，他在长篇小说《情感教育》中找到了他此前未能实现的美的表达，这体现了生命末年福楼拜对文学审美认知的一种变化。这部全面展现法国社会历史现实的杰作将社会政治问题，人物的精神生活、爱情体验熔于一炉，被称为1848年法国革命的编年史。屠格涅夫尤其欣赏他对小人物的那种好感。[1] 为回馈这一赞许，福楼拜专门为俄罗斯读者写了中篇小说《一颗纯朴的心》。它与屠格涅夫《猎人笔记》的后续短篇《鲜活的力量》有着异曲同工之妙，两位作家都表达了对普通农民精神世界的高度关注。福楼拜戏称中篇小说是“屠格涅夫流派”[2] 之作，乔治·桑对屠格涅夫说：“我们所有作家都应该接受您这一流派的洗礼。”[3] 屠格涅夫还对福楼拜最后一部未完成的小说《布瓦尔和佩库歇》提出了从作品构思到人物塑造、小说结构方面的各种建议，还对小说的出版给予了长时间的关注。

与此同时，屠格涅夫高度评价福楼拜为法国文学的艺术探索所做的卓越贡献和以《包法利夫人》《情感教育》为代表的小说典范。屠格涅夫汲取了福楼拜传奇小说《圣安东的诱惑》中的题材、情节，写下了中篇小说《凯旋的爱情之歌》，并献给了他的法国文友。福楼拜评价左拉小说《娜娜》时所说的“应该善于欣赏你所不爱的东西”[4] 的观点使屠格涅夫深受启发，并体现在了他晚年不无神秘主义的中短篇小说中。他说：“作家最高尚的幸福在于能够表现生活的真谛，即使这一真谛与你的喜好相矛盾。”[5] 福楼拜对小说审美形式的高度重视也影响了屠格涅夫的中短篇小说创作，我们从这些作品中可以看到作家的另一种小说美学追求。俄罗斯皇家科学院院士、作家、批评家马·科瓦列夫斯基说：“屠格涅夫在晚年的作品中开始更精心地推敲词语，更看重形式，在创作中对形式的讲究渐渐地重于内容了。”[6]

随着左拉、莫泊桑在19世纪70年代进入法国文坛，法国现实主义文学在把握、理解、阐释社会现实生活方面表现出了新的风貌。如果说，屠格涅夫在50年代还抱怨法兰西文学的贫瘠，那么十年后，他则高度赞赏这一文学取得的新成就，用屠格涅夫的话来说，作家们“为自己确立了一个研究并以典型化的方式再现社会生活的目标”[7]。

1 Ладария Л.М. И.С.*Тургенев и классики французской литературы*. Сухуми. Изд. Алашара.1970. С.93.
2 同上书，C.96。
3 同上书，C.96。
4 同上书，C.99。
5 同上书，C.99。
6 *И.С.Тургенев в воспоминиях современн-*（转下页）

福楼拜家的咖啡厅

屠格涅夫并不能完全接受左拉的创作，对他矫揉造作的风格、似嫌粗糙的语言、自然主义的书写，特别是像《陷阱》《娜娜》那样的作品，颇有微词。他认为以左拉为代表的新一代写实作家，缺乏莎士比亚的那种对人性揭示的深度，缺乏那种永恒的、充满爱的美好情感。然而，这并不影响他把巨著《卢贡－马卡尔家族》看作研究法国第二帝国社会政治、道德、生活最丰富的材料。当左拉的这部鸿篇巨制在法国发表遇阻时，屠格涅夫却把它作为一个批判现实主义的典范推介给了俄罗斯读者，他自己还成为左拉作品在俄罗斯出版的代理人。左拉的长篇小说《萌芽》讲述了法国社会新的政治力量的出现和成长，它深受屠格涅夫《处女地》的影响，是受到了屠格涅夫因去世而未能完成的另一部有关新一代革命者形象的作品影响而构思的作品。

莫泊桑绝对是屠格涅夫的崇拜者。他称屠格涅夫是“俄罗斯文学最伟大的天才之一”，法国文学的“导师”，“融合了福楼拜与左拉的优长，既是一个绝妙的文体家，又是一个努力捍卫公正与善良的社会理想的人”[8]。率先赢得他青眼的是屠格涅夫的中短篇小说。他欣赏其真实再现现实生活的能力、充满魅力的女性形象、抒情诗意化的心理描写以及绝妙的语言艺术，高度评价他在俄罗斯文学及其社会思想发展史中的重要价值。屠格涅

（接上页）*иков*. В 2 томах. Т.2. Художественная литература. М. 1969. С.151.

7 Ладария Л.М. И.С.*Тургенев и классики французской литературы*. Сухуми. Изд. Алашара.1970. С.11.

8 同上书，С.125。

夫也称他为法国现实主义文坛最有天赋的年轻作家。屠格涅夫与莫泊桑创作比较研究的大量成果表明，莫泊桑的哀诗情调、人道主义立场、心理描写和诗意化的抒情性都受到了屠格涅夫小说风格的深刻影响。法国传记作家莫罗亚说，作为福楼拜的弟子，“年轻的莫泊桑的成就在更大程度上要归功于屠格涅夫，而不是福楼拜”[1]。法国批评家维阿里称“莫泊桑是巴尔扎克、屠格涅夫等作家的传人”[2]。

英国作家高尔斯华绥说过：“长时间以来，批评家们一直在谈论屠格涅夫脱离了俄罗斯的文化土壤，谈论他与浑然天成的巨匠果戈理和另一个异质性的巨匠陀思妥耶夫斯基之间的差别。……但他们没能发现，不是西方影响了他，而是他影响了西方。他有他所抵达的别人难以企及之处：他是大自然的诗人，是同时创作长篇小说的最精致的诗人，这正是屠格涅夫有别于伟大的同时代俄罗斯作家，他在文学中的卓越地位和对西方的影响所在。”[3]

19世纪屠格涅夫与法国作家的交往堪称异域文学交往的一个光辉典范。别林斯基说：“一个作家对另一个作家创作的影响，并不在于他的诗歌精神体现在了其创作中，而在于他的诗歌激活了蕴藏于他自己内心的力量，如同一束阳光一样，它照耀在大地上的时候，不是把它的力量赋予了它，而是激活了蕴藏在它内在的自身力量。”[4]对于俄罗斯文学和法国文学来说，它们是相互作用的，全靠了激活艺术生命力的文学的那束诗性的阳光。它们都没有局限在民族文学的经验上，都汲取了异域文学中的思想和艺术精华，从而实现了民族文学艺术的发展和升华。民族文学进入世界文学的场域，只能通过译介的途径。但如果仅仅依靠翻译，没有作家之间的深入交流、对话、学习、研究，便不可能有真正深入的不同民族文学之间的相互认知。作为民族文化载体的民族文学只有恪守自我的文化身份，展示自我文学价值的存在意义和正当性的同时，又正视与异域文学的差异性与共通性，才能真正实现民族文学的世界性。苏联时期著名的文艺学家马卡申说：“在俄法文学关系史上，在一国的伟大作家积极地直接参与另一个国家整个文学运动的代表人物中，屠格涅夫是第一人。”[5]

1 Ладария Л.М. И.С.*Тургенев и классики французской литературы*. Сухуми. Изд. Алашара.1970. С.125.
2 同上书，С.126。
3 同上书，С.12。
4 同上书，С.9。
5 同上书，С.149。

第六章

车尔尼雪夫斯基：小说家和启蒙思想家

我们国家很快就会发生暴动，
一旦发生，我一定会参与其中……
无论是污蔑抹黑，还是手拿棍棒的
醉醺醺的农民，或是杀戮都吓不到我。

——车尔尼雪夫斯基

1828~1889

无论在中国，还是在俄罗斯，车尔尼雪夫斯基作为一种文学的和思想的历史存在，不太被人们提起了。然而，无论对于黄金世纪的百年文学史，还是19世纪的俄国思想史，车尔尼雪夫斯基都是略不去的。一位十分活跃的当代俄罗斯批评家说："车尔尼雪夫斯基的长篇小说在19世纪60～70年代的文学中占有中心地位……对于思考我国19世纪的社会历史而言，车尔尼雪夫斯基的作用是不低于陀思妥耶夫斯基的。"[1]

车尔尼雪夫斯基是一个时代的作家典范，他的意义和价值不仅体现在他的文学作品和思想建树中，而且是立体地体现在他所有的写作和生命行为的方方面面。当历史选定了他成为一个历史时代的典范作家和俄罗斯民族解放运动杰出的思想领袖时，他几乎所有的作为以及与这一作为有关的一切，都注定了他的生命存在和文学存在是一种"社会拥有"的巨大的文化财富。

车尔尼雪夫斯基作为典范作家的存在，当然首先体现在他的文学创作。他的文学写作数量有限，艺术性也并不突出，但一部长篇小说《怎么办？》便成就了他文学家和民主革命启蒙思想家

1　В.Я.Линков. *История русской литературы XIX века в идеях.* Изд. МГУ. М. 2002. С.50.

Николай Гаврилович Чернышевский

的崇高声誉。马尔克斯说："一个作家只能写一本书。"[2]《怎么办？》这本书比起他的其他创作更加引人注目，因而使人觉得仿佛此生他也就只写了一本书。作家以强大的政治激情，用小说的形式认知现在并展望未来，就俄罗斯文学的社会价值和思想影响而言，这部作品成为一个半世纪以来一个不可替代的标杆。俄国思想家和文学家赫尔岑说："几乎所有 1862 年后的俄罗斯年轻人都是从《怎么办？》中走出来的。"当时一位对小说颇有微词的大学教授说："我在大学任教的十六年里，只遇见过一个大学生，他在上中学时没读过这部著名的小说。"[3]

作家的社会存在思想还体现在他的一系列文学批评著述上。车尔尼雪夫斯基对一切新鲜的和社会迫切的命题始终保持着极为敏锐的政治嗅觉和艺术直觉。他针对果戈理的前期创作明确指出，俄罗斯文学应该承担社会现实批判之重任。他从屠格涅夫的《阿霞》所表现的生活脉象和人物行为的表层结构进入到了时代精神气象的深层结构，认为作品是对充满不确定性、无所作为的社会所进行的犀利批判。他在托尔斯泰的《塞瓦

2　［哥伦比亚］马尔克斯、门多萨著：《谈写作、作品、读物及影响》，裴善明编：《诺贝尔文学奖获奖者访谈录》，江苏文艺出版社，南京，1997 年，第 304 页。

3　https://lit.wikireading.ru/637.

斯托波尔故事》等早期作品中看到了天才作家塑造人物独有的“心灵辩证法”，这成为托尔斯泰和乔伊斯的“意识流”小说批评话语的源头。

作为一个激进的思想家，车尔尼雪夫斯基在美学、哲学、政治学、经济学、伦理学等多个领域的理论建树是其多重文化贡献的重要体现。《艺术与现实的审美关系》《哲学中的人类学原则》《莱辛》等论著让我们得以窥见其唯物主义美学思想殿堂的丰富，这些现实主义美学思想的经典论著不仅是文学批评重要的话语资源，还被文学外世界高度关注、汲取。他主张激进的社会政治变革，宣传通过“农民暴动”的形式彻底摧毁俄国农奴制。他对俄国古老宗法的农业社会及其涣散粗放的经济形态进行了有力的批评审视。他倡导人类活动的精神原则应该是“合理的利己主义”，一种每个个体应遵循的行为伦理，即实现自己生命利益的满足和精神愉悦的同时，更要给他人带来满足、快乐、幸福，给社会带来和谐。马克思说：“在所有的当代经济学家中，车尔尼雪夫斯基是唯一一个真正独特的思想家。”[1]

车尔尼雪夫斯基更是一个具有钢铁般意志的革命家，一个被沙皇政府称为“俄罗斯帝国头号敌人”的俄罗斯民族解放运动的卓越领袖。他从少年时便立志献身革命，在向恋人求婚时，他曾做出两点声明：其一，“请记住，如果您选中了一个比我更好的人，那么我会很高兴地看到一个与比我在一起生活更幸福的您，尽管这对于我会是一个沉重的打击”；其二，“我们国家很快就会

1 С.Болмат. Первый популист. Н.Г.Чернышевский.// *Литературная матрица XIX век*. Лимбус пресс. СП-б. М.2010. С.339.

2 Ю.В.Лебедев. *Русская литература XIX века*. Просвещение. В 2 частях. Ч.2. М. 2000. С. 93.

Николай Гаврилович Чернышевский

发生暴动，一旦发生，我一定会参与其中……无论是诬蔑抹黑，还是手拿棍棒的醉醺醺的农民，或是杀戮都吓不到我”[2]。

他是19世纪50年代诗人涅克拉索夫主持的革命民主主义刊物《现代人》的批评、政论栏目的主持人和主要撰稿人，是60年代初俄国地下革命组织“土地与自由社”的思想领袖。在19世纪的作家中，他经受的磨难最多，遭受的痛苦最为深重：长达一年半的没日没夜的审判，两年的监禁，凌辱性的绞刑示众，四年的苦役，十五年的流放，他三分之一的生命是在这漫长的苦难岁月中度过的。凭着对真理的坚守，对社会主义的坚定信念，对革命理想的无比忠诚和伟大的牺牲精神，他拒绝了政府以悔过换取生命自由的诱惑。民意党人曾几度营救他们的革命领袖，均遭失败。最后当局在民意党人承诺在亚历山大三世加冕典礼时放弃恐怖主义行动后，车尔尼雪夫斯基才得到释放。

作为黄金世纪俄罗斯文学史上一个有着特别价值的个体存在，车尔尼雪夫斯基的文学意义和社会文化价值已经远远超出了一个写作者的范畴，而成为一种文学典范的代表，成为一个民族伟大思想和精神的社会文化存在。

第一节

长篇小说《怎么办？》：“新人”的故事

长篇小说《怎么办？》是作家被关押在俄国京都彼得保罗要塞期间，用了不到四个月时间完成的。作品涉及了时代新人、妇女解放、自由劳动、道德伦理、社会主义未来等众多命题，是作家以文学形式全方位强势介入社会生活，畅想未来的光辉典范。作者曾在他的《莱辛》一文中指出，文坛上有德国的莱辛式的思想型作家与英国的莎士比亚式的艺术型作家。而他本人，与莱辛一样，思想的强大正是他文学创作的最大魅力。正是在这个意义上，他声称“我没有一点艺术才能”，然而，他说，就思想品相和写法的优点而论，“你们放胆把我的小说跟那批名作家的大著相比好了，就是看得比它们更高也不会有错儿”[1]。

《谁之罪》《怎么办？》《罪与罚》是19世纪俄罗斯作家赫尔岑、车尔尼雪夫斯基、陀思妥耶夫斯基的三部长篇小说的名字，是黄金世纪俄罗斯小说叙事中最具分量的三大话题，也是此间，渴望社会进步、民族振兴，沉浸在精神苦海中的俄国知识分子面对灾难深重、前途未卜的俄罗斯社会提出的重大社会命题。车尔尼雪夫斯基以其基于历史经验的巨大想象力，回答了“怎么办”这一俄国社会与俄罗斯民族何去何从的重大难题。

车尔尼雪夫斯基在关押期间

在长篇小说中，沉重、压抑、专制的社会现实，庸俗、腐朽、堕落、享乐主义哲学畅行的生活浊流只是一种背景性的叙事，作者将叙事中心置于代表时代先进思想的人物形象的塑造上，书写他们的精神追求、生命理念、责任伦理、社会理想。作品以“新人的故事”为副标题，意在塑造作为人格理想、为世人示范的“新人”形象。“新人”既是车尔尼雪夫斯基的审美理想，也是时代新型知识分子的卓越代表，他们是社会新思想、新理念的传播者。

女主人公薇拉是“新人”群像中的核心人物。作品从女主人公的爱情生活和创办缝纫工场的社会生活两个层面表现了时代新女性的精神风貌。在叙述女主人公的过程中，另外三个新人罗普霍夫、吉尔沙诺夫、拉赫美托夫才悉数登场。

薇拉在她弟弟的家庭教师、医学院大学生罗普霍夫的启发、帮助和引领下，挣脱了贪财势利、自私专制的小资产阶级市民家庭的羁绊，与他相爱结婚，开始了新的生活。他们不仅是夫妻，更是志同道合的伴侣。他们独立自主，各有自己的房间、各自的兴趣爱好和热爱的事业，始终保持着自由的身心。这种不同凡响的婚姻结合，充分彰显了作家对新的婚姻、家庭关系形态的追寻，展示了一种以身心解放、独立自主、自我实现为目标的女性生命观。薇拉创办的缝纫工场是一种崭新的自由劳动组合。这里没有剥削、压迫，人人平等。女工们不再是被雇用的工人，而是工场的主人。她们与工场主一起参与劳动，领取同样的工资，还在星期天自愿参加学习，提高自己的文化水平和政治觉悟。这一带有乌托邦性质的自由劳动

1　［俄］车尔尼雪夫斯基著：《怎么办？》，蒋路译，人民文学出版社，北京，1982 年，第 10 页。

组合对唯利是图的资本主义工厂具有强烈的冒犯性和颠覆性，具有强大的现实批判和人性关怀。

此间，薇拉与丈夫的好友、常来家中做客的医生吉尔沙诺夫互生情愫。罗普霍夫发现后，非但没有怨恨，反而主动退出情感窘境，甚至营造了一个自杀的假象，以成全两人的爱情，用一种高尚的方式解开了人类两性关系中的“三角恋”死结。事后他由衷地感叹道：“当你感受到你的行为是一个高尚的人所为的时候，那会是一种多么崇高的幸福感啊。”

这一被作者称作“合理的利己主义”的行为同样也是吉尔沙诺夫尊奉的责任伦理。他曾主动医治落难的上流社会的年轻寡妇卡佳，无私地帮助她摆脱了觊觎她财产的男人的纠缠，鼓励她追求自己的幸福。与薇拉结婚后他全力支持妻子创办的两家缝纫工场的事业，还为她补习医学知识。他指导贵族子弟拉赫美托夫阅读进步书籍，用知识和理性点燃他心中伟大的革命信念。作者通过吉尔沙诺夫这一形象，旨在建构一种新型的，人与社会、人与人相互关怀、帮助、爱护的和谐、美好的关系。

拉赫美托夫是小说中不无神秘色彩的“特殊新人”，是黄金世纪文学中第一个职业革命家。他拒绝贵族特权，放弃安逸的物质生活，变卖田产，资助穷困学生。他舍生忘死，拦住惊马，挽救了年轻贵族寡妇的生命。为完成未来艰难困苦的革命使命，他拒绝了她的爱情。在生活上，他奉行苦行僧主义，进行严酷的身体锻炼，随时准备接受在革命斗争中可能遇到的肉体和心灵的磨难。为了更好地了解劳苦大众，锤炼自己的意志，他与伏尔加河纤夫一起生活。他还去往国外，加强与俄罗斯侨民革命家的联系。作家为拉赫美托夫奏响的是新人的另一种生命“旋律”，这是一个胸怀天下、放眼世界、勇于担当、敢于牺牲的职业革命家的光辉形象。

小说中薇拉所做的诗意色彩浓郁的四个梦，有着非同寻常的意义。前三个梦分别讲述了女性对身心解放、自由劳动、爱情理想的向往。在薇拉的第四个梦中寄予着作者对人类美好理想、圆满境界的预设和假想，仰之弥高，求之弥远。她梦见自己变成了一个“肉体贞洁”“心灵纯洁”，象征光明的美丽女神。她享有与男人一样的自由、爱情、追求事业的权利。出现在她眼前的未来是一座比宫殿更壮伟的大厦，这里的人们永远年轻、漂亮，过着充满欢乐的幸福自由的生活，繁重的劳动由机器代劳，人们工作只是为了蓄积新的情感和力量。漂亮精致的餐具，丰富可口的饭菜，真与善、爱与美的歌声响彻四方，这里是“永远的春夏、永远的快乐”[1]。

《怎么办？》是黄金世纪俄罗斯文学中一个典型的乌托邦叙事。车尔尼雪夫斯基以一种激进的思想锋芒刺破了俄罗斯小说固有的艺术观。它巨大的思想影响和强烈的社会效应非同凡响、前所未有，成为俄罗斯民族解放运动中几代革命者的“生活教科书”。赫尔岑说：“在彼得堡出现的各种问题和不同力量的暗流涌动中，在沉疴重重并开始受到良心谴责的人们当中，在渴望跳出庸常的泥淖和谎言，以另一种方式生活的思想萌芽中，车尔尼雪夫斯基决定把握住方向，试图向满心渴望和追求的人们指明，他们应该怎么办。”[2] 美国斯坦福大学斯拉夫文学和比较文学教授弗兰克说：“从对人们的生活所产生的影响程度，从对历史的影响力来看，新时代的任何一部文学作品，也许《汤姆叔叔的小屋》是个例外，都无法与《怎么办？》相媲美。”他还说：“与马克思的《资本论》相比，车尔尼雪夫斯基的长篇小说在更大程度上引领了最终导致俄国革命的民族的情感走向。”[3]

1 ［俄］车尔尼雪夫斯基著：《怎么办？》，蒋路译，人民文学出版社，北京，1982 年，第 428 页。

2 Кулешев В.И. *История русской литературы XIX века.* Изд. МГУ. М. 1996. С. 472.

3 С.Болмат. Первый популист.Н.Г.Чернышевский.// *Литературная матрица XIX век.* Лимбус пресс. СП-б. М.2010.С.321.

第二节

车尔尼雪夫斯基的美学思想

当今学界谈论近代的美学理论和文学批评思想，车尔尼雪夫斯基是一个不可规避的名字。他是19世纪后半期，俄罗斯乃至整个欧洲最具影响力的现实主义文学理论家和批评家之一。他又是其中绝无仅有的，兼具文学家、批评家风采和革命家、理论家品格的革命领袖。

1848年到1855年，在公民批评家迈科夫、别林斯基去世之后，俄国文化界出现了所谓的“黑暗七年”的说法。以格里高利耶夫、费特、丘特切夫等人为代表的一些诗人和作家无视当时严峻的俄国社会现实，提倡回归浪漫主义、神秘主义、唯心主义。他们崇尚自然、死亡、毁灭、幻想和抽象概念的唯美诗歌在文坛颇为流行。与此同时，批评界也出现了以德鲁日宁、鲍特金、安宁科夫、杜德什金等一批拥戴“纯艺术”理论的批评家。他们倡导唯美主义，拒绝文学创作和批评的社会历史倾向，否弃文学创作的时代精神，淡化作家的公民色彩，以不同的批评实践和理论表述，发出了为艺术而艺术的审美主张。

在一个文学生态转型、杂语共生的文化语境中，在越来越多的作家、批评家重塑文学江湖之时，现实主义以及文学的审美走向甚至已经成为时代征候的一个重要组成部分。车尔尼雪夫斯基在这一文学时代强势崛起，以其鲜明的唯物主义哲学观和强大的批判现实主义文学精神，用细致深入的笔触，剥去了枯燥的美学理论的话语外壳，对美的本质、文学的作用与价值、作家的使命等一系列美学命题做了通俗、精当、深刻的阐述，其美学理论和批评思想成为俄国美学思想史和文学批评史上一个重要的里程碑。

从 1853 年到 1862 年不到十年的时间里，他先后写下了《艺术与现实的审美关系》、《亚里士多德的诗学》、《当代美学概念批判》、《论崇高与滑稽》、《莱辛和他的时代》、《俄罗斯文学的果戈理时代概论》(1856)、《哲学的人类学原则》(1860）等一系列重要的美学论著，还有大量的关于普希金、果戈理、莱蒙托夫、赫尔岑、乔治・桑、狄更斯等作家的批评文章。车尔尼雪夫斯基的这些理论著作和文学批评实践是对别林斯基文学传统的捍卫和发展，对社会现实批判意识的坚守，对文学价值体系的新的思考。

作为一种现实主义的美学理论，车尔尼雪夫斯基对这一思想观念的建构并不系统，除了有限的理论著作外，相关论述更多地散见于各种书评和批评文章中，这也决定了其美学理论依附批评而存在，并借由批评话语来传播革命思想的理论特性。有鉴于此，我试图从车尔尼雪夫斯基的“美就是生活”“文学是生活的教科书”“文学应该是人民精神生活的体现”这三句经典话语来阐释他的现实主义美学观的基本建构。

“美就是生活”是车尔尼雪夫斯基在 1855 年发表的硕士论文《艺术与现实的审美关系》中的一个基本思想，是他整个美学思想的审美原点。他在这部被文学理论界看作马克思时代之前最有分量的美学论著之一的书中说：“这是一部应用费尔巴哈的思想来解决美学基本问题的尝试。”[1] 他说：“美在大自然的生命中，在人的行为、思想、情感中就能找到。”他强调，“任何事物，凡是我们在那里面看得见依照我们的理解应当如此的生活，那就是美的，任何东西，凡是显示出生活或使我们想起生活的，那就是美的”[2]。

1 ［俄］车尔尼雪夫斯基著：《车尔尼雪夫斯基选集》上卷，周扬、缪灵珠、辛未艾译，生活・读书・新知三联书店，北京，1959 年，第 135 页。

2 同上书，第 5 页。

他从“美就是生活”这个定义得出的结论是：真正的、伟大的美就是人在现实世界中遭遇的美，而不是艺术创造的美，这一论断包含着多重思想意蕴。

其一，现实生活是第一性的，是高于艺术的。从美的丰富性、多样性、深刻性来看，艺术是无法与生活相比拟的。其二，并非生活中所有的东西都是美的，其中还有丑陋的、畸形的、可耻的、变态的，所以，只有我们能够从中看到按照我们的理解应当如此的生活才是美的。意思是说，美具有人们所向往、追求的理想品质。其三，美是一种经验感受，是被审美主体所感受和认知的。这种审美感受是有社会性、阶级性的，因为在不同社会阶层人的心目中，生活的概念和美的理想是不一样的。人民与贵族对美好的生活，对美的身体的理解是截然不同的。其四，美的实现与人类的生命理想是紧密相连的。没有比人的幸福，物质的富足，为了人的幸福而改变不好的社会制度这一美的任务更崇高的了。所以，“艺术真正的繁荣，真正美的王国，只有在自由的社会主义社会才能到来”[1]。车尔尼雪夫斯基的美的本质观是对别林斯基现实主义文学观、审美观的一个重要发展，同样是以反对农奴专制，推进俄罗斯民族解放运动为奋斗目标的。

显然，在他的这一美学观中我们可以发现他无法解决的一些矛盾。比如，既然生活高于艺术，那么人们为什么还需要艺术，还需要艺术的美呢？他在强调美是客观存在的同时，却又认为，只有符合我们生活理想的东西才是美的。那么，美的标准到底是客观的，还是主观的？与此同时，生活又是什么？他从哲学的人类学原则出发，认为生活就是“自然界的美的生活”，这一认知把社会的历史变迁和人的思想意识的变化排除在了生活之外，从而脱离了历史唯物主义立场。所以，马克思主义哲学家普列汉诺夫认为，车尔尼雪夫斯基的唯物主义美学观是费尔巴哈的机械唯物主义走向辩证唯物主义过渡阶段的产物，只是“正确艺术观的萌芽”[2]。

“文学是生活的教科书”是车尔尼雪夫斯基另一个著名的美学论断。这一论断涉及了文学的价值、作用和文学家的使命等多个命题。

首先，他强调艺术创作中内容的重要性。他说，“艺术领域不能局限

1 http://chernyshevskiy.lit-info.ru/chernyshevskiy/articles/polyanskij/polyanskij-3.htm.

2 https://prometej.info/novaya-estetika-chernyshevskogo/.

3 http://russkay-literatura.ru/analiz-tvorchestva/55-chernyshevskij-n-g-russkaya-literatura/274-esteticheskoe-uchenie-chernyshevskogo.html.

在单一的美的方面……而要全身心地拥抱现实中（大自然中的和生活中）令人感兴趣的一切”，“生活中大家都感兴趣的东西——这就是艺术的内容”[3]。他认为，是讲述真理的内容决定了一部文学作品的优劣，应该把服务于真理置于艺术创作的首位。他在长篇小说《怎么办？》的前言中说：“真理是个好东西：它能够弥补一个为它服务的作家的缺陷。……这部小说的全部优点，只在于它的真实。”[4]他强调说，“艺术的第一目标就是再现生活”，“艺术最高的作用就是成为生活的教科书”[5]。而一部作品是否真实地反映社会现实，是与作者的世界观——意识形态密不可分的，只有有了正确的意识形态立场，才能有对生活的正确判断，才能真实地再现生活，才能有对真理的把握。

其次，车尔尼雪夫斯基强调文学的“实用性”、功利性。他说，一幅描绘大海的画之所以诞生，是为了满足那些未能有机会去海边旅行的不幸的人的审美需求，使见过海的人回想起海洋的美，“这就是大多数艺术作品的唯一目的和作用”[6]。从实用主义立场论述艺术的功能性，这一思想显然是有缺陷的。一方面，将艺术实用化、功利化，必然导致对艺术理解和创作的庸俗化。另一方面，他贬低了艺术特殊的审美价值，因为艺术不仅仅是对自然美的模仿，更是艺术家提炼、概括、熔铸了其审美情感和审美理想的新的审美创造。20世纪苏联时期的庸俗社会学批评方法中确实有车尔尼雪夫斯基审美理念的思想烙印。

最后，把文学比作“生活的教科书”意在强调文学应具有的引领、主导生活现实的作用，作家应该起到启迪、教育人们，承担改造现实生活的历史使命。所以，在长篇小说《怎么办？》中作家没有局限在对社会黑暗现实的揭露上，而是进一步提出了“怎么办”的问题，他所塑造的时代“新人”的形象是他引领社会前进的思想和精神火炬手。车尔尼雪夫斯基高度强调文学艺术的教育作用和作家的历史使命，将作家看作社会文化和思想准则的阐释者、立法者、教育者，看作社会意见和争端的权威裁决者。他甚至极端地说：“一个在天性上没有获得为了做一个思想家所需要的智慧的艺术家是没有什么前途的。”[7]

4 ［俄］车尔尼雪夫斯基著：《怎么办？》，蒋路译，人民文学出版社，北京，1982年，第11页。

5 http://russkay-literatura.ru/analiz-tvorchestva/55-chernyshevskij-n-g-russkaya-literatura/274-esteticheskoe-uchenie-chernyshevskogo.html.

6 ［俄］车尔尼雪夫斯基著：《车尔尼雪夫斯基选集》上卷，周扬、缪灵珠、辛未艾译，生活·读书·新知三联书店，北京，1959年，第84—85页。

7 ［俄］车尔尼雪夫斯基著：《车尔尼雪夫斯基论文学》下卷（二），辛未艾译，上海译文出版社，上海，1983年，第102页。

“文学应该是人民精神生活的体现”，这是车尔尼雪夫斯基的美学理念中“人民性”的重要思想。他倡导文学应该表现人民，特别是农民的生活和他们的思想感情，要塑造体现时代先进思想的“新人”。

他的人民性的思想中包含着民族性的内涵，即文学书写的对象应该是民族生活中具有重要性的人群和现象，文学反映的问题应该是民族生活中最具迫切性的社会命题，文学作品应该具有民族特色鲜明的艺术形式。在车尔尼雪夫斯基所处的时代，广大农民及其生活、精神状态，废除俄国农奴制就是最重要的文学书写的对象和命题。真实、真切、明白无误地描绘农民的生活和思想情绪应该成为现实主义文学书写的基本内容。作家要想做到这一点，必须深刻地了解人民、同情并热爱人民。他高度评价屠格涅夫的《猎人笔记》，肯定作家格里戈罗维奇的农民小说，赞赏他作品中“最激动的诗境的最深刻的感情”，称赞乌斯宾斯基真实书写农民生活的作品。他还提出了人民性格中的积极因素和消极因素的问题，在一定程度上丰富、发展了文学的人民性原则。他还强调，只有真实地表现不同类型的人物性格特征，区分其积极和消极因素，才能让人民认清自己，从而警醒起来，实现自己的解放。

美的感受性、美的教育性正是车尔尼雪夫斯基提出的两个重要的审美主张。他的审美主张给人们指出了美学中接近感性、接受教育的两个路径。他的关于美的本质的论述，文学是“生活的教科书”之说，在今天看来并不完全符合现代的审美理念，过多强调了审美的社会功利性。这正是一个革命民主主义启蒙思想家急切地想变革社会的思想局限所在。但正是这种并非完美的审美表达，让我们懂得并把握了其审美思想中最重要的特质，领略到他感性经验中最深刻的奥秘。他以其民主主义革命家的社会视角和文学家的艺术理念，通过自己内在的感性经验，融化、激活了文学艺术应有的热爱自由、崇尚生活、改造社会、解放民众的思想和精神，并将现代哲学中的生命情调、人类意识、对美的追求融汇了进来，形成了对美的一种充满生命和生活感性的鲜活理解。没有车尔尼雪夫斯基的对生命和生活的感性，没有审美主体自身的精神性，后来西方的美学理论还会固定在抽象的语词之中，无法融化在生命和生活实践中，无法聚合，达到认识生活、社会和自我的高度。

以上我们从三个方面简要讲述了车尔尼雪夫斯基美学思想中的核心观点。我们既应该汲取其美学思想的合理内核，也应该看到其历史的局限性。此外，这位美学理论家在现实主义文学的典型性、个性化、悲剧理论、艺术形式方面还有不少细致、深入的论述，它们至今仍保持着强大的生命力。因篇幅所限，我无法在这里一一讲述了。

第七章

陀思妥耶夫斯基：书写灵魂的文学大师

人们称我是心理主义小说家，这是不对的，我只是一个最高意义的现实主义作家，这意思是说，我描写的是人灵魂的每一个深处。

——陀思妥耶夫斯基

1821~1881

1881年，当陀思妥耶夫斯基背负着人类精神苦难的十字架离开这个世界的时候，俄罗斯文学的另一个巨擘托尔斯泰发出了这样一番感慨，他说："我从没见过这个人，也从未与他有过直接的接触。突然，当他去世的时候，我才明白了，他是我的一个最亲近、最可贵、最需要的人。我从未想过要与他一比高下，从来没有。……他的艺术让我艳羡，智慧也同样，而他所从事的心灵事业只会让我高兴。……我把他视为我的朋友……一个擎天柱垮塌了。我不知所措，随后心里才明白，他对于我有多么珍贵。于是我流泪了，现在依然泪流不止。"[1]陀思妥耶夫斯基的去世给托尔斯泰带来的伤痛是真切的，他没有把陀思妥耶夫斯基仅仅看成一个天才的小说家，俄罗斯文学一个"擎天柱"的垮塌是民族文化巨大的损失与悲哀，如同天体星河中的一颗璀璨的星，尽管依然生辉，照亮着历史和未来，如今却只能仰望了。

陀思妥耶夫斯基无疑是世界级的文学大师，一个具有思想家、哲学家深度的作家，一个新型小说样式——"灵魂小说"的奠基者。这位自称

1 https://www.km.ru/v-rossii/2011/11/11/prazdnichnye-dni-i-pamyatnye-daty-v-mire/dostoevskii-i-po-sei-den-ne-daet-pokoya.

2 Достоевский Ф.М. Полн. собр. соч. В 30 т. Наука. Ленингр. Отделение. 1976. Т. 14. С. 100.

"脱胎于果戈理《外套》"的，书写灵魂的文学大师继承并发展了果戈理的三大意识——黑暗意识、道德意识和宗教意识，他将文学的灵魂关怀和人类的精神救赎命题推向了迄今为止无人能企及的深度和广度。他与托尔斯泰一起，成为19世纪俄罗斯文学和世界文学中两座无人能超越的高峰。

灵魂小说与之前俄国和欧洲批判现实主义的社会小说的区别在于：前者在再现社会现实生活的时候，关注的着眼点是人的精神现实、意识现实，重在呈现人思想、灵魂的复杂性，是对人生命本体的探究，是对人生命存在的终极关怀，而后者在再现社会现实生活的时候，重在人的心理、行为、命运受制于社会环境的思考，是一种再现人与社会现实关系的文学，是文学对社会生活期望的表达。陀思妥耶夫斯基在认识到社会环境对人的影响和作用的同时，没有就此止步，而是走进了人灵魂的深层。他所关注的，用长篇小说《卡拉玛佐夫兄弟》中的老卡拉玛佐夫的话来说，是"魔鬼和上帝的搏斗，而战场就是人的心灵"[2]。中国的文学批评家刘再复和林岗在其专著《罪与文学》中说，他“以作家独到的发现和穿透世俗的识见到达了一个人性与良知的澄明境地”。[1]

陀思妥耶夫斯基是不朽的，其文学创作的思想和艺术成就的影响是世界性的，且远远超出了文学界。他的哲学思想影响了哲学家叔本华和尼采，还有精神分析大师弗洛伊德，被公认为现代主义文学的思想源头之一。他的创作对爱因斯坦、斯特林堡、加缪、卡夫卡、托马斯·曼、福克纳、萨特的影响也是巨大的。爱因斯坦说：“陀思妥耶夫斯基给予我的比任何一个思想家都要多。”[2]加缪说，陀思妥耶夫斯基的长篇小说《群魔》是影响他成长的四五本最重要的书之一，然而，“我们才刚刚开始了解陀思妥耶夫斯基”[3]。米沃什说：“在对欧美思想的影响力方面，其同辈人中除了尼采，无人能与这位伟大的作家比肩。”[4]鲁迅称他是“残酷的天才”“人类灵魂的伟大的拷问者”。人们可以喜欢，也可以不喜欢，甚至讨厌陀思妥耶夫斯基，却没有一个文化人能够无视这位作家。2004年，叶利钦时代的财政部长，在俄罗斯经济转型的历史上画有浓墨重彩一笔的丘拜斯在接见一位英国记者时说：“近三个月里，我反复读了陀思妥耶夫斯基的作品，我几乎产生了一种生理上的憎恶。无疑，他是位天才，但是他的把俄罗斯看作优秀的、神圣民族的理念，他对苦难的崇拜，还有他提出的那个绝对错误的道路选择，让我恨不得把他撕成碎片。”[5]如今已是商业界大佬的这位陀思妥耶夫斯基后人

1 刘再复、林岗著：《罪与文学》，中信出版社，北京，2011年，第101—102页。

2 http://www.spletnik.ru/blogs/pro_zvezd/136745_velikiy-i-moguchiy-tovarishc-dostoevskiy.

3 https://philologist.livejournal.com/11284383.html.

4 https://www.douban.com/note/470376719/.

5 https://www.km.ru/v-rossii/2011/11/11/prazdnichnye-dni-i-（转下页）

的话不也印证了文学大师的一种不朽与影响的深远吗？

从 1925 年，俄罗斯文艺学家科马洛维奇的学术专著《陀思妥耶夫斯基：当代文学与历史研究的问题》[6] 的问世算起，“陀思妥耶夫斯基学”作为文学研究中的一门显学在俄罗斯已有近百年的历史。而在作家诞辰 150 周年之际成立的“国际陀学会”至今也有半个多世纪的历史了，其地区性的分会已遍布世界各国。有关陀氏创作和思想的研究成果可谓汗牛充栋，足以装满一座大型的图书馆。新世纪以来，在文学对人类生命终极关怀的理念和跨学科研究方法的激发下，人们对陀思妥耶夫斯基阅读、研究的热情更为高涨。2019 年在美国波士顿大学召开的第 17 届国际陀学学术研讨会以长篇小说《白痴》为主题，涉及陀思妥耶夫斯基与西方、陀思妥耶夫斯基与信息技术、陀思妥耶夫斯基在世界各国的翻译等重大议题。陀思妥耶夫斯基是难以穷尽的，每一次阅读和研究都好像是为了下一次的新发现，因为他对于我们有限的生命所发出的深邃的警示，他所看到的世界和人的悲哀与快乐、恐怖与美丽，始终有着一种生命的庄严感与灵魂的永恒感。

（接上页）pamyatnye-daty-v-mire/dostoevskii-i-po-sei-den-ne-daet-pokoya.

6 Комарович Василий Леонидович. *Достоевский: Современные проблемы историко-литературного изучения*. Ленинград. Образование. 1925.

第一节

陀思妥耶夫斯基奇崛的人生

有这样一类作家，他们的人生就是一部奇崛的文学作品。陀思妥耶夫斯基就是其中一个，他的一生是由奇妙而又生动的一个个故事组成的，活像是有人故意编造的，充满了诡异性、巧合性和奇幻性。他的人格、品性、思想、精神无不充满了矛盾。起码，我们几乎很难找到与他相类似的作家。

在生活中几乎很少有人喜欢陀思妥耶夫斯基。女人不喜欢他那病态、凋萎的相貌，拘谨、猥琐的举止；房东不喜欢这个赖着不交房钱的房客；同行们不喜欢他那自负、各色、冷酷的性格；出版商不喜欢他急吼吼总要提前催要稿费的样子；斯拉夫主义保守派不喜欢他的高冷、故作斯文；革命民主主义者不喜欢他对革命青年无端的嘲讽、谩骂；更有众多人把他当作一个痴癫的“圣愚”，甚至疯子[1]。当我们把这些评价集合在一起的时候，就更觉得陀思妥耶夫斯基性格的奇崛与各色、幽微与复杂。

他出身在一个医生家庭，父亲所在的医院位于莫斯科最贫困的地区，是一个专门为穷人治病，带有慈善性质的医院。医院的旁边是一块墓地。这里埋葬的多是被社会抛弃的人：病亡者、流浪汉、自杀者、罪犯。墓地旁有一个弃婴所和一座疯人院。生活从一开始就揭开了其极其不幸与悲惨的一页，自幼始，灵与肉、生与死就成为作家思考一生的命题。深切的生命悲哀奠定了他朴素的人道主义思想，也助推了他对生命存在的从未间断的探索。

陀思妥耶夫斯基有两个笃信宗教的双亲。《圣经·新约》《圣经·旧约》是母亲教他识字的读本，《旧约》中的《约伯记》更是让他终生难忘的故事。圣徒约伯敬畏上帝，毫无怨艾，忠诚不贰地接受上帝加予他的种种苦难的考验，感动了上帝，最终满足、幸福而死。作家在给妻子的信中说，读《约伯记》时，他每每会感到一种病态的愉悦，放下书后，常常要在房间里走上一小时，几乎要落下泪来。青少年时代，他还邂逅了人生道路上的一个宗教师长——漂泊四方、传播《圣经·福音书》的思想家兼诗人希德罗夫斯基，那是作家重要的宗教思想仓库之一，也是他的长篇小说《白痴》中的主人公梅思金、《卡拉马佐夫兄弟》中的中心人物阿廖沙的原型。

九岁那年，他跟随购置田产的父亲来到离莫斯科将近二百公里的图拉省。有一次，他在森林中迷了路，恍惚听到有“狼”的喊叫声，是一个正在耕地的农民庇护了他。这个名叫马列伊的农奴让他体验到了一个农民给予的温暖和热情。四十年后，他在日记中写道，这是一次单独的相遇，在一个荒僻的旷野，也许，只有上帝从天上看到了，素昧平生，一个粗鲁、野蛮无知的俄国农奴拥有如此深邃、开放的情感，充满了细腻的，几乎是母性的柔情。

世界上有一类伟大的思想家、作家，他们将疾病当作一种感知工具，用身体的痛苦将自己包裹起来，置身于“病态的精神穹隆之下”，审视经过他们思考、处理的现实世界。陀思妥耶夫斯基是与精神病患者尼采一样的思想家，与患哮喘病的普鲁斯特一样的文学家。几近失明让乔伊斯的听力大受裨益，他能听到像一枚海贝的黑暗的声音，而伴随陀思妥耶夫斯基

1 Вячеслав Пьецух. *Русская тема*. Глобус. М. 2008. C.258

在绞刑架上演处决

一生的癫痫病让他有了对生命幻觉独特的感受和体验，以至身体和灵魂常常会超越尘世的庸常，沉溺于无有休止的精神幻觉和灵魂思考之中。

1849 年 4 月 23 日，陀思妥耶夫斯基因参加空想社会主义团体“彼得拉舍夫斯基小组”的“星期五”秘密聚会和公开诵读别林斯基“给果戈理的信”而被捕，接下来是审讯，八个月后被判死刑，送上断头台。沙皇尼古拉一世精心设计、策划了一场旨在摧毁犯人心理的枪决，一名犯人当场精神失常。临刑前几分钟，才传来沙皇改判流放的诏书。陀思妥耶夫斯基没有丝毫的慌乱，他把断头台看作“各各他山”——那个耶稣受刑被钉在十字架的地方，把赴死视作体验生命、死亡、灵魂永恒的一场宗教仪式。他说：“生命如同一颗落入泥土的麦粒，是不会死的，仍旧是一颗麦粒；若一旦死亡，那只会带来更多的果实。”[1]

在西伯利亚的四年苦役、六年充军，陀思妥耶夫斯基如同守护风中之烛一般，始终坚守着对生命和上帝的敬畏，未任那颗虔诚的心灵之光熄

1 Ю.В.Лебедев. *Русская литература XIX века.* Просвещение. М. 2000. С. 194.

灭。途中与十二月党人的妻子们相遇，她们在道别时以《福音书》相赠的情景给予了陀思妥耶夫斯基巨大的精神力量。一个十岁女孩对他说的一句充满怜悯的话也令他牢记终生："不幸的人，收下这一个戈比吧，看在上帝的面上！"[2]此间，他在流放犯中看到了崇高的人性，对俄罗斯人民有了新的理解和感悟。正如他在小说《死屋手记》中所写的，人民对上帝有着远比贵族、上流社会的人更多的虔诚，更多对自己、对世界的希冀。立足"乡土"，回归人民，回归东正教，实现沙皇、地主和农民关系的和谐成为他最高的社会理想，成为他倡导的"根基主义"学说的要义。

1859年，结束了流放生活的陀思妥耶夫斯基回到彼得堡。在与兄长创办的月刊《时报》和《时代》中，他既批评"为艺术而艺术"的审美理念，又激烈反对车尔尼雪夫斯基的农民革命的思想，宣传他自己的"根基主义"。

1862年的西欧之行让他看到了眼花缭乱的资本主义世界，凸显了其生活的荒唐与残酷的一面，却也激发了他那赌徒的天性。对轮盘赌的酷爱像顽癣一般真实，他长期沉溺其中，一次次地西去狂赌，甚至置患病的妻子于不顾。他每每债台高筑，甚至身无分文、食宿无着，以至不得不躲债逃离，生活的碎片被扔在了西欧的各个城市。在德国，他在向屠格涅夫借钱遭拒后，生活已无以为继，不得不屈辱地从一位出版社编辑那里借钱，条件是在三周内交出长篇小说，否则此前的一切书稿版权归这位编辑所有。我们在他的长篇小说《赌徒》中，可以真实地看到这样一个充满忧郁、焦虑，灵魂无法安放的人物形象。

陀思妥耶夫斯基在彼得堡

不过，在混合着颓废与反叛、平静与焦虑的双重精神中，生命的挣扎与对生活的思考同时在进行。西欧之行还强化了陀思妥耶夫斯基对资本主义文明强调个性价值弊端的认知，更让他看到了上帝信仰失落给社会带来的精神和道德灾难。他意识到，与西欧资

2　Ю.В.Лебедев. *Русская литература XIX века.* Просвещение. М. 2000. С. 201。

产阶级的自说自话截然相反，俄罗斯人民创造的近千年文化完整地保留了崇高的基督理想。他坚信俄罗斯人民才是上帝的选民，是上帝拯救世界、人类的弥赛亚使命的最终完成者。这一思想集中体现在他为普希金塑像落成的庆典仪式的发言中，也成为他晚年几部重要长篇的重要内容。

陀思妥耶夫斯基的人生经验绝妙地融入了他不同时期的小说创作中，逼仄而又苦难的生存场与浓郁的宗教意识被他的个人经验重新编码，使他的小说成为被时代隐匿的人独特的精神存在史，一个宗教思想家不无碎片式的精神传记。

第二节

书信体小说《穷人》：“小人物”的新类型

被陀思妥耶夫斯基称作长篇小说的《穷人》，实际上只是一部中篇小说规模的书信体小说。全书由55封书信构成，是四十七岁的男主人公捷乌什金与十七岁的女主人公瓦莲卡，在四个多月的时间里分别写给对方的31封和24封信。书信说尽了穷人的辛酸、苦难和屈辱，展现了穷人的内心情感、隐秘的心理和复杂的精神世界。

陀思妥耶夫斯基写完《穷人》后，含着热泪读给他的邻居、小说家格里戈罗维奇听，后者深受感动，随即将手稿送给了《现代人》主编、诗人涅克拉索夫。涅克拉索夫读完后，惊呼道：“新的果戈理诞生了！”[1]

是的，陀思妥耶夫斯基说：“我们都脱胎于果戈理的‘外套’。”《穷人》有着对果戈理小说《外套》在题材、人物方面的继承，小说中也充满大量对日常生活细节的描述。不过，陀思妥耶夫斯基并没有将果戈理的一切都拿过来，作品中全然没有那种戏谑、讽刺、荒诞的成分，也没有

1 *Литературная матрица XIX век.* Лимбус Пресс. СПб. М. 2011. С.412.

那么多诡异的冲突，《穷人》完全胀破了果戈理的文学世界。

陀思妥耶夫斯基似乎觉得，果戈理的《外套》还不足以包容和揭示“小人物”全部的生活经验和复杂的心灵世界，所以他在观察、审视社会现实的同时，更多地把笔指向了叙事人的情感世界和心灵世界。更为重要的是，他对其心理矛盾以及人性缺陷有着显而易见的情感批判维度。《穷人》的思想主旨不是单一的，从不同角度切入，可以有不同的阅读体验并得出不同的结论。

不过，无论对《穷人》的思想主旨做怎样的多元解读，作家对小人物悲苦命运的揭示和对不合理社会现实的批判，应该是其中最基本的一元。

《穷人》描写的仍然是处于社会底层被侮辱、被损害的小人物，他们生活贫穷、精神压抑。男主人公捷乌什金是一个在机关抄写文书的小公务员，收入微薄、生活拮据，租住在一栋筒子楼公共厨房的一个隔间里。他活得十分憋屈，不仅在机关遭到同事们的羞辱，因为寒酸、卑琐还会遭到仆人和门房的耻笑。社会和他个人性格共同造成的孤独，表现出他与外部世界的紧张与对峙。女主人公瓦莲卡是失去双亲的孤女。她生活无着，靠给人做针线活儿以及捷乌什金的接济、帮助才勉强度日。她曾被贵族地主贝科夫强暴，因为青春美貌，还遭到老老少少，一个个无耻男人的追逐，女人们的利用。两人在信中分别讲述了各自的生活遭遇、处境心情，还有遇到的其他穷人的故事。其中有为他俩传递书信的女仆捷廖莎，教瓦莲卡读书、贫病交加、早早地得肺结核去世的大学生彼得。彼得的父亲老波克罗夫斯基，一个经历了白发人送黑发人的痛苦，以酒浇愁，在生命线上苦苦挣扎的老者。还有因遭人诬告而丢失饭碗的小公务员戈尔什科夫，虽然后来得以昭雪，终难以承受巨大的心灵打击而悲惨地死去。生活的困苦，尊严感的失落，爱的情感的被亵渎、被践踏，没有明天的精神迷惘，成为所有这些被社会边缘化了的穷人共同的生存状态。小说通过两人一封封充满悲哀与欢愉、痛楚与不安、担忧和相互鼓励的书信，将一个时代的沉痛化作了一个个穷人的生命际遇，透露出作家对穷人生存状态的无限悲悯。

然而，陀思妥耶夫斯基并没有一味沉浸在对穷人生存苦难的展示中，他更在乎穷人的内心世界。他以人物内心体验式的书信体言说方式，以极大的温暖和善意，将读者拉进了捷乌什金与瓦莲卡两人丰富而又复杂的情感世界中。这正是小说中最打动人的地方，也是小说令人动容、催人泪下的原因。

两个天涯沦落人互视对方为亲人，他们住在同一个院落里，能隔窗相望，却不方便来往，相互在书信中讲述各自的人生、当下的生活，相互鼓励，互诉衷肠。捷乌什金的第一封信就讲述了一个孤苦的独身男人因为与懂他、爱他的瓦莲卡的相遇、结识所感到的无比幸福的心情。瓦莲卡的出现让他在黑暗的生活中看到了光明，在孤苦的日子里体验到了快乐。瓦莲卡的每一封来信，都是他的一个节日。在他眼里，瓦莲卡是“天使”“上帝的光辉”“爱不够的心肝宝贝”“生活的意义所在”。他倾尽所能，以各种方式给予姑娘力所能及或不能及的帮助，表达心中无限的爱意。他甚至卖掉自己的衣服为姑娘治病，忍着心灵的痛楚，四处奔波为瓦莲卡筹办婚礼。捷乌什金充满爱的文字中常含着愧疚与伤痛，为着自己不能总是为瓦莲卡解忧、解难，带来快乐。瓦莲卡也在信中情真意切地嘘寒问暖，关心他的身体、日常生活，安慰他的情绪，用一颗真挚的少女之心，一句句温暖的话语化解他心灵的不安和自责。两人的书信中常常会出现流泪的记述，这沉重的泪水并非只是情绪的宣泄，泪水中有脆弱，但更有责任，是面对无法解决的生活难题和困境时，化解内心绝望的方式。他们一心都为对方活着，故而选择了自我承受，实现自我慰藉。正是靠着相互的情感抚慰和精神支撑，他们才没有陷入更深的黑暗和孤独，才有了好好生活下去的力量和勇气。相较于两人之间的亲情，书信中描绘现实生活的文字却是极其缺乏温暖的。穷人真挚而又丰富的情感世界映照出现实世界的冷漠，人与人之间的隔膜、自私、温情的匮乏。

男女主人公的书信往来从彼得堡之春相识的四月开始，到深秋的九月末姑娘嫁人终止。捷乌什金对姑娘的情感也如同季节一般，经历了爱的萌生、炽烈，最后凋萎的过程。捷乌什金的情感是复杂而多重的：父亲的、兄长的、男人的，除了庇护者、保护者的角色外，渐渐又有了情人的成

《穷人》插图，瓦莲卡和捷乌什金

分。他与瓦莲卡一起散步、看戏，或明或暗地交往，但终是生活泯灭了爱情，就连正常的相处都难以为继，命运让瓦莲卡永远陪伴他的念想断无可能。被现实生活教训了的捷乌什金，灰了心，丧了气，不再痛苦、恼恨，无法把握人生的他最终成了黄金世纪文学中最孤独、最寂寞的小人物。

陀思妥耶夫斯基是一个心思非常细密的小说家，我们在人物的书信中不仅能读到强烈、细腻的情感表达，更有深刻的心理、人性的揭示。比起《驿站长》中的维林、《外套》中的阿卡基·阿卡基耶维奇，捷乌什金显然有着更多的异质性，更为复杂的蕴含和更大的阐释空间。他是黄金世纪“小人物”画廊中的一个多面的新类型。

捷乌什金是一个有着高度自我意识，却思想反差极大的自我矛盾体。他善良、真诚，对瓦莲卡有着万般爱意，却也有着诸多烦恼乃至精神磨难。他为瓦莲卡租了一套远比他自己住的地方条件更好的住宅，为了能给她送鲜花、糖果等各种礼物节衣缩食，甚至不惜借高利贷。然而，这样一个好人，心底深处却总有着隐隐的担忧和焦虑。他始终忧心忡忡，生怕这属于他的爱走失，似乎总在等待来自被他庇护、宠爱的姑娘的感激，生怕得不到她爱的回报。他在信中对姑娘说：“我太需要您了，瓦莲卡。您对我的影响实在是太重要了。”然而，当他得知贵族地主贝科夫要娶她，瓦莲卡也已决定嫁给他时，他居然毫无怨言地赞同她的选择，认为这是上帝的安排，为她能最终摆脱穷困，过上新的生活而高兴。如此看来，瓦莲卡对于捷乌什金与其说是爱的寄托，不如说是他生命中的一种精神按摩。实际上，心底里一度恨着贝科夫的他，却不由自主地协助贝科夫完成了金钱、地位对爱的置换。捷乌什金屈辱地逃匿、躲避生活和情感的真实，因为缺少人性和人格的呵护，不仅自己孤独终身，终止并扼杀了美好的感情，还让瓦莲卡未来的人生变得变幻莫测。他无力真正像一个人那样活着。这虽非出自本性，是困苦寂寞极端条件下的一种无奈，但毕竟是他人性的折损，小说中这一善良、美好的形象逐渐变得复杂而模糊。

陀思妥耶夫斯基在小说中还提供了观察主人公的另一个角度：他对社会生活的关注与思索。彼得堡著名的豌豆大街上奢华的商店、豪华的马车、衣着鲜亮的贵妇人，方丹卡林荫大道上遍地的嘈杂、污秽，晃动着的一个个醉鬼，两相对照让捷乌什金迷惑不解、苦恼与难过。他说，如果劳动是人类尊严的基础，为什么无所事事者却个个饱食终日，人世间的幸福怎么就不能按照人的劳动、贡献而赐予，为何富人对穷人的苦难视而不见、充耳不闻？然而，当他喜出望外地得到上司一百卢布的嘉奖之后，这些苦恼与难过立即烟消云散，进而开始对自己的自由主义思考羞愧起来。他似乎又对未来生活燃起了希望。不过，那嘉奖获得后的快乐只是他与现实妥协之后暂时的安宁而已，并不具有改变他生活走向的本质意义。社会外在事件的发生并不足以改变捷乌什金沉潜闭锁的内心世界。他精神深处的那一种被其人性所铸就的猥琐性格始终潜伏于他的意识或无意识的世界中，并总会在合适的时候顽强地表现出来。

捷乌什金始终有一种小人物固有的强烈的自卑和耻辱感，但作者似乎不是以此来表达他的心灵伤痛，而是控诉不合理的社会。他所惴惴不安的似乎不是生活的窘迫，因为比他活得更惨的还大有人在。他所关注的是他人的眼光和评价。他对瓦莲卡说，“不喝点茶似乎丢脸……所以我为别人喝……脸面上得过得去，说起来好听”，“其实，我穿外套，穿靴子都是为了别人……我需要保持自己的尊严和良好的声誉，穿着带破洞的靴子就什么都完了”。然而，捷乌什金试图赢得生命尊严的这种努力并未获得成功，他不可能穿透社会为他人生隧道布下的黑暗，因为自我感觉只能从人的内心中生成。我们从捷乌什金被扭曲的病态心理中能看到作家焦灼而犀利的人性审视。

小说中瓦莲卡的形象相对要弱，这个心地善良而又美丽动人的穷苦姑娘是小说中捷乌什金精神世界得以展现的重要存在。是捷乌什金把她带进了一种新的生活和情感状态中，由于他的存在，她的充满矛盾和痛苦的少女的心，她自身的魅力才逐渐被激活。在瓦莲卡的信中，我们不仅看到了她的纯真、善良，她的孤苦无助，周围世界对她不怀好意的议论，还有捷乌什金的疑惑和痛苦、矛盾和焦虑。她最后告别了她对他的爱，心甘情愿地嫁给了贵族地主贝科夫，一种想与那些有钱人一样生活的念想在升腾，对婚后贵族夫人的境遇有了众多憧憬。少女瓦莲卡的寻爱之旅成了她的毁爱之途，美好的爱犹在云端，现实的生活才是落脚的大地。当人有了有关利益、处境的新选择的时候，才会在心里映射出真正的幸福观和生命追求。

《穷人》是陀思妥耶夫斯基的处女作，也是他的成名作。小说让我们看到了作家的一种新的，成为日后文学创作主导的话语立场和书写方式，如同他在小说的篇首词中所说，“不去写那些有益的、快活的、令人心情愉悦的东西，而是将人世间的内情统统挖掘出来”[1]。除了社会批判，他还非常关注“小人物”在一种自然生活状态下的多种人性面向。从创作起步时，陀思妥耶夫斯基就有一种独特的复杂与丰厚：不论是题材的选择，文体的创新，还是内容主旨与思想批评，小说有一种显在的和隐性的精神价值。《穷人》发出的各种声音，引发了在暗夜中行走的人和关注人性复杂性思考的人一些共鸣与反思。自然，陀思妥耶夫斯基并没有乐观地认为，对穷人命运、性格和心理的揭示就能呼唤出一个社会和人性的黎明，而这正是他此后创作要探究的重大命题。

1　Ф. М. Достоевский. Бедные люди. // Собрание сочинений в 15-ти томах. Л., "Наука", 1988. Том 1. С.1.

第三节

《罪与罚》（1）：苦难拯救灵魂

《罪与罚》被批评界和广大读者称为陀思妥耶夫斯基“最完美的作品”[1]，“世界文学史上最复杂的书之一”[2]。说其“最完美”，是因为他的“其他所有作品都是对《罪与罚》的广阔、多样的阐释”[3]。说其复杂，是因为这部近五十万字的长篇小说所展现的是主人公幽深、隐秘、复杂的精神世界，是陀思妥耶夫斯基要表达的对人灵魂的终极关怀。作家在小说中不仅要复现一个苦难的外在世界，更要展现一个跌落在精神地狱，并最终走出地狱，赢得重生的人复杂的思想和灵魂世界。作家从个体的生命追问走向对人的精神重生的思考，最后进入苦难拯救灵魂的宗教哲学的深邃境界。

小说中的这一“生命追问”是从主人公拉斯柯尔尼科夫发出的“我是谁”的问询开始的。从长篇小说一开始，他就沉浸在对人类社会发展的理论思考中，正准备把一个荒唐的杀人念想当作一件准备付诸实施的事情。

1 В.Розанов. *О достоевском.* Издание. П. Перцова. Санкт-Перербург. 1899. С.153. http://www.vehi.net/rozanov/dost.html；https://proza.ru/2005/06/22-156.

2 Ю.В.Лебедев. *Русская литература XIX века.* Просвещение. М. 2000. С.203

3 В.Розанов. *О достоевском.* Издание. П. Перцова. Санкт-Перербург. 1899. С.153. http://www.vehi.net/rozanov/dost.html；https://proza.ru/2005/06/22-156.

“我是谁？”一个正常、健康、生活富足的人很少会把时间放在思考这个问题上，因为这样的人永远也无法体会拉斯柯尔尼科夫处于社会边缘困境中的那种恐惧与绝望。

彼得堡大学法律系的大学生拉斯柯尔尼科夫被贫穷压得喘不过气来，他失去了任何经济来源，不得已退学，衣衫褴褛，交不起房租，甚至一连好几天没有饭吃。他的母亲靠一年120卢布的抚恤金艰难度日。十六岁的妹妹杜尼娅在色鬼、恶棍斯维德里加依洛夫家中做家庭教师，受尽了屈辱。为了帮助哥哥完成大学学业、摆脱东家的无耻纠缠，她不得不违心同意嫁给已经四十五岁，富有、好色的生意人鲁仁。无独有偶，邻人马尔梅拉多夫一家也一贫如洗。他喝酒买醉，自弃沉沦，后来惨死在马蹄之下。他的妻子身患肺痨，三个幼小的儿女常常好几天吃不到一块面包，她自己最后也贫病交加，发疯离世。前妻留下的长女索尼娅被生活逼进了死胡同，为了养活一家人，不得不出卖肉体。彼得堡干草市场附近的贫民窟正是19世纪60年代俄国社会的一个缩影。这里憋闷、僵死、冷酷，令人窒息。马尔梅拉多夫的妻子说：“在彼得堡的大街上，就像是在没有通风窗的房间里。”[1]

主人公悲惨的生活及其所获得的关于外在环境的印象不能不对他产生强烈的作用。没有这样的生活遭遇，他后来杀人的心理成因便不能令人信服。但这只是他杀人意念的导火索，是让一种思想转化为实际行动的外部刺激因素。绝望而痛苦的生命体验虽然窒息了拉斯柯尔尼科夫的生活，却放飞了他的思想，思索几乎成为他重建生活信心和生命价值的一项事业。

这位只有二十三岁，高傲、自负的青年知识分子了解西方哲学，崇尚尼采的“超人”思想，对生命充满了敬畏和痛感。他内心敏感、脆弱，多思且善思，魂游象外。无论时代如何喧嚣，社会思想如何轰鸣，他都有自己沉默的、公共话语无法剿灭的声音。在他眼中，世界是丑陋、罪恶的。目睹周围的现实，思考俄罗斯和世界的历史，拉斯柯尔尼科夫认为，历史的进步和社会的发展从来都是靠绝大多数人的苦难、流血，甚至牺牲实现的。人类由两类人构成：一类是俯首听命、循规蹈矩，活得“战战兢兢

1　[俄]陀思妥耶夫斯基著：《罪与罚》，朱海观、王汶译，人民文学出版社，北京，2016年，第243页。

的畜类”。他们只是繁殖同类的材料，人类中的“虱子”。另一类人则是世界上绝对少数的“强者”，从古代斯巴达的政治家莱格古士到希腊的立法者梭伦，从伊斯兰教创立者穆罕默德到法国皇帝拿破仑。这些所谓人类的“恩主”淌过成河的血泊，踏过百万人的尸体，让自己的思想付诸实现，赢得权力、尊重和威望。那么我拉斯柯尔尼科夫属于哪一种人呢？我能否跨越“畜类”的界限，像“伟人”们一样为所欲为呢？这是他给自己提出的一个重大追问。

РУССКІЙ ВѢСТНИКЪ

ИЗДАВАЕМЫЙ М. КАТКОВЫМЪ.

ТОМЪ ШЕСТЬДЕСЯТЪ ТРЕТІЙ.

1866

ІЮНЬ.

СОДЕРЖАНІЕ:

I. РУССКОЕ СЕЛО ВЪ МАЛОЙ АЗІИ. В. П. Иванова-Желудкова.
II. ЧЕТЫРЕ ЭПИЗОДА ИЗЪ БЛОКАДЫ КАРСА. О.
III. БАБУШКА. Картины деревенской жизни въ Чехіи. Соч. Божены Нѣмцовой. Окончаніе. Переводъ съ чешскаго.
IV. ОФЕНИ. Н. А. Трохимовскаго.
V. ПОСЛѢДНІЕ ГОДЫ ЖИЗНИ ТОРВАЛЬДСЕНА. Окончаніе. А. М. Матушинскаго.
VI. АРМАДЕЛЬ. Романъ Вильки Коллинза. Окончаніе. Переводъ съ англійскаго.
VII. СѢВЕРЪ РОССІИ. Окончаніе. М. Сидорова.
VIII. ПРЕСТУПЛЕНІЕ И НАКАЗАНІЕ. Романъ. Часть вторая. Гл. VII—IX. Ѳ. М. Достоевскаго.
IX. ВЕСНА. Стихотвореніе. А. А. Фета.
X. ФИНАНСОВОЕ ПОЛОЖЕНІЕ АНГЛІИ И ПОЛИТИКА МИНИСТРА ГЛАДСТОНА. А. Н. Куломзина.

在《俄罗斯先驱报》发表的《罪与罚》

于是，他决定把谋杀一个放高利贷老太婆的行为当作自我检验的手段。他杀人的理由是，其一，老太婆贪婪、恶毒，让他人的日子不好过，还像使唤女奴一般，欺压同父异母的妹妹。所以，她不配活着，该杀。其二，他试图以此来证明，自己能做常人不敢做也做不到的事情，他并非“人虱”，而是一个像拿破仑那样的“伟人”。于是，荒唐的杀人意念变成了实际行动。他不仅杀死了老太婆，拿走了她的钱财，还在惊慌恐惧中，无意杀死了她无辜的妹妹。显然，拉斯柯尔尼科夫杀人并非单纯因为生活的穷困，并非图财害命，更非罪恶的天性使然，而是对现存秩序、生活逻辑的一种挑战，是一种思想意识使然。他说：“我杀人，并不是为了要养活母亲——那是瞎话！我杀人，也不是为了取得财富和权力后成为别人的恩主。那也是瞎话……那时，我想弄清楚，快些弄清楚，我跟大家一样是虱子呢，还是人？我能不能跨越障碍？我敢不敢弯下腰去拾取权力。”[2]

然而，他犯罪后的心理证明，他并非“强者”，更不是“超人”，一个能够做到杀人不眨眼的“伟人”，他未能逃脱良心的啮噬。他说：“我清清楚

2 ［俄］陀思妥耶夫斯基著：《罪与罚》，朱海观、王汶译，人民文学出版社，北京，2016 年，第 424 页。

楚地认识到，我不是拿破仑。”[1]连他自己也没想到，他不顾一切，以“瞬时爆发”“自我实现”的方式来检验一种思想理论的犯罪行为，竟如同一把“锋利的剪刀”一样，剪断了他与生活和生命世界的联系。一种在理论逻辑上成立的思想“算计”遭遇了他心灵、情感、良知的道德“算计”。

杀人之后，他跌入了巨大的精神地狱中。拉斯柯尔尼科夫陷入了一种从未有过的，与世隔绝、分裂的情感状态中。尽管他把一切可能的罪证都销毁了，却无法隐藏心灵深处的不安。他面色苍白、一脸阴沉、双眉紧锁、嘴唇紧闭、眼睛红肿、沉默寡言，像是一个受到极大肉体痛苦的人，在他的行为里时而流露出局促、异常。他始终处于一种与周围人的对立中，时常不得不对自己，对他人说谎。他的举止言行令周围人感到可疑：人们纷纷远离他，连他最要好的朋友拉祖米欣都把他当作病人、疯子。道德良知以一种难以遏制的巨大力量日夜啃噬着他，使他的心灵备受折磨，精神痛苦不堪。他从来没有像现在这样感到一种可怕的孤独和凄凉，甚至连与妹妹杜尼娅在告别时拥吻都不敢，因为他怕她以后想起这次与杀人犯的拥抱会发抖，会受不了，会说“我偷了她的吻”。他下意识地准备要向警察局的办事员吐露自己的心事，以赢得心灵片刻的宁静。他甚至用一种变态的方式来弥补心灵的真空。他来到身亡的老太婆家中，去了在杀人后响起令他心惊胆战的门铃声的地方。一种不可抗拒、无法理解的冲动，驱使他去了警察局。他终于意识到了：“我杀死的是自己，而不是老太婆！我一下子把自己毁了，永远地毁了……杀死老太婆的是魔鬼，而不是我……”[2]

在强大的和痛苦的良心折磨下，他自首了。然而，他并不承认自己在法律面前犯了罪，并不惧怕法律惩罚可能带来的肉体折磨。即使走进警察局，他都不知道自己去自首的理由何在。他说：“我不过是杀死了一只虱子，一只毫无用处、可恶的、有害的虱子。……杀了她，就是有四十桩罪孽也应该被赦免。”[3]为什么别人（比如拿破仑）杀人流血不受惩罚，我却不行？他还对妹妹杜尼娅解释他的行为说：“现在，我比以往任何时候都更不明白，为什么我的所作所为是犯罪！我也从来不曾比现在更坚强，更

1 ［俄］陀思妥耶夫斯基著：《罪与罚》，朱海观、王汶译，人民文学出版社，北京，2016年，第424页。

2 同上。

3 同上书，第421页。

《罪与罚》插图，拉斯柯尔尼科夫

《罪与罚》插图，卡拉津绘

深信不疑。”[4]

对人类历史与自己犯罪行为的反思，愈发坚定了他的理性认知。他说：“我现在知道，谁的头脑和精神坚强，谁就是他们的主宰，谁胆大妄为，谁在他们心中就是对的。谁藐视的东西越多，谁就是他们的立法者，谁胆大包天，谁就最正确。从来如此，将来也永远如此。”[5]。

将拉斯柯尔尼科夫从精神地狱中拯救出来的是小说女主人公，受尽了人间苦难和屈辱的索尼娅，是她分担了他全部的、深深的心灵痛苦。妓女索尼娅的命运彻底推翻了思想家拉斯柯尔尼科夫对周围生活的一种近视的认知。出现在他眼前的索尼娅绝不是“战战兢兢的畜类”，远不是环境恭顺的牺牲品。在一个没有了善良、人性的社会中索尼娅找到了与人的道德本质相称的光明与出路，一条与拉斯柯尔尼科夫的个人主义反叛截然相反的人生之路，所以丑陋、堕落的污垢不可能粘附在她的身上。索尼娅的自我牺牲远不是与现实的调和、妥协，而有着积极的社会性，因为她是以拯

4 ［俄］陀思妥耶夫斯基著：《罪与罚》，朱海观、王汶译，人民文学出版社，北京，2016年，第524页。

5 同上书，第422页。

救正在死亡的人为生命指向的，一种来自民间的宗教世界观，接近基督教箴言的认知方式："没有行动的信仰才是僵死的信仰。"

是索尼娅内心的真诚、基督式的同情和爱唤醒了他的良知，激活了他原本善良、美好的人性。此时，拉斯柯尔尼科夫被人血污染的灵魂需要的不是法官，而是为堕落的灵魂寻找可以依靠的精神救星。他对索尼娅吐露了他杀人的全部真相和心灵深处的全部痛苦。面对这个心灵备受折磨的作孽人，索尼娅痛苦万分，一下子扑倒在他面前，说："现在全世界没有，没有一个人比你更不幸了！"她大声喊道："您离开了上帝，上帝就惩罚了您，把您交给了魔鬼。""应该去忏悔，马上去，站在十字街头，双膝跪下，先吻一吻被你亵渎的大地，然后向大家，向四面八方磕头，大声对所有的人说：'我杀了人。'那时候，上帝就会重新给你生命。……去受难，用痛苦来赎罪。"[1] 她放声痛哭，将拉斯柯尔尼科夫一下子搂在了自己怀中。索尼娅的举动让一种生疏已久的感情像潮水般涌上了拉斯柯尔尼科夫的心头，他的心一下子被软化了。他没有去抗拒这种感情，任凭两滴眼泪从他的眼里滚落。这是他伟大忏悔的开始。

有罪的生命是不可能没有苦难的，苦难永远与罪孽相伴而生，而接受苦难的过程正是人战胜心中的"魔鬼"并洗刷罪孽的过程，在这一过程中人才能获得源于上帝的能量，感受圣灵的恩泽。苦难是对违背上帝道德法则的一种灵魂惩戒，首先是良心的折磨，其次才是外在法的惩罚，最后通过忏悔，历经精神的磨难，实现灵魂的重生与永恒。拉斯柯尔尼科夫终于从索尼娅手中接过了柏木十字架，怀着快乐和幸福的心情吻别了大地，在向众人忏悔之后，在索尼娅的陪伴下踏上了去往西伯利亚的服苦役之路。在流放地，他经历了"肝肠寸断、彻夜不眠、痛不欲生，却又是高兴的忏悔"，受到了被流放犯们称为"妈妈"的索尼娅博大的爱的沐浴，得到了热爱生活、珍视生命的难友们的感染，苦役犯拉斯柯尔尼科夫的心彻底被温暖、被激活了。

小说尾声，一个晴朗、温暖的清晨，在一条荒凉的大河边，拉斯柯尔尼科夫与索尼娅的手紧紧地握在了一起。他们坐在一堆木头上，望着洒满

1　[俄]陀思妥耶夫斯基著：《罪与罚》，朱海观、王汶译，人民文学出版社，北京，2016年，第425页。

《罪与罚》插图，拉斯柯尔尼科夫和索尼娅

阳光的一大片辽阔的草原，牧人、畜群，还有自然原始的生活。拉斯柯尔尼科夫忽然有了顿悟，他望着索尼娅，抱住她的膝头失声痛哭起来。两个灵魂真正地融合在了一起，他们真正相爱了。“难道她的信仰，现在不应当成为我的信仰吗？”拉斯柯尔尼科夫这样说。索尼娅的眼里也闪耀出无限幸福的光芒。在两人带有病容的苍白的面孔上，满含热泪的双眼中，闪现出了焕然一新的未来的曙光，一种崭新的生活和生命的曙光。未来苦难的七年，在他们眼里，好像只有七天似的，仍会有“难以忍受的苦难”，但更会有“无限的幸福”到来。俄罗斯“白银时代”的哲学家罗赞诺夫说：“正是在无比的黑暗中，人才能认识到其生命存在最重要的真理，蕴蓄着他能在意识和生活中确信这一真理的条件；罪恶的本质在于它预示着重生：夜越是黑暗，星光便越是明亮，悲哀越是深沉，上帝便离得越近。”[2] 人只有在对上帝和灵魂不朽的信仰中，通过自身经受的苦难获得最终的拯救。这正是《罪与罚》中涅槃重生的要义所在。

2 В.Розанов. *О Достоевском* . Изд. Перцова. Санкт-Петербург. 1899. С.153. http://www.vehi.net/rozanov/dost.html；https://proza.ru/2005/06/22-156.

第四节

《罪与罚》（2）：“复调小说”

陀思妥耶夫斯基首先是个小说家，而不是哲学家，也不是心理学家。跨越两个时代的俄苏大批评家列昂尼德·格罗斯曼说：“陀思妥耶夫斯基的主要意义，与其说在于哲学、心理或是神秘主义，不如说在于创造出欧洲小说史上新的、真正天才的一页。”[1]但因为他作品中丰富、深邃的宗教哲学思想的在场，所以人们往往都着力于对他作品的思想分析，而忽略了对其小说创作艺术形式的研究。20世纪具有世界影响的俄罗斯思想家和文论家巴赫金写了一本书，叫作《陀思妥耶夫斯基诗学问题》，专门探讨陀思妥耶夫斯基的小说，特别是长篇小说《罪与罚》的艺术形式。他说：“陀思妥耶夫斯基在艺术形式方面，是最伟大的创新者之一……他创造出一种全新的艺术思维类型，我们把它权且称为复调型。”[2]

“复调小说”，又被巴赫金称作“多声部小说”，或是“对话小说”。在他看来，传统的欧洲小说大都是“独白型小说”，都是小说家按照他们自己对生活、世界的观察、感受和理解建构的艺术世界，作品中的人物形象、思想内容都受到作者思想立场的支配，服从于作者统一的思想意识。福楼拜、托尔斯泰的小说都是这样的“独白型小说”。但复调小说，如他所说，“有着众多的各自独立而不相融合的声音和意识……在他的作品里，不是众多性格和命运构成一个统一的客观世界，在作者统一的意识支配下层层展开；这里恰是众多的地位平等的意识连同它们各自的世界，结合在某个统一的事件之中，而相互间不发生融合。陀思妥耶夫斯基笔下的主要人物，在艺术家的创作构思之中，便的确不仅仅是作者议论所表现的客体，而且也是直抒己见的主体”[3]。

巴赫金的这段话有三层意思。一是，陀思妥耶夫斯基的小说中的思想形态是多元的，小说中没有一个汇聚在作者视野和意识中的统一的主题思想。小说是由不同意识、不同思想组成的整体。二是，小说中，任何一种思想的声音，都保持着各自的独立性和充分的自我价值，都不是为了说明或印证其他思想而存在的。三是，小说的主人公在思想观点上“自成权威，卓然独立”，他不仅是作家在其艺术世界中要表现的客体，更重要的是他是有自己充实、完整的话语的主体，并不与作者的思想观点融为一体。

长篇小说《罪与罚》便是这种“复调小说”的典范。主人公拉斯柯尔尼科夫行凶杀人是这部长篇小说的主要故事情节，对这一凶杀事件的认知，作品中有着三种截然不同的声音，它们构成了小说中的三种话语。这三种话语自始至终相互对峙，而且这种对峙没有通过小说故事情节的发展得到消解，没有融合成一种统一的思想精神，而始终是以一种独立的、对话的方式在小说中呈现的。

第一种声音是“满脑子法律”的警察局探长波尔菲里发出的，他代表了捍卫现存制度秩序权威性和法律严肃性的一种社会世俗的声音。他对杀人案异乎寻常地重视，对社会乱象保持着高度的警惕。他说：“这是一件现代的案子，一件只有在我们时代才会发生的事情，在我们这个时代里，人心混乱，人们经常用鲜血能‘振奋人心’这句话，……这里有书本里的幻想，这里有被理论扰乱的人心。”[4]他的这一席话，道出了政权对

1 ［俄］巴赫金著：《巴赫金全集第五卷：诗学与访谈》，白春仁、顾亚铃译，河北教育出版社，石家庄，1998年，第15—16页。

2 同上书，第1页。

3 同上书，第4—5页。

4 ［俄］陀思妥耶夫斯基著：《罪与罚》，朱海观、王汶译，人民文学出版社，北京，2016年，第462页。

时代思想的一种认知，对严苛社会制度下潜在的叛逆与疯狂的警惕。他与拉斯柯尔尼科夫有过三次面对面的交谈。他以执法者的威严和人性弱点洞察者的机敏，从拉斯柯尔尼科夫含糊其词的话语和异常的表现中，贪婪地寻找并巧妙地捕捉到了凶手的种种心理变异和行为破绽，最终发现并准确认定其为杀人犯。他建议拉斯柯尔尼科夫说："我来找您，是为了向您提出一个直率、公开的建议——去投案自首。这对您有极大的好处，对我也有利——因为我可以卸责了。""既然你已经干下了这种事，那就应该挺起腰杆来，法律是公正的，公理要你做什么，就去做吧。"这位制度的维护者回避了对拉斯柯尔尼科夫思想理论的对错是非和人类历史善恶功过的判断，他的律令化的声音直接表达了政权的话语，势焰冲天。

第二种声音是拉斯柯尔尼科夫的声音。他质疑人类历史及现存法律制度的正义性和合法性，因为它们是用非正义的手段建立起来的，是为一部分人的权势服务的，对待这种制度强加的罪名，必须予以抗拒。拉斯柯尔尼科夫以他自己的原则向社会和法律制度提出抗议。按照他的原则，法律制度既然是标榜正义公平的，那么真正体现正义和公平的法律制度在任何时候任何情况下，都应该是正义和公平的。但是，现行的法律制度只是为那些夺取了权力的人制定的，因此他们的正义和公平只是标榜的正义和公平。法律的制定者应该第一个受到惩罚而没有被惩罚，足见其不是正义和公平的。假如这一理由成立，那么他杀死放高利贷老太婆的行为，尽管算不上伸张正义，但绝不是犯罪。所以，他的良心面对现世的法律制度及其代表的权力时是心安理得的。在他的思想中，他只是在形式上有罪，而实际上是没有罪的。所以当探长提出要他自首，以便减刑，更快地重新回归生活的建议时，他严词拒绝，回答说："您算老几？您算什么先知？您是从什么庄严肃穆的高处向我道出使人大彻大悟的预言呢？"[1]

拉斯柯尔尼科夫关于人类两种类型的思想理论始终顽强地存活在他的脑海中。至于为什么要自首，他说，那是向上帝真诚的忏悔。在法律制度面前，拉斯柯尔尼科夫永远认为自己是无罪的；但在上帝和女主人公索尼娅面前，他心甘情愿地承认自己是有罪的人。在有罪和无罪的自我对

1 ［俄］陀思妥耶夫斯基著：《罪与罚》，朱海观、王汶译，人民文学出版社，北京，2016年，第466页。

话中，他分裂成了两个人：一个信仰基督的人同时也是一个有罪之人。此时，在基督精神中有罪的人已经没有任何贬义，反倒是得救的证明。所以，法律制度不是一个足以令拉斯柯尔尼科夫感到强大的力量，因为它没有办法去惩罚其固有的暴虐与残忍。

第三种声音是索尼娅心灵的良知和基督大爱的声音。她代表了每一个人生命中最内在的呼声——良知的呼声。在世俗社会里，索尼娅是个娼妓，靠出卖肉体维持家人的生活。但是，这并不排除她拥有像基督一样的善和爱。她把肉身的堕落看成命运加给她的苦难，正是这苦难使她的灵魂得到了升华。在精神伦理上，她是基督灵魂的化身。索尼娅对自己有罪灵魂的忏悔，归根结底是与基督信徒的现世责任相通的，她无须经过一个转变的过程。因为承认有罪与信仰基督是同一件事，皈依基督就意味着认罪，而认罪就表明内心真正信仰基督。对于一个不信上帝的人，很难说他有罪或没有罪，他与这个问题没有关系。就像拉斯柯尔尼科夫在皈依上帝之前一样，他有自己的思想原则，但这一切与上帝无关。所以站在自己的立场上，索尼娅只能说他是不幸的，不能说他是有罪的或无罪的。

法律做不到的，法官无能为力的，索尼娅做到了。杀人犯拉斯柯尔尼科夫在她面前不仅心悦诚服地跪下，而且亲吻她的脚。他没有作任何辩白、解释，只是在良知的感召下承担了做人的责任。拉斯柯尔尼科夫的忏悔，看上去似乎是第三种声音说服了第二种声音。其实不然，不同声音之间的对话不等于被说服，每一种声音都试图说服对方，谋求说服但实际上又不可被说服，这才是对话的本质。索尼娅以爱的精神说服了拉斯柯尔尼科夫，但并不是说服了他的原则。虽然他接受了索尼娅的原则，但并没有放弃他原来坚持的原则。在法律和法官面前，他永远是不可驯服的反抗者，而法律也并没有因为他的不驯服而不显示它的权威。索尼娅永远站在现世的对立面，她不属于现世，她与现世无关。她只对个人言说，只对那些愿意追随基督的人言说。

这三种声音在小说里相互对峙，相互对话，各自都有自己的理由和根据。陀思妥耶夫斯基本人虽然有思想倾向，但对三种思想的是非对错并没有做出任何哪怕是暗示性的评价。他也像读者一样，是这场冲突的局外人。对不同人物之间的思想冲突、矛盾、对话、交锋，他不是采取统一的意识、观念去支配、统领他们的态度，而是彻底地让他们自己言说，他们各自的思想立场、观念、态度与作者无关。人物的言行对于作者而言，只是他者的存在。探长波尔菲里在第三次与拉斯柯尔尼科夫会面后便彻底地从读者视野中消失了。拉斯柯尔尼科夫的精神重生，他与索尼娅的相爱，只是作者对人物命运的交代。小说并不提供思想判断的最终结论和答案，因为对话就不应该有结论，对话永远是未完成的、未终结的。在巴赫金看来，陀思妥耶夫斯基的复调小说，在故事叙述的形式中真正重演了现世里真正的思想交锋和灵魂冲突。

除了整体叙事结构的这种复调性，长篇小说的多声部性和对话性还表现在人物的叙事话语中。叙事话语既是人思想意识不同层次的反映，也是其矛盾的心理、复杂的精神活动的呈现。以小说主人公的叙事话语为例，拉斯柯尔尼科夫的每一种生命感受，每一个思想念头，每一次与他人的交谈，都具有充满对立的矛盾性和冲突性，都具有内在的复调性、对话性。他的言说至少有三个对应不同思想动机的话语层面。第一种话语是他外显层的公开话语，直露式地表达他的行为动机。比如他所陈述的杀害放高利贷老太婆的公开理由。第二层是他潜意识的话语，是对其公开直露话语的一种反拨，表现为拉斯柯尔尼科夫对谋杀行为所产生的不安、惊恐、愧疚，这种愧疚感让他产生了罪恶感，激发了他急切地要向警察局、向索尼娅坦白罪行的强烈愿望。第三层是他的宗教话语，是良知驱动的自责、自谴、悔过，一种强大的忏悔意识和救赎意识，暴露自己灵魂的卑鄙、可耻，以求得灵魂的救赎。在接受了十字架之后，无论在索尼娅面前，还是在亲人身旁，无论在彼得堡，还是在流放地，拉斯柯尔尼科夫的这一宗教话语都有更强的显现。

巴赫金说，复调小说是一种思想小说，“思想在他的作品中成为艺术描绘的对象”[1]，“思想帮助自我意识确立了在陀思妥耶夫斯基艺术世界中的主权地位”[2]。复调小说的本质就在于呈现思想的生命性和对话性、复杂

1 ［俄］巴赫金著：《巴赫金全集第五卷：诗学与访谈》，白春仁、顾亚玲译，河北教育出版社，石家庄，1998 年，第 110 页。

2 同上书，第 102 页。

性和未完成性，思想的生命不是存活在孤立的个人意识之中，它只有同他人的、别的思想发生重要的对话关系之后，才能呈现自己的生命存在，才能形成、发展、寻找和更新自己的语言表现形式，衍生新的思想。这才是人类思想的对话本质。陀思妥耶夫斯基发现了、看到了，也表现了思想生存的真正领域。所以，巴赫金说，复调小说充分说明了陀思妥耶夫斯基是一个伟大的思想艺术家。

第五节

《卡拉马佐夫兄弟》（1）：“卡拉马佐夫现象”与“爱拯救灵魂”

《卡拉马佐夫兄弟》是陀思妥耶夫斯基集宗教哲学探索之大成的思想小说。它所激起的思想波澜不仅在文学界，还扩散到了哲学界、思想界，成为近一个半世纪以来俄罗斯文学史和思想史上最令人震撼、最深刻的文学现象之一。

这本长达80万字、由4部12卷构成的鸿篇巨制讲述的是俄罗斯外省偏远小镇一个贵族家庭的故事，展现的是19世纪70年代俄国知识分子精神、心理风貌的全景。作者以小镇为叙事空间，旨在说明俄国贵族道德沉沦、精神黑暗的病象已遍布整个俄国社会，甚至渗透进了每一个家庭细胞中。陀思妥耶夫斯基说：“你们若是将卡拉马佐夫家人性格的种种特征综合起来，你们便能获得哪怕是千分之一的，我们当代俄罗斯现实，我们当代俄罗斯知识分子的景象。”[1]

知识分子的道德面貌、精神出路、思想走向及道路选择是从普希金开始，几代俄国作家一直都在高度关注的文学命题。《叶夫根尼·奥涅金》奠定

《卡拉马佐夫兄弟》草稿

了近半个世纪文学中知识分子叙事的社会历史模式，也几乎成为唯一的模式。而《卡拉马佐夫兄弟》则超越了文学的社会历史向度，陀思妥耶夫斯基所构建的是俄国贵族知识分子作为社会精神主体的独特的想象空间，撕下了他们作为“时代英雄”的社会和精神“假面”。他们优越的精神地位被彻底颠覆，其来路与去向都变得暧昧与朦胧，他们内心的迷惘更是趋于贫瘠、空洞。作家将他们的精神黑暗集注到了灵魂的深处，揭示了与这一黑暗痴缠难分的人性变异和心灵痛苦。

这部小说似乎没有横贯全篇的中心线索，也没有我们可以寻找的中心主题，陀思妥耶夫斯基讲述的是人精神世界汹涌的波澜，人心灵中光明与黑暗、善与恶斗争的交响以及与人的灵魂救赎相关的宗教哲学思考。

小说故事是在卡拉马佐夫家庭成员的一次十分诡异的聚会中展开的：一家之长费奥多尔·卡拉马佐夫因家庭财产与长子德米特里打得不可开交，为了能以体面的方式求得父子纠纷的解决，他提出全家人去修道院聚会的建议。长年在外的老二伊凡应兄长之邀，回家参与调停父兄关系。他们与已隐居修道院一年的小儿子阿廖沙、神父，还有卡拉马佐夫家的一个远亲一起，在修道院佐西马长老的修道室里举行了一次聚会。但聚会并没有解决父子的不和，而成了围绕着国家、教会、信仰的一次极不自然、充满争吵、几近发生斗殴的思想论争。它居然以修道院佐西马长老向凶神恶

1 *Русские писатели. Библиографический словарь.* Т. 1. А-Л. Под редакцией П.А.Николаева. Просвещение. М.1990. С.278.

煞的德米特里下跪，行一个额头触地的大礼告终，在长老面带微笑，向众人发出“宽恕吧！宽恕一切”的呼唤声中结束。这一呼唤表达了作者让卡拉马佐夫们从俗世的恶中走出来，回归基督爱的信仰，寻求灵魂拯救之路的叙事意向。

卡拉马佐夫之家是由同一个父亲但不同女性及其儿子们组成的“偶合家庭”。夫妻、父子、兄弟之间毫无真诚和亲情可言，这是一个由成员之间相互敌对、仇视、恶行维系的家庭，由邪恶的连锁反应生成的罪恶世界。倘若亲情如此，社会上人与人之间的关系便更加不堪。“卡拉马佐夫现象”所呈现的人性与人道主义危机正是现代社会中周流于世间，放纵欲望并制造罪恶的生命形态，是信仰缺失导致的人类精神沉沦、灵魂堕落的缩影。

老卡拉马佐夫曾是个寄人篱下的贵族家中的食客，靠着坑蒙拐骗的手段发财致富而获得贵族身份。他处心积虑地霸占了第一个妻子的全部财产，逼得她离家出走另寻生活，又将第二个妻子折磨至疯，后来还奸污了一个疯女子，为卡拉马佐夫家族增添了一个私生子。他吃喝玩乐，放荡不羁，对三个儿子不管不顾，听凭他们自己在生活中挣扎，经受磨难。在层层叠叠淤积的罪恶渊薮中他不知改恶从善，在与孩子们仇恨情结的膨胀中不断制造出新的苦难与罪恶。他千方百计骗光了成年后与他一起生活的德米特里的所有财产，甚至还发疯似的迷上了他的情妇。这个人中魔鬼言行卑劣、手段残忍，内心暗处之邪恶令人吃惊。费奥多尔受到小儿子阿廖沙爱心的触动和道德上的影响，久已枯寂的心似乎有所苏醒。他害怕死后下地狱，希望家中这个唯一不指责他的人能为他祈祷，获得死后灵魂的安宁。但他毕竟罪孽深重，难以获得救赎。

卡拉马佐夫几兄弟从小遭父亲遗弃，由仆人照料长大，此后又在不同的监护人家中辗转度日，寄人篱下，幼小的心灵中留下了惨痛的生命记忆。

老大德米特里成人后沉浸在吃喝玩乐中，贪财纵欲、挥霍无度，其狂放不羁、恶语恶行的生活方式不能没有父亲生命形态的影子和自幼缺爱、缺教的成因。他从生理到心理上厌恶父亲，财产的被剥夺以及与父亲争夺情人的巨大耻辱让他多次扬言要清除这个“玷污大地”的罪人。然而，德米特里尽管无力抗拒自身欲望的恣肆，但心中仍有上帝，其精神谱系中还有诚实、宽容、善良，还有对苦难自救的坚信和对崇高美好的追求，这是他得以忏悔和获得思想进路的起点。

老二伊凡抑郁寡欢，性格内向。他大学毕业，有学问，有才华，爱思考，靠自己的劳动养活自己。他对父亲、兄长充满了鄙视和怨愤。这个怀疑一切的无神论者大胆而叛逆。他反对一切信仰，否定上帝的存在，不相信灵魂的永生，否定人能爱自己同类的人性自然法则，坚持“如果上帝不存在，那么就可以为所欲为”[1]的理念。对外在世界，他徒有抗议丑恶现实的勇气，却无有改变黑暗的思想和信念。他对宗教、社会、法庭、权力有着自己独特的关注和理解，还常常能提出令人惊叹的见解。他的内心世界却同样充满了欲望，他一直觊觎着兄长漂亮的未婚妻。父亲去世后，他一直处在无边的苦闷、虚妄中，不得心灵的安宁，到了也未能挣脱心灵中的一团团黑暗。

私生子斯梅尔佳科夫是“卡拉马佐夫现象”的另一种表现形态。他是家中的仆人兼厨子，老卡拉马佐夫对一个年轻的疯女人强烈肉欲的产物。这个癫痫病患者性格残忍、心理阴暗、行为猥琐，幼时就以吊死小猫取乐。他冷酷高傲，不跟任何人交往，对养育他的父母毫无感恩之心。他心灵的暗处始终充塞着不满、怀疑、仇恨、疯狂，从未得到神性的光照。在他看来，一个原本不信基督的人是不存在背叛基督的罪恶的，因为他没有什么可以背叛的对象。因无法在现世中得到宽恕和慰藉，在杀人、劫掠钱财的恐惧和绝望中自杀身亡。

这些卡拉马佐夫如同无家可归的孤魂野鬼在精神荒原中上演着最后的生命绝唱。父子的精神陷落以及相互的仇恨最终以一场可怕的弑父行为告终。陀思妥耶夫斯基试图表明，父子冲突的所有当事者都是这起凶案的责任者，而当父亲的是第一罪人。人类个体的灵魂飘散、自我放逐才是引发罪恶凶案的根本原因所在。谁是杀害父亲的真正凶手？伊凡不是，但第一

1 Ю.В.Лебедев. *Русская литература XIX века.* Просвещение. М. 2000. С. 219.

佐西马长老

基督在沙漠里　克拉姆斯柯依绘

个心生恶念要谋杀父亲的思想策划者是他。德米特里也不是，但是他出于对父亲不共戴天的仇恨，站在了谋杀父亲恶念的边缘。杀死父亲的是斯梅尔佳科夫，这既是他残忍的本性使然，也有德米特里恶毒心灵的影响和伊凡邪恶的思想激发之因。在陀思妥耶夫斯基看来，“卡拉马佐夫现象”是全欧洲现代文明疾患的一种俄罗斯形态，是人类失去了超越个体的、崇高而神圣的道德观，将个性价值神圣化的恶果。俄罗斯的整个上层社会都在追随西欧社会的这一所谓“先进”的个性价值观，因而堕落、沉沦了。

如何让俄罗斯乃至人类根除“卡拉马佐夫现象”的缠累？如何让迷途的羔羊获得基督的救赎，寻觅到真理、道路和灵魂的永恒？陀思妥耶夫斯基执意让俄国，乃至天下的卡拉马佐夫们在走投无路的绝境中走向光明，他将希望和理想寄托在了小说中两个虔诚的基督精神代表的形象上：他们是修道院的佐西马长老和他的弟子、老卡拉马佐夫的小儿子阿列克谢·卡拉马佐夫。作家让他们用天国乐园的光芒照亮污浊的俗世，用爱的力量拯救并安顿灵魂，赢得皈依基督信仰后的和谐、幸福与永生。

佐西马长老以其博大、深沉的爱和能沟通人类心灵的饱受磨难的情怀使众人折服。他是基督信仰的器皿、真正生命的载体、灵魂永恒的标志。他具备洞察一切的慧眼和能力，他的心中始终牵挂着那些罪孽深重的人，谁的罪孽深重，他便更爱谁。他接待了无数的忏悔者和渴望得到赎罪拯救的人。在百姓眼里，长老是一位圣人、上帝和真理的捍卫者、人类疾病无所不能的疗救者。他具有磅礴的精神力量，能用一颗爱心把众多迷惘者吸引到自己身边。他对一个没有信仰，无法揭开来世之谜而痛苦不堪的女人说，信仰“是无法证明的，只能相信。……就靠化为实际行动的经验。您要尽量爱您亲近的人，这爱要付诸行动，要坚持不懈。您在爱的方面做出的成绩越大，您就会越坚信上帝的存在，并相信您灵魂的永生。如果您对邻人爱到可以做出自我牺牲的地步，那么您肯定会得到坚定的信仰”。人要想保持爱的持久而不冷却，做到不仅爱人类，还爱每一个单个的人，甚至能爱一个忘恩负义的人且不求报答，那就需要一种“积极的爱”。真正积极的爱，是一种工作，是一种毅力和考验，也许是一门深奥的学问。而幻想式的爱只渴望成功，立即得到满足，引起众人的注意和喝彩。他对一位不堪虐待而杀死丈夫，前来忏悔的农妇说："什么也不用害怕，永远不用害怕，也不用发愁，只要你不断忏悔。上帝会饶恕一切的，只要你真正忏悔了，那么世上就没有也不可能有上帝无法饶恕的罪孽。……难道还有什么超出上帝之爱的罪孽吗？……你要相信，上帝是爱你的……尽管你犯了罪，罪孽在身，上帝还是爱你的。上苍对一个忏悔的人比对十个规规矩矩的人更喜欢……爱能赎回一切，拯救一切……爱是无价之宝，你用爱可以赎回整个世界，不仅可以赎你的罪，还可以赎别人的罪。"[1]

阿廖沙是佐西马永恒灵魂和伟大信仰的传人。以东正教圣徒阿列克谢命名的主人公本性善良、诚实，随遇而安。这个"天生的爱人者"从不因自己痛苦的遭遇而怨恨父亲，也从不鄙视两个哥哥，始终以宽容和抚慰、温暖和爱点燃他们心中的良知。他厌恶尘世的丑恶与黑暗，向往着圣洁、光明、爱与和谐。他在佐西马长老的影响下走进了修道院，踏上了一条自我拯救之路。在长老去世之后，他又遵从长老的遗嘱，走出修道院，牢记他的遗训，回到俗世，接受苦难与漂泊的人生，踏上了拯救人类之路。在他爱的信仰的感召下，德米特里·卡拉马佐夫的心灵开始变得干净，良知得以苏醒。父亲被杀的事件更让德米特里经历了一场惊心动魄的精神洗礼，他虽然蒙冤，却顺从、谦恭地走进了监狱。在他眼中，那囚牢被镀上了一层金色的光芒，如同天国的景象。他对前来探望的阿廖沙说，"一个新人在我身上复活了……找到了一颗人的心"，"是你使我获得了新生，你使我对明天充满了信心"。尽管被错认作杀父凶手，面临着流放的未来，但他心里十分平静，做好了接受一切苦难的准备。那不是因为犯有杀人罪，而是为自己灵魂的堕落、沉沦赎罪。他要"通过巨大的痛苦重新复活，获得欢乐"。

长篇小说《卡拉马佐夫兄弟》中宗教哲学思想的关键词是爱，是基于爱的灵魂拯救，是基于爱的和谐、美好。在陀思妥耶夫斯基宗教信仰的思想资源中，我们能感悟到一个十分重要的品质——对人类未来充满爱与和谐的坚定信念。小说篇末，阿廖沙在走向人间前，有一段对孩子们讲的语

1 ［俄］陀思妥耶夫斯基著：《卡拉马佐夫兄弟》，徐振亚、冯增义译，浙江文艺出版社，杭州，1996年，第59页。

重心长的爱语。他说："你们永远不能忘记，我们在这里是多么和谐，我们齐心协力，被一种美好和善良的感情联结在一起。……从此以后你们大家对我来说都是可爱的，我会把你们大家都装在我的心里，我也请你们把我装在你们的心里！……让我们永远这样，一辈子手拉着手。孩子们啊，亲爱的朋友们，你们不要害怕生活！只要你做了高尚、正义的事情，生活就会变得万分的美好！"

第六节

《卡拉马佐夫兄弟》(2):“一根葱”与“宗教大法官”的故事

长篇小说《卡拉马佐夫兄弟》不朽的思想品质的文学要素之一是其丰富、深刻的宗教哲学思想。陀思妥耶夫斯基笔下的人物，无论主次，都是一个个孤独的思想者。他们始终在不断地思考，生发出这样那样奇崛、深邃的思想。这些思想大都是借助于故事的外衣，通过深刻的隐喻来呈现的。我这里所说的隐喻，不是一种文学的修辞手段，而是指隐藏在故事深层的形而上的哲学意蕴，一种具有普遍意义的、跨越时空的思想价值。“一根葱”和“宗教大法官”的故事就是长篇小说中最具代表性，也是最深刻的两个隐喻故事。

佐西马长老去世之后，他的尸体发出了阵阵腐臭，引起了教士和民众对虔诚而又功德高远的教徒尸骨不腐、灵魂永恒的说法的质疑和议论，一些人甚至报之以讥笑和嘲弄。这使衷心爱戴长老，渴望奇迹发生的阿廖沙内心受到极大的伤害。他无法接受这个事实，内心痛苦不堪，甚至对上帝产生了抱怨，信仰发生了动摇。他带着一种报复上帝的心理，开始吃肉、喝酒，甚至为了作践自己，随神学院的一个学生去了“淫荡女人”格鲁申卡的住处。这个俏丽的姑娘几度遭男人诱骗、抛弃，为了生存不得不投靠一个个男人，如今正遭受卡拉马佐夫父子的追逐、纠缠。

阿廖沙的出现让格鲁申卡喜出望外。在这个令她十分敬重和爱戴的见习修士面前，格鲁申卡彻底褪去了昔日装腔作势的轻佻，一个淫荡、贪图享乐的肉身的自我回归了其健康、人性、精神的自我。她以生命的全部真诚、认真和严肃，表达了对以往卑贱、丑恶人生的忏悔，对爱和美好生命的向往。她的话让阿廖沙受到极大的震撼。阿廖沙说：“我到这里来原以为会遇到一颗邪恶的灵魂，那是非常吸引我的，因为我当时自己也怀着卑鄙邪恶的心理，结果却遇见了一位真诚的姐姐，找到了无价之宝——一颗充满爱的心灵……阿格拉费娜·亚历山德罗芙娜[1]，我说的就是你，你一下子就使我的灵魂复活了。”[2]格鲁申卡成了阿廖沙在信仰危机时刻遇到的一颗明亮的爱与美的星辰。格鲁申卡就在这次相遇时，讲了这个“一根葱”的故事。

一个生前几乎从未做过好事的凶恶女人，死后被恶鬼扔进了火海中。守护她的天使怜悯她，念她生前有过一次善举，向上帝报告说，这个女人曾在自家菜园拔了一根葱，施舍给一个要饭的女人。上帝说：那你就把那根葱伸到火海里，让她抓住这根葱从火海里爬出来。如果你能把她拉出火海，就让她到天堂来，若是那根葱断了，那个女人只能永远留在火海中。于是，天使跑去把葱递给了恶女人，小心翼翼地拉她。然而，就在她抓着那根葱，即将跳出火海的时候，一帮也想从火海中逃离的人全都涌了上来，拉住了她。恶女人一边用脚踹他们，一边说：“人家拉的是我，又不是你们。这根葱是我的，又不是你们的。”话音未落，那根葱就断了，恶女人重又掉进了火海中。天使只能流着泪离去了。格鲁申卡用这个故事表达了她真诚的忏悔。她对阿廖沙说：“我自己就是这样一个凶恶的女人……我这一辈子总共才施舍过一根葱，我就做了这么一件好事。阿廖沙，你别夸我，别把我当好人，我是个恶人，很凶很凶的人，你再夸我就羞愧难当了。”[3]

1　是格鲁申卡的名字与父称，是一种敬称。

2　［俄］陀思妥耶夫斯基著：《卡拉马佐夫兄弟》，徐振亚、冯增义译，浙江文艺出版社，杭州，1996年，第426页。

3　同上书，第427页。

寓言故事融汇了罪与罚、律法与恩典、上帝与爱的多重意义。恶女人一生作恶，理该受到惩罚。经受地狱火海之苦与她犯下的罪孽相对等，毋庸置疑与辩护。人间法律对有罪生命惩戒的观念在字面理解的正义中得到了真切的反映。然而，上帝只是恩典的化身，而不是法律的代表。即使从法的观念上讲，一根葱也远远抵不了一生的恶。本该在地狱火湖中终生受苦而不得脱身的恶妇却依然能得到天使的同情、上帝的恩典，获得拯救。其深刻的宗教哲学意义在于，一个人不管作了多少孽，只要有一件善举，哪怕是微不足道的，他也有获得恩惠，得到宽恕，获得新生和生命永恒的希望和可能。但故事的思想深义似乎并没止于此。它还涉及了爱的命题，即接受上帝的恩典还应以爱与信仰上帝为前提。人不仅要爱上帝，信仰上帝，还要爱包括罪人在内的天下所有的人。当"自私"作为一种恶的毒素再一次摧毁了恶妇的良知防线之后，爱的理性彻底崩溃，她也就无法得到拯救了。格鲁申卡对一个在场的年轻、无知的神学院学生说："你要无缘无故地爱别人，就像阿廖沙那样。"这话呼应了佐西马长老在其训言中的教诲："兄弟们，你们也要爱那些有罪的人，因为这种近乎上帝般的慈爱是世上最崇高的爱。你们要爱上帝创造的一切。……如果你爱每一件事物，那么就能领悟事物中包含的上帝的秘密，一旦有了领悟，以后每天都会有更加深入的领悟。最后，你将以一种无所不包的普世的爱来爱整个世界。"[1]

最能体现陀思妥耶夫斯基将隐喻意义嵌入《卡拉马佐夫兄弟》小说故事用心的，是伊凡·卡拉马佐夫讲述的，篇幅长达二十页的"宗教大法官"的故事。

伊凡是一个灵魂不安分的思想者，被称为"俄罗斯的浮士德"[2]。他从大学时代起就获得了启蒙科学的智慧，确立了人类理性无所不能的观念。他全然不接受上帝的信仰世界，与弟弟、上帝之子的阿廖沙在思想上形成鲜明的对立。两人虽是一母同胞的亲兄弟，却形同陌路。伊凡尽管对弟弟心存敬意，但态度十分冷淡，阿廖沙想理解并亲近二哥的愿望也始终未能如愿。伊凡在离家去莫斯科之前与阿廖沙有过一次长谈。内容涉及生活，爱情，与父亲、兄长的关系等，而谈得最多的是当时社会上流行的话题：

1 ［俄］陀思妥耶夫斯基著：《卡拉马佐夫兄弟》，徐振亚、冯增义译，浙江文艺出版社，杭州，1996年，第386页。

2 张变革主编：《当代国际学者论陀思妥耶夫斯基》，北京大学出版社，北京，2014年，第151页。

《卡拉马佐夫兄弟》插图，大法官来到牢房与耶稣进行一对一谈话

上帝、灵魂、人类之爱。伊凡的故事是他深藏于心的叛逆精神的表达，也是对弟弟的思想劝慰。他对阿廖沙说："你对于我是很宝贵的，我不想失去你，也不会把你转让给你的佐西马。"[3]

"宗教大法官"的故事发生在16世纪信仰天主教的西班牙塞维尔。那是宗教裁判制度最严酷，迫害和追杀异教徒最惨烈的年代。就在上百个异教徒被活活烧死在广场上的第二天，耶稣显形来到人世间，给众人以爱的照拂和温暖的抚慰。此时红衣主教，年近九十的宗教大法官带着卫队发出了抓捕耶稣的命令。理由是：他违背了天主教会的意旨，主张将自由重新交还给人类。

当晚，大法官独自来到牢房与耶稣进行了一对一的谈话。他说，当年教会就是以耶稣的名义，为自由的信仰和人类的幸福而努力拯救人类的。

3 ［俄］陀思妥耶夫斯基著：《卡拉马佐夫兄弟》，徐振亚、冯增义译，浙江文艺出版社，杭州，1996年，第296页。

如今，基于面包、奇迹、神秘、权威的和平秩序已经建立，人们早已习惯并认可了这样的生活。大法官说："人们比任何时候更加坚信自己是完全自由的，而实际上是他们亲自把自由交给了我们，服服帖帖地放在了我们的脚下。"[1] 一千五百年来的历史证明，要想让人们信仰上帝，首先要有面包，为了让人人都得到面包，就必须拿起恺撒的剑，而拿起了恺撒的剑，人们便没有了自由。因此，面包与自由是不可兼得的。罗马天主教会遵从耶稣的教诲，捍卫了人间的信仰自由，与当年耶稣不同的只是为了面包而拿起了捍卫自由的剑。天主教会赐予人类的，是更符合他们软弱而又叛逆天性的和平。大法官坚信，恺撒大帝用宝剑建立的权威王国，而不是自由的精神王国才是人类真正的需要。与生俱来的卑劣的天性使得人类除了害怕与恐惧，不可能理解自由。大法官要纠正耶稣倡导的"人不可能单靠面包活着"的思想，因为耶稣看不到人类自私、软弱、叛逆的弱点。他认定人类永远更需要面包，而不是精神食粮和心灵自由。自由、自由思想和科学只会把他们领进使人迷失方向的密林，到头来他们或是踏上自我毁灭之路，或是相互残杀，而剩余的人最终只会用自己的双手获得面包，接受拯救。因此，仅仅带着自由诺言的耶稣无须再来妨碍教会的事业，他可以离开，永远地离开。耶稣平心静气地听完了宗教大法官的讲述，始终沉默不语。这一沉默让大法官深感不安。最后，囚犯耶稣突然一声不响地走到了老红衣主教身旁，轻轻地吻了吻他那没有血色的嘴唇，离开了。

这一看似游离于小说情节的寓言故事乃整部小说的思想之魂。宗教大法官的故事讲述的虽然是罗马天主教会的历史，但同时又是人类的历史，其中融汇了作家对人类社会、历史、宗教、人心的众多思考。其中的两个要点是：人类的救赎与人类社会和人心的悖论。

西班牙塞维尔广场上的火刑、死亡、饥饿、疾病如同卡拉马佐夫的家一样，昭示着人类社会无边的苦难。"宗教大法官"的故事对身陷这一苦难的人类的拯救，提供了两种方案。耶稣的拯救与宗教大法官的救赎，这是全然不同的人类救赎的两极，是西方基督教文明早就宣示的上帝与恺撒的难以调解的对峙。前者依靠的是人类道德的良知、精神的信仰、心灵的

1 ［俄］陀思妥耶夫斯基著：《卡拉马佐夫兄弟》，徐振亚、冯增义译，浙江文艺出版社，杭州，1996 年，第 306 页。

感知，是个体的人自我醒悟后获得生命圆满的过程。而后者借助于剑，借助于卫队和随从、火堆和尸骨，是走向专制道德的过程。在陀思妥耶夫斯基看来，人类历史上大大小小的恺撒，无论打着怎样的旗号，宗教的、革命的、救国救民的、民主自由的，都试图建构一种理性的“理想天国”，并竭力将这种信念落实为具体的统治实践，最后莫不以无限制的极权收场，如蝼蚁般的民众只能俯首帖耳地接受这样的统治。扼杀自由个性，正是包括罗马天主教会在内的一切专制制度的特征，强权所谓的救赎是人类历史上最大的悲哀。

故事还揭示了人类社会与人心的悖论，人类从来就生活在这样的悖论中。宗教大法官的“面包说”表明，人类理性和生命的实践活动总是功利性的。因为他们所追求的是一种世俗生存的功利目标——面包和秩序。人类的任何生存活动都必须以面包和安全为前提，这就使得这种功利性有了其存在的合法性。罗马教会以面包和秩序相许，实现了人间“安宁”的奇迹。人们因为有了面包和秩序，便以为获得了自由和幸福，于是服服帖帖地跪在权力的脚下。然而，如果驯服是用面包换来的，那还有什么自由可言呢？对人类社会和人心的认知从来就是理性的，而理性的背后是欲望，尽管它有修正欲望的能力。倘若欲望支配了理性，理性就会变得疯狂，不受裁判和监管的理性最后会把人变成魔鬼。宗教大法官就是权力欲望支配理性及其实践的象征，他就是这样的一个魔鬼。而基督代表的是良知，人心的良知虽然无法解决面包问题，但却能裁决人类理性和生命实践的功利活动是否违背了人自由的天性，是否偏离了社会发展的方向。这是陀思妥耶夫斯基对天主教道德谱系的清算，对东正教宗教伦理的张扬。

《卡拉马佐夫兄弟》中这两个生动有趣，且极具思想深刻性的隐喻故事是陀思妥耶夫斯基将基督爱精神的可贵和实现的艰辛朴素化、浪漫化了，其不断被阐释且不断引起争议的宗教思想成为理解伟大作家的一把钥匙。

第七节

陀思妥耶夫斯基的宗教哲学思想

上帝说、原罪说、自由说

文学对宗教的认知史大致经历了这样三个阶段：在中世纪表现为对上帝的绝对崇拜，对人性的压抑；在文艺复兴时期则表现为对神性的反叛，对人性的张扬，提倡人文主义而反对教会；到了资本主义全面胜利后，又变成了一种倡导人人平等、相爱，宽恕、忍让的基督教人道主义。那是一种人本与神本的结合，是人本主义与基督教文化的融合。对神的膜拜变成了对人和人的情感的关注，而对宗教的热情是以一种道德、情感的激情来体现的。因此，人道主义与基督教精神成为资本主义发展时期文学中宗教思想的共生物，并成为19世纪欧洲宗教题材小说共同的思想特征。

然而，陀思妥耶夫斯基的宗教思想与基督教人道主义思想有着本质的不同。作为一个真诚的东正教信奉者，他不是在社会思想层面主张宗教思想与人道主义的结合，而是在破解人的灵魂，追求人类的精神救赎，他是在回答人生命存在的哲学命题上诉诸宗教的。世界文学史上还没有一个作家像陀思妥耶夫斯基一样，展现了如此令人震撼的人类的生命苦难和精神病象，灵魂的堕落和沉沦，一种无法找到生命出路的绝望感。而在对忤逆人性的生命思考中，他又始终在寻找灵魂的救赎之路和生命存在的道德理想。他的小说所呈现的是一个个人性表演、灵魂搏斗的大舞台，衍生出原罪、自由、救赎、灵魂永恒等一系列形而上的生命存在命题，渗透着作家对人的终极关怀。

陀思妥耶夫斯基作为一个伟大的思想家，如英国小说家戴维·劳伦斯所说，“以赤裸的身躯，面对上帝的火焰”[1]。他让文学回归宗教，让艺术服务于上帝，他是一个试图阐释并拯救人类灵魂的宗教精神的使者。宗教思想是其文学创作中的精神元素，是他审视历史、观照人类、展现可能、预测未来的一种起点和归宿。因此，不了解陀思妥耶夫斯基的宗教哲学思想，就无法真正把握他作品的思想价值和不朽的艺术魅力。上帝说、原罪说、自由说是其宗教思想的三大要点，对这三个层面作一简要的索隐，能使我们对其宗教思想与小说叙事的关联性有一个更深入的了解。

（1）上帝说

在陀思妥耶夫斯基看来，上帝说就是信仰说。上帝是创世者，基督是救世主，两者都是至真、至纯、至善、至美的化身，是人类自然存在和生命道德律令的最高体现，共同构成了上帝说的基本内容。

作家所有的创作都在试图说明，上帝就在人世间，而首先在人的内心中。正因为如此，人的命题，人心目中的上帝命题便成为他宗教哲学探索的核心命题。

作家说：“人是个难解的谜。这个谜需要解开……我之所以探讨这个奥秘，就因为我想成为一个人。”[2] 在他看来，人的天性中有许多东西是无法被解释的，人在世间存在的众多谜团也是无法被彻底破解的，然而人类却能拥有对上帝的崇高信仰，因为上帝是绝对真理和正义的代表。在他的心目中，人不仅属于尘世，还属于那个先验的、不可知的信仰世界。上

1　［美］乔治·斯坦纳著：《托尔斯泰或陀思妥耶夫斯基》，严志忠译，浙江大学出版社，杭州，2011 年，第 7 页。

2　С.В.Перевезенцев. *Русский выбор. Очерки национального самосознания.* Изд. Русский дом. М. 2007.С. 239.

帝为人类创造了另一个充满爱与美好的神秘世界，并将不完美的尘世与那一个神秘而美好的天国勾连在了一起。人类需要通过信仰来实现自身人格的完美与统一，实现自我的超越。人需要在基督慈祥的抚爱下逃避现世的痛苦，享受宗教赋予的精神快感，以真正获得尘世生活的快乐和幸福。为了摆脱尘世的纷扰、生命的苦难、欲望的诱惑、邪恶的侵袭，人在冥冥之中会对上苍寄托一种虔诚的期盼，希冀上帝来拯救这个罪恶的世界和一个个有罪的人。对于人类来说，上帝信仰不仅是一种道德需要，还是情感需要、存在需要。在他的长篇小说中，凡是失去了上帝信仰的人只能以个性的堕落、蜕变告终，他们注定命途多舛，结局悲惨，永远在苦难的地狱中。从《罪与罚》中的斯维德里加依洛夫到《白痴》中的罗戈仁，从《群魔》中的斯塔夫罗金到《卡拉马佐夫兄弟》中的费奥多尔·卡拉马佐夫、斯梅尔佳科夫，他们或发疯，或自杀。

陀思妥耶夫斯基认为，上帝信仰的真理是无法用科学理性来证实的。没有任何证据可以证明上帝的存在，也不能用任何实证的手段来论证基督精神的真理性。基督的真理是需要通过感悟而确信的。正如佐西马长老对一个信仰不坚的女士所说的："这里什么都不可能证明，但可以确信……用行动的爱的经验可以确信这一点。……您将在爱中取得成绩，您将确信的既有上帝的存在，也有您灵魂的不朽……"他还说："假如有人向我证明基督在真理之外，并假如真理真的是在基督之外，那么我更愿意与基督在一起，而不是与真理在一起。"陀思妥耶夫斯基在这里强调信仰与科学的不同。科学以事物的规律性为追求，它所拥有的研究方法，所获得的成果，发现的思想只能是暂时的，并终究会被新的、更为完善的认知所取代，因而科学无法对人的终极命运做出解释。用陀思妥耶夫斯基的话来说，科学只是"人类现时智慧的产物"，而作家的使命在于要用"永恒的和绝对的"智慧书写真理，而上帝的信仰向人类提供的恰恰是一种永恒的和绝对的真理。上帝信仰不是靠征服，而是靠真理的光芒赢得世界和人类的。青年时代的佐西马从一个神秘的来访者的思想中得知："上帝不在强权中，而在真理之中。"

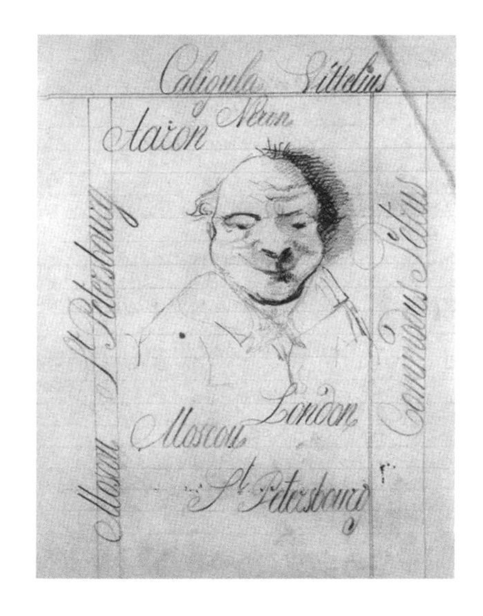

《白痴》草稿

（2）原罪说

陀思妥耶夫斯基并不赞同基督教认定的人类始祖亚当、夏娃偷吃禁果，被逐出伊甸园的原罪说。他认为，人是感性、理性、非理性、灵魂的统一体，这个统一体内部充满了矛盾。当他在研究人这个谜，深入到人灵魂深处的时候，发现人身上有着一种可怕的作恶的本能。这种恶源于人的愿望、意志，即陀思妥耶夫斯基称之为“欲念”（хотение）的东西。人的“欲念”有情欲、享乐欲、占有欲、虐待欲、赌博欲等等，“欲念”是不依照善恶原则，而只按照快乐原则和利害原则行事的，它们就是人“原罪”发生的根由。除了基督外，世界上没有一个人是没有“原罪”的。他甚至把“原罪”与人的生理、病理联系起来，认为这是原罪导致的人肌体的一种器质性病变。原始、疯狂、粗野、邪恶等无不具有遗传学的成因。

陀思妥耶夫斯基认为，人作恶的本能“欲念”潜藏于人的灵魂深处，成为人与生俱来的生命天性的重要构成，它们具有自由妄为的非理性特征。他说，“这种‘欲念’凌驾于理性之上”，是“纯粹个人的，有意识的且自由的欲念，迫使人不再听从理智和良知的呼唤”[1]。欲念与良知永不停息的

1 С.В.Перевезенцев. *Русский выбор. Очерки национального самосознания.* Изд. Русский дом. М. 2007.С. 240.

撕扯就是灵魂中善与恶搏斗的体现。他认定，在强大的本能面前，理智往往是无力的。所以，他拒绝把人的罪恶视为外在世界造成的恶果，拒绝以社会环境来解释恶的发生并为恶开脱。佐西马长老说："我们每一个人对世界上所有的人和所有的事都是有罪的……这不但是我们参与了整个世界的罪恶，而且每个具体的人对于世界上所有的人和每个人都是有罪的。"

《地下室手记》是陀思妥耶夫斯基揭示个体"原罪"的第一部中篇小说。在主人公，一个普通小人物的眼中，外在世界和人只是阻碍他自由释放和自我实现的一堵无形和无声的高墙。在恶的本能的驱使下，人时不时地会产生一种自虐和折磨他人的快感。在卡拉马佐夫父子放纵"欲念"，"把情欲当成了生活的基石"的时刻，在兄长受到审判，家庭遭遇危机的重要时刻，伊凡·卡拉马佐夫却全身心地沉浸在对兄长未婚妻疯狂的激情中。连邪恶的斯梅尔佳科夫都说，"您对女性的美妙有着过分的爱"。长篇小说《赌徒》揭示了赌博作为一种变相情欲发泄给人带来的精神灾难。长篇小说《群魔》中丽莎被问及为什么要离开父亲到妓院卖身时，她回答说："如果家里的情况比这里更糟，我该怎么办呢？"性侵犯和虐待儿童的命题成为作家多部长篇小说中的重要内容。类似的对原罪的象征性描写充塞于小说的字里行间。原罪说是陀思妥耶夫斯基灵魂叩问的起点，是他构建灵魂"法庭"的依据。

（3）自由说

陀思妥耶夫斯基是一个以人和人的精神自由为最高价值的思想家。

自由生命的意义和价值源于生命本身，而不是对生活逻辑的理性认知。这是陀思妥耶夫斯基自由说的第一层含义。基于思想运动的理性原则永远不应成为生命的基础，陀思妥耶夫斯基宗教哲学思想体系的基点是对生活的热爱。在《卡拉马佐夫兄弟》中，阿廖沙与伊凡、阿廖沙与德米特里关于生活、信仰的谈话，佐西马长老的有关生平的言说和发出的训言，都是从对生活的爱的思索开始的。阿廖沙说："我认为，这世界上大家首先应该热爱生活……首先要热爱，而不去管什么逻辑。"真正的自由不在于金钱和财富，而在于"用积极的爱"去"为众人服务"。

人拥有自由选择善恶的天赋的权利，这是陀思妥耶夫斯基自由说的第二层含义。至善的上帝和至恶的魔鬼在人灵魂中的共时性存在决定了灵魂是永无停息的善恶搏斗的战场。在这场搏斗中，人的精神走向仰仗的是人自己，而绝非外在因素。自由的真正敌人是自我，心灵的自由是没有人可以夺走的，也没有人可以给予。人或感受上帝的圣恩，获得精神的升华、灵魂的永恒，或受到魔鬼的诱惑，堕落、沉沦，陷入精神地狱中。人只有自觉地、自由地，而不是被迫地，把个体的自我与作为整体的人类大一统理想——在基督之爱中成就精神崇高的人类——有机地结合起来，个人才能快乐，社会才能幸福。索尼娅、阿廖沙就是这样的光辉典范。而那些走上为所欲为之路，把自己的自由指向反抗上帝的人必然会走向自由的对立面，毁掉自由，走向暴力。作家指出，人应该有基督爱信仰的自由，而不是为所欲为的自由。只有在基督爱精神的引领下，人才能摈弃为所欲为的恶的自由，克服心中的原罪，重归上帝的怀抱。

自由来自上帝，权力来自魔鬼。这是陀思妥耶夫斯基自由说的第三层含义。他将精神自由视为区分上帝真理和魔鬼罪恶的试金石，提出了上帝和自由、权力与奴性的人类生存形态的两分法原则。他说，若是没有了自由的上帝信仰，那么，人类社会的最高价值就只剩下专制权力了。陀思妥耶夫斯基认为，自由的原则是情感的原则、信仰的原则、爱的原则，而权力原则是暴力原则，是暴力的一种隐秘的最高形态。它只能产生压迫与奴性，生成主子与奴隶。他说，真正的自由，不像现在有人所说的恣意妄为，“而仅仅在于将个人和个人的意志放在一边，永远成为自己的主人”[1]。为所欲为的自由、无神论的自由，必然导致“无限的专制”，必然导致对生活意义的否定，对真理的否定。斯梅尔佳科夫选择的为所欲为之路，毁掉了自由，最终走向了毁灭。

而如何才能实现真正的精神自由和抉择自由？佐西马长老说，“修持、守斋和祈祷”才是“通往真正的名副其实的自由的唯一途径。因为我只要放弃多余的无用的需要，克制自私傲慢的意志，通过修持来鞭策自己，那么就能靠上帝的帮助而获得精神上的自由以及随之而来的精神上的欢乐”。

1 П.А. Сорокин. *О русской общественной мысли.* Изд. Алетейя.Санкт-Петербург. 2000. С.144.

拯救说和弥赛亚说

陀思妥耶夫斯基的上帝说、原罪说和自由说最终都落脚在他的拯救说与俄罗斯民族的弥赛亚说这两个终极性命题上。作家的文学创作要表现的不仅是人灵魂不安的本身，更是对生命个体，乃至人类的精神救赎。这才是他在文学创作中执着追求的宗教哲学思想的根本使命所在。

（1）拯救说

正是从这一根本使命出发，陀思妥耶夫斯基的长篇小说塑造了三类人物，以索尼娅、佐西马长老、阿廖沙等为代表的信仰坚定，对上帝虔诚，肉体和精神向善而升华的基督化了的人物；以斯维德里加依洛夫、费奥多尔·卡拉马佐夫、伊凡·卡拉马佐夫、斯梅尔佳科夫等为代表的欲念强烈，信仰模糊，无法刺透人性黑暗的帘幕，肉体和精神因向恶而堕落沉沦，灵魂找不到安顿的人物；以拉斯柯尔尼科夫、德米特里·卡拉马佐夫为代表的一度“脱离了神性之根本”，经过忏悔有望得到拯救的人。他们共同呈现了人类的精神和道德版图并确立了重建信仰乐园的文本指向。

陀思妥耶夫斯基认为，人的“欲念”不会永恒，肉体消亡之后，功利的追求也随之结束。但生命信仰的力量不会消失，其永恒的价值毋庸置疑。成为道德典范的人与事将永远流传于世，影响一代又一代人的心灵，引领一个人生命追求的精神信仰必然超越时空，并建立起灵魂的永恒。相信“灵魂永恒”就是相信上帝，这是陀思妥耶夫斯基拯救说思想的前提。从信仰观念的阐释到信仰生命的呈现，陀思妥耶夫斯基的拯救之路融合了苦难拯救灵魂、爱拯救灵魂、美拯救世界这样三大路径。

对于陀思妥耶夫斯基来说，只要人活着，他就会受苦。生活本身就是苦难，苦难具有生命存在的普泛性。人们所承受的精神苦难和所引发的罪恶是一体两面的存在。正视苦难、解救苦难是苦难拯救灵魂的显在意义，在苦难中获得心灵净化、精神救赎是这一命题深层的隐性意义。人只有在对上帝和灵魂不朽的信仰中，通过自身经受的肉体和精神磨难才能获得最终的新生。谁受的苦越多，谁在未来不朽的永恒生命中获得的幸福便越多。无神论者强调人在尘世中应得到的快乐和幸福，陀思妥耶夫斯基却强调人生中苦难的意义和价值，相信磨难所获得的精神奖赏就在生命当下的存在中。“苦难拯救灵魂”是作家拯救说的思想基石。

他还从信仰建构的高度，将苦难神圣化了，把苦难与上帝联系在了一起。哲学家别尔嘉耶夫说，在陀思妥耶夫斯基那里，“爱无一例外是受难之爱。人之道路在陀思妥耶夫斯基那里是受难之路”[1]。拉斯柯尔尼科夫正是在象征苦难的索尼娅身上看到了神灵的闪光，基督爱的精神的载体。他正是在对索尼娅的怜悯、敬畏、崇拜中获得情感的宣泄，实现对苦难的解脱与超越。德米特里·卡拉马佐夫虽然被错判为杀父凶手，但他心甘情愿地赴苦役接受磨难。他这是在用苦难拷问自我，赎人性之罪。佐西马对阿廖沙说，他在回归尘世后会遭受磨难，生活会给他带来许多不幸，但是他会因此得到幸福。以磨难赢得快乐，以不幸迎来幸福，这一生命悖论恰恰揭示了陀思妥耶夫斯基对苦难的一种宗教认知。

爱的宗教是上帝恩惠的精神本质所在，是作家宗教哲学中最重要的思想资源。没有了爱的照拂和沐浴，苦难与罪恶会在仇恨的膨胀中淤积、增生。世俗法庭的责罚并不能使罪犯改过自新，只会把他推向更深的泥潭之中；而爱和宽恕却可以拯救一个人。而且，爱不应该是偶尔的，偶尔的爱是任何人都能做到的，爱应该是持久的、永远的。爱才是连接自我与世界的纽带。佐西马长老说：“地狱是什么？地狱就是不能再爱的痛苦。”“看到作孽的人，是用暴力制服他还是用温柔的爱去感化他？……要用温柔的爱去感化他，如果你永远下定了这样的决心，那你就能征服整个世界。温柔的爱是一种所向无敌的力量。”“兄弟们，你们要爱那些有罪的人，因为这种近乎上帝般的慈爱是世上最崇高的爱。你们要爱上帝创造的一切……如果你爱每一件事物，那么就能领悟事物中包含的上帝的秘密……最后，你将以一种无所不包的普遍的爱来爱整个世界。”“你们还要彼此相爱，爱上帝与人民，那时候你们每个人就会有力量用爱赢得世界，用泪洗净全世界的恶。”

阿廖沙正是在领略了佐西马长老充满爱的人生境界，在跟这个最卓越

1 转摘自赵桂莲著：《漂泊的灵魂：陀思妥耶夫斯基与俄罗斯传统文化》，北京大学出版社，北京，2002年，第70页。

的灵魂对话之后，才坚定地踏上了信仰的爱之路。阿廖沙生命存在的不朽价值就在于他在每一个有罪的人面前所展现的“积极的爱”，宽恕一切的伟大精神，从不对是非妄加判断的博大襟怀。他的爱对于那些罪孽深重的人们所具有的拯救意义，比起任何高高在上的说教无疑具有更加强大的力量，这正是他赢得人们普遍爱戴和信任的原因所在。“淫荡女人”格鲁申卡无疑是不洁的，根据《旧约》的十诫之说，她理应受到鄙视，被石头砸死。但是阿廖沙如同《新约》中的基督一样，非但没有鄙视她，反而被她深深地打动了。他在格鲁申卡身上发现了一颗爱的灵魂，他以自己爱的心灵感受了这颗爱的心灵。格鲁申卡也在阿廖沙身上看到了“爱着的灵魂”。两颗爱着的灵魂在拯救自己的同时也在拯救别人。

“美拯救世界”这一哲学命题给人类精神文化留下了不灭的印记。它是作家在长篇小说《白痴》中，以“美真能拯救世界吗？”的问话提出的。这一发问，是他从宗教体验的角度，在精神维度上探讨在现代道德困境中建构人类信仰乐园的一种思考。

作家在小说中塑造了一个“彻底美的”“俄罗斯基督”梅思金公爵和一个有着“不同寻常美”的女性纳斯塔西娅。梅思金因为生理原因，二十四年的人生在一种纯真无邪的“白痴”状态中度过，他从西欧回到俄罗斯，肩负着传播基督信仰和拯救俄罗斯民族乃至人类的崇高使命。纳斯塔西娅是个不幸的“堕落”女人，但她的充满忍耐、怜悯、爱和自由的精神成为人世间“精神美”的化身。然而，他们的美都没能拯救世界，梅思金公爵随着神性的消失和世俗人性的增长，基督精神在蜕化、泯灭，最终与凡人一样，陷入了肉体和精神的深渊中。纳斯塔西娅因为爱的无望而香消玉殒，最后被人杀死。

深谙人天性和灵魂复杂性的陀思妥耶夫斯基看到了尘世中美内在的对立性和矛盾性。他对人失去信仰的悦目之美甚至是否弃的，他在《作家日记》中说：“人最伟大的美，最伟大的纯洁……成不了任何气候，它们之所以不能给人类带来任何益处仅仅因为，没有一个天才拥有所有这样的禀赋，能用好这样的财富。”[1] 他甚至通过费奥多尔·卡拉马佐夫的口说：“美——

1 С.В.Перевезенцев. *Русский выбор. Очерки национального самосознания.* Изд. Русский мир. М. 2007. С. 242.

这是可怕并令人恐怖的东西……美不仅是可怕的，还是神秘的东西。”在他看来，真正的、彻底的基督之美是尘世间不可能有的奇迹，人类中的任何个体都不可能达到基督之美的圆满与彻底。他所仰望的美是超脱尘世、沐浴着神性之光，纯洁无瑕的基督之美。故而，人世间对美的找寻都是失败的。他认定只有基督才是至美至善至爱的，真正能拯救世界的只有他。

陀思妥耶夫斯基要拯救的不仅是个体的灵魂，他更有拯救全人类的宗教希冀，这便是他的一种融合了救世主意识与先知精神的弥赛亚情结所在。

多次的西欧之行，使陀思妥耶夫斯基对资本主义社会追求金钱、财富、权力的反人类本质以及天主教信仰的谎言、暴力有了直接、真切的感受。在《白痴》的主人公，“俄罗斯基督”梅思金公爵的眼中，“天主教根本不是基督教的信仰……罗马的天主教甚至比无神论更坏……”，因为“无神论仅仅宣扬零，而天主教学说走得更远：它宣扬的是被歪曲的基督，是被它污蔑和谩骂的基督，是反基督！”。它所谓的自由“是通过暴力流血”获得的，它“用谎言、诡计、欺骗、盲目、狂热和暴行玩弄人民最神圣的、真正的、朴实的、热烈的感情”。所以他说：“我们需要马上，立刻回击！应当让我们保留下来的，连他们都不知道的基督精神闪耀光芒……把我们俄罗斯的文明带给他们，我们现在就应该挺立在他们面前。”

（2）弥赛亚说

1880 年，陀思妥耶夫斯基在普希金纪念碑落成仪式上的著名讲话中，对俄罗斯民族伟大的弥赛亚说和独有的基督精神本质做了淋漓尽致的表达。他坚信，俄罗斯人民是上帝的选民，是上帝拯救世界、拯救人类的弥赛亚使命的最终完成者。俄罗斯民族必将对整个人类承担无人能替代的历史使命。这种使命是：否定天主教攫取世俗王国权力的邪恶追求，变教会为全球国家的做法，宣扬俄罗斯东正教放弃世俗权力，以变人类社会为大一统的全球教会的思想。陀思妥耶夫斯基说：“俄罗斯人的使命无疑是全欧的和全世界的。成为一个真正的俄罗斯人，成为一个彻头彻尾的俄罗斯人，也许，就意味着只能成为所有人的兄弟，也可以说是全人类的人……

成为一个真正的俄罗斯人，将真正意味着：竭力用和解彻底化解欧洲的矛盾，以俄罗斯固有的全人类的，联合所有人的心胸，指出欧洲忧患的源头所在，将我们所有兄弟的手足之爱倾注其中，而最终，也许可以说，按照基督福音书的法则实现全人类伟大的和谐，不同种族共同的博爱与和谐。”[1]我们可以发现，在陀思妥耶夫斯基这番黄钟大吕式的“弥赛亚箴言”中除了明显的民族主义外，还有着东正教信仰的专制性色彩，这不能不说是他弥赛亚说中的一种偏执。

完成其拯救说和弥赛亚说终极叙事模式的还有他那“先知性”的预言。作家不仅以写作者个人的身份，而且根据《圣经》这部“永恒之书”发出了对未来人类命运的预言。在《罪与罚》的尾声中，身处流放地的拉斯柯尔尼科夫在病中梦见了人类未来可怕的场景。“全世界遭到从亚洲腹地蔓延到欧洲的一种闻所未闻、见所未见的可怕瘟疫……出现了一些侵入人体的新的旋毛虫、微生物……被它们侵入体内的人会立刻发疯，失去理智……所有的村镇，所有的城市和民族都染上这病而疯狂了。他们惊恐万状，但是彼此都不了解，每个人都认为只有他自己拥有真理……人们出于毫无意义的仇恨，互相残杀……相互指责、殴打和厮杀。火灾发生了，饥荒发生了，一切人和一切东西都在毁灭。瘟疫传开了，蔓延得越来越广。”[2]他还在书中预言，俄罗斯将会付出上亿人生命的昂贵代价。小说发表一百年后，索尔仁尼琴在接受西班牙电视台采访时说，20世纪我们失去了1.1亿人的生命，其中6600万人死在十月革命前后的政治斗争、武装冲突中，4400万人在“二战”中丧生。在“宗教大法官”的故事中，作家以神权对人类暴力的专制式描绘告示了人类未来的生命苦难。陀思妥耶夫斯基在长篇小说中所提出的一系列宗教哲学命题无不向人类警示：人类吉祥和福祉的大厦，若以反人性、反道德的精神痛苦为基石，是永远无法建成的。

陀思妥耶夫斯基的宗教哲学思想是复杂的、不无矛盾的，充满了一种原始基督的使徒精神。他的全部创作说的都是信仰之人的精神快乐与幸福，否定信仰之人的精神混乱与痛苦。他的反人文传统的宗教精神启蒙和救赎，全都落实在了人的灵魂再造上。作家的这颗灵魂，忽视其他作家所

1 *Пушкинская энциклопедия. 1799-1999.* Изд. АСТ. М. 1999. С.768.

2 ［俄］陀思妥耶夫斯基著：《罪与罚》，朱海观、王汶译，人民文学出版社，北京，2016年，第550页。

看重的各种社会世相，因为这一尘世对他而言，毫不重要，不值得他去改造。他从不追究历史之罪，而是揭示人的精神和灵魂状貌，人们没有理由反对理想和信仰重建的神圣性和必要性，但是靠基督精神拯救人的灵魂和全人类的普泛性和有效性还是让人们心存怀疑的。

阅读和理解俄罗斯文学无法离开宗教，陀思妥耶夫斯基就是一个最典型的例子。作为一种独特的文学类型，他的小说创作具有其独特的意识形态和文类特征，从而使得其思想内容、艺术形式无不有着别样的色彩，另样的质素：他对现实的关注，重在精神现实，为了净化人的灵魂，用精神之光去震撼与呼唤世俗红尘中的迷途羔羊，这是其所有创作介入人生社会的不二路径。

第八节

陀思妥耶夫斯基的小说艺术

俄罗斯文学的黄金世纪大师众多，才情禀赋不同，成就影响各异，但能称为“文学奇迹”的不多，陀思妥耶夫斯基无疑是其中的一个。他的长篇小说创作将俄罗斯现实主义文学的思想意蕴和审美意蕴推升到了一个新的境界，不仅有观念和思想的创新，还有艺术形式的创新。他始终都在营构一种属于他自己的艺术世界，或者说，他一直在小说世界中找寻属于他自己的艺术基点，找寻创作生命全力追求的精神表现方式与形态。陀思妥耶夫斯基对基督精神的诉求并将其作为小说表现的本体，是他悉心追求的人类终极关怀的一种叙事模式。在这一方面，他的价值和意义是其他作家难以超越的。

陀思妥耶夫斯基说：“人们称我是心理主义小说家，这是不对的，我只是一个最高意义的现实主义作家，这意思是说，我描写的是人灵魂的每一个深处。”[1] 这种最高意义的现实主义在文学所表现的对象和对人的认知上与传统的现实主义有着重大的不同。

陀思妥耶夫斯基不以再现外部的社会生活以及人与社会的关系为创作追求，他无意于揭示人受制于社会环境的机制，不表现人是如何被社会扭曲、改造的，而是以呈现人的思想意识的全部真实，人灵魂最隐蔽的深处为叙事对象的，人的思想意识及其灵魂才是作家观察世界和展开叙事的最终目的和最终指向。作家说，这是一种“彻头彻尾的现实主义，是在人身上对人的发现”[2]。所以他说：“果戈理是直接拿来整体，而我却是通过辨别原子、探求整体走向深处的，因此果戈理没有我这样深刻。”[3]

在陀思妥耶夫斯基看来，生命个体的人才是历史的根基、中心、全部的意义所在。个体的人是独有的、不可重复的，一个完整的肉与灵的世界，人的生命形态与走向是他自由、独立选择的结果。一个人即使不能成为神明，起码也要成为他自己精神的上帝。每个生命个体都对现实世界中的恶承担着不可推卸的责任，任何人都不能对他人的苦难视而不见，充耳不闻。因为世界上的一切都是被人类命运的同一根链条捆绑在一起的。正是每一个生命进行时的个体的心灵和精神状态决定了人类历史的、现在的和未来的前行之路。

陀思妥耶夫斯基认为，这种“最高意义的现实主义”是作家为人类提供观照社会的风俗演变和人的心灵变迁的最有效的方式。尽管他的艺术理念并非一成不变，但生命个体灵魂的展现和拯救始终是他小说创作的聚焦点。然而，他的现实主义的小说叙事又从来不停留在抽象的思想言说上，他从不让读者与他一起走进纯理性思辨或宗教神秘主义的桎梏中，而总是把使他激动的信仰命题落实在世俗生活中，与日常生活中出现的纠结与争执、无法解决的问题和矛盾勾连在一起。因此，他仍然是一个最贴近社会现实，零距离地接触生活本身，表现人间痛苦的现实主义艺术家。

喜欢陀思妥耶夫斯基的读者总能强烈地感受到他的小说所具有的巨大的思想张力，然而，他们往往又很难将对作家思想的理解、认知讲得很清楚。作品之所以令人着迷，读得艰难沉重，而又难以释怀，就是因为书里人物的心灵中有太多说不透的东西。作家笔下的人物充满了迷茫、忧伤、痛苦、悲哀，也有静谧、温暖、幸福、顿悟等各种情感，有十分丰富的潜

1 Игорь Виноградов. *Духовные искания русской литературы*. Русский путь. М. 2005. С. 495.

2 Ю.В.Лебедев. *Русская литература XIX века*. Просвещение. М. 2000. С.203.

3 *Русские писатели XIX века о своих произведениях*. Составитель И.Е.Каплан. Новая школа. М. 1995. С.138.

意识活动，还不乏深邃的哲学思考和文化情怀。这就造就了他的现实主义艺术世界的苍茫和浩大，遥远与幽深。与普希金常常用诗进行文学思考的方式不同，陀思妥耶夫斯基是“用思想–情感”来思维的。作家告诉我们，思想小说也能写得生动活泼、引人入胜、畅快淋漓。这得益于他所采取的非同寻常的小说的叙事方式，突出表现在情节结构、时空观、人物构型这样三个方面。

陀思妥耶夫斯基的小说紧张、激烈、神秘、幽远的艺术氛围的营造首先得力于其非同寻常的情节结构。他的几乎每一部作品都充满了紧张、密实的情节，大量令人眼花缭乱、复杂多变的事件和场景扑面而来，呈现出一种多重故事并置、不同叙事者讲述并置的叙事形态。有时，小说会因为故事情节之间连续性、因果链的缺失，造成叙事显得暧昧和不确定。

以《卡拉马佐夫兄弟》为例。长篇小说的章节标题就是形形色色的事件、场景、人物的奇观。“不合时宜的聚会”“在仆人房里”“预审”“错误的审判”“老丑角”“一根葱”“宗教大法官”“虔诚的乡下女人”“信仰不坚的太太”“野心勃勃的神学校学生”“色鬼”“无可争议的旧恋人”等等。这些章节标题因为言说具体、表达通俗，在某种程度上是反标题的，却硬生生地被置于小说的起承转合之间，奠定了小说叙事的外部框架。这种跳脱固有思维的安排起到了意想不到的效果，正是这种画面感十足的故事结构会反复召唤读者不断地从文本中跳出来，稍作停顿、思索，再返回情境中，引发丰富的联想和想象。读者起初很难在一个个碎片式的故事情节中找到相互之间有机的勾连，但借助小说的思想主题以及人物形象的连贯性，借助作者精心构筑、高潮迭起的中心情节和重要的艺术细节（如一粒即将脱落的纽扣、三千卢布的纸币……），才让暧昧和不确定的意义获得相对的完整。

此外，情节的错乱性、尖锐性、极端性导致了其叙事意蕴的模糊性、复杂性和歧义性。在《穷人》中，贵族贝科夫与瓦莲卡、大学生波克罗夫斯基、安娜·费奥德罗夫娜的关系始终是扑朔迷离的。作者似乎并不想把贝科夫说得很清楚，因为他并不想让这个恶人的人性彻底沉沦。在《罪与罚》中，一种思想可以点燃主人公杀人的意念，却无法使其犯罪行动合理化。作者在将人性的冷和恶揭示出来的同时，也把一种深藏在历史深处的哲学思想的邪恶展现在读者面前。小说中探长波尔菲里与拉斯柯尔尼科夫三次环环相扣的心理角逐、意志较量的情节引人入胜，其白热化的过程实际上是作者竭尽所能探究犯罪心理，考量罪与法、罪与罚关系的过程。《卡拉马佐夫兄弟》从一开始就把读者带进了高度紧张、激烈的家庭纷争中，父亲费奥多尔与大儿子德米特里尖锐的冲突为弑父情节埋下了伏笔。随着伊凡、斯梅尔佳科夫的加入，事件的进展不断有犹如闪电、雷鸣般的高潮迭起。到底谁是杀害费奥多尔·卡拉马佐夫的真正凶手？情节线索的交代并不明晰。“复仇”在逻辑上支撑了德米特里杀父的动机和欲念，但在价值域上又似乎缺乏充分的理由。情节的吊诡还在于，是费奥多尔的私生子斯梅尔佳科夫在伊凡·卡拉马佐夫的怂恿下心生恶念，杀死了父亲，似乎弥补了德米特里复仇依据的不足，但德米特里又最终被错判而遭流放，斯梅尔佳科夫则以自戕结束了罪恶的生命，用这样的方式实现了情节故事的终结。作家将一种悬疑小说的手法融入叙事中，将故事在人物的精神世界里展开，以追索的方式或解谜的结构揭开人物行为内在深刻的心理动因。这样的情节结构，加上小说中大量的长篇对话，这样一些戏剧文本的核心要素，使得他的长篇小说拥有了戏剧小说的品格。文评界称陀思妥耶夫斯基为“俄罗斯的莎士比亚”[1]，并非妄说。俄裔美国作家纳博科夫甚至说：“俄罗斯文学的命运之神似乎选定他成为俄国最伟大的剧作家，但他却走错了方向，写起了小说。”[2]

小说家精心设计的时空观为意蕴空间的丰富起了重要的作用。在可以清晰辨析的线性时间的整体叙事格局中，陀思妥耶夫斯基创造了一种迥异于传统小说的、多维的、交叉的，甚至是无限的时空观。作品的叙事时间被高度浓缩，空间则被大大凸显、强化了。《穷人》呈现的只是男女主人公五个半月里的书信往来。《罪与罚》中，从拉斯柯尔尼科夫杀人念头的萌生到小说结尾，主人公在西伯利亚流放地的灵魂忏悔与精神顿悟，全部过程也就只有几个星期的时间。《卡拉马佐夫兄弟》中一系列紧张激烈、

1　转引自：[美] 乔治·斯坦纳著：《托尔斯泰或陀思妥耶夫斯基》，浙江大学出版社，杭州，2011，第 117 页。

2　[美] 弗拉基米尔·纳博科夫著：《俄罗斯文学讲稿》，丁骏、王建开译，上海译文出版社，上海，2018 年，第 125 页。

波诡云谲的家庭动乱就发生在两周之内。有限时间中大量空间场景的急速变化不断叠加着各种事件，推进故事的延展，在不断增强人物心理活动的剧烈性、紧张性的同时，也在不断生成新的思想意蕴。

更值得指出的是，基督信仰的精神理想和宗教哲学的主题为小说确立了一个意义丰饶的人文空间。陀思妥耶夫斯基小说的主人公全都被理性的思想所吞噬，一个个沉浸在理念之中。他们依赖思想为生，沉溺于一种封闭而自足的精神世界中。他们生存在地狱与天堂之间、反基督徒与基督徒之间这样逼仄的空间中。前者是一种世俗时空、危机时空，呈现出忙乱、急促、狂热、漩涡般变化的景象，是一种充满闹剧、悲剧的生存状态，而后者是一种信仰时空、永恒时空，呈现出一种静谧、安宁、愉悦的精神气象，与世界、他人和谐相处的生存状态。它们分别对应着一系列的象征意象，交织于人文时空中。

拉斯柯尔尼科夫在杀死老太婆的前后，确立基督信仰前的状态，卡拉马佐夫"偶合家庭"的动乱生活都是世俗时空的写照，蕴含着人物和家庭巨大的精神危机。它们对应着拥挤、封闭、黑暗的场域，如杂乱的居室、储藏室一样的阁楼、厨房中的一角，那不是家，而是一个让心灵的漂泊者感到压抑、空虚、痛苦，缺失信仰理想的空间存在。梅思金公爵在癫痫病发作前的那一瞬间，拉斯柯尔尼科夫在来到广场向上苍、世间认罪的那一刻，他在西伯利亚草原和河岸边向索尼娅袒露心声的当口，德米特里在阿廖沙面前忏悔的时刻，格鲁申卡在阿廖沙面前自我检视的那个画面，都是信仰时空的展现，具有象征意义。此刻，他们的精神世界已无法按秒、分、小时、日子的时间来称量，生命定格在一种崇高的、理想的、美妙的永恒中。敞亮的大厅、生气勃勃的人群、开阔的广场、灿烂的阳光、辽阔的草原、绵延的河流对应着那光芒永驻的精神信仰和生命理想。

崭新的人物构型成为陀思妥耶夫斯基现实主义小说的又一个重大创新。作家彻底颠覆了人物的"身份"概念，打破了人物塑造正反、好坏的传统原则，确立了人物塑造的心灵、思想、情感、理性的原则，开拓了人物塑造的新的领域。正是一个个各具精神特质的人物为作家的思想表达提供了生命经验的支撑。

陀思妥耶夫斯基笔下的大部分人物形象粗糙、面目不清、性格模糊、身份不明，却无不是高度独立，不受制于环境、他人意识的思想型人物。作家从人物形而上的思想深处和极端矛盾的心理状态入手，力图破解人物波澜的内心、驳杂的人性，那是由一系列充满悖论、病态的感受，对痛苦和不幸极度敏感的因素构成的灵魂，走近他们如同走进了一个巨大的洞穴深处。他们留给读者不可磨灭印象的是其内在的精神世界和巨大的思想活力。他们被作者称作“悖论型人物”，或是“情欲型人物”[1]。在陀思妥耶夫斯基的人物中，赤贫者、孱弱者、癫痫病患者、精神变态者、癫狂者，甚至罪犯占有很大的比重。因为在作者看来，他们拥有独特的心灵“优势”：他们或在物质上一无所有，或备受疾病的折磨、精神的磨难，或犯下严重的罪行，从而失去了感知世界整体性的能力。而恰恰因为如此，他们面对上帝信仰时却具有了特殊的直接性。他们无不站在自由选择界限的边缘，迈出的下一步只有两个方向：天堂或地狱，天使或魔鬼。这些人物既是生命个体的灵魂史，也是人类群体意义上的精神类型史。

俄罗斯大批评家艾亨瓦利德说：“陀思妥耶夫斯基既是一个施难者，也是一个受难者，俄罗斯文学的沙皇‘伊凡雷帝’，他以其言说和汗水建构的残酷的绞刑在绞杀着我们。”[2] 小说家陀思妥耶夫斯基异乎寻常、令人震撼的小说艺术的精髓也许就在于此。

1 Н.М.Фортунатов , М.Г. Уртминцева, И.С.Юхнова. *История русской литературы XIX века.* Высшая школа. М. 2008.С.437.

2 Ю.Айхенвальд. *Силуэты русских писателей.* Изд. Республика. М. 1994. С. 249.

第八章

托尔斯泰：文学巨擘 思想圣哲

假设世界只是上帝的一个玩笑，
难道您就会因此减少您要把世界
由坏的玩笑变成好的玩笑的努力吗？

——托尔斯泰

1828~1910

在群星辉耀的世界文学的天地里，托尔斯泰无疑是最为耀眼、璀璨的巨星之一，是俄罗斯文学黄金世纪，乃至世界文学史上绝无仅有的一个文学巨擘、思想圣哲。文学巨擘托尔斯泰创作了无与伦比的、世界一流的文学作品。其九十卷的文学遗产雄辩地说明，他是世界文学史上创作最为丰饶、影响最为深远的文学大师之一，是世界上拥有读者最多的作家之一。道德圣哲托尔斯泰在社会改革、生命和道德伦理、宗教哲学等领域都有重要的思想建树。在俄国和欧洲社会充满危机的时代，他以真理的方式表征历史与现实，渴望改变并拯救社会和人类。他的世界性声誉不仅表现在他的文学创作中，还在于他对人类精神思想的影响上，他是人类生命的和生活的导师。这位思想圣哲始终孜孜不倦地在为俄罗斯民族，乃至全人类寻觅一条通向和谐、光明、幸福之路。

对于相当多的艺术家来说，文学创作与个人生活完全是两码事，是脱节的。但是，托尔斯泰

Лев Николаевич Толстой

的生活与创作从来都是水乳交融、密不可分的。我们几乎完全可以把他的全部作品视作作家本人的“自传”。“托尔斯泰式的主人公”与其说是他的艺术创造，莫如说是他人生和思想的写照，在一定程度上都可以当作他本人或他生命体验的一部分。他把自己的生活改造成了文学，又将艺术融入了自己的生活之中。文学创作成为托尔斯泰生活的直接延续，人生观和生活理念的直接表达，成为他一个不可或缺的生命器官。他在生活中始终践行着他在文学创作中倡导的人格、伦理、思想、理想，他是世界文学史上罕见的言行一致、身体力行的伟大艺术家。

托尔斯泰在给英国剧作家萧伯纳的一封信中说：“假设世界只是上帝的一个玩笑，难道您就会因此减少您要把世界由坏的玩笑变成好的玩笑的努力吗？”[1] 这就是这位文学家和思想家的精神向度：一种伟大的向善情怀。

1 ［俄］列夫·托尔斯泰著：《列夫·托尔斯泰文集，书信》，第十六卷，周圣、单继达等译，人民文学出版社，北京，1992 年，第 351 页。

第一节

托尔斯泰：非凡的生命世界

托尔斯泰的精神世界是动态变化的。“燃烧”——是他八十二个春秋的生命存在方式。他一生都在进行着紧张、剧烈、艰难的精神寻觅和思想求索。从童年时代寻找象征幸福的“小绿棒”游戏到他青年时代渴望功名的军旅生涯，从他对艺术美丽生活使命的坚信到改革社会、再造人格的文学追求，从贵族伯爵到“农民伯爵”的生活方式与思想立场的转变，从叛逆东正教义到创立托尔斯泰主义的现代宗教……他在对人类精神矛盾和困境永无出头之日的认识焦虑中，始终高举理性主义的大旗，坚持真、善、美、爱的人类生存原则，坚守来自理性自觉的道德律令，把对人世间苦难者和道德迷失者的悲悯与拯救当作自己使命，具有一种为人类带来光明、温暖的伟大精神。

托尔斯泰年轻时对生活过于贪婪，健壮的体魄和美满的家庭生活曾让他“觉得他和他的幸福构成了世间万物主要和唯一的目的”，以至失去了生活的目标，忘记了生命会有死亡，忘记了对人生价值、意义的思考和对精神永恒的期盼。直到他走向人生和文学成就鼎盛的天命之年，才产生了如同《安娜·卡列宁娜》中贵族地主列文那种不知所措的苦闷和绝望感。

一方面，一个无情的事实——死亡的命题越来越经常地出现在他的脑海中。他不时地向自己发问："我为什么活着？""就算你在萨马拉省有六千俄亩[1]良田，三百匹骏马，往后呢？""就算你的声望高于果戈理、普希金、莎士比亚、莫里哀，世界上的所有作家，那又怎么样？"[2]人生的一切努力、奋斗、成功、辉煌都会随着生命的结束而烟消云散。"在我的生命中有没有那么一种意义，即使无法避免，即将到来的死亡也无法消除？"[3]寻找生命的永恒意义成为困扰此间托尔斯泰的首要命题。他说："我像是活着，走着走着，来到了悬崖边，清醒地看到，前面除了死亡，什么也没有。停又停不下来，退也退不得……我的生命让我感到厌恶。"[4]

另一方面，是他对四十余年贵族生活方式的彻底否定，对进入特权阶层，参与了制造俄国底层农民苦难的罪恶，有意无意地成为千万生灵死亡的共谋而发出的真诚的忏悔。告别贵族的生活方式，成为构成俄罗斯民族精神支柱的农民的一分子，过他们那种波澜不惊的平凡生活，成为托尔斯泰晚年改变自我，创造新我的重大抉择。

在俄罗斯"巡回派"大画家克拉姆斯科依的油画《1873年的托尔斯泰》上，伯爵贵族的形态似乎已经荡然无存，身穿家制宽大粗布衣衫的《安娜·卡列宁娜》的作者俨然是乡间列文的再现。他面庞瘦削，炯炯有神而又充满睿智的双眼如同鹰般明晰、清澈、犀利，生命意义的追寻像是有了答案，离终结却又仿佛还很遥远，那眼神中分明流露着暧昧、复杂与含混。而同年摄影师索克利尼科夫在莫斯科为托尔斯泰拍摄的照片却又让他贵族伯爵的风采毕现，没有了矜持，多了凝重，剔除了焦灼，增多了自信。两个托尔斯泰，"农夫的"与"伯爵的"相映成趣，是紧张的精神探索期的托尔斯泰的真实写照，是他在贵族伯爵与宗法农民之间两种立场抉择"立此存照"的一个印证。

然而，充满精神探索，渴望肉与灵、人与人、人与社会和谐的托尔斯

1　1俄亩相当于1.09公顷。

2　Игорь Виноградов. *Духовные искания русской литературы.* Русский путь. М. 2005. С.58.

3　同上书，С.61。

4　同上书，С.63。

泰并没能找到内心的宁静。他憎恨奢华的生活，厌恶都市的喧嚣，敌视资本主义的工业文明。他的人生充满了对现代文明秩序的规避。托翁最后舍弃一切，离家出走，直至病死途中，为他内心宁静的缺失做了一个极好的注脚。这说明作家内心的脆弱和对充满苦难的现实人生的极度失望，同时也表达了这位俄罗斯知识分子对绝对精神的向往，一生中从未停止对一种理想生命形式的寻觅。这种向往和寻觅的乌托邦性也进一步强化了作家人生的悲剧性。

托尔斯泰的精神世界集中体现在他的创作，特别是文学创作中。他是小说叙事的思想家和艺术家。他的小说是历史，教人了解历史真相深层的哲理；是哲学，教人学会思考和深刻；是道德，让人的灵魂变得高尚；是诗歌，充满了天才的想象和优美的表达；还是宗教，不过不是为了宣扬有神论，而是为了证明信仰的意义和生命、爱的价值。在他的叙事话语中始终有一种情感与理性纠结的缠绵，有一种温暖的人性抚慰，还有充满哲思的把握。那都是他从人类自然生命和生存理性的角度，表达的对人类生死存亡和精神救赎的真切体验。他对生活、性格的再现和思想哲理的表达贯通在其真切、细腻，充满"心灵辩证法"的叙事肌理中，通过亲切感人的生活细节自然而然地流露了出来。他的小说有一种朴实有华、一泄如注的语言气势。

托翁的文学创作中还有一种"高贵的"美感特质。这种"高贵的"美感特质具有不同层面的多重意义。

高贵的血统——那是世袭贵族伯爵独有的主体精神、写作伦理，一种豪放、开阔的胸襟和自由无羁的天性；

高贵的情感——那是高尚圣洁的道德理念和温暖至爱的情感世界；

高贵的精神——那是建构理想人性的伟大追求和信念；

高贵的思想——他把古典美感沐浴在神性的光辉之下，让基督爱的精神贯穿在其道德伦理诉求和深邃的人文思想之中；

高贵的美感作用方式——一种全知全能的宏大叙事和史诗性巨制。

托尔斯泰文学创作的这一美感特质成为 19 世纪俄罗斯文学和文化经

典形态审美的最高意境。托尔斯泰正是以这种经典的审美形态关注并回应了人类社会现代性的诸多问题：社会、历史、道德、人性，当然也包括政治。他自觉地以这种经典美的方式承担着现代人的精神世界的重建。

托翁的文学创作从来不是一个与社会生活和现实人生相隔离的文学封闭体，他始终保持着对历史和社会的高度关注，拥有强大的济世情怀，他六十年的文学创作始终与俄国社会的历史事件紧密地联系在一起。托尔斯泰是俄国封建专制制度强有力的抗议者、愤激的揭发者、伟大的批评家。他的文学创作撕毁了俄国社会形形色色的假面具，从法律、监狱、教会到等级制度、土地私有制，以空前未有的广度和力度，无情地批判了俄国的封建专制制度。19世纪俄国著名报人、文学评论家苏沃林说："我们有两个沙皇：尼古拉二世和托尔斯泰，他们两人中谁更有力量？尼古拉二世对托尔斯泰毫无办法，丝毫不能动摇他的王位，而托尔斯泰无疑撼动了尼古拉二世和他的王朝。"[1]

在书写社会历史的同时，托尔斯泰更有对时代的生活和人的世界的发现和书写。他关注人的生活困境和精神困境，充满了对生命困境的思索，对生命意义的询问。他所表现的生活、所塑造的一系列人物形象都具有极大的丰富性和深刻性。安娜·卡列宁娜对自由生命和爱的追求及其自我的道德迷失，《复活》中涅赫柳多夫的良知觉醒以及道德忏悔、精神复活，其中既有人性的灾难、悲剧，又有生命的欢乐与喜剧。他的《战争与和平》中的安德烈对家国之梦的追求，皮埃尔充溢着内在欢乐的生命精神，娜塔莎热烈、灵动的性格和崇高的牺牲精神，《安娜·卡列宁娜》中列文的理性精神和凝重的对人类的大爱，基蒂健康、纯真、充满诗意的生活方式无不散发着理想人性的光辉。人类的生活不光是苦难、沉重的，人还善于让自己在苦难中找到慰藉与快乐。悲喜交替地运行，有层次地推进，托尔斯泰向我们敞开的都是关于人类生命存在的真理，这是托尔斯泰叙述生命、道德、哲学思想大命题的根据。

他的人文思想——"托尔斯泰主义"中熔铸进了深刻的社会改革理念。他所提出的一切问题都是与俄国社会和整个欧洲的精神氛围联系在一起

1 Толстой Л. *Повести и рассказы*. Bookking International. Paris. 1995. С. 9.

的，是与他反对社会邪恶和一切暴力，以建设和谐、美好的人类社会为目标的。在这个意义上，他与柏拉图有共通之处，柏拉图终身都在为雅典政治体制的改革、完美，为建立人类的理想国而奋斗，只是到了暮年最终放弃了，而托尔斯泰却始终如一，无怨无悔。

托尔斯泰是康德的道德责任伦理的信奉者。康德说，世界上只有两种东西震撼着他的心灵，一是头顶灿烂的星空，二是心中崇高的道德法则。托尔斯泰同样赞美天国和星空，其根本意义也在于赞美人的道德自觉，因为内心坚守道德法则的人也如同星空一样灿烂、美好。他有一句名言："如果人自己不变，那么文明和进步无论持续多长时间，人类的处境都不会得到改善。"[1] 从他早年的三部曲《童年》《少年》《青年》到他的最后一部长篇小说《复活》，从文学创作生涯开始从未间断的日记到他写下的大量书信、政论著作，自我剖析和灵魂忏悔贯穿了他生命和文学创作的始终。

托尔斯泰的人文思想体现在他的《忏悔录》以及一系列道德、宗教、哲学的论著中，体现在他最终创立的宗教思想学说——"托尔斯泰主义"中。但这不是传统意义的东正教教会所倡导的思想教义，也不是历史基督教的形而上的信仰教条。托尔斯泰放弃了东正教，"托尔斯泰主义"被他称作一种新的"合理的信仰"，是对基督教的"拯救"。

托尔斯泰是复杂的，无论他的思想，还是他的行为，都充满了矛盾。高尔基称托尔斯泰是"19 世纪所有最伟大的人物中最复杂的一个人"。托尔斯泰充满矛盾的人生无疑具有俄罗斯传统的文化精神和与苦难现实对抗的悲剧原型的背景。正是俄罗斯文化中的悲悯精神赋予了他坚韧和百折不挠的性格，激活了他抗争邪恶的生命激情。托尔斯泰的精神世界给了我们认识、把握博大、深厚的俄罗斯文化传统，了解一个充满矛盾、丰富多样、极具趣味的民族生活和精神世界的契机。托尔斯泰生前的英国好友、两卷集《托尔斯泰传》的作者艾尔默·莫德说，他之所以喜欢、敬佩托尔斯泰是因为"对我来说，他就像一种清新而极其令人鼓舞的东西，他让我走进了一个有着各种新的趣味的世界"[2]。

1 ［俄］列夫·托尔斯泰著：《列夫·托尔斯泰文集：书信》，第十六卷，周圣、单继达等译，人民文学出版社，北京，1992 年，第 340 页。

2 ［英］艾尔默·莫德著：《托尔斯泰传》，下册，宋蜀碧、徐迟译，北京十月文艺出版社，北京，2001 年，第 987 页。

第二节

《战争与和平》(1):题解与托尔斯泰的历史观

《战争与和平》是为托尔斯泰赢得世界性声誉的第一部作品。1928年,在全欧纪念托尔斯泰百年诞辰的活动中,来自世界各国的作家一致认为,"《战争与和平》是世界上最伟大的作品,托尔斯泰是世界上最伟大的,高出其他所有作家一头的长篇小说家"[1]。八十七年后的2015年12月8—11日,俄罗斯中央电视台文化频道搞了一次时长六十小时的"阅读马拉松"。俄罗斯和来自世界各国不同职业、年龄的一千三百个朗读者,全文通读了《战争与和平》,并通过国际宇航站向全球进行了线上直播。朗读者中除了俄罗斯境内外的托尔斯泰粉丝外,还有英国作家、意大利演员、美国导演、法国国家剧院艺术总监,以及时任俄罗斯文化部长的梅津斯基、政府总理梅德韦杰夫等。这说明长篇小说出版近一个半世纪之后,依然历久弥新、鲜活如初,它的意义还在不断生长、更新,等待新的读者走近,托尔斯泰至今仍活在人们的心里。

1 http://russkay-literatura.ru/analiz-tvorchestva/62-tolstoj-ln-russkaya-literatura/349-l-tolstoj-v-mirovoj-literature.html.

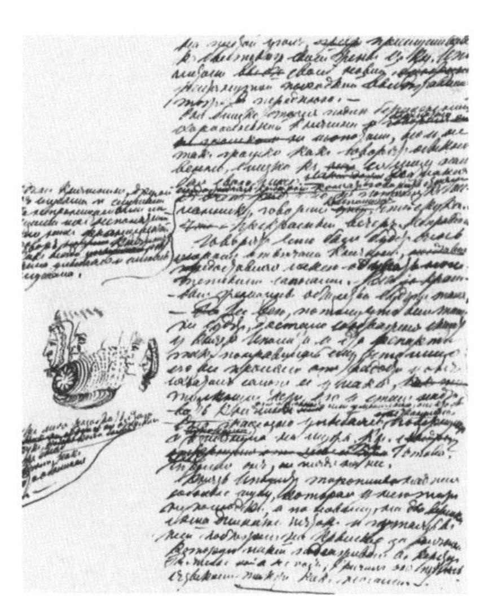

《战争与和平》手稿

托尔斯泰在写《战争与和平》时用过的墨水

《战争与和平》这部文学巨著共4卷17部，1334页，120万字。托尔斯泰说，“这不是长篇小说，不是叙事诗，更不是历史演义”，而是“史无前例的崭新的叙事文学样式”[1]，是一种集古典史诗与长篇小说为一体的“史诗性长篇小说”。进入这个充盈饱满的艺术生命体的内部，我们就会发现其中的五彩斑斓、琳琅满目。

小说家以大量的历史事实和历史细节再现了从1805年至1820年俄国社会与欧洲社会发生的重大的历史事件。除了小说的核心线索1812年的俄法战争，作品还涉及了1805年俄奥第三次反法联盟与法国的交战、著名的奥斯特里茨战役、惊心动魄的波罗底诺大会战、惨烈的莫斯科大火，直至反法卫国战争的最后胜利。作者重点写了博尔孔斯基公爵、别祖霍夫伯爵、罗斯托夫伯爵、库拉金公爵四个不同的贵族家庭，特别是贵族年青一代在战争期间的生活变迁。

托尔斯泰在这四个家庭的成员之间安排了一种奇巧的恋爱与婚姻关系。罗斯托夫伯爵的女儿娜塔莎成年后与博尔孔斯基公爵的儿子安德烈热恋并定下婚约，但她受到库拉金公爵之子、美男子阿纳托里的诱惑，致使婚约破裂。安德烈在战斗中身负重伤，临终前终于与娜塔莎尽释前嫌，互道衷肠。别祖霍夫伯爵的私生子皮埃尔继承了父亲的巨大遗产后，糊里糊涂地与库拉金公爵的女儿、妖艳的美人海伦结婚，后来夫妻关系破裂，海

1 *Русские писатели XIX века о своих произведениях.* Состав. И.Е.Каплан. Новая школа. М. 1995. С.160-161.

伦在放荡、荒唐的生活中死去。皮埃尔随后与娜塔莎相爱成婚，而罗斯托夫伯爵的儿子尼古拉娶了博尔孔斯基公爵的女儿玛丽雅，成就了一段美满的姻缘。这些中心人物的生命轨迹逐步牵引出众多同样有着丰富人生意蕴的次要人物群像。

在小说中作家追求的是真实的历史时空与虚构的小说世界的高度统一。有了前者，虚构的人物世界便拥有了厚重的历史对应，有了后者，历史时空便获得了丰厚的生活内容和生命质感。《战争与和平》不仅是一部关于人类战争的现代启示录，还是俄国优秀的贵族知识分子在重大历史时刻的生命思考、精神求索。卷帙浩繁的篇幅，全知全能的叙事视角，历史事件与人物命运的全景性，小说命题的百科性，情节线索的多样性，人物形象的丰富性、复杂性等，使这部巨著成为俄罗斯，乃至世界文学史上最具史诗性特质的一部典范之作。

托尔斯泰用《战争与和平》为长篇小说命名，意在表现一个特殊的历史时代俄罗斯充满血与火的战争生活和后方无战事的和平生活。不过，“和平”（мир）一词在俄文中还有世界的意思。显然，小说标题还深藏着作者更为深刻、宏大的语义。小说叙事始于对俄国宫廷上流社会生活的书写，终于作家对人类历史的哲学思辨，全书是由战争引发的作家对俄罗斯民族，乃至人类与宇宙宏观世界的思考，还有他对个体人生活和精神微观世界的探究。构成小说艺术生命体的多种多样的“人的世界”才是作家艺术思考的根本对象，才是他回归历史事件本质的意图与价值所在。从这个意义上说，也许“战争与世界”的本义更符合小说家的艺术构思。

毋庸置疑，《战争与和平》首先是一部历史小说。全书 333 个章节中，历史叙事占了 186 章，战争是这一历史时代的主要事件，是纷繁复杂的历史事件中频频映入读者眼帘的主要画面。自然，小说家不是历史书记员，托尔斯泰讲述历史的目的不是为了还原或重构历史，而是为了展开跨越时代的历史追问，表达他整体的战争观、历史观。

对这场人类相互杀戮的战争痛史，作家显然持一种否定的立场。这种否定情绪和批判立场在文本的字里行间被不断渲染。原先欢快、美丽的俄

1812年俄法战争的情景　尼古拉·图森·夏尔勒绘

罗斯大地上如今刺刀在闪光，炮弹迅速而残酷地飞来飞去，把人的身体打成肉泥，到处烟雾弥漫，发散着硝酸和血腥的气味，几万具尸体以各种不同的姿势躺卧在草地上；受了重伤的安德烈被抬进充满了赤裸的、血淋淋的人的肉体的低矮的伤员帐篷。战争对人的伤害不仅是肉体的，更是心灵、精神的。在目睹无辜的平民被法国兵枪杀的场景后，皮埃尔心中赖以支撑的对美好世界、永恒灵魂的向往和对上帝的信仰，连同整个世界全都破灭、垮塌了。随着战事的推进，叙事的语言修辞也在变化，“战斗”一词变成了“杀人”，“军旗”一词被说成了“绑在棍子上的布片”。小说用大量的细节，以异质同构的方式表达了“违反人类理性和人类天性的”战争的罪恶。俄军统帅库图佐夫说，永远“不可能有正确的战争和正确的军事科学”。人类社会远不是富有人性和理智的，只要人类被一种非理性的野蛮暴力左右，丧失了对自身行为和对人类的责任感，战争便是不可避免的。人类应该用和平、美好、崇高的方式，实现先进思想的传播、民族国家的强大、人类文明的进步。这是作者对战争的整体思考，是其历史叙事的基本伦理。

与此同时，历史事件若没有了人性、道德标准的考量，便不可能有历史的正义和伟大。从越过涅曼河踏上俄国领土的那一天起，毫无神灵敬畏的拿破仑便表现出他的全部疯狂和残忍。托尔斯泰说，“上帝要谁灭亡，必先使他疯狂”，“他（拿破仑）永远，直到生命的终结，都不能理解真、善、美，不能理解他的行为的意义，因为他的行为太违反真和善，与一切合乎人性的东西离得太远”[1]。然而，战争中仍有超越仇恨的善良和人性。在一场血雨腥风的骑兵厮杀中，骠骑兵中尉尼古拉伯爵不忍心举起马刀对一个年轻的法国龙骑兵下手。在休战时刻，交战双方的士兵们仍会交谈、欢笑，共同诅咒罪恶的战争。为了减少交战双方人员的伤亡，库图佐夫坚持“打出国门之外有害无益”的主张。总之，1812 年反法卫国战争的胜利是正义与人性的胜利，是俄罗斯人民的伟大胜利。

对历史哲学的沉思是长篇小说的重要议题之一。托尔斯泰说，“从整体的视角来审视历史，揭示事件发生的永恒规律”[2]是他创作的动机之一。他多次强调，历史运动有其自身的机制和惯性，在历史事件中个人意志不起决定作用，即使这个人拥有至高无上的权力。无论拿破仑制定的作战方略如何精细、周到、智慧，战事一旦发生，其进程便不以他的意志为转移了。同样，当拿破仑溃退时，库图佐夫也完全无力阻止俄军官兵堵截、追杀法军的新的战斗发生。即使在战争接近尾声，人们也都意识到自己行为的可怕，想要罢手，却仍然受到一种不可思议的、神秘的惯性力量的推动和引领。托尔斯泰认为，历史运动并非有迹可循，它永远充满了偶然性，是“偶然造时势，天才利用了它”[3]。如英国小说家斯威夫特所言，“一个人选择好适当的时机，跨过深渊，成为英雄，便被称为国家的拯救者；另一个人虽取得同样的事业，但是选择了不幸的时机，他就被指责为疯狂”[4]。托尔斯泰认为，由偶然现象促成的历史运动和这一运动中的历史人物是无法被彻底认知的，因而追究其发生、进展、终结的来龙去脉是无果的。无论是将拿破仑现象归结为神对人类的奖赏或惩罚的宗教史学，还是“英雄造时势”的现代史学，都无法解释统治者的意志如何化作群众意志从而形成历史运动这个基本的历史命题。

1　［俄］列夫·托尔斯泰著：《战争与和平》，刘辽逸译，人民文学出版社，北京，2003 年，第 906—907 页。

2　*Русские писатели XIX века о своих произведениях*. Состав. И.Е.Каплан. Новая школа. М. 1995. С.161.

3　［俄］列夫·托尔斯泰著：《战争与和平》，刘辽逸译，人民文学出版社，北京，2003 年，第 1243 页。

4　［美］莫蒂默·艾德勒、查尔斯·范多伦著：《西方思想宝库》，周汉林、姚鹏译，中国广播电视出版社，北京，1991 年，第 51 页。

不过，在托尔斯泰看来，历史运动有着其内在的机制，它是统治者与民众共同作用的结果。前者是思想精神的生产者，后者是事件的物质推动者。两者中谁更重要？托尔斯泰说："为了研究历史的规律，我们应该撇开帝王将相，完全改变观察的对象，而去研究指导群众的同类型的无限小的因素……只有用这种方法才能找到历史的规律。"[1] 他说："在《战争与和平》中他钟爱的是人民的思想。"[2]

这一"人民的思想"在长篇小说中凝结为贯穿小说全篇的"人民战争"的思想。它成为俄罗斯全军官兵慷慨赴死的至高律令，成为得到俄国民众热烈响应的神圣召唤，成为俄罗斯举国上下，从贵族到平民，从军队官兵、后备役民兵，到莫斯科商人、市民共同的民族意志。这不仅因为战争的受害者首先是人民，更因为赢得战争胜利的也是广大人民。安德烈公爵以其超拔的豪气，用青春的生命展现了令人击节赞叹的英雄主义；皮埃尔伯爵以大无畏的牺牲精神，深入虎穴，行刺拿破仑；年仅十六岁的小伯爵彼佳·罗斯托夫效仿大人和军官的样子，无所畏惧，战死疆场；娜塔莎舍家卫国，毫不犹豫地献出大车运送伤员；农民吉洪勇猛机智，带着斧子请战，成为团队中最优秀的侦察兵、骠骑兵和全体哥萨克的光辉榜样；从斯摩棱斯克到莫斯科的所有城乡居民，以无形的、简单朴素的方式，配合俄军撤离，丢弃房屋和家产，不给敌人留下任何有用之物……他们为托尔斯泰的"人民战争"的思想提供了真切、具体、有力的注解。库图佐夫正是靠着这样的"英勇卓绝、无与伦比的人民"才赢得了这场战争的最终胜利。

在长篇小说的尾声中，托尔斯泰用了整整四十页，半部的叙事篇幅，回顾了欧洲和俄罗斯的历史，以深入的哲学思辨探讨了人类社会前进的动力、权力与人民意志、自由意志与历史必然等多个历史哲学命题，这是对他那个时代占主流的英雄史观的一种纠正与更新。

1 ［俄］列夫·托尔斯泰著：《战争与和平》，刘辽逸译，人民文学出版社，北京，2003 年，第 913 页。

2 *Русская литература XI-XX вв.* Под редакцией Якушина Н.И. и Баранова В.И. Русское слово. М. С.276.

第三节

《战争与和平》(2):
俄罗斯生活图景与人物体系

托尔斯泰说:“历史的主题是各民族和人类的生活。”[1]意思是说,他对历史思考的本质是对生活和人的思考,长篇小说与历史的关联主要是通过对特定生活状态下人物的心理、情绪、精神的展现完成的。小说中,生活景象和人物世界的复杂丰饶、斑斓多彩,被赋予的强烈的情感感染力,远远超过了历史叙事对读者的吸引力。

“生活,人们真正的生活,及其对健康、疾病、劳动、休息这些切身利益的关心,对思想、科学、诗歌、音乐、爱情、友谊、仇恨、情欲的关心,依然照常地进行着,不受同拿破仑·波拿巴在政治上的亲近或是敌对的影响,不受一切可能的改革的影响。”[2]

这一段叙事人的话正是作家在处理历史题材时所遵循的生活原则。

在托尔斯泰看来,“生活现象可以分成无数类别,所有这些类别可以归结为两大类,一类以内容为主,另一类以形式为主。彼得堡的生活,

1 [俄]列夫·托尔斯泰著:《战争与和平》,刘辽逸译,人民文学出版社,北京,2003年,第1296页。
2 同上书,第464页。

《战争与和平》插图，娜塔莎在舞会上　帕斯捷尔纳克绘

《战争与和平》插图，罗斯托夫伯爵与商人之子韦列夏金在莫斯科省长官邸前的院落里　A.基夫申科绘

特别是沙龙生活，与乡村的、地方的、省城的，甚至与莫斯科的真正的生活截然不同，应列入后一类。这类生活固定不变”[1]。

小说以1805年彼得堡宫廷女官舍列尔举办的家庭沙龙晚会开篇，让读者充分领略了俄国上流社会辉煌绚丽的交际场特有的氛围。以权倾一时的瓦西里·库拉金公爵为代表的沙皇宠臣、达官贵人、社交名流过的是沉溺于生命狂欢，被欲望所毁灭的寄生、空虚、无聊的生活。他们对欧洲、拿破仑与天下高谈阔论，表达虚假的忠君爱国。空洞、虚伪的言辞，乏味的鬼怪故事，不时插入的法文、英文，都表现出沙皇贵族官僚文化的鲜明特征。男人们或炫耀身份、权势，将权术玩得炉火纯青，或在聚赌、狂饮、享乐中消耗他们的生命激情，女人们装腔作势，献媚邀宠。无独有偶，瓦西里公爵的女儿海伦举办的招待会，从出席人员到言谈内容、行为做派，与舍列尔的沙龙聚会毫无二致。即使在法军抵达莫斯科的当儿，彼得堡上流社会仍在花天酒地、醉生梦死中打发时光，在各自营造的幻影中生活。彼得堡上流社会的显贵们一心专注于为自己谋取尽可能多的利益和快乐，在皇帝行营周围，在回旋着阴谋的混水中飞黄腾达，钓取卢布、勋章和官爵，在疯狂的名利追逐中他们只观察皇帝恩宠的风向标。这是一种腐朽、堕落，没有精神、没有未来的京都贵族的生活形态。

然而，罗斯托夫老伯爵、博尔孔斯基老公爵两个家庭却有着截然不同的生活形态。罗斯托夫老伯爵善良真诚、温良敦厚、热情慷慨，对亲人、生活和家庭充满了爱。远离京都的莫斯科生活，淳朴的民间宗法生活方式造就了罗斯托夫家庭一种恬淡、亲切，如同阳光般温暖、和谐的生活氛围。在这个欢乐、真诚、喧闹的莫斯科大家庭里，人与人之间充满了理解、真诚、坦率和亲情。而在莫斯科远郊乡下居住的博尔孔斯基老公爵倔强、高傲，虽然不无狭隘、闭塞，却始终保持着严谨、紧张、高度精确的生活节奏。这个叶卡捷琳娜二世时代的老将军虽然已经退休，但生活充实而又忙碌。他亲自教育女儿，把她的生活安排得没有一点儿空闲，而自己写回忆录，做数学题，在车床上做活，在花园里劳作，监督庄园里的建筑工程，在规定的时间接见客人。在这两个不同生活方式的贵族家庭中，人们尽管性格迥异，却有着同样

1 ［俄］列夫·托尔斯泰著：《战争与和平》，刘辽逸译，人民文学出版社，北京，2003年，第786页。

炽热的家国情怀，崇高、美好的精神追求。卫国战争爆发后，罗斯托夫伯爵家两个孩子上了战场，小儿子英勇牺牲，莫斯科撤退期间，家人一起帮助撤离伤员。博尔孔斯基公爵虽然年迈体弱，但是接受了俄罗斯后备军军区总司令的职务，以其不衰的激情和顽强投入组织民兵战斗的工作中。

两种不同的生活形态构成鲜明的对照。托尔斯泰强烈批判前者的堕落、邪恶，表达了他对京都上层贵族精神疾患与社会精神危机互文关系的深重担忧。同时他醉心于对后者生活中蕴藏的高雅、精致、美好的描摹、欣赏，这寄托着他的精神理想和道德厚望。

小说以 1812 年卫国战争的爆发为时间节点，呈现了前后两种不同生活形态的叙事指向。此前，叙事重在表现京都上层贵族的生活原则和价值诉求，欲望焦虑成为他们主要的生存体验，生命与生活之间本应有的健康、和谐的关系呈现出错乱、病态的景象。而此后，在祖国、民族危亡的艰难时刻，叙事话语重在表现俄罗斯民族自我意识的极大高涨，国难显忠诚。前线、后方的种种生活事实表明，“与时代和生活共时空”成为俄罗斯不同阶层共同的生活理念和生命原则。反法战争的胜利意味着一种正常、健康的生活流的重新回归，生活重又开始变得宁静、安然。老一代贵族离去，经历了生死考验的年青一代贵族变得更加成熟、坚定、智慧，对未来充满了信心。小说叙事的英雄主义语调转变为一种深情款款、田园牧歌式的家庭生活叙事。在作品开放式的结尾中，以皮埃尔为代表的贵族思想精英对现实生活中潜伏着的冲突、危机充满了焦虑，对不可避免的社会变革满怀期待。作者告诉我们，美好生活的总趋势是不可摧毁、难以阻挡的。贵族的第三代，少年尼古连卡・博尔孔斯基正在茁壮成长，渴望像父辈一样建树英雄业绩，他的身上寄托着俄罗斯的未来和希望。

不同的生活形态造就了截然不同的生命形态。长篇小说重要的思想艺术成就之一，也是小说给读者留下最为深刻印象的，是一个个具体生动、鲜活可感的人物形象。全书出场人物达六百多人，除了拿破仑、库图佐夫、沙皇亚历山大一世等众多真实的历史人物外，还有大量的虚构人物。两者的交织实现了大历史与小历史的共生，战争史与个人史的互动。

《战争与和平》插图，拿破仑与拉夫卢什卡从维亚兹马渡河前往斯摩棱斯克的察廖夫－扎依米希　帕斯捷尔纳克绘

《战争与和平》插图，库图佐夫在俯首山费力村与军事委员会的成员们在一起　A.基夫申科绘

托尔斯泰说，小说家与史学家讲述历史人物的不同在于，前者要呈现的是历史人物作为一个人生命的丰富性，表达他们对生活中林林总总事物态度的全部复杂性，而后者则重在表达对历史人物的历史价值和意义的思考。[1] 无论是历史事实，还是历史人物，小说家都应该从“人的角度做出解释”[2]。

拿破仑和库图佐夫在长篇小说中占有重要的叙事篇幅。作者说，拿破仑是渺小的、可鄙的，因为“天意注定他充当一个屠杀人民的、可悲的、不由自主的刽子手”，而库图佐夫是一个平凡、普通，而又伟大、崇高的俄罗斯人。托尔斯泰在保持历史本身真实性的同时，讲述了这两个被卷入历史旋涡的人物在生活中的许多故事。

他在表现拿破仑的傲慢、狂妄、残酷、魔性的同时，也以大量细节展现了其纵横捭阖的指挥才能、杰出的政治智慧、身先士卒的战斗精神、目睹战争带来伤亡时心灵的痛苦，以及一度“人的感情的复归”。他不仅有浓浓的慈父之情，还将法国荣誉军团的十字勋章奖给了英勇的俄军官兵。进入莫斯科后，他安抚居民、恢复教堂礼拜、骑马巡街、拜访孤儿院。托尔斯泰在一定程度上表达了拿破仑被历史和战争绑架的无奈，再现了历史人物的历史行为“偶然性”的一个个侧面。

库图佐夫不仅有着敏锐的洞察力、卓越的军事才能，更有非凡的真诚、无私、崇高的人格品质。他在伤亡官兵面前画着十字，老泪纵横、声音哽咽的画面令人感动，他对人类大爱的精神境界更令人敬仰。这个身居高位的总司令在战争中想方设法减少人员的伤亡，这一超越民族恩仇的正义与大爱闪耀着人性的光芒。在法军溃退期间，与一心邀功请赏的俄军将领们将敌人穷追不舍的做法截然相反，库图佐夫不遗余力地阻止任何已经无益的战斗，这让沙皇不悦。然而，库图佐夫也有道德上的困顿和精神的软弱。在与拿破仑开战后两个月的时间里，驻扎在布加勒斯特的年逾花甲的库图佐夫日夜与一个女人厮混。而在1812年卫国战争期间，面对皇宫的不信任和属下的参告，他时常会言不由衷地说谎，违心地指挥一场场不得已的战斗。托尔斯泰这是把历史人物看作一个自由的生命，避免对历史

1 *Русские писатели века о своих произведениях.* Состав. И.Е.Каплан. Новая школа. М. 1995. С.162.

2 Н.М.Фортунатов, М.Г.Уртминцева, И.С.Юхнова. *История русской литературы XIX века.* Высшая школа. М.2008.С.463.

人物的书写过于概念化、理想化。

除了真实的历史人物，托尔斯泰同样坚持用人性的立场塑造寄寓着他强烈的个人情感和道德理想的虚构人物。他将人生过程看得重于目的，让人物接受生活的、道德的、现代价值的审视和反思，否定人可以成为神，从不轻易乐观地许诺一个完美的道德终点。安德烈·博尔孔斯基、皮埃尔·别祖霍夫、娜塔莎·罗斯托娃是托尔斯泰着力刻画的三个核心人物。自我价值实现的期待—世俗欲望的诱惑—生命观念和价值取向的跨越，这一叙事结构和话语逻辑，既对应了男女主人公在现实生活中的人生轨迹，也反映了托尔斯泰对自我与社会的体验和认知方式。

安德烈出身豪门，才华过人、英俊倜傥，像父亲一样，具有独立不羁的个性，喜爱思考和分析，致力于社会问题和人生目的的探索。成年后他渴望功名，渴望能像拿破仑一样，在战争中一举成名。战争爆发后，作为库图佐夫的副官他不愿待在参谋部，渴望单枪匹马赢得战斗的胜利。当他听说俄国军队退却时，以为时机已到，希望苍天助他一臂之力，挽救俄军于危难之中，却身负重伤。苏醒后望着无垠的天空和满怀胜利喜悦的拿破仑，回想起此前满怀浅薄的虚荣，意识到了为荣誉的劳碌、奔走是多么卑微、渺小。经历了这番醒悟，他一度产生过消极遁世的思想，得知未婚妻娜塔莎受骗，精神几乎崩溃。在参与国家改革的运动中，在好友的帮助下，他才重新振奋起来，在1812年莫斯科城下的战斗中献出了宝贵的生命。在生命的最后几天里，他对生与死、爱与恨等人生重大问题有了新的领悟，为他人、为国家才是人生的意义所在，爱才是生命和力量的源泉，博爱主义成为他英雄生命的最终信仰和归宿。

别祖霍夫伯爵的私生子皮埃尔朴实善良，真诚憨厚，有一副金子般的心肠。像大多数贵族青年一样，他曾吃喝玩乐、无事生非，有过荒唐和虚度的岁月。多年的西欧教育使他受到资产阶级民主主义思想的影响，他追求丰富纯洁的精神生活和高尚的道德理想。他信仰过雅各宾派，推崇过拿破仑，醉心过博爱主义的“共济会”，办过慈善事业，搞过农业改革，但均以失败告终。妻子海伦的堕落更使他痛苦不堪，又一度沉湎于酒宴享乐中。1812 年的战争终于把他唤醒，他来到波罗底诺战场。俄军撤退时，他没有走，行刺拿破仑却不幸被俘，经历了挨饿、痛苦，甚至死亡的威胁。在关押期间，他遇见了农民出身的士兵普拉东，受到他消极无为和屈从命运的宗教观的影响，接受了他道德上的自我完善和不以暴力抗恶的思想，逐渐抵达了人生澄明的境界。娶了娜塔莎后，他更充满了对生活的感恩和对生命的敬畏，致力于宣扬博爱精神和批判现实的活动，走上了十二月党人的道路。

娜塔莎纯洁无瑕、天真烂漫，洋溢着青春的气息，与当时享乐为上、矫揉造作、滥情于男人的贵族小姐形成鲜明的对照。天真单纯使她受到花花公子库拉金公爵儿子阿纳托里的勾引，在与安德烈订婚之后，险些与他私奔。安德烈回国后，与她解除了婚约，在悔恨与绝望中的她甚至想服毒自尽。卫国战争的炮声震撼了她的心灵，激活了她美好的品质。莫斯科大撤退时，她冒着生命危险，把大车让给了伤病员。得知安德烈受伤后，她又不顾一切地去照看他，真诚地请求他的宽恕，表现出毫不矫情的坦诚。在与皮埃尔完婚后，娜塔莎完全沉浸在幸福的家庭生活之中，渴望纯洁与崇高的她成了一个贤妻良母，成为托尔斯泰妇女观典型的体现者。

除了这三个作家最心仪的人物之外，还有视对祖国和人民的爱高于一切的骑兵大尉尼古拉·罗斯托夫伯爵；他的妻子玛丽雅伯爵夫人，一个高度理性，不断追求永恒和完美，灵魂永远得不到安宁的探索者；俏丽、细腻，渴望爱情与幸福，勇于自我牺牲的罗斯托夫伯爵的侄女索尼娅；集豪迈与柔情于一身的骑兵连长杰尼索夫等美好的人物形象。在托尔斯泰构建崇高与神圣、诗意与美善的历史小说中他们同样起了重要的作用。

屠格涅夫说，《战争与和平》“是伟大作家的一部伟大的作品，这才是真正的俄罗斯”。福楼拜说：“这是一流的作品！多么杰出的艺术家，多么杰出的心理学家！我时常边读边发出惊喜的赞叹，而且从未停歇过！是的，太震撼了，非常震撼！”[1] 对托尔斯泰自有看法的文学先行者屠格涅夫这一由衷的赞叹也从另一个角度证实了史诗小说中俄罗斯生活和俄罗斯人的艺术震撼力。

1 Е.М.Сахарова, И.В.Семибратова. *Судьбы замечательных произведений*. Книга. М. 1985. С.115.

第四节

《安娜·卡列宁娜》(1)：爱情、婚姻、家庭、社会

《安娜·卡列宁娜》是托尔斯泰又一个标志性的艺术界碑，黄金世纪俄罗斯现实主义文学的又一部巅峰之作。作家一改《战争与和平》中关于人类历史命运和人民思想的宏大思考，将一个贵族女性的情感经历和生命悲剧，以及一个贵族男性的生命波折和精神求索，与广阔复杂的社会生活图景有机地结合在了一起，表达了作家对爱情、婚姻、家庭、生命意义和人类社会秩序等一系列命题的深刻思考。

《安娜·卡列宁娜》是一部以爱情、婚姻和两性关系为中心题材的家庭小说。纳博科夫说："这是世界文学史上最伟大的爱情小说之一。"[1] 小说中既有不同爱情的书写，又有生活和生命的深厚质地和人物的精神深度，所以陀思妥耶夫斯基说"这是一部尽善尽美的艺术作品……当代欧洲文学中任何一部作品都难以与其相媲美"[2]。托尔斯泰自己说，在这部长篇小说中，"我喜欢的是家庭的思想"[3]。

1 [美]弗拉基米尔·纳博科夫著：《俄罗斯文学讲稿》，丁骏、王建开译，上海译文出版社，上海，2018年，第174页。

2 *Русские писатели. Биобиблиографический словарь*. В 2 томах. Т.2 (М-Я). Под редакцией П.Николаева. Просвещение. 1990. С. 301.

3 同上书，С. 300。

小说正文的首句："幸福的家庭都是相似的，不幸的家庭各有各的不幸。"这一起着引子作用的点睛之笔可以看作理解这部家庭小说思想主旨的一把钥匙。

在托尔斯泰所有的小说中，无论是《战争与和平》中娜塔莎和皮埃尔、玛丽雅和尼古拉两个家庭，还是《安娜·卡列宁娜》中列文与基蒂的家庭，我们都可以看到家庭幸福相类似的因素。所有这些家庭获得幸福的方法无他，就是夫妇双方在家庭中始终保持着理解宽容、互谅互爱、各司其职的一种纯净和悦、十分自然的关系。作家强调在男女两性不同的生理和心理天然因素的基础上，家庭中一种真实纯粹、简单朴素的生活状态。这句话强大的思想冲击力在于后半句，家庭生活的不幸虽然千差万别，但原因只有一个，它一旦被一种非自然的因素破坏，必然导致夫妻间纯真爱情的失落，精神联系的断裂和最终的离心离德。生活本身是很现实的，充满了各种矛盾和诱惑，隐藏着各种不幸的因素。一味地贪婪生活，追求浪漫的背后，往往是最不浪漫的苦难和折磨。因此男女两性要保持自然的天性，更要努力留存住道德的人性，就像护住风中之烛，不能任其熄灭，要懂得以道德的善意来理解和捍卫家庭生活。

安娜与卡列宁，列文与基蒂两个贵族家庭的故事是小说中两条平行的叙事主线，也是全书道德命题的纽结。其他家庭，如斯捷潘·奥布隆斯基与多莉，谢尔巴茨基公爵一家的生活，以及各种各样的两性情感故事都在为安娜与列文，这两个男女主人公不同的人生命运和情感纠葛起着穿针引线的作用。在与"家庭思想"相关的各个层面的叙事中，托尔斯泰对安娜着墨最多，她与弗龙斯基之间的婚外情分量最重，也最为曲折。安娜对爱情、幸福的执着追求以及悲惨的人生结局是小说的主脉，凝聚着托尔斯泰对家庭生活以及女性生命道路的思考。

安娜是世界文学史上最有魅力的女性形象之一。她的天生丽质令人销魂，她诗意葱茏的内心世界令人陶醉。在她非常年轻的时候，就由姑妈包办嫁给了一个比她大二十岁、事业辉煌的官僚。安娜本性善良、真诚坦率，充满生命的激情。丈夫卡列宁是个一心贪图功名的"官僚机器"。他完全忽略了安娜的存在，窒息了安娜的生命活力和她对真正的生活和爱的向往。风流倜傥、青春俊朗的弗龙斯基伯爵激活了安娜八年来始终被压抑的勃勃生机与对爱的向往，使她有生以来第一次那样渴望有自己的生活、真正的爱与幸福。冲决无爱的家庭罗网，实现对生命自由、幸福爱情的追求成为她唯一的和最终的生命诉求。这既是她对自身价值、生命尊严的重新确认，也成为她对充满谎言、欺骗的死气沉沉的社会与家庭生活的一种抗争。

作为一个敢作敢为而又灵魂纯洁的女性，安娜无法容忍同时保持与丈夫“体面的婚姻”以及与情人暗中苟且状态的虚伪，于是，她离开了家庭，与弗龙斯基生活在一起，公然向上流社会，向丈夫表达拥有自由生活、自由爱恋的权利。于是，来自各方的非难与打击接踵而来。一方面，对上流社会无法摆脱的依附使她因上流社会的驱逐而绝望。另一方面，一种对“偷来的爱”的恐惧、羞耻、罪恶感紧紧缠绕造成的心理痛苦与矛盾导致她人格的二重变异，以至痛苦不堪。“我是活人，罪不在我，上帝生就我这么个人，我要爱情，我要生活”—— 她在内心发出这一呼喊的同时，却也在不断地谴责自己，“我是一个坏女人，一个堕落的女人”。与心爱的儿子的分离，爱情、责任难能两全的抉择也使她痛苦不堪。安娜形象打破了“女神”与“女巫”的二元对立，表达出作者兼顾人性与道德的复杂的性别立场。

与此同时，安娜的美丽与全身心的爱只能让贵族青年弗龙斯基梦萦魂牵于一时，却无法赢得这位上流社会公子、贵族顽童的全部身心。两性生命追求的差异在这里得以充分显现。弗龙斯基渴望在军队中获得功名，喜欢社交，酷爱骑马，还有爱情之外的各种事业和玩乐消遣。安娜给予他的爱只不过是他“所期望的幸福之山上的一颗小沙粒”而已。安娜最终不得不承受两股狂野的情感激流汇聚后最终来自弗龙斯基“审美疲劳”的空虚与绝望。极大的猜忌是导致安娜生命终结至关重要的原因之一。她既怀疑弗龙斯基依然保持着最初对公爵小姐基蒂的情感，又怀疑他在对她爱抚的同时，也会滥施温柔于别的女性。

自我意识、价值观念与上流社会偏见的一致性所形成的内外夹攻从精神上彻底击倒了安娜，她最终明白，她与弗龙斯基，两个带着因袭重负的

《安娜・卡列宁娜》中的安娜形象　亨利・马特维耶维奇・玛尼泽尔绘

男女不可能在他们赖以生存的贵族社会中找到真正的幸福。这一切最终导致她的精神分裂并走向自戕式的毁灭。小说中安娜的悲剧是多重的：无爱的婚姻、破裂的家庭、母子的别离、上流社会的非难、爱的难能永驻、心灵所遭受的折磨和摧残。她悲剧的原因也是多重的：原欲的、社会的、社会心理的、道德伦理的、自身精神心理的……她为爱而活着的精神世界既是十分强盛、丰盈的，又是十分脆弱、贫瘠的，既是诗意葱茏的花园，也是苦难重重的深渊。

《安娜・卡列宁娜》还是一部超越了道德伦理，内容更为广阔的探讨生命价值和意义的小说。如果说，安娜的生命求索是通过她对爱情的追求体现的，涉及的主要是爱情、婚姻、家庭的伦理道德，那么，小说男性主人公列文的生命求索有着更为丰富、复杂的意蕴，包含着作家对家庭生活、生命价值、宗教信仰等多种精神的和道德的追问。他与安娜不同的人生求索构成了各自独立，却又相互关联的道德对话。

列文是个蛰居俄国农村的青年贵族地主，他善良、诚实、憨厚、志存高远，在上流社会落落寡合，始终为一种于生活实利无所助益的精神追求所烦恼。在向公爵小姐基蒂求婚遭到拒绝后，一度灰心丧气，以难言的委屈和痛苦回到乡间，经营他的庄园事业。但他与基蒂一波三折的爱情最终以婚姻的幸福、圆满而告终，成为小说中幸福家庭的典范。然而，爱情、幸福的家庭生活并没能给他带来真正的心灵安宁。因为他有着更高、更丰富、更宏大的精神追求，其中包含着对时代风尚的体认，对社会制度和文化的思考，更有对自我生命价值的确认。

他不断地用批判的眼光看待俄国的社会现实和自己。农村经济萧条、破败的景象，贵族与农民对立的现状使他感到痛心。他试图通过农业改革找到解决社会矛盾，改变农村现状的出路，通过改善贵族地主与农民之间的关系来寻求两者的和谐。他看到了仅仅满足于个人或家庭的幸福，缺失社会责任和文化担当，奢谈人类“共同幸福”的虚妄性，认定只有将劳动者与资产者联合起来的人类“共同的劳动”才是不同阶层走向和谐幸福的正确之路。他与农民一起劳动，享受共同劳动带来的喜悦，他以农民利益为自身的利益，以农民的兴趣为自己的兴趣。然而，列文的经济改革并不成功，他为改善贵族与农民关系的努力也未能带来两者和谐的结果。他对县、省、全俄经济和社会变革成功的可能性产生怀疑，对改变贵族与农民的关系感到绝望。尽管身体强壮、家庭幸福、庄园事业兴旺，他却越来越不满足为自己和家庭而活着的人生目标。他在为农民，为社会努力付出的同时，开始了对一种符合道德理想的生活方式和生命形态的寻觅。最后他在丈夫、父亲、庄园主、改革家的身份之外的精神诉求中，找到了一种精神信仰，在善与爱的道德力量中实现了灵与肉、家庭与社会、事业与精神的和谐。

托尔斯泰对安娜和列文的两个家庭和两种人生进行的比较既是关于爱

情、家庭的思考，也是对人性、道德的追问。安娜根据自己的情感生活经历做出了充满感性却又十分理智的结论，然而，其短暂的生命历程说明，沉溺于生活中的任何诱惑都是可耻的，必然会导致生命意义的丧失乃至生命自身的毁灭。相反，列文对生命幸福原有的"理智的理解"提出了怀疑，认定爱情、家庭、富庶的生活绝非幸福的全部，心灵的需要和精神的快乐才是幸福更重要的内容。列文的生命观超越了传统的生命的快活伦理，具有更为丰富、多元的意义空间。人活着不能为了自己幸福，不能让所爱的人感到窒息，还要把爱献给所有的人，这是托尔斯泰更为宽泛的人性和道德追问的结论。

《安娜·卡列宁娜》还是一部具有广阔的社会生活容量，集聚着俄国社会经济、政治、哲学等多重命题的百科性小说。

长篇小说全面再现了 1861 年农奴制改革后，俄国社会生活所发生的巨大而深刻的变化。在新的历史条件下，一切封建的、宗法的、田园诗意般的关系都被破坏了，形形色色的封建羁绊被斩断。笼罩在家庭关系上的温情脉脉的面纱被撕破，素来被尊崇的节烈、忠贞、独立、不为金钱收买的"贵族美德"被埋葬。俄国社会处在一个"一切都混乱了，一切刚刚开始安排"的历史文化转型阶段。

斯捷潘·奥布隆斯基与家庭女教师的暧昧关系被发现，妻子闹着离婚分家。上流社会的其他贵族家庭，夫妻、父子、亲戚之间更是一种相互欺骗玩弄的关系。贵族男女老少"毫不忸怩地沉溺于各种情欲中"。醉生梦死的贵族已显现出其精神没落、道德沦丧的腐态。以卡列宁为代表的贵族官僚心灵冷漠、人性僵死，他与上流社会一起对安娜实施无形的精神折磨与心灵扼杀，成为社会"冷漠"与"谎言"的代表。谢尔巴茨基公爵夫妇为了女儿基蒂择婿，经常拌嘴吵架，两人为年青一代追求个性解放、婚姻自由的独立不羁而惶惶然不可终日，不得不乞求上帝的保佑。

在广大农村，新旧转型时代的社会冲突、矛盾也变得越来越突出。古老的宗法式的自然经济逐步瓦解，贵族地主的经济统治发生动摇，政治上也日趋衰退。贵族地主靠变卖田产、林地来维持腐化的生活。出身微贱的商人、银行家、铁路大王逐渐成了发号施令的新主人。资产阶级商人里亚比宁购买奥布隆斯基公爵森林时那种志得意满、贪婪狡诈的神态与后者受骗上当、糊里糊涂出让三万卢布的情景成为鲜明的对照。在卡申省选举会上，闭塞、保守的贵族保守派与主张新法的自由派的激烈斗争以前者的失败而告终。而贵族知识分子关于哲学、教育、妇女解放、生育、劳动者与土地等各种问题的争论也在一定程度上再现了时代的精神生活与社会的思想走向，成为长篇小说中一道丰盈而精彩的文化风景。

小说起始，“一切都混乱了”的概括，不仅是奥布隆斯基家庭和俄国社会状况乱象的写照，更是小说家心境的自述。19 世纪 70 年代，正是托尔斯泰对社会与自身、道德与宗教紧张而又剧烈的探索期。日益尖锐的社会矛盾，俄罗斯社会的历史文化转型激化了作家个人的世界观矛盾，促成了其道德与世界观的转型。长篇小说《安娜·卡列宁娜》多样的叙事内容说明，它确实是一部超越了爱情小说的，具有百科性质的经典之作。

第五节

《安娜·卡列宁娜》(2):托尔斯泰的基督教人道主义

重拾人生命存在的道德属性，回归宗教神性的价值体系是托尔斯泰在《安娜·卡列宁娜》中一个重要的思想诉求。美国文学批评家斯坦纳说，长篇小说“是精神小说和精神诗歌，它的核心目的是‘对人类救赎的追求’”[1]。长篇小说之所以使一代又一代读者产生持久而强烈的思想震撼，在很大程度上源于作者深刻的人性关怀和一种基于基督教人道主义的道德追求。

在托尔斯泰看来，任何一种宗教信仰都包含着道德规训，反之，也不存在没有信仰依托的人类道德。作家把道德看作人基于信仰要遵循的行为举止的准则和律令。所谓信仰，不单是指宗教信仰，所有对精神境界的追求，都应该被称之为信仰。托尔斯泰在《宗教与道德》一文中提出了人类社会拥有三种不同道德的观点。它们是：源于个人利益信仰崇拜的，利己主义的道德；源于政治信仰或族群利益，充满了阶级和种族偏见和仇恨的集群道德，这是政治极端主义的或民族主义的道德；源于基督信仰的道德，一种崇尚自我牺牲和博爱精神的道德。[2] 托尔斯泰想说的是，如果没有一个外在的“权威”信仰来规约人类世俗追求的道德空间，那么人类对快乐的追求是不可能实现自我约束的。长篇小说《安娜·卡列宁娜》就是作家试图从家庭生活到人类社会建构一种道德秩序的伟大著作。

翻开长篇小说的第一页，映入读者眼帘的是长篇小说的卷首词“申冤在我，我必报应”。这句引导语可以视作全书宗教道德思想的出发点。它源自《圣经新约·罗马书》第十二章，全句为：“不要以恶报恶。众人以为美的事，要留心去做。若是能行，总要尽力与众人和睦。亲爱的弟兄，不要自己申冤，宁可让步，听凭主怒，因为经上记着：‘主说，申冤在我，我必报应。’”[3] 这一语义似显模糊的宗教话语不是讲报应的，而是讲道德惩戒、灵魂救赎的。托尔斯泰说：“人们之所以对自己以及相互之间做了很多恶事，就是因为一些意志薄弱、犯有过失的人自以为有权惩罚别人。‘申冤在我，我必报应。’只有上帝才有权惩罚，而且只能通过人自身来完成。”[4]

托尔斯泰认为，任何人都无权对他人的生活方式、举止言行的对错、善恶做出裁定与谴责，都不应该怀有抱怨、批评和指责他人的念头和愿望。俄国彼得堡上流社会畅行的道德伦理不知演绎了多少荒唐、丑恶的风流韵事，它对于贵族的精神堕落是需要承担道德责任的。因此它没有权利羞辱、责难远比他们精神高尚、真诚正派的安娜。只有至高、至尊、至圣的上帝才有权利对人的举止行为做出裁决、判断、惩罚。这一思想充分体现在小说人物的话语中。列文同母异父的兄长科兹内舍夫对指责安娜的弗龙斯基的母亲说：“判断这事的不是我们，伯爵夫人。”安娜年长的亲戚对多莉谈起安娜与弗龙斯基的事情时说：“能对他们做出审判的只有上帝，而不是我们。”自然，安娜也没有权利以报复性的自杀方式来惩罚弗龙斯基。

这句《圣经》箴言所说的上帝的“报应”是指作恶者是要受到惩罚的，但这绝非是指来自外部的具体、有形的惩罚。托尔斯泰从不赞成世俗的道德规训和惩戒。在他看来，这种“报应”是指作恶者在良知作用下

1　[美]乔治·斯坦纳著：《托尔斯泰或陀思妥耶夫斯基》，严志忠译，浙江大学出版社，杭州，2011 年，第 37 页。

2　Георг Хенрик фон Вригт. *Три мыслителя*. Русско-Балтийский информационный центр. Блиц. СП-6. 2000. С.205-206.

3　译文参见《圣经·新约》，香港圣经公会，第 179 页。

4　https://www.diary.ru/~shamomist/p194802200.htm?oam.

所经受的心灵痛苦和精神折磨。安娜违逆上帝有关家庭神圣和善与爱的教诲，走上了有悖上帝教诲的人生之路，所以她是有罪的。但是，小说中，并没有任何人妨碍安娜与弗龙斯基两人的爱情生活。基督徒的卡列宁在安娜难产面临生命危险时，甚至还良心发现，宽恕了安娜和弗龙斯基。然而，他们两人在一起，始终会处于一种不安、紧张的情绪中，时有恐惧、嫉妒、提防、自责的心理袭来，常有一种压抑感、拖累感、厌恶感产生。安娜更是受尽了内心的痛苦、煎熬，卧轨自杀的方式即使不能看作她的一种救赎行为，至少也是被逼无奈之后的一种解脱，它最大限度地还原了《圣经》中的“报应说”。

基督教人道主义的另一重内涵与这一“报应说”相关。《圣经·新约》中《路加福音》第12章说：“多给谁，就向谁多取；多托谁，就向谁多要。”比起同样在婚姻关系中表现不忠的斯捷潘、贝特西公爵夫人等人，安娜从上苍那里得到的似乎更多。她的精神世界更丰富，心灵更敏感，对爱情和幸福的追求更坚决、更强烈，对自己的要求更严苛。对于上流社会的一些贵族男女而言，爱情仅仅是一种游戏、快乐、享受，但对安娜来说，爱情却是格外神圣、严肃的事情，是她生命的所有。所以安娜所受到的精神磨难就更多，罪孽感也更深重。

审视《安娜·卡列宁娜》，我们分明能感受到托尔斯泰从宗教立场出发，充满基督教人道主义的情感与道德召唤，他要张扬一种普世性的道德理念和生命价值。作家对安娜与列文两个男女主人公爱情观、生命形态和人生追求的宗教道德追问是复杂且充满矛盾的。

作家对安娜这个美丽女性的倾心与品格的赞美跃然纸上。然而，小说中大量的肖像描写和心理刻画细节表明，安娜追求爱情的行为不是自觉的人生理想，而是久受压抑的原始生命力的爆发，是带有原罪性质的情欲使然。在托尔斯泰看来，这种爱情是有罪的。这种罪过并不在于安娜对弗龙斯基爱情的不光彩或者其本身的不自然，而在于她的爱情失去了一种道德的正当性。源于情欲的自我中心主义让她丧失了自我，抛弃了家庭，离开了儿子，而这是与基督宣扬的家庭的神圣性，人的、妻子的、母亲的义务

《安娜·卡列宁娜》中的插图，安娜与儿子　弗鲁贝尔绘

《安娜·卡列宁娜》中的插图，安娜与沃伦斯基约会的情景

和责任格格不入的。托尔斯泰让安娜以鲜血和生命表达忏悔、洗清过失、回归清白、走向圣洁，令读者为之哀恸。作家以这一方式否定了安娜的人生抉择，表达了他对情欲毁灭理性和惩罚情欲的道德用心。

安娜不敢向宗教求救，她甚至连想也没想过。叙事人说，虽然她对于那曾把她教养大的宗教从来没有怀疑过，但她知道宗教的救援只有在她抛弃那构成她生活的全部意义的东西的条件下才有可能，而这点她是无法做到的。这是她无法活着获得拯救的原因之一。不过，安娜临死前脑海中还是浮现出了十七岁时与姑妈一起朝拜三一修道院时的美好的人生记忆。她生命中的最后一个举动是画了个十字，最后的一句话是“上帝饶恕我的一切！”[1]。安娜对上帝的忏悔，最终挥去了精神的负罪感，解脱了心灵的苦难，走向了灵魂的新生。作家写道，在她扑向铁轨的瞬间，“生命以它过去辉煌的欢乐呈现在了安娜面前，笼罩着一切的黑暗突然破裂了”，“那支蜡烛，她曾借着它的烛光浏览过充满了苦难、虚伪、悲哀和罪恶的书，比以往更加明亮地闪烁起来，为她照亮凌晨前笼罩在黑暗中的一切，哔剥响起来，开始昏暗下去，永远地熄灭了”。看上去，托尔斯泰是在书写安娜

1　［俄］列夫·托尔斯泰著：《安娜·卡列宁娜》，周扬、谢素台译，人民文学出版社，北京，2003年，第842页。

的生命走向尽头，实质上却是要表现她对道德生活的无限留恋，这是一种无比真实的人性深度和厚度，这是托尔斯泰为安娜得救的灵魂所赋予的，充满自由与诗意的绝妙风景。

托尔斯泰基督教人道主义思想的核心是救赎，而不是惩罚，但恰恰也是在这一层面上表现出了他深刻的思想矛盾。在他的笔下，罪有应得的“报应观”和人的道德拯救是不无矛盾的。从世俗的观念来看，安娜必须为追求浪漫付出代价，但从宗教理念来看，安娜又是一个因为被剥夺了爱而追求爱的无辜的罪人，她是需要上帝宽恕、救赎的。托尔斯泰无法在谴责、惩戒与宽容、救赎的二元对立中找到出路。他既描写安娜自我意识和生命意识的觉醒以及对自由、爱情、幸福追求的合理性，另一方面却又让她带着犯罪的痛苦走向了死亡。

此外，人的尘缘生命既然是上帝赐予的，人自然的天性、生命的欲求就应该是合情合理的，那么这与基督教义中的禁欲主义道德戒规应该是怎样的关系呢？仁慈、宽容的上帝既然用爱创造了人，并以爱拯救人，那么他就应该宽恕安娜，可是托尔斯泰何以对安娜做出如此严厉、决绝的惩罚，将她置于死地呢？上帝应该怎样才能实现对安娜的仁慈和救赎呢？托尔斯泰显然无法回答这些问题，因为人的自然本性与宗教戒规间的矛盾似乎是不可调和的。

列文是长篇小说中最具道德感和生命意义话题性的人物，也是小说中一个最具基督爱精神的人物形象。

列文与基蒂幸福、美满的家庭生活诠释了爱情、婚姻、家庭的道德真谛。列文不赞成撇开婚姻谈论爱情，也无法想象没有爱情的婚姻。在他看来，家庭幸福不仅仅在于享受爱情，更在于男女两性最高程度的精神和谐。互敬互谅，勤劳纯洁，充满爱和希望，各自保持着独立的生活、思想、精神空间，这才是家庭生活应有的幸福模样。托尔斯泰说，列文与基蒂的爱情，“这是真正的，基督教精神的爱情，世俗的情欲仍在，但在责任、温情、天伦之乐的纯洁气氛中抵达了平衡与和谐的境界”[1]。

此外，作者在列文这一形象中表现了他对充满基督精神的人格理想的向往和以普世价值建立和谐社会的美丽设想。

1 ［美］弗拉基米尔·纳博科夫著：《俄罗斯文学讲稿》，丁骏、王建开译，上海译文出版社，上海，2018年，第175页。

兄长尼古拉的病逝、儿子的出生，与生和死的问题缠绕在一起，越来越执拗地纠结在列文心头的，还有生命的意义和价值。西欧和俄罗斯哲学家的思想无法帮助他解决现实生活中的诸多问题，基督教关于宇宙、生命问题的解答令他困惑、茫然。但他发现，身旁的、亲近的，所有过着单纯、宁静生活的人都是信基督教的。为了灵魂，按照上帝的旨意正直、淡泊、幸福地活着的宗法农民普拉东·福卡内奇作为榜样给了列文极大的启示。他逐渐领悟到，生命的奇迹并不仅仅在于对生命体自然规律的认知与体悟，生命永恒的精义在于人生中一种伟大的信仰，在于善于“爱一切”，还有“道德自我完善”的精神追求。他懂得上帝固然不能把人类从日常的庸俗与无聊中解脱出来，也无法解救人类于堕落和罪恶，但为了使人类不至于在失望中灭亡，他必须沿着一条基督所指的善与爱的光明之路走下去。信仰皈依正是列文对生命价值和人生意义求索的最终归宿。

当然，列文的精神觉醒和信仰皈依并不意味着他由一个无神论者变成了一个有神论者，他只是一个借助于所笃信的宗教精神进行旨在自我完善，更新社会风尚与道德精神的改革家。列文形象明显带有作家自己的身影，是19世纪70年代托尔斯泰在创作长篇小说期间对生命意义、人生追求的艺术体现，是他为俄国贵族、为人类寻找精神出路的人格理想的写照。

对贵族与农民两种身份、城市与乡村两种文化的体认在长篇小说中有着特殊的意义和价值。乡村宣告了一种身份，农民的身份，它是贵族地主列文的家庭和事业所在，是他打猎、养蜂的乐土，读书、写作的地方，更是他生命喜怒哀乐的文化源泉。他对农民抱着尊敬和近乎血缘般的感情，那是与奶妈的乳汁一起吸进血液中的情感。城市生活中更多的不道德、不公正让列文难以在那里久留。乡村生活纯真、宁静，自然、大地能激发人纯洁的心灵，那是他真正的精神原乡。城市与乡村的对比，是小说道德结构和艺术结构得以建立的轴心。乡村文化造就了列文有别于其他上流社会贵族的美好的人生追求与崇高的道德理想，都市文明和现代思想给了他成长和智慧。列文渴望两种文化的共融、不同社会阶层劳动者的爱与团结、和谐社会的到来，托尔斯泰也在这个充满生命强力的形象上寄托着他的基督教人道主义的社会文化理想。

与《战争与和平》不同,《安娜·卡列宁娜》中并没有大段游离于小说情节的历史、道德、哲学的言说,但整部小说却弥漫着显性或隐性的宗教话语。美国批评家乔治·斯坦纳说,比起福楼拜的《包法利夫人》来,托尔斯泰的《安娜·卡列宁娜》胜出一筹的原因在于,他“以更深刻、更全面的目光看待人类的状况……表达了对宗教、道德和哲学关注的明显的倚重”[1]。

1 [美] 乔治·斯坦纳著:《托尔斯泰或陀思妥耶夫斯基》,严志忠译,浙江大学出版社,杭州,2011年,第50页。

第六节

中篇小说《伊凡·伊里奇之死》和《谢尔基神父》

在完成了长篇小说《安娜·卡列宁娜》的创作之后，托尔斯泰文学创作的总体性视野在发生变化，审美观念、个人情感、体裁题材、叙事方式都表现出了新的特征。

如果说，此前作家更重于对“美的理想”的表达，优秀人物的塑造，那么此后他把“善的理想”视作文学审美的第一原则。他站在全人类的，或者说宗教的立场上，怀着悲悯之心，对人类精神疾患的展现与对宗教道德的教诲拳拳眷顾、一往情深。无论是文学创作，还是政论言说，他都无一例外地试图唤起人们对自我道德完善的关注和对基督爱的精神的追求。从 1877 年到 1910 年的三十三年间，托尔斯泰首先是个道德学家、社会思想家、宗教哲学家，其次才是文学家，其道德哲人的角色显然大于文学家的角色，对思想意义的追求高于对艺术审美的追求，“善”成为他文学叙事的关键词。

以鸿篇巨制享誉文坛的文学大师在创作体裁

上走向短小、凝练，中篇小说和短篇小说成为他创作的主要体裁。他的叙事有了此前长篇中不多见的风格：老老实实地说事，明明白白地讲理，低调、平实而不渲染，朴实、浅白而内涵丰沛。与陀思妥耶夫斯基的对话叙事不同，人物的自我检视，心灵自白式的道德、哲学思考成为小说叙事的重要手段。作家对取自现实生活，常常有着生活原型的人与事的叙说充满了“解剖人性”的质疑、“抚慰心灵”的温暖、“普度众生”的慈悲、“静问苍天”的哲思。

《伊凡·伊里奇之死》(1886)篇幅不大，却是一部思想意蕴十分丰富的中篇小说。作品有对贵族官僚社会的讽刺批判，有对道德命题的思考，还有有关生与死、灵与肉生命存在话题的探讨。纳博科夫称此作是“伟大的短篇小说中之最伟大者”，“是托尔斯泰最具有艺术性、最完美、最成熟的作品”[1]。

俄国官僚社会特定的“丑恶”背景使中篇小说先在地具有了一种批判文学的特质。做到外省副检察长位置的伊凡·伊里奇之死引发了同事们的诸多议论。获悉伊凡去世的信息，他们首先想到的就是，他的死亡对他们本人和亲友在职位调动和升迁上会有什么影响，一个个还暗自庆幸，“因为死的不是我”。望着同事的尸体，议论着他的死，所有前来与遗体告别的人除了脸上佯装的哀伤，都怀着不可告人的动机，甚至连死者的孀妇所希望的也只是死者生前的好友能够帮助她获得更多的抚恤金。死者的同事们一致认定，伊凡的丧事绝不能破坏他们欢乐聚会、打牌消遣的既有安排。小说中毫无怜悯之心，争官要钱，甚至幸灾乐祸的“恶”，从普遍的制度收拢到特定的人心，使得小说具有了从对俄国官僚社会批判的意向发散到对人的道德面貌的普世性思考上来。

小说在简短的人们关于死者的对话之后，随即把活人伊凡四十七年的人生故事从头到尾讲述了一遍，演绎了一个有关生命形态的道德故事。伊凡出身官宦之家，这个三品文官的儿子在法学院读书时就显示了他终生拥有的品质：能干随和、善于逢迎。从青年时代起，他就追逐功名、迷恋声色。入职后，他仕途顺畅、薪俸富足，人生称心如意。婚后十七年的家庭

1　[美]弗拉基米尔·纳博科夫著：《俄罗斯文学讲稿》，丁骏、王建开译，上海译文出版社，上海，2018年，第166、278页。

生活体面、温暖，夫妻虽时有龃龉、争吵，却也有更多的安宁、快乐。然而，一场大病直接颠覆了主人公一生建构起来的生命价值和意义，让他在肉体和精神上备受折磨，死神不断在他脑海中出现。在孤寂痛苦中主人公第一次开始了对自我的道德检视。在肉体弥留之际，在他即将结束围绕着“官位”“金钱”“享乐”的辗转人生之际，伊凡·伊里奇获得了一种全新的生命体验。

他似乎意识到，过去那种动物般的生存和自以为是的满足，那种虚假、做作、庸俗，肤浅的庄重、优雅，连同生活赖以支撑的信念全都是自欺欺人。回忆自己的人生，倾听心灵的声音，伊凡发现，“这辈子生活过得不对头”，“在我将离开世界的时候，发觉我把上天赋予我的一切都糟蹋了”[2]。更让伊凡·伊里奇感到绝望的是，周围所有人，包括他的亲人在内，一个个都在讳言真相，人人都在骗他说，他只是病了，不会死的。

与此同时，作者却把美丽生命的镜头留给了他家中的仆人盖拉西姆。只有这个淳朴、善良、快活的年轻农民活得真实、诚实，不会装腔作势。面对人们对死亡的恐惧，他坦然说道：“这是上帝的意思！我们都要到那里去的。”[3]深夜，为了减轻伊凡的病痛，盖拉西姆通宵将他的两条腿扛在肩上。深感过意不去的主人让他退下，他却回答说：“不要紧，老爷，我再坐一会儿。”“您可不用操心，老爷，我回头会睡个够的。”“要是您没病就好了，我这样伺候您算得了什么？”[4]盖拉西姆给了弥留之际的伊凡无限的体贴、关怀与温暖，让他在人生中第一次真正获得了心灵的轻松与精神的愉悦。主人公在本阶层之外，意识到了一种陌生而又新鲜的，一种没有谎言与冷漠、邪恶与欺骗，真正美好和谐的人与人之间的关系。伊凡·伊里奇幡然醒悟，在告别生命的时刻看到了真善美的生命之光。盖拉西姆的存在是对伊凡·伊里奇虚妄的人生及其阶层生命存在方式的一种审判，给道德堕落的社会带来的一线光明与希望，为这个缺乏爱的世界树立的一个自然、完美、充满爱和生命活力的道德典范。

小说的标题以及故事的始末讲述的都是人之死。故事告诉人们，在伊凡供职的官场，这些活着的人无不是些自私自利、麻木不仁、自欺欺人的

2 ［俄］列夫·托尔斯泰著：《列夫·托尔斯泰中短篇小说选》，草婴译，人民文学出版社，北京，2020年，第514页。

3 同上书，第467页。

4 同上书，第508页。

行尸走肉，都生活在认知扭曲的幻觉世界中。他们把职务的晋升、享受生活看得远比死亡更现实、更重要。伊凡的好友伊凡·伊凡内奇说，死亡这种事故只会发生在伊凡·伊里奇身上，可绝不会发生在他的身上。在托尔斯泰看来，现代社会官僚们的这种心理是令人不安、十分可怕的时代病象。一个只有认知并接受了生命中存在着不可避免的痛苦和死亡真实的人，才能真正了解生活，了解个人的、家庭的、集群的、社会的生活真实，才能看到生命的全部内容，懂得生命的要义，才能真正思考生活。对生命真理的认知不能依凭智慧的理性，而是需要生命的勇气与道德的纯洁。在盖拉西姆的感染下，伊凡战胜了对死亡的恐惧，心灵归于平静，最终发出了“没有死，只有光”，“原来如此，多么快乐呀！”的感慨。从这个意义上说，小说与其说是讲伊凡之死的，莫如说是讲伊凡精神重生的。这是托尔斯泰在社会批判和道德思考之外，对人的存在命题，对生与死、灵与肉命题所进行的形而上的观照。有批评家说，托尔斯泰由此揭开了俄罗斯文学存在主义创作的第一页。[1]

中篇小说《谢尔基神父》的创作历时八年，写作时间超过了《战争与和平》和《安娜·卡列宁娜》，是托尔斯泰最用心的作品之一。它讲述了一个基督教圣徒的生平故事。主人公斯捷潘·卡萨茨基公爵出家前是皇宫近卫军官，风流倜傥、禀赋卓越、品格高尚、行为端正，堪称上流社会的道德表率和行为楷模，深得沙皇尼古拉一世的宠爱。这正是托尔斯泰选择有着坚硬的道德质地的贵族精英说事的缘由。

就在婚礼前一个月，美丽的未婚妻，宫廷女官坦陈自己曾是尼古拉一世的情妇的无情事实彻底颠覆了卡萨茨基公爵对世间人事的认知，对沙皇和未婚妻，崇高、神圣和纯真、美丽的化身深感绝望。他辞去宫廷职务，将全部田产送给妹妹，毅然走进修道院，从此踏上了另一条人生之路。更名谢尔基修士的他再一次显示了高尚的精神品德。他虔诚敬事、苦心修炼，甚至连母亲去世，昔日未婚妻嫁人都闻之安然。他拒绝诱惑、坐怀不乱，甚至斩断手指以克制心中的邪念。他曾让一个漂亮、轻浮的女子告别罪恶，走进了修道院，又以其真诚的祷告和充满爱的话语，奇迹般地挽救

1 В.Я.Линков. *История русской литературы XIX века в идеях.* Изд. МГУ. М. 2002. С. 125.

了一个又一个病人的生命。谢尔基神父从此声名远扬。

然而，昔日公爵对宗教的皈依与其说是信仰使然，不如说是完美信念破灭后对世俗社会的抗议。告别俗世，皈依宗教，对于他而言，所获得的不只是一种远离尘世的清静与一颗虔诚之心，同时也带来了对红尘间未能如愿的功名荣耀、幸福生活渴望的永无终结的精神磨难。一日，已成为将军的宫廷好友的造访让谢尔基久已枯萎的功名之心复燃，而一个如魔鬼般妖艳的绝色女子的诱惑最终让他的原欲破茧而出。谢尔基神父一时身心俱焚，绝望至极。托尔斯泰告诉人们，人走向自我道德完善的路是艰难的，在宗教戒律与自然人性的双重压抑和作用下，欲望只能被压抑，而不能被消灭。与此同时，小说也从另一个侧面证明了宗教隐居生活对人改恶从善的无能。

谢尔基神父在梦中得到了天使的教诲，在与“上帝之女”、贫苦的凡间女子普拉科菲娅的相遇相叙中认识到，以上帝的名义生活与为上帝生活的两种理念截然不同，前者染指世俗的欲望与功利，后者才是纯真、圣洁的生命归宿。谢尔基在黑暗的精神深渊中受尽煎熬，最后亲手打碎了宗教偶像，回归了俗界。新人卡萨茨基最终在宗教寺院之外，在断绝与本阶级生活联系的平民化的生活中领悟了基督学说关于生命意义的真谛。他的诚实和伟大之处在于，此后他从不以上帝之名自欺欺人，而是甘当上帝的奴仆，怀着一颗强烈的忏悔之心，用基督大爱的精神拯救自己与尘世罪人。在被当作流浪汉流放到西伯利亚之后，他无怨无悔地继续忠诚地为上帝的事业服务，教育孩子，诊治病人，施爱于人间。

谢尔基神父是托尔斯泰笔下最具基督精神的形象，在他身上渗透了作者点点滴滴的生命感悟，是作者精心塑造的一个道德理想主义者。托尔斯泰并没有让他的主人公讲经说法，甚至无意让世人皈依宗教，而意在通过主人公二重人格的尖锐矛盾，人性中灵与肉的剧烈冲突，呼唤道德自我完善的重要性和基督大爱精神的回归。

人生性是软弱的，人难能在心中竖起一根足以彻底摒弃诱惑、克制自我的道德标尺，更遑论用它来检视自我生命行为中的善善恶恶。正因为如此，作为道德家的托尔斯泰才发出“先知般”的警示：人要进行不断的道德自我完善，只有这样现代人才能为自己的道德立标，用心中牢牢竖起的那根永恒的道德标杆称量自己生命的重负。托尔斯泰在对人生的思索中，走向了生命伦理的纵深。托尔斯泰说，“艺术应该做的是，让如今只有社会中优秀的人对他周围的人才拥有的，那种兄弟般的情谊与爱成为所有人习惯的情感与本能”，“宗教的，共同的，全人类的艺术的任务在任何时代都只有一个，那就是提供区别善与恶的知识，确立人与人关系的真理与正义”[1]。

1 Л.Н.Толстой. *Педагогическая библиотека*. Просвещение. М. 1989. С. 443-444.

第七节

长篇小说《复活》：社会批判与对迷途灵魂的超度

长篇小说《复活》是托尔斯泰第三部文学的大制作。它完成于1899年。这部取材于一桩真实司法案例的作品构思于1889年，几经修改，伴随着托尔斯泰的创作生命整整十年。那是俄罗斯社会动荡不安、矛盾空前激化的一个历史时期，也是俄罗斯文学对社会未来的整体性认知缺失的一个时期。《复活》成为这一时期绝无仅有的，关注俄国社会变迁，保持着与当下生活的紧密联系，并对当下社会和人的道德精神面貌高度关切的鸿篇巨制。

在长篇小说中，托尔斯泰仍以其宏大的叙事气势，真实、全面、深入地再现了俄国社会的时代风貌，真切、细腻地描写了男女主人公，贵族公爵涅赫柳多夫和被侮辱、被损害的女性马斯洛娃道德更新、精神复活的心路历程。

贵族陪审官涅赫柳多夫为曾遭他诱惑而沦为妓女的马斯洛娃的一桩冤案深感震惊、悔恨，为灵魂忏悔，为伸张正义，他踏上了漫漫的申冤长路。托尔斯泰通过对他去监狱，走农村，上访彼得堡，最后陪伴她去西伯利亚流放等经历的描写，通过他与上自法官、狱吏、省长、国务大臣、枢密官、将军，下至妓女、囚犯、饥民、流浪汉等各阶层人物的接触，深刻地揭露了俄国社会制度的腐朽和黑暗。他把批判矛头直接指向了法庭、法律、监狱、土地私有制、教会等国家制度和社会生活的各个领域，撕下了俄国资本主义社会形形色色的假面具，显示出现实主义文学史无前例的批判力量。

在托尔斯泰的笔下，俄国法庭的光明正大、公正无私仅仅是一种伪善的表象，掩藏其后的是虚伪、无耻、黑暗。一个著名的律师为了一万卢布的贿赂，巧妙地将一个老太婆的一大笔财产统统判给了一个生意人；受过大学教育的民事执行吏是一个不可救药的酒鬼；法庭上引领众人对《福音书》宣誓的司祭为家庭赢得了房产与巨额的有息证券。道貌岸然的司法界的官员们无不过着一种局外人难以想象的荒唐生活：法庭庭长与妻子各自过着极其放荡的生活而互不干扰；笃信东正教的副检察官在一夜的豪饮、滥赌、狂嫖之后筋疲力尽，居然未及过目命案便来到法庭；法官临开庭前刚刚与妻子发生了一场激烈的争吵，正担心着回家后午饭的着落……凡此种种，繁华奢靡而又充满欲望的整个“上流社会”难以掩饰其腐朽、糜烂的真相，甚至连最为宁静、肃穆的法院也不例外。

涅赫柳多夫清楚地认识到，法律是虚假的、善恶不分的，因为“一切事情会随着检察官和那班人的心意发落，他们可以应用法律，也可以不应用法律”，至于“真相，那是法庭判决的产物”。连监狱长也承认，常常有全然无辜的人被关进牢房。村民们聚集在一起阅读《福音书》，因为没有按照教会的说法解释《福音书》而遭到流放。青年农民的妻子被酒店老板拐走，本人遭到毒打而无处申冤，为了骗取保险费纵火烧了屋子的酒店老板还嫁祸于他，他因此被投进了监狱。一个二十岁的小青年酒后拿了几块连物主都不想要的粗地毯而被关进了牢房。政府官员以苛捐杂税的形式剥夺公民的财物，工厂主以压低工人工资的手段来窃取他们的劳动果实。社会非但不去追究并消除造成穷困、产生犯罪的社会原因，却鼓励导致犯罪的国家机构为所欲为。而在农村，涅赫柳多夫发现，农民整体性的贫困与饥饿在加剧，儿童与老人在死去，妇女在做牛做马，而这一切“最主要、最直接的原因，就在于农民赖以生存的土地不在他们的手里”。

在作家的笔下，官方教会宣传的东正教实际上成为践踏人性、欺骗民众的实用哲学。精神教主的神父们一个个都是掩饰社会罪恶和暴力的骗子。教堂司祭用酒与面包充作上帝的血与肉，以表达上帝对教民的精神安抚和奴仆对恩主的信仰和敬畏。沙皇和皇室成员的福泰安康成为东正教信徒祷告的重要内容，亵渎神灵的法术成了开导“迷路”囚犯必需的献祭仪式。

如此的批判广度、力度和深度不仅是黄金世纪的俄罗斯文学所未曾见过的，也是19世纪欧洲文学所罕见的。不过，需要指出的是，托尔斯泰对俄国社会强有力的整体性批判并非要激起受压迫者的反抗，他无意于通过改变社会的制度架构或文化外在秩序的方式，而是以超度迷途灵魂，拯救道德的方式来实现社会和道德的良善。他把这种拯救方式化作一种对生活真伪、道德善恶、人性美丑的辨识，对假恶丑的针砭与谴责，一种道德伦理的说教和超验的“绝对真理”的传播。托尔斯泰把《复活》写成了一部在任何时候都能为人类提供道德启迪的故事，他要为人类提供一个具有普适意义的道德更新的范式。这一追求充分体现在他对男女主人公精神复活的心灵历程的揭示上，长篇小说写出了一个贵族男子和一个平民女性走出迷津、安顿灵魂的“心史”。

人人心中有魔鬼，人人心中有上帝，这是托尔斯泰对人性认知的宗教原点。他通过涅赫柳多夫心灵深处恶与善的交织、兽性与人性的角逐证实了这一人性公理。贵族青年的“兽性”情欲既是人的原罪，又是被上流社会诱惑与强化的，它取代了其人性中原有的善良与单纯，使他成了诱奸少女马斯洛娃的魔鬼，导致她堕落的罪魁祸首。马斯洛娃在法庭上冤屈地呼喊“我没罪”，使他第一次意识到背负着罪恶而心安理得地生活了十年的可耻，人性善的萌生让他踏上了悔过自新之路。

为马斯洛娃以及其他被非法关押的人们平反冤屈、四处奔波的过程中，涅赫柳多夫未能找到社会的公正，从外省法庭到彼得堡枢密院都坚持认定马斯洛娃有罪并判定流放西伯利亚。在为社会正义而进行的孤独而无果的抗争中，男主人公看到了他一直生活其中的那个贵族上流社会的全部耻辱与罪恶，认识到自己是造成马斯洛娃堕落与冤狱的祸首。他断定在现实生活中不可能找到社会正义，于是，他决定从自我做起，挣脱魔鬼的纠缠，将自己从人生的罪恶中拯救出来。否定贵族乃至整个社会，与本阶级决裂，斩断与罪恶的联系，成为他精神复活的第一阶段。

荡涤罪恶、精神复活的前提是真诚的忏悔，一种被他称作“灵魂超度”的道德自省。“要做我的良心要求我做的事”“要牺牲我的自由来赎我的罪”的心灵呼唤是他人性中一种纯善境界的出现，他由此踏上了复活之路的第二个阶段。他不顾亲人和上流社会的反对与阻挠，拒绝了公爵小姐的追求，决定娶马斯洛娃，追随她去西伯利亚。他对姐姐说：“这不是为了让她改邪归正，而是为了自己改邪归正。”在伴随马斯洛娃流放去西伯利亚的途中，良心与责任开始演化为一种爱。如果说起初遵从良心、履行责任的情感中混杂着怜悯和虚荣心，那么随着时间的延伸这种情感逐渐变成了一种“纯粹的感动与怜惜”，而且这种感情在生长、蔓延，不仅仅局限于对马斯洛娃一人。他对所有的人，从囚犯、马车夫到监狱长、省长，不由自主地都变得关心和体贴了。爱的萌生是涅赫柳多夫精神复活的起点。

马斯洛娃与政治犯西蒙松的结合了结了久久折磨着主人公内心的痛楚，他终于能为被他所害的马斯洛娃释然了。涅赫柳多夫在与囚犯们的接触中看到了在苦难的生命炼狱中人性的真实，这使他获得了对人心的真正的体悟。政治犯们的诚实、克俭、大公无私的美好品德，为他人幸福而斗争的自我牺牲精神令他感动、敬佩。而刑事犯的虚荣、自负、嫉恨、残暴，让他焦虑、痛苦。在一场新的灵魂洗礼中，“登山训众”和《福音书》里的故事为他提供了一个最简单、最无可怀疑的道德自我完善的精神引领——基督之爱的精神，一种简单明了而实际可行的思想遵循。涅赫柳多夫最终完成了其精神复活的第三个阶段，成了一个虔诚的、充满爱的基督信徒，成了一个新人。

不同于涅赫柳多夫，马斯洛娃的复活之路是她作为一个人的自我意识的觉醒和真正的爱的情感的复归之路。

少女马斯洛娃在一个风雨交加的夜晚，与涅赫柳多夫相见未果而从火车站回来之后，就再也不相信善和上帝了。这个她心中最好的男人把她玩够了，把她的感情作践够了，就把她抛弃了。贵族养母因马斯洛娃怀孕而将她赶出了家门。此后马斯洛娃遇见的一切人，凡是女人，都希望从她的身上赚钱，凡是男人，都把她看作取乐的对象。受尽屈辱的她说："人人都在为自己活着，为享乐活着，所有关于上帝和关于善的话，全是欺人之谈。"

人兽搏击的战场同样在马斯洛娃的内心中展开。贵族家中半养女、半奴婢地位的美丽少女卡秋莎被逐出家门后历尽屈辱。男人欲望世界的逼迫和自己对欲望"魔鬼"的放纵是马斯洛娃沉沦堕落的缘由。她卖弄风骚、出卖肉体、纵酒行乐，历时七年过着一种"违背上帝和人类戒律的犯罪生活"。涅赫柳多夫表达赎罪的愿望第一次引起了她对屈辱与苦难的回忆，激发了她被淹没了七年的独立、自由的人的意识的觉醒。"你打算用我来拯救你自己"，"你在尘世的生活里拿我取乐还不算，你还打算在死后的世界里用我来拯救你自己！"[1]，这是她在欲望的纠缠中人的意识的第一次苏醒。

在与监狱、医院中好人们的交往中，在涅赫柳多夫的真诚与爱的感召下，马斯洛娃女性的情感和生命的暖意在升腾，自卑自弃的情绪在消除，尊严感和道德感在增长。在与涅赫柳多夫见面时，她那涨红了的脸上有了一种新的表情：拘谨与腼腆。她的眼眶里充满了感激的泪水。这些近乎下意识的表情传递着她内心世界中真善美意识的回归。此后，她一想起跟男人的那种关系就感到厌恶，她戒掉了烟和酒，不再卖弄风情，主动去做杂工，帮助那些需要她帮助的人。几乎已经枯竭的爱也萌生了，她又开始爱涅赫柳多夫，凡是涅赫柳多夫希望她做的，她都努力去做。涅赫柳多夫发现，"她的灵魂在起变化，她复活了"。

在西伯利亚流放地，置身于政治犯中，马斯洛娃不再受到男人们的骚扰，更重要的是结识了那些对她的人格改变起着决定性影响的人，他们为

1 ［俄］列夫·托尔斯泰著：《复活》，汝龙译，人民文学出版社，北京，1979 年，第 223—224 页。

《复活》插图，陪审员　帕斯捷尔纳克绘

《复活》插图，马斯洛娃　帕斯捷尔纳克绘

她揭开了人生中崭新的一页。命运让她遇见了革命者西蒙松，让她遭遇了真挚、美好的爱情。西蒙松对马斯洛娃的一种柏拉图式的爱大大提高了她在自己心目中的地位，她总是想方设法把自己最好的品质表现出来。初识西蒙松，她便认定这个与贵族家庭彻底决裂，反对人间一切暴力，为了人民大众的利益受苦受难的人就是她要等待与守候的人。马斯洛娃拥有了，也付出了一个女人最丰盛的爱，终于把自己的人生与西蒙松结合在了一起。而她对涅赫柳多夫仍持存的爱充满了一种宁静与温馨，化为一种恒久的思念与感激。她仍然爱他，但下定决心不接受他的牺牲，因为她知道，同她结婚会破坏他的生活和幸福，而跟西蒙松在一起就会使他得到自由。这不啻一种无私的、为了爱而放弃爱的基督式的爱。

就这样，涅赫柳多夫和马斯洛娃双双获得了灵魂苦难的超度和精神道德的新生。托尔斯泰用他们的故事告诉人们，人类的欲望也许与生俱来，人类的罪恶也许不可回避，但是制服它，人是完全可以做到的！唯有对善与恶做出自主的抉择，唯有用爱的精神引领人的心灵与情感，唯有不可懈怠的道德自我完善。托尔斯泰说，他渴望“人类中十分之九的人”都能读到《复活》，他寄希望于人们的道德完善而使社会变得美好。诗人勃洛克说，《复活》是托尔斯泰在“正在逝去的世纪对新世纪留下的遗嘱”，罗曼·罗兰称长篇小说是“关于人的恻隐之心的最美妙的长诗之一”[1]。

1 *Русские писатели. Биобиблиографический словарь.* В 2 томах. Т.2(М-Я). Под редакцией П.Николаева, Просвещение. 1990. С. 304.

第八节

作为艺术家和思想家的托尔斯泰

对于作为艺术家和思想家的托尔斯泰来说，文学书写和思想言说两者是共生共存、水乳交融的。成就其辉煌的首先是作为艺术家的托尔斯泰，他在文学创作中所表达的首先是生活的、精神的、灵魂的、审美的诗意，其次才是其卓越的思想，他对生命、人性、社会、人类的不凡思考。俄罗斯哲学家洛斯基说："在托尔斯泰的身上，伟大的艺术家和伟大的哲学家是血肉相连的。无论是前者还是后者，他都具有最高程度整体把握世界的天才能力。"[1] 纳博科夫说："托尔斯泰是俄国最伟大的小说家。……乍看上去，托尔斯泰的小说充斥着作者的道德说教。而事实上，他的意识形态如此温和、暧昧，又远离政治，同时，他的小说艺术如此强大、熠熠生辉，如此富有原创性而又具有普世意义，因此后者完全超越了他的布道。"[2]

作为艺术家的托尔斯泰创作体裁多样，他在小说、戏剧、童话、寓言、民间故事等多种体裁领域都卓有建树。其中小说，特别是长篇小说是他最有分量，也最有成就的文体样式。在我看来，他的长篇小说最突出的三个艺术成就是：故事的生活品相、恢宏的体裁结构、普适性的价值判断。

黄金世纪的俄罗斯小说一般故事性不强，但托尔斯泰的小说却有着故事性强的生活品相。小说中的故事真实、生动、跌宕起伏，人物形象有着鲜活的生活情态和十分丰富的内心世界。高尔基说："你在读他的作品时，会感到他的主人公血肉丰满的存在，他塑造的形象是如此精美，仿佛就站在你眼前，真让人有一种想用手指去触碰一下的冲动。"[3]安娜是世界文学史上最有魅力的女性形象之一。她的悲剧故事之所以感人至深，不仅在于这个人物令人销魂的美、生命力的强大、性格的丰满、精神的丰富，还有其悲剧中美被毁灭的崇高语义，她跟命运抗争以弥补缺爱的年轻生命行为的合理性，以及生命伦理和道德伦理激烈碰撞留给读者巨大的思想空间。这是托尔斯泰把对生活深邃的洞察诗意化为小说人物命运的光辉典范。纳博科夫把小说的这一故事品相归结为艺术家"小说时间价值的天分"。这一"时间价值"是指读者阅读小说时历史距离感的消失，一种绝对强烈的生活真实感和鲜活感。他说："这种时间安排上的巧妙平衡非托尔斯泰莫属。"[4]

托尔斯泰小说中的主人公大多有生活原型，还有作家本人精神形态和情感变化深深的印记。此外，托尔斯泰在讲述故事时，尤为在意社会和人的精神性特征。他的小说始终有一种贵族气质在荡漾。这不是指贵族伯爵给予作家的身份优越感，而是他一种生命本能的对黑暗与邪恶的强势抵御，对崇高精神理想的追慕，深邃、自觉的忏悔意识。在安德烈的孤傲、皮埃尔的稚拙、娜塔莎的纯真、安娜的高贵典雅、列文的孤独沉思、涅赫柳多夫的忏悔、马斯洛娃的新生中都渗透着作家高贵的悲悯情怀，这种情怀既与托尔斯泰崇高的精神追求和深刻的道德感有关，也与他的宗教思想紧密相连。

托尔斯泰的长篇叙事恢宏广阔，具有罕有其匹的史诗性规模，一种俯视天下、纵横捭阖的宏大叙事的权威性。借用黑格尔在《美学》一书中对史诗的界定，这种史诗性长篇讲述的是"民族和时代的世界"，"融入了时

1 Н.О.Лосский. *Л.Н. Толстой как художник и мыслитель.*（1928）http://www.marsexx.ru/tolstoy/pro-et-contra/46_lossk.pdf.

2 ［美］弗拉基米尔·纳博科夫著：《俄罗斯文学讲稿》，丁骏、王建开译，上海译文出版社，上海，2018 年，第 164 页。

3 В.Хализев. *Ценностные ориентации русской классики.* Гнозис. М. 2000. С.164.

4 ［美］弗拉基米尔·纳博科夫著：《俄罗斯文学讲稿》，丁骏、王建开译，上海译文出版社，上海，2018 年，第 168、169 页。

代整体性和民族生存状态的故事”[1]。在他的笔下，生活就像汪洋大海一般滔滔不绝、豪放恣肆，但这种宏大叙事不是时间、场景、人物简单的全景画，而具有情节结构、审美意蕴内在的高度统一性、和谐性。托尔斯泰打破了题材、功能相对单一的传统长篇小说的体裁界限，是不同题材、功能、类型的长篇小说的“合成”，他的小说无不有着非常丰富的层次感。《战争与和平》《安娜·卡列宁娜》《复活》分别融汇了历史小说、心理小说、道德小说、家庭小说、哲理小说、教育小说、政论小说等不同题材和功能的长篇小说的诸多特征。当然，沉稳厚重，而又一泻如注的叙事风格也为这样的史诗性品格大大增色。

保证这一宏大叙事统一性、和谐性的，是他匠心独运的小说结构。《战争与和平》以和平生活起始，又以和平生活结束，呈现出一种“环状”的叙事结构。作者试图表明，和平生活才是人类正常、健康的生活状态。皮埃尔与娜塔莎、尼古拉与玛丽雅两对有情人终成眷属的结尾，更强化了人类应有的健康、圆满和幸福生活的高远立意。《安娜·卡列宁娜》以安娜的爱情追求与列文的精神探索两条线索搭成的“拱式”结构具有内在思想的高度关联性与统一性。这两根结构廊柱互为支撑，体现了小说中男女两性不同生命追求的悲剧性以及寻觅摆脱这种悲剧性的道德和精神出路的思想意蕴，也蕴蓄着城市文化与乡村文化对立、融合的重大意象。《复活》采用的是一种“链式”结构，它充分应和了人的灵魂再造、道德的自我完善是一个艰难而漫长过程的艺术构思。对于托尔斯泰来说，叙事结构不仅是小说的艺术手段，也是作家对人精神世界体认的深层体现。

人性和道德是托尔斯泰坚守的两个价值向度，是伟大文学不可或缺的品质。托翁所描绘的人性是丰富、复杂的，是多元共存、变动不居的，其中蕴藏着令人震惊的光芒或阴暗。托尔斯泰在小说《复活》中将人性比喻成河流，他说：“人好比河，所有的河里的水都一样，到处都是同一个样子，可是每一条河都是有的地方河身狭窄，有的地方水流湍急，有的地方河身宽阔，有的地方水流缓慢，有的地方河水冰凉，有的地方河水浑浊，有的地方河水暖和。人也是这样。每一个人身上都有一切人性的胚胎。”[2]

1 Н.М.Фортунатов，М.Г.Уртминцева，И.С.Юхнова. *История русской литературы XIX века*. Высшая школа. М.2008.С.500.

2 ［俄］列夫·托尔斯泰：《复活》，汝龙译，人民文学出版社，北京，1979 年，第 255 页。

拿破仑自负、傲慢、胸有成竹，却也时有慌乱、惊恐、无措，他疯狂、暴躁、凶残，时而又表现出理性、自省和温和。卡列宁自私、冷漠、装腔作势，然而，他在安娜难产生命垂危时真实地痛哭失声，又显现出其真诚、善良、宽容的一面。托尔斯泰借助人物内心独白、意识流动的细节描写形成了被车尔尼雪夫斯基称作“心灵辩证法”的一种独特的人性叙事。他不仅以真挚、朴素的笔触描写美好的人性品质，又以博大深切的家国情怀，彰显崇高深厚的人性精神。安德烈、皮埃尔、娜塔莎、列文、涅赫柳多夫等人物身上既有真、善、美、爱的人性品质，又有俄罗斯民族情感和民族立场的体现，以及之中彰显人性的民族品质和民族精神。

从自传体三部曲到最后一篇短篇小说《霍登惨案》，托尔斯泰把强有力的道德检视融入了文学创作之中。他总是把人物的道德更新与人性、社会、世界的改造结合在一起。涅赫柳多夫的新生之路所传达的道德寓意，不仅有他本人的道德自省，更有对不道德的贵族社会的谴责与批判，实现了道德命题与社会命题的有机勾连。单纯的道德批判是无力的，解构需要与建构并行。托尔斯泰在《安娜·卡列宁娜》中进行道德批判的同时，又有多元价值观介入的深化，突出体现在对爱的缺失的批判和对爱的悖谬的谴责。托尔斯泰真正实现了道德检视与艺术叙事的完美融合。纳博科夫说：“说教者闯入托尔斯泰的小说中并非总能找到清晰的标志。说教的节奏很难从这个或那个人物的沉思冥想中分离出来。”[3] 长篇小说中不被批评界看好的大段游离于小说故事的政论性插叙，是作家试图从与文学接壤的不同领域强化其有关历史、道德、哲学思想阐释的一种努力，也是艺术家托尔斯泰的一种叙事风格。

从 19 世纪 70 年代后期开始，托尔斯泰以文学家的身份直面社会，写下了总量不低于其文学作品的有关宗教、道德、哲学、教育、艺术方面的一系列著述，创立了他的学说“托尔斯泰主义”。他从自己认定的宗教精神出发，以道德学家和社会改革家的身份，论述他对宗教、道德、暴力、生命、艺术等一系列命题的看法。“托尔斯泰主义”的人文主义思想涉及了宗教道德、社会改革、生命伦理等多个方面，它们相辅相成，互为依存。

3 ［美］弗拉基米尔·纳博科夫著：《俄罗斯文学讲稿》，丁骏、王建开译，上海译文出版社，上海，2018 年，第 170 页。

托尔斯泰从来就不是一个宗教神学家，他从青年时代起就不接受俄国官方东正教会所宣扬的基督教义和理念，他力图创立的“新宗教”剔除了东正教的教义和神秘主义的元素，倡导一种符合人性、道德的基督精神和人的世俗幸福。这也正是他被官方东正教会视为“异教徒”，在1901年被革除教籍的原因。他说“我把基督教看成讲述生命意义的学说”，“对我来说，完全无所谓耶稣基督是上帝还是不是上帝，神圣的灵魂从哪里来的等问题，同样不重要，也完全没有必要知道，《福音书》是怎样的，是什么时候，谁写的……我觉得重要的是一种光亮，照耀人类，照耀过并仍在照耀着我的已有1800年的光亮；至于这种光亮的源头该如何命名，是怎样的材料，由谁点燃的，对于我完全无所谓”[1]。其“新宗教”的核心思想是“道德自我完善”和“不以暴力抗恶”，他宣扬一种伟大的宽恕、爱和善的基督精神，激发人类对这一精神的向往和实践行动。他把充满基督爱的天国化作尘世人间的一种崇高的精神和道德信仰，化作需要憧憬和仰望的一个美好、崇高、和谐的人类社会。

托尔斯泰的社会改革理想是建筑在“不以暴力抗恶”思想基础上的。他在《忏悔录》《天国在你们的心中》等一系列著述中多次提出“不以暴力抗恶”的思想。他认为，这不仅是个人的生活原则，更是社会生活的伦理基础。国家绝不是上帝意志的体现，因为国家的暴力本质既不符合耶稣的训谕，也不符合人类的本性。在官方教会的宣传中，沙皇就是人间的上帝。当它赋予世俗权利合理性的时候，也用巧妙的方式把基督徒对上帝的道德义务转换成每个普通公民对于国家的义务。于是，警察、监狱、流放、死刑等国家专制工具在官方教会那里得到了合理的解释。托尔斯泰坚决反对违反基督精神的这些暴力手段，他认为，人类应该拥有没有暴力的生活，而没有暴力的生活是不可能通过暴力方式实现的，以暴易暴的结果并不能使暴力消失，而只能使人类社会充满更多的暴力，人类应该找到一种能够彻底消除暴力的方式。无疑，托尔斯泰关于没有暴力的天国的设想是一个无政府的乌托邦幻想。历史证明，国家的存在无疑是合理的。可是，无论人们怎样看待国家存在的合理性，托尔斯泰所指责的国家的暴力

1 Николаева Е.В., *Художественный мир Льва Толстого 1880-1900 годы*. Флинта, М., 2000. С.62-63.

本质是无可置疑的。虽然我们无法设想一个没有政治设施的社会，可是我们没有理由说，从古希腊罗马以来的历史进程所反映出来的国家的暴力本质与人类的道德诉求是一致的。托尔斯泰用一个纯思的逻辑所建构的精神家园、理想天国，他所主张的社会改革的理想不仅是他那个时代的，也是今天人们需要思索的重要命题。

生命伦理是“托尔斯泰主义”中的一个基本命题，它既是哲学的，也是道德的。托尔斯泰倡导一种自然的生命观，即尊崇并顺应生命的自然天性，远离那些由习染而得的邪恶的思想，拒绝异化。他的生命伦理观有三重内涵：其一，真正的人的生命始于理性意识——崇高信仰的生成；其二，爱与善是人类理性意识的精义所在；其三，人应该借助于爱与善的理性战胜各种诱惑和罪恶，获得精神的重生和道德的自我完善。在他看来，真正的基督精神在于肯定生命的目标是幸福，基于爱与善的此在的幸福才是真正的生命的幸福所在。

综上所述，作为思想家的托尔斯泰并非要创立一种理论意义的体系性的思想学说，“托尔斯泰主义”并非一种真正的“主义”，而是他提出的拯救世界和人类，促成人类社会进步和人的精神道德完善的一种思想理念。托尔斯泰未能找到比宗教更温和、更节制、更人性的思想，以安顿世界和人类。现实社会中恶的恣肆，道德的沦丧，爱与美的缺失，造就了悲天悯人的托尔斯泰，使他成为同时代文学世界中最为独立，也最为孤绝，最具文学性，最具思想性的绝世大师。

第九节

托尔斯泰与陀思妥耶夫斯基

托尔斯泰与陀思妥耶夫斯基都是享誉世界文坛的伟大的文学家和宗教思想家，两人谁更伟大？美国文学批评家乔治·斯坦纳在他的《托尔斯泰或陀思妥耶夫斯基》一书中给了我们这样一个回答，他说："在视野的全面性和表现力这两个方面，两位大师都有出类拔萃的建树……两人堪称文学巨擘，在地位上并不存在由高低之分形成的冲突……他们就像两颗比邻的行星，大小相当。"[1]

托尔斯泰与陀思妥耶夫斯基都是宗教思想家，都"以赤裸的身躯，面对上帝的火焰"[2]。两人都被俄罗斯宗教哲学家列昂季耶夫称作"玫瑰色基督教"的信奉者和传播者，他们传播的都是被他们用道德的"玫瑰色香水"喷洒了的基督教思想。他们都把自己看作人类的行善者和拯救者，有责任和义务告诉人们应该如何生活。两人的宗教人类学思想中都有泛斯拉夫主义的倾向，他们都认为忠实的上帝子民，俄罗斯人民应该团结全体斯拉夫民族，完成拯救欧洲，乃至全人类的伟大使命。两位文学大师都有一个乌托邦的精神理想：一个没有暴力，人人实现自我道德完善的理想天国或是一个恶被彻底根除，充满善与爱的人类美好未来。

两人都从不让科学、技术、现代文明成为自己的盟友，反而始终提防着它们，用道德的和宗教的思想与它们做斗争。托尔斯泰说："音乐会，金属火柴盒，吊裤带和马达是很不错；可是如果为了创造它们需要把十分之九的人变成奴隶，那么最好还是让所有的马达和所有的吊裤带统统滚蛋吧。"[3] 陀思妥耶夫斯基说："文明的这些利益，甚至连文明本身都将是可诅咒的，如果为了保持这样的文明必须将人的皮剥掉的话。"[4]

他们的文学言说都以全人类性为追求，只是托翁更具世俗性，而陀氏则更具宗教神性。他们的文学创作都有恢宏博大的艺术特质和智慧深邃的思想品格。《战争与和平》《安娜·卡列宁娜》《复活》和《罪与罚》《白痴》《卡拉马佐夫兄弟》都是精神小说、思想小说，人类救赎都是它们的共时性主题。两人的文学创作都有鲜明的自传性：列文是托尔斯泰的文学化身，是作家 19 世纪 70 年代精神探索心路历程的写照，佐西马长老是陀思妥耶夫斯基的精神理想，其宗教哲学思想的代言人。两位文豪大量的书信、日记都记载着其践行文学介入人的灵魂再造、道德更新的可能性和可行性的可贵探索。

然而，宗教思想和文学创作的这些共同性却无法掩盖两者在思想、创作上的巨大差异。贵族伯爵托尔斯泰有着王者的风范，其内心中隐藏着一颗"天生异教徒"的灵魂；平民出身的陀思妥耶夫斯基是个神秘的宗教先知，充满魔性的"精神超人"。他们分别代表了 19 世纪俄国哲学思想和文学创作的两极：哲学思想上的理性主义与非理性主义；回溯历史和关注社会现实的批判现实主义与以表达人的思想苦闷、精神危机为主旨的，具有现代主义审美元素的"最高意义的现实主义"。

托尔斯泰是理性主义的晚生子，是正在远去的启蒙理性主义思想时代的终结者。作为卢梭、伏尔泰、康德哲学思想的追随者，他坚信理性是社会和人类进步的动力，认定只要对人进行启蒙教育，获得基督的爱和善的

1　［美］乔治·斯坦纳著：《托尔斯泰或陀思妥耶夫斯基》，严志忠译，浙江大学出版社，杭州，2011 年，第 5、8—9 页。

2　同上书，第 7 页。

3　［俄］托洛茨基著：《文学与革命》，刘文飞、王景生译，外国文学出版社，北京，1992 年，第 289 页。

4　В.Ю. Достоевский о науке, капитализме и последних временах. –Катасонов. М.: Издательский дом Кислород, 2020. – 384 с.; https://zen.yandex.ru/media/id/5e1336e973034b00b003a2d2/dostoevskii-fedor-mihailovich-citaty-5f7224f34fade30a2a1eaf9f.

精神，人就能变得善良，社会就能变得美好。即使是他的基督教宗教思想，也不是神学的，而是道德理性的。他不接受俄国官方东正教会所宣扬的教义、神秘主义思想。他对人的尘世幸福深信不疑，因为人的理性强大无比，基于这一理性的人的自我道德完善不仅必须，而且可能。理性主义确立了其文学创作现实主义内在的质的规定性，表现个人与历史和现实的互动共生，并在时代与个人的互证意义上，彰显着时代精神的各个重要面向。托翁认定人的精神堕落、道德沉沦是黑暗社会、罪恶现实导致的。所以他在创作中把矛头对准了沙皇俄国的专制社会，将文学的审美功能与历史的认识和批判功能有机地结合在了一起。他从理性主义出发，以“道德”为核心价值，塑造了一批矢志不渝地进行精神求索，实现道德自我完善的精英人物。他的文学创作始终洋溢着19世纪俄罗斯文学正统与经典的理性主义的审美意趣，其中蕴蓄着他极强的道德信念与自觉、强烈的主体精神。

陀思妥耶夫斯基却是一个新的思想时代的开创者。他超越了他所处的实证主义、理性主义的哲学时代，走向了非理性主义和直觉主义。他的宗教哲学思想和文学创作理念与欧洲新思想的代表柏格森、尼采、弗洛伊德等人有着更多的契合点，他是欧洲19—20世纪之交新思想的奠基人之一。他在文学创作中所揭示的是一种充满焦虑、危机感和世纪末意识的现代人的精神病象，在他的作品中充满了抗拒混乱、荒谬、异化的非理性主义。在陀思妥耶夫斯基看来，上帝的存在和灵魂的不朽不能靠理性来验证，而需要情感、心灵的参与，而圣灵的存在和上帝的恩泽只有用心灵和精神才能感受，需要的不是证明，而是感受，不是实证，而是顿悟。人的存在是他宗教哲学探索和文学创作的核心命题。他说：“人是一个谜。需要揭开这个谜。……我从事这一奥秘的研究，因为我想成为一个人。”[1]人是恶与善的结合，善源于上帝，恶源于欲望，它们是高于并强于理性的。他在世界小说史上第一次找到了一种从未有过的，塑造人物思想意识的机制，一种无法用理性逻辑之思解释人思想和行为的路径。在他笔下，人物正常的、平静的心理状态被打破，他们总是处在极度紧张、灾难性的、一种接

1 Перевезенцев С.В., *Русский выбор Очерки национального самосознания*. Изд. Русский мир. М. 2007. С. 239.

近崩溃的临界状态。他的小说以都市现代人为主人公，以孤独、分裂、异化的人为书写对象，他崇尚直觉、本能、潜意识，表现人的变态心理、精神错乱，他更多采用象征、暗示、直觉、梦幻、怪诞、意识流等审美手段。所有这一切全然接通了20世纪现代主义的小说叙事。陀思妥耶夫斯基是20世纪欧洲现代主义文学重要的思想资源。

托尔斯泰的书写有着无比的具体性，他笔下的生活、事物、现象无不是经验世界的，是对具体世俗生活的感知，他正是在对现实生活的体验和想象中获得对世界认知的整体感和统一性的。他的历史小说、社会小说、家庭生活小说、道德忏悔小说，他所描写的战争、社会、家庭、农村、两性关系、人的精神求索都是在世俗的日常生活中呈现的，真切可感、栩栩如生。他小说中所表达的哲学思想和宗教内容，读者仅有并不清晰的感知。托尔斯泰从来不把社会历史问题变成抽象的善与恶的道德冲突，总是把个人的道德理想与社会乃至全人类的道德理想结合在一起，把个人命运的改善与人性、社会、世界的改造结合在一起。无论是精神上不断成长的安德烈公爵，还是道德追求无有终结的皮埃尔伯爵，无论是矻矻不休求索生命价值的列文，还是悔过自新，实现了道德重建的涅赫柳多夫，他们都能从一种个人琐碎和痛苦的情感中抽身，想象一种所有人都能幸福、美好的人类生活。

陀思妥耶夫斯基则完全沉浸在人的精神世界的深邃现实中，他对世俗生活的经验世界没有兴趣。他所描写的对象是想象中的精神世界，现实生活画面和其中的人只是这一精神世界的载体。他的小说都是关于虚假的、扭曲的，人的一种极度苦难、屈辱和痛苦的精神建构。在他的笔下，人只有两种生存状态，或向上帝的信仰靠拢，获得宗教精神的升腾，或灾难性地堕落，在罪恶的深渊中挣扎。他的全部创作都是在描写信仰上帝之人的精神幸福和否定上帝之人的精神错乱。恐怖、紧张、诡异、神秘，上帝与魔鬼、天堂与地狱的博弈成为他的类似“哥特小说”的内容与情感特点。他笔下人物的生命形态不仅仅是19世纪俄罗斯的，还是整个人类的，一种在平静的外表下掩盖着的充满动荡的整体性的精神危机。他的小说是关于人类社会的精神预言。在《罪与罚》中，陀思妥耶夫斯基借主人公拉斯柯尔尼科夫之口对人类未来社会的预言，不幸在此后百余年的人类历史中言中。他说："全世界遭到从亚洲腹地蔓延到欧洲的一种闻所未闻、见所未见的可怕瘟疫……所有的村镇，所有的城市和民族都染上这病而疯狂了。他们惊恐万状，但是彼此都不了解，每个人都认为只有他自己拥有真理……人们出于毫无意义的仇恨，互相残杀。"[1]小说中的这些内容超越了"文学"的狭隘格局，成了一种可资借鉴和参考的社会学文本。德国诺贝尔文学奖得主赫尔曼·黑塞说："他站在了艺术的'另一岸'。他首先是个预言家，对人类历史命运做出了预言。"[2]

托尔斯泰是一个伟大的小说家，他的艺术世界绚丽多彩、美妙无穷，从结构、肖像描写、人物刻画、心理分析到细节、语言、情感、叙事。他所勾画的精神史与社会史达到了错综交织、丝缕相连的艺术境界。而阅读直觉告诉我们，陀思妥耶夫斯基是个具有戏剧家品格的小说家。俄罗斯文学"白银时代"的诗人、哲学家维亚切斯拉夫·伊凡诺夫把陀思妥耶夫斯基称为"俄罗斯的莎士比亚"[3]。纳博科夫说："俄罗斯文学的命运之神似乎选定他成为俄国最伟大的剧作家，但他却走错了方向，写起了小说。"[4]他小说中的戏剧性冲突并不表现为一种外在的情节或人物冲突，而是一种隐含在人物话语中的人的内心冲突，一种思想的、意识的冲突。人物的言行、思绪、情感被各种思想，特别是宗教哲学思想所填充，充满了歧义性、复杂性，有待读者自己去理解、阐释、分析、想象，并做出自己的结论。作为戏剧文本的另一个重要因素——"对话"成为作家小说叙事最重要的手段。他把对话当作表达思想碰撞、表现对立冲突、展开善恶角逐、呈现与上帝对话的主要方式。在文学叙事的情感取向上，托尔斯泰的灵魂拷问是有情的、温暖的、抚慰的、充满悲悯情怀的，而陀思妥耶夫斯基是无情的、残酷的、决绝的。《战争与和平》《安娜·卡列宁娜》《复活》尽管有着浓郁的悲剧情调，但主导的仍然是生活的亮色、生命的希望，但《白痴》《群魔》《卡拉马佐夫兄弟》表现的却是生活的阴暗、生命的悲剧。前者是诗意的，后者是反诗意的。

1 ［俄］陀思妥耶夫斯基著：《罪与罚》，朱海观、王汶译，人民文学出版社，北京，2016年，第549—550页。

2 Н.М.Фортунатов , М.Г. Уртминцева, И.С.Юхнова. *История русской литературы XIX века*. Высшая школа. М. 2008.С.409.

最后，还要指出的一个不同点是：托尔斯泰的道德说教既是对人的，也是对己的。他一生都在践行着他的道德检视和灵魂审判。他的如同孩提般纯洁的道德诗意源于他自身的道德洁癖。晚年，他与贵族阶级彻底决裂，过着与农民一样的生活，甚至不惜与家人发生冲突。陀思妥耶夫斯基那种耀人眼目的基督教信仰并没能阻止他过一种与他自己的说教完全背道而驰的生活。他生性多疑、孤傲冷漠、酷爱赌博，充满了虚荣心。他的好朋友、作家斯特拉霍夫说："这是一个真正不幸的，很难与人相处的人，却自以为活得很幸福，以英雄自居，且唯独爱自己。"[5]

托尔斯泰与陀思妥耶夫斯基两人的人生与他们笔下的人物一样，既受到神秘命运的捉弄，也有深刻的社会历史成因。他们通过其文学创作传递的宗教哲学思想的内涵是丰富、复杂的，不能非此即彼、说一不二地加以理解，还总会留下一些待解的谜，其对人的道德救赎的力量是可疑的，但其振聋发聩的精神力量是强大的。他们留下的一个个人类精神重建的难题将继续拷问后来的思想家和艺术家，同时也在拷问着故事之外的看客。

3 ［美］乔治·斯坦纳著：《托尔斯泰或陀思妥耶夫斯基》，严忠志译，浙江大学出版社，第2版，杭州，2011年，117页。

4 ［美］弗拉基米尔·纳博科夫著：《俄罗斯文学讲稿》，丁骏、王建开译，上海译文出版社，上海，2018年，125页。

5 Вячеслав Пьецух. *Русская тема.* Глубулус. М. 2008. С.262.

第九章

契诃夫：最朴实、最鲜活、最具亲和力的文学大师

再没有比世俗的生存竞争
更乏味和缺乏诗意的了。
它剥夺了生活的快乐，
而让灰暗的俗气弥漫开来。

——契诃夫

除了托尔斯泰和陀思妥耶夫斯基，我们还可以把“伟大”这一修饰语赋予俄罗斯文学的另一位巨匠契诃夫。他没有前者的贵族气质和王者风范，更没有后者那种不无诡秘的宗教神性。然而，他的艺术世界的百科性绝不次于托尔斯泰，而思想的深邃性、哲理性、悲剧性有着比陀思妥耶夫斯基更通达、温暖、富有诗性美感的表达方式。质朴、和善、幽默、悲悯是这位大师的审美风格。契诃夫是黄金世纪俄罗斯文学中一个最朴实、最鲜活、最具亲和力，也是最独特的文学大师。这个将艺术的灿烂归于平淡的作家的存在，使得黄金世纪的俄罗斯文学更加多彩迷人，充满了抚慰和温馨。托尔斯泰说，契诃夫创造了俄罗斯文学新的“书写形态”，他是“生活的艺术家”和“散文化的普希金”[1]。

安东·契诃夫是19世纪俄罗斯经典大师中为数不多的平民作家。四十四年的人生尽管平静，无有大的波澜，却也充满了不幸。他的祖父和外祖父都是农奴，赎得自由身的父亲起先卖牛，随后从事杂货店的小生意，家境窘困。五兄弟和一个妹妹的大家庭加剧了家庭的拮据。少时

1 https://www.kritika24.ru/page.php?id=90028.
2 ［俄］契诃夫著、童道明译著：《可爱的契诃夫：契诃夫书信赏读》，商务印书馆，北京，2015年，第2页。
3 同上书，第3页。

1860~1904

Антон Павлович Чехов

安东就帮性格粗暴的父亲打理生意，生活穷困、压抑、无趣。小安东靠着自己的勤奋和天赋考上了莫斯科大学医学系，毕业后当上了医生。他走上写作之路是因为无法靠行医维持自己的生计。穷困、劳碌、营养不良，年轻时就得上的肺结核，伴随了他的一生。被生活的苦难与世俗人生中的庸俗、灰暗、丑陋所触动，他早早地从一个生活的旁观者，成了一个皱着眉头看生活的生命体验者。他说："再没有比世俗的生存竞争更乏味和缺乏诗意的了。它剥夺了生活的快乐，而让灰暗的俗气弥漫开来。"[2]一扇文学的窗户将他与世界隔开，却又将这个世界鲜明地呈现在他的眼前。熟识的一个个生活的局部，让他产生了难以预料的陌生感，也让他领悟到了文学写作的价值和意义，悉心窥探和言说那个熟悉而又陌生的世界，从而对生活行使说"不"的权利和自由。他说，他努力地"把自己身上的奴性一滴一滴地挤掉"，"根据自己的力量，完成自己的使命"[3]。

三十岁那年，已拥有巨大文学声誉的他不顾路途遥远、交通不便、生活艰难，独自抱病去了远东的萨哈林岛。他说，这是为了在肉体和精神上能锻炼自己，也如他在《萨哈林岛》一书中所说，是为了体验、了解人类的苦难。他说："如果我是个医生，那么我需要病人和医院，如果我是个文学家，那么我需要生活在人民中间。"[1]往返及逗留萨哈林岛八个月的生活是他走向民间的"结识苦难"之举，让他获得了不可磨灭的，不同于常人的另一种人类生存印象，不仅大大强化了他的同情心，也深化了他对生命价值的认知。此后，他对做好事的"行善"活动变得更加自觉与热衷。他不顾疲劳、疾病，奔赴灾区，帮助饥饿的灾民，有一次险些在暴风雪中丧命。霍乱流行期间，他又以志愿者的身份奔赴疫区，抢救病人。这些经历连接着他的文学创作通向外部世界和日常生活，这不仅仅是作家创造力重要的生活和故事资源，更是托起作家精神世界的一方重要基石。当然，除了这些不同凡响的生命经历，他还有更高的艺术家的理想和使命。

契诃夫是一个心中满满是爱的人。丰富的人生经历和博大的爱的胸襟让他获得了难得的生命厚度，形成了他朴素的良知和深邃的人道主义思想。他又凭借形而上的理想精神和巨大的创造力，用艺术家的眼光看人、识人、思人、慰人，将个人化的生命经验化作一篇篇精到的关于生命

1 Н.М.Фортунатов，М.Г.Уртминцева，И.С.Юхнова. История русской литературы XIX века. Высшая Школа. М.2008.С.553.

存在的幽默、深刻，却十分温暖的檄文。即使在书写那些诡异、丑陋的生命存在的时候，读者依然能感受到他忧患的心在，温暖的情在，心中美的声音在。

契诃夫绝对不是时代洪流的参与者，而更像是驻足在边缘的旁观者。他从不容忍任何形式的专制，从不盲从任何的社会思潮，从不接受任何的话语权威，始终坚守自己的生存方式、创作理念和审美取向。他没有对文学流派与群体的热衷，高度独立、相对封闭的创作既是他的生活和生命的存在方式，也是他力图通过想象力极度扩张从生活中提炼出生存哲学的写作方式。他似乎要恪守现实与理想之间的巨大沟壑，唯此才能保持敏锐与诗意。绝对自由、独立的个性造就了他精神的纯正，还有与众不同的言说方式。他质疑过屠格涅夫过于琐细的风景描写，批评过车尔尼雪夫斯基笔下粗糙的“新人”，写过针对雨果《巴黎圣母院》中过于华丽夸张的浪漫主义的反讽小说，还出版过戏谑儒勒·凡尔纳的《气球上的星期五》《环游月球》的游记小说。契诃夫从来就是他自己，在俄罗斯文学的历史上，前无古人，后无来者。

第一节

黄金世纪俄罗斯文学新的审美坐标

契诃夫是黄金世纪俄罗斯文学一个阶段的结束者和“白银时代”新文学的起始者，是现实主义文学与现代主义文学之间的承上启下者。他延续并更新了大半个世纪的现实主义艺术理念，完成了俄国现实主义小说和戏剧在体裁的、题材的、结构的、艺术旨趣的，以及与生活接入方式上的一次“文学革命”。俄罗斯小说和戏剧实现了由编故事、重情节转化为写日常生活，由戏剧化结构转换为散文化结构，由对生活的再现转变为对生活表现的叙事转型。他没有宏大叙事，从日常生活的片断中，从人物的心绪和情感中折射出社会的、人性的、存在的荒谬。一个荒诞的世界是需要以荒诞的方式还原出来的，其力量所在，就是理性精神，还有斗士精神。契诃夫是个充满理性精神的不懈斗士。他所有的创作都是他用来与生活的和人的世俗、庸常、沉沦做斗争的，是弥补、摆脱人生苦难，发出生命警示，实施精神疗救的一种使命意识的体现。契诃夫对世界图式的颠倒性呈现和解说，具有思想革命的价值，对马克思主义有一种亲缘的力量。人们在他的艺术世界里，听到了“不能再这样生活下去了”的呼唤，看到了山雨的不能不至，革命的不能不来。

在 19 世纪俄国现实主义文学中，契诃夫是除托尔斯泰之外，第二个最具社会生活“包容性”和“经典性”的作家。他的小说所涉及的社会生活极为广阔、繁复，不同阶层人物的情感心理和精神状貌极为多元、丰盈，那都是此前的俄罗斯文学大师很少涉足的人群：从小公务员到警察，从士兵到军官，从工匠到商人，从学生到教师，从医生到教授，从作家到演员，从庄园主到管家，等等。契诃夫的中短篇小说、戏剧创作几乎包容了俄国社会生活的各个领域，不同阶层、职业、性格、年龄、性别的各色人等。他写俄罗斯人的生活时，有犹太人、高加索人、英国人、法国人的反应，在小说《胖子和瘦子》中甚至有中国人的笑的应对。这是契诃夫从多维的文化交织中探讨人性和国民性的问题，不都是民族的情绪，而是一种全人类性的悲悯。纳博科夫说：“他是一种独一无二的俄罗斯人物类型的独一无二的阐述者。”[1]

契诃夫笔下的社会生活景象大多是以“陌生化”的世界来呈现的。他的艺术世界不是现实生活的真实再现，而是高度假定性的，是一个表达空间极为广阔的象征世界。批评家拉萨丁说：“要想在契诃夫的世界中寻找俄罗斯现实精准的复制品是天真的。这是日常生活面具下的一种存在，是一种生活本来面目掩盖下的隐喻。”[2] 作家从个体的感知经验出发，以陌生化的视角，在描写各种直觉化的感性生活的同时，确立了一种独特的人与现实世界的象征性逻辑关系。他不是从社会外部，而是采用了一种从生活和人物的内部来观察世界的认知方式。他让不同的人物个体，从其所拥有的不同的心理结构和思维方式，不同的直觉特质和生活愿景出发，来表达对世界和人的认知，堪称独到。

《一个文官的死》所讲述的切尔维亚科夫的故事，是一个弱小者的奴性世界的象征。一个喷嚏导致的死亡让人觉得不可思议，不符合生活逻辑，但是从主人公的心理、思维形态出发，小说的整体叙事仍然具有逻辑

1 ［美］弗拉基米尔·纳博科夫著：《俄罗斯文学讲稿》，丁骏、王建开译，上海译文出版社，上海，2018 年，第 297 页。

2 Станислав Рассадин. *Русская литература от Фонвизина до Бродского*. Слово. 2001. С. 157.

上的高度统一性、可信性，“陌生”得真实。《套中人》所展现的希腊语教师别里科夫的封闭、保守、僵化的言行象征着一种可怕的精神世界，艺术逻辑无懈可击。《姚内奇》里的斯塔尔采夫医生是被岁月、物质将精神挤压殆尽的生命过程的缩影，姚内奇不只是俄罗斯才有的，它是人类的。这些中短篇都是作者从“陌生化”的生活事件入手，逐步揭示人物的精神镜像，进而呈现人性荒唐的象征性世界。这些人物都渴望将内心中的世界还原为真实的生活，但最终，作为社会的存在和文化的存在，还是免不了被现实生活所裹挟、吞噬。他们的存在像神启一般，不断提示人们对生命异化的警惕，对内心深处的凝视。

文学的经典不仅是形式的变迁，更是精神的、观念的和思想的变迁。契诃夫不仅在俄罗斯，还在世界的范围里，使小说观念和戏剧观念发生了深刻的变化。他的经典性不仅仅表现在其小说叙事和戏剧体裁的创新上，更体现在书写生活的具有经典意义的新观念的确立上。与具有整整一个历史时代审美坐标意义的，书写社会生活“中心”的俄罗斯文学大师不同，契诃夫的创作多书写“边缘”，一个被冷落、被遮蔽，未被认知的世界。他书写外省、乡野、草原、峡谷、林地、小镇，他的人物驻足在剧院、大街、学校、工厂、医院、别墅、窝棚中。从物理空间的意义上说，这一“边缘”是偏僻、落后、贫穷、愚昧的表征，而从社会的文化结构而言，这一边缘却有着未被中心压抑遮蔽的独特性、差异性、多元性。在契诃夫的心理世界中，“边缘”一直是他精神的中心，是他人生和文学写作出发和回归的地方。这是一笔丰厚的文化贮存，一种生命的本真归宿，同时也始终保持着一种独立的批判性，彰显着哲学意义上的“边缘意识”。多元个体的共存、对话，反而让这样的边缘显得更有生活，更有活力。“边缘意识”不仅是契诃夫保持主体意识和灵魂自由的写作心态的体现，更是作家自觉地站在社会和时代边缘来审视、认知世界的方式，是一种独特的获得“中心”意义的写作途径，是他创造的黄金世纪俄罗斯文学结构作品的一种新方法。这一创作精神、观念、思想的变迁契合了 19 世纪晚期文学对生命个体关注的时代精神。契诃夫以一种表现的深切、方式的独特以及艺术的精湛确立了现代小说的标杆，理所当然地成为新时期具有经典意义的、新的文学审美坐标。

与当初许多批评家责难他的作品中没有价值判断的说法截然相反，契诃夫是有着崇高的审美理想和鲜明的价值判断的。他说，“我心目中最最神圣的东西——是人的身体、健康、智慧、天才、灵感、爱情、绝对的自由……”，“人身上的一切都应该是美的：脸蛋儿、衣着、心灵、思想”[1]。因而，对于他来说，所有违背这一理想的人和事都是有愧于真正美好生命，需要予以针砭、纠正的。他以医生独有的精细，以生理医生和精神医生的双重目光看到了这个世界形形色色细微的病象，用一种自然的、健全的、完美的人性理想来检视和批判弊病丛生的现代文明。作家沉浸在过往的人生经验中，以挽歌般的怅惘体验，将沉痛与隐忧渗透进作品的字里行间，营造了一种伤悼、悲悯的情怀，一种浓厚且深邃的悲剧意蕴。英国小说家、剧作家毛姆说：“今天，没有一个人的小说在最好的批评家的心目中占着比契诃夫更高的位置。事实上他已把所有的小说家都挤到了一边。”[2]

契诃夫是中国作家和中国普通读者最喜爱的俄罗斯作家之一。鲁迅在他的小说中不仅看到了社会批判、思想的深度，更看到了人性的冷暖以及人道主义的歌哭。郁达夫看到了契诃夫小说中深邃的智慧。巴金在契诃夫的作品中看到了真实的生活中的人，他的日记体小说《第四病室》便是从契诃夫的笔意中得来的。诗人徐志摩难以掩饰对契诃夫的情有独钟，他说：“契诃夫是我们一个极密切的先生，极密切的朋友。他不是云端里的天神，像我们想象中的米开朗琪罗；不是山顶上长独角的怪兽，像尼采；他也不是打坐在山洞里的先觉，像托尔斯泰；不是阴风里吹来的巨影，像安德烈耶夫；不是吹银箔色的九曲湾喇叭的浪人，像潘杰列伊。他不吓我们，不压我们，不逼迫，不窘我们；他走我们的路，见我们见的世界，听我们的话，也说我们完全听懂的话。他是完全可亲近的一个伟人。”[3]当代著名的批评家、鲁迅研究专家孙郁看到了契诃夫与中国现代作家，特别是与鲁迅，精神上的和批判理念的相近性，他说，他们的相近之处“就在于把一个我们不知道和看不见的精神王国告诉给世人。而且让我们知道自己原来生活在假象的世界”[4]。

1 Г.Бялый. Русский реализм от Тургенева к Чехову. Советский писатель. Ленинградское отделение. 1990. С.259.

2 ［英］W. S. 毛姆著：《毛姆随想录》，俞亢咏译，百花文艺出版社，天津，1992 年，第 143 页。

3 徐志摩著：《徐志摩全集》，第 3 卷散文 3，天津人民出版社，天津，2005 年，第 21 页。

4 孙郁：《为灵魂而哭泣》，《小说评论》，2014 年，第 1 期，第 42 页。

第二节

“小人物”系列与人性的大世界

从1878年到1904年二十六年的创作生涯中，契诃夫总共写了大约九百部作品。除了十六部剧作外，其他都是中短篇小说。契诃夫敬畏生活，敬畏一切生命个体。他写尽了不同情境中人物的日常生活、精神世界、人性样态、生命情状。纳博科夫说，契诃夫笔下的俄罗斯是一个“庞大的、百科全书式的、丰富细腻的俄罗斯世界”[1]。有研究者统计，他的作品中足足有八千个人物，有人甚至不无夸张地说，如果俄罗斯突然从地球上消失，那么根据契诃夫的小说完全可以还原出其最精细的细节来。[2]

在繁复多样的人物体系中，“小人物”是契诃夫中短篇小说中的人物主体，是他笔下的标志性人物。“小人物”形象奠定了契诃夫在黄金世纪俄罗斯文坛的名分，让他在陀思妥耶夫斯基、托尔斯泰的长篇小说誉满天下的时代异军突起，独占一个峰顶。

与先前的和同时代的俄罗斯文学大师创作

的“小人物”相比，契诃夫笔下的小人物有着更为丰富、多样的社会身份、精神面貌、人性向度和生存状态。他的“小人物”书写并非全都是对社会弱势群体的“底层书写”。其“小人物”群像中不仅有踟躇在社会底层的马车夫、工匠、仆人、农民、市民，失去了童年的苦难的男孩女孩，还有文官、警察、教师、地主、医生、兽医、商人、百万富翁。他对每个生命，哪怕是少人问津的手艺人、毫不起眼的奴仆家丁，甚至是一株小草、一棵小树、一座花园，都有一种献祭的冲动。契诃夫关注这些“小人物”复杂、充满矛盾的内心世界，情感纠结与生命苦难，指出他们不仅可怜、可悲，还有可笑、可恨之处，充满了发人深省的生命思考。契诃夫从他写的第一个“小人物”起就有一种自觉意识，从社会性言说转向人心、人性、人格的叙事。他的“小人物”世界是人性的大世界，是关于人格情操和生命存在的审美感悟。

美国心理学家马斯洛讲过，为了避免对人性失望，我们必须首先放弃对人性的幻想。契诃夫正是从这一理念出发，开始对人，对“小人物”书写的。

《一个文官的死》是契诃夫的第一个“小人物”短篇。文官切尔维亚科夫在剧场看戏时打了个喷嚏，唾沫星子溅到了一位将军的脑袋上。心慌意乱的他三番五次地在剧院赔不是，去他接待室道歉，弄得将军苦不堪言、忍无可忍。在听到他发出“滚出去”的怒吼声之后，切尔维亚科夫惊恐不已，猝然死去。作家没有把小说写成一个让读者同情“小人物”的感伤故事，即说他是个穷人，生活中充满了不幸，遭到粗暴无理的大官的斥责。作家对将军的描写是中性的，他的反应也是合情合理的。小说是作家对黄金世纪中“小人物”经典叙事的一种反讽和解构。小说并不旨在揭示不平等社会中恶与善的关系，作家认为，恶的根由还在更深的一个层面上。文官执着地，一步步向死神挺进的行为表明，奴性、等级间的畏惧、屈辱，已经融入了一部分弱势群体的血液和心灵中。切尔维亚科夫准备以生命的代价来捍卫其对大人物的一片忠诚和服从。他的精神痛苦不在其遭受的屈辱，而恰恰相反，在于将军是否真诚地接受他的道歉，怀疑他的谦

1 ［美］弗拉基米尔·纳博科夫著：《俄罗斯文学讲稿》，丁骏、王建开译，上海译文出版社，上海，2018年，第289页。

2 *История русской литератруры XI-XIX веков*. В двух частях. Чать 2. Под редакцией Л.Д.Громовой, А.С.Курилова. Гуманитарный издательский центр ВЛАДОС. 2000. С.191.

《一个文官的死》插图

恭。作者嘲笑他的活法，嘲笑他的生，更嘲笑他的死。小说标题是说，死去的不是一个人，而是一个等级社会中的“文官”，一个被异化了的“能指”。

同样，在短篇小说《胖子与瘦子》《变色龙》《普里希别耶夫中士》中，作者嘲笑声背后的冷眼，与上一篇小说毫无二致。三品文官的胖子并没有小瞧当年的同班同学瘦子，是后者自己在糟践自己、贬低自己。“变色龙”习性不仅是警官独有的，受伤害的首饰匠，围观看热闹的大众都有，无一例外。它已成为一部分人的生存之道，一种思维方式和行为准则。普里希别耶夫中士专横、无知，是既有制度、秩序的忠实鹰犬，即使在退休之后，仍须臾离不开卫道士、告密者的身份角色。作品是对“小人物”另一种人性价值观的质疑。所有这些“小人物”的可鄙形影，灵魂里的灰色和黑色都没有逃过契诃夫的眼睛。契诃夫善于写病态的人性和人格，他失望于人世间的等级制度给人带来的畸形的生存状态，专制土壤造就的人性扭曲、人格卑微。对人性阴暗面的嘲笑、奚落，其实是作家内心苦楚的一种智性的流露。

短篇小说名篇《万卡》《渴睡》《苦恼》是契诃夫的另一组令人伤感的“小人物”故事。九岁的孤儿万卡，十三岁的女孩儿瓦丽卡都是农家的孩子，因为家穷，来城里小作坊打工，受尽了老板一家人的欺侮、虐待。圣诞节前夜，万卡利用主人去教堂祈祷的时刻，给乡下唯一的亲人爷爷写信，诉说自己的苦难，想重新回到乡下，回到他的身旁。瓦丽卡被繁重的家务劳动折磨得疲惫不堪，夜里又被婴儿的哭叫弄得无法入眠。第二天夜晚，筋疲力尽的她实在无法抑制睡觉的渴望，掐死了哭喊的婴儿，沉沉地睡去。作者讲述儿童悲惨的命运，他们生活的和心灵的苦难，书写失去了童年的童年，批判成人世界对幼小生命的淡漠和冷酷，呼唤社会对儿童的关怀、呵护和爱。同时，他又纤毫毕现地展现了女孩儿被扭曲的心灵和情感，童稚心灵中恶魔的显现。

小说《苦恼》中的马车夫约纳刚刚埋葬了相依为命，生病死去的儿子，无限伤痛和孤独。他等待乘车人的到来，好向他们倾诉死去亲人的哀苦。然而，谁都没有注意到他，更没有注意到他的苦恼。无论是乘客、路人，还是大车店里的同行，没有一个人愿意聆听他的诉说。无尽的苦恼滚滚而来，仿佛已将世界淹没。于是他走进马厩，向一匹小母马吐露了积攒了一个星期的心中的痛楚。在茫茫人海中"小人物"的孤独、绝望、无人与共的痛苦，对理解、同情和共情的渴望令人动容。

在这组"小人物"故事中作家展示了孩子和老人苦难的一种偶在性，是对儿童和成人世界期望的一种变异表达。三篇小说中的老少主人公都在做梦：万卡梦见圣诞节星光闪烁的夜空中，有一个远比现实世界美好的上帝的天国；瓦丽卡梦见夜的幽暗能抚摸她，让她安然入睡；约纳沉醉在渴望倾诉的幻梦中，是那匹马消解了他积郁在心中的痛苦。作者在为这些弱小的人物命运伤感悲叹的同时，也通过宣泄人物内心深处的意愿，赢得一种情感的释放，获得一种心灵的自由和喜悦。这是契诃夫用小说的力量捍卫人类精神健康和心灵美好的努力。

契诃夫笔下的"小人物"系列并不都是书写病态的人性和人格，或是宣泄苦难的。人们喜爱他的"小人物"小说，还因为它们所拥有的一种模糊性效应。小说直抵人物的心底，却失却了善恶的明晰界限。读者由之进入一个人性深邃的模糊区域，读者很难对人物的思想、言行做出爱恨褒贬的简单界定。作家展示了一个个生命的世界，这个世界仿佛就是生活的源头，却很难分出人物的善恶，而且你也不知沿着人物的命运逻辑走下去，会得出怎样一个结果来。在这些令人感慨唏嘘的"小人物"身上，读者能见到不成文的生活法则与生活中的困窘荒唐。小说的这种混沌状态，容纳了人性展开的和读者创造性阅读的多向度空间。这尤其鲜明地体现在契诃夫的一组以女性为主人公的"小人物"小说中。

《圣诞节的前夜》讲述的是发生在作者故乡塔甘罗格海岸的爱情故事。

二十三岁的少妇，刚刚当上母亲的女子娜塔莎，在圣诞节前夜，遥望大海的远方，等待出海的丈夫和他率领的捕鱼队回归。暴风雪肆虐，海面上冰水汹涌。她以为丈夫凶多吉少，自己终能摆脱不情愿的婚姻，获得身心的自由。回家途中，丈夫突然出现在她的面前，猝不及防的她发出了表达其心声的惊呼。丈夫从中听到了妻子对他出现的漠然，还有对自由和爱情隐隐的呼唤，随后竟然跳上岸边的一叶小舟，重归大海拥抱死亡。妻子站在岸边，一直等到天明，海岸上不时传出她的“回来吧”的大声疾呼。娜塔莎，在这一夜似乎才意识到心里还有爱在。小说是有关爱情、自由、命运，以及对女性复杂矛盾情感心理的思考。女主人公的情感变化说明了什么？是自由、爱情的虚妄，是要正视并珍视现实，莫要生活在幻觉中的一种呼唤，还是要学会对自己和亲近的人真诚？

《宝贝儿》中八品文官的女儿奥莲卡嫁给了她家的房客、剧团的班主。夫妻琴瑟甚笃，半年后，班主病故。三个月后，她爱上了一个木材商人。六年相亲相爱的家庭生活因商人的去世而终结。六个月后，她又爱上了军队的一名兽医，于是和他生活在了一起。军队换防，兽医离去。岁月流逝，奥莲卡不再年轻。带着妻子和十岁儿子回来的退休兽医一家又给了她爱的希望。男孩儿让奥莲卡母爱勃发，她像爱自己的孩子一样爱他。因为爱，她都变得年轻了。不久，儿子跟着母亲他去，于是留下的兽医又成了她钟爱的对象。叙事人说：“她老得爱一个人，不这样就不行。”多愁善感的奥莲卡究竟是怎样一个女人，混沌里演绎的多元、多重意味在读者心底萌生，提供了无限阐释的可能性。高尔基把女主人公称作“一个温和的女奴”，列宁称她是个“没有长性，缺乏原则的生物”，而托尔斯泰则赞美说，“这是一个神圣的，令人惊叹的心灵”，“女人真正使命的体现者”。

《跳来跳去的女人》（1892）中的女主人公、二十二岁的少妇奥莉加青春、俏丽、可爱，既有才干，又有审美情趣。她能唱、会画、会弹琴，还能别出心裁地将自己打扮得如花样美丽。她崇拜、结交、更换名人朋友，以“跳来跳去”的方式生活，从而保持生命的激情，赢得欢乐、幸福和爱。她爱着丈夫德莫夫医生，甜甜的话儿时常流露在嘴边，还常常怕他被病毒感染而担心，却又对他专心科学、不懂艺术、有些呆气感到不快。在着了魔似的爱上了一位年轻、风流、浪漫的画家后，对丈夫的爱开始一丝一缕地抽身而去。此时，她才意识到对不起丈夫，感到自己像偷窃、杀人一般卑鄙、可恶。她痛苦、愧疚、流泪，试图想留住那爱，但已经晚了。小说的结局是：奥莉加终被画家抛弃，天才、无私、献身于治病救人伟大事业的德莫夫医生因感染，不治而亡，一场短暂的婚姻就此落幕。小说是对少妇水性杨花的谴责，还是对同床异梦婚姻的批判？是对真正爱情、美好婚姻的期盼，还是用一种“罪与罚”的架构拷问和检验人性的可能？面对这样的问题，对这样一个女性主人公，不同的读者可以做出不同的结论。

契诃夫笔下的“小人物”都生活在众生云集的地方，他的文字中有着一种贴近生活本原的生命认知。他对人在过日子时的情感困惑、心灵焦虑和精神苦难极度不安。“小人物”让他找不到安静，他的小说叙事没有路径通向宁静。他对世态人物的本源性、心理性叙写呈现了世界的繁复，各种矛盾和价值观的错综交织，个体生命的多彩，人性形态的多样。在他的眼中，一个人的生命走向，既是一段社会的生命线，也是一种人性、人格、生命存在的丰富写照，正是他们浇灌了人类生存和发展的原始土壤。就人性本身而言，既不是抽象的，也不是永恒不变的，它会在生活实践中展开和丰富，显现出或善或恶，或丑或美的形形色色。真正的人性并不是永远没有弱点和缺点，只是应该永不被弱点和缺点所支配罢了。只要不放弃这种愿望且努力践行，生活与人生就会变得美好。

第三节

“套中人”系列与生命的存在之思

契诃夫显然并不满足于展现“小人物”的人性样态，在他内心深处，潜藏着一个更重要的目标。这个目标就是生命存在意义的价值重建。这一价值重建构成了他晚年创作追求的重要一极。在书写日常生活的时候，作家注入了更多的对人的生命存在之思。他对民族文化品相中的疏离精神、思想的弊端有了更多关注，对俄罗斯社会广泛存在着的苟且、保守、僵化、不思进取的生命形态及其一些下行的世俗力量表达了深深的鄙弃和憎恶。契诃夫试图在平庸的现实、人性的异

《套中人》插图

苏联1959年发行的邮票，上面印有契诃夫与小说《套中人》的插图

化、精神的颓败中维护美好的人性和人内心精神的强大，帮助现代人重建残损的精神空间。

于是，契诃夫用不无夸张的手法，把一组不仅当局者迷，旁观者亦迷，充满了喜剧色彩和悲剧精神的“套中人”形象呈现给了世人。这是一组被无形的精神枷锁桎梏，封闭保守、鼠目寸光、平庸猥琐、不思进取，失去了心灵、情感、思想、方向的庸人，是一具具行尸走肉。他们过着如猪狗般的生活，却活在自以为幸福美好的幻象中。作家力图把这一幻象颠倒过来，揭示出这一幸福美好表层掩盖下的卑琐、可鄙、沉重。作家试图让读者知道，与小说中的“套中人”一样，人们不同程度地都会生活在形形色色的“套索”中，精神“套索”明里暗里在人的生命存在中起作用，人们唯恐拴不牢实，勒不紧致。在本质上，“套索”中的生活都是当事者局限于个人经验而自我封闭的生存之道，而其中融汇着种种生命的欲望因素，在社会的现代化进程和人的现代性精神建构中是极为有害的。

短篇三部曲《套中人》《醋栗》和《关于爱情》是“套中人”系列的代表作，也是广大读者最喜爱的契诃夫创作的一部分。它们之所以被称为三部曲，不仅因为三部作品中有两个共同的叙事人，兽医伊万·伊凡内奇和中学教师布尔金，还因为三个故事都讲述了不同形态的“套中人”不无荒唐的生存状貌和可悲的人生命运。作家以形象化的“套索”为能指，表达人生中形形色色的精神“套索”对个体生命的戕害，一种悲剧性的生命存在。

《套中人》里的主人公别里科夫是个中学教师，一个用各种“套索”将自己与现实生活隔开，将自己封闭、保护起来的小知识分子。他终年生活在精神的阴霾中，出门总要戴上墨镜，耳朵里塞上棉花，大晴天带上雨伞，穿上鞋套，还要把脸藏在竖起的衣领里。睡觉时他总要把帐子挂上，用被子把脑袋蒙上。他讲授的古希腊语也成为他躲避现实生活的一种手段。通宵的噩梦是他惊恐、憎恶现实生活的表征，也成为他试图远离尘嚣的梦幻。他的生命只剩下了荒诞的封闭性存在。更为可怕的是，他的“慎重、多疑”，四处监视人们的越轨行径，不断发出“千万别闹出什么乱子来”的警告，压得人们喘不过气来。他把整个中学辖制了十五年，不仅师生、校长怕他，连教士乃至全城的人都怕。

年轻的史地教师科瓦连科与他姐姐瓦莲卡的到来改变了学校的气氛。活泼、开朗、喜欢大笑的姑娘的出现让年逾不惑的别里科夫有所变化，他开始与瓦莲卡交往。被同事们撮合的恋爱似乎激发出了他的生命感，让他有了实现与生活和解的可能。然而，婚姻之路的凶险，对义务、责任的想象让他惊恐不安。姐弟俩在大街上骑着自行车游玩的场景更加剧了他对“闹出乱子”的忧虑。爱情，这个摆脱“套索”的最后的武器，竟在瞬间丧失了力量。在遭到科瓦连科的羞辱之后，别里科夫最终失去了继续生存的勇气和力量，死了。躺进棺材里的别里科夫这才露出了笑容，“仿佛暗自庆幸终于装进一个套子里，从此再也不必出来了”。

故事以“套子”意象开始，最后又以“套子”的象征结束，这一核心意象形成了生命存在叙事的经纬，又悄无声息地将主人公生命的内涵和价值完全抽空、消解，让隐喻意象最终回归生活的严酷和生命的悲剧。精神的空虚、思想的停滞、面对生活的无力，必然导致生命向着死亡的深渊坠落。小说的意味深长之处在于，“套中人”别里科夫的死并没有引发人们的自省和思考。他们依然像往常一样生活，阳光依然照在他们木然的脸上，“套索化”、平庸化的生活趋势依然支配着整个社会。旧有的、新生的

“套中人”像苍蝇一样，绕了一圈之后，又回到了原地。布尔金说：“我们埋葬了别里科夫，可是另外还有多少这种套中人活着，将来也还不知道会有多少呢！”[1] 显然，“套中人”不是时代征象，而是一种生命样态。

《醋栗》讲述的是另一种生命之“套”的故事。尼古拉早年在商会里当文书，从十九岁时起，就有一个当醋栗树庄园主的人生理想。其实，这一念想算不上是什么人生理想，而只是一种简单、低下的，渴望财富、安逸、苟且的生命欲望之“套”而已，一种原始的物质主义和享乐主义的人生原则，一种浅薄、庸俗的生存哲学。

四十岁上，他才娶了一个又老又丑，但十分富有的寡妇。婚后，为了实现少时的那个“理想”，他继续拼命攒钱，不仅把妻子的钱统统存进了自己的账户里，而且居然连面包都不让她吃饱。憔悴、衰老的妻子婚后第三年便去世了。不久，尼古拉买了一百二十俄亩土地，栽上了二十棵醋栗树，建起了属于他的庄园，终于实现了心心念念的梦想。从此，他过起了贵族地主“高贵”“荣耀”的生活，摆起了老爷的架子，骄横自大、颐指气使起来。然而，他的生活是死寂的、封闭的、苍白的。他没有了心灵，缺失了精神，金钱、地位、名望成为他生命的全部要义。尼古拉渐渐地变成了一个目光短浅、贪婪吝啬、冷酷自私的犬儒主义者。他浑浑噩噩，过着如同猪狗一般的生活。“醋栗庄园”形而下的生活甚至让他和庄园里的生命全都失去了原形。当兄长伊凡前来探望他的时候，发现他不仅自己胖成了猪样，连家里的厨娘、狗都长成了猪样。在将一颗颗又硬又酸的醋栗果塞进嘴里的时候，他的脸上会充满神圣感，两眼居然会有热泪涌出。伊凡在亲眼看到弟弟这个“幸福之人”后，竟生出一种跟绝望、悲伤相近的沉重感。

伊凡说：“人所需要的不是三俄尺土地，也不是庄园，而是整个地球，整个大自然，在那广大的天地中人才能够尽情发挥他自由精神的所有品质和特点。离开生活的喧嚣，隐居起来，躲在自己的庄园里，这算不得生活，这是自私自利、偷懒，这是一种修道主义。”伊凡提醒说，要想从这一“套索”中挣脱出来，真正获得心灵和精神的自由，需要“拿一个小锤子经常敲打门，因为天下还有不幸的人”。他说，这是不能等待的。“不

1 ［俄］契诃夫：《外国中短篇小说藏本·契诃夫》，汝龙译，人民文学出版社，北京，2010年，第199页。

要容忍您自己昏睡！趁您还年轻力壮，血气方刚，要永不疲倦地做好事情！……如果生活有意义，有目标，那意义和目标就绝不是我们个人的幸福，而是比这更伟大更合理的东西。”这才是人应该寻找的安身立命的精神根基，重新认识自己，把握自己，放眼生活和世界，这样才能达到把握世界的目的。小说告诉读者：欲望作为人的自然本性，需要尊重；然而，被物质欲望支配，人会迷失和堕落，自欺欺人，所以需要解除欲望之“套”，走出精神迷失的生存处境。小说讲述生命存在的虚妄，让人看到存在深处的庸常、琐碎、软弱和萎靡。

《关于爱情》呈现的是陷入爱情困境而不知解脱的生命形态。小说中的“套索”曲折地表现为对爱的渴想所造成的精神困局，人的生命存在中情感和理性无有终结的角逐。

阿廖欣刚刚大学毕业，父亲亡故后回到家乡管理田产，整日沉浸在枯燥、乏味的庄园事务中。他善良、真诚、正直，得到众人的尊敬和喜爱，当上了地方法院的荣誉陪审员。工作中，年逾四十的法院院长德米特里一家人给予了他热情的支持和无私的帮助。德米特里二十二岁的妻子安娜美丽清新、温柔聪慧，让阿廖欣眼前一亮，为之着迷。他的年轻、智性、富有教养也让安娜心生爱意。共同的生活理念、精神追求、审美情趣让他们都视对方为心灵的知音。两人一起度过了不少美好的时光。不过，两个文化人严肃自律，理性和道德感使然，二人从未相互表白过。有夫之妇的身份、孩子母亲的义务、家庭主妇的责任，是安娜无法逾越的生命之坎，也是阿廖欣不敢造次的巨大障碍。在爱情的煎熬下，安娜开始憔悴，变得心灵敏感、焦虑不安、对生活开始不满，甚至精神上出现了病态。阿廖欣也变得焦躁、魂不守舍。直到安娜即将跟随调离工作的丈夫他去，阿廖欣前去送别时，他们才第一次互诉衷肠表达爱意，完成了第一次也是最后一次的相拥相吻。

这是关于一个忠诚、美好的家庭，一桩真挚、纯洁的爱情，一场令人动容的人生悲剧的故事。爱情给男女主人公带来了欲望与精神的双重折磨，理性与道德注定让他们失之交臂、分道扬镳。契诃夫将本能的欲望和情感的压抑作为对男女主体的生命考验与精神磨砺，并在与知识分子生命成长中的道德、人文叙事的交织中淡化了欲望叙事的主题，表达了社会规约、道德文化在爱情中对人的压抑和制约。等到安娜永远离去，阿廖欣这才意识到，社会上流行的关于幸福和不幸、道德与不道德、崇高与卑下的观念似乎是狭隘、非人性的，是无法解释和解决生活中的实际问题和人的真正情感的。当爱情来临时，他们却都被种种的现实顾虑和道德理性所阻挡。在两人的心中似乎还有比爱情和幸福更重要的、更崇高的东西让他们望爱而却步。

传统的道德伦理学认为，迷者为凡，悟者为圣。阿廖欣与安娜真是圣者？他们的理性抉择真是合理、人道、高尚的吗？人类在遭遇爱情的时候，真的应该斩断形形色色的理性“套索”，勇于拥抱爱情吗？契诃夫也没有提供任何答案。作者的使命似乎在于逼近人真实的自我，他的叙事伦理在于反思生命中永在的生存悖论。小说仅仅是一种悖论的表达，而不是它的消除或解决。作家让读者看到了人性的深渊，看到了生活和情感世界中的多义和矛盾，看到了个体生存中的种种困境，困境中的泪水与无奈。

契诃夫认定，人的生命应该是真正自由、幸福的。他相信人性不会永远匍匐着，终会在某个时候胜出，真正美好的生命形态不是一种浪漫的期许，而是触手可及的真实存在。人性绝不是一种被悬置的价值理想，而是现实世界中直接给予人勇气的力量。这一思想还充分体现在了契诃夫的另一篇，也是最后一篇短篇小说《未婚妻》中。

这是契诃夫创作中不多见的，毫无戏谑、嘲讽之意，却充满亮色的作品。它塑造了一个看似柔弱，却果敢地走向新生活的女性形象娜佳·舒明娜。她二十三岁，家里已经为她相中了夫婿，一个过着寄生生活的神父的儿子。这一强加于她的“生活套索”终于成为她挣脱生命藩篱的起因。她对母亲说：“妈妈，你听我说！……你要知道，我们的生活是多么卑琐，让人屈辱。我睁开了双眼，现在什么都看清楚了。你喜欢的那个安德烈·安德列依奇是什么人？妈妈，他可是一个庸俗的人！我的天哪！妈妈，你要知道，他有多么愚蠢！”在大学生萨沙的影响下，她的心中升腾起无限的勇气和希望。她说："我怎么能在这儿像从前那样生活呢，我不明白，简直无法想象！我鄙视未婚夫，鄙视我自己，鄙视整个空虚而又毫无意义的生活……我已经厌烦了这样的生活，在这儿我一天都待不下去了。"娜佳毅然告别了旧生活，几乎带着苦难的荆冠，走出了偏僻的乡镇，来到彼得堡，开始了新的生活。作家让女性自在、自为，自己掮起命运的未来。在前行的火车上，她异常兴奋，似乎看到了宇宙的开阔，生活的绵长，未来的美好。当然，前方还会有艰难险阻，也许离幸福还"很远很远"，但步子既已迈出，就不会回头了。小说充满了对生活的信念，生命的激情，是作家对斩断了"套索"后的一种朦胧的新生活的亲切问候。

契诃夫这一组"套中人"小说的现代性价值在于：如果人们真正能摆脱历史的束缚，挣脱形形色色"套索"的羁绊，有一个个更多灵动的、清新的个体获得生命的自由，走向真实的生活，那么，生活自然会变得更加清新、充满活力，世界也会变得更加幸福、美好。

第四节

心理、哲理小说中的悲悯情怀和苍凉诗意

随着生命和创作的不断成熟、丰盈，契诃夫越来越具有一种超然于物的审视眼光，他的小说越来越具有一种进入人内心的表述方式。作家不仅睁大眼睛瞭望世间的本色，还越来越获得了一种为灵魂哭泣的诗人品格。与“小人物”和“套中人”系列小说不同，他的另外一批小说拥有的意义世界更为丰盈深广，情感色彩更为沉郁，气象和格局更为阔大。作家似乎将生命体验与小说的言说方式都做了提纯、萃取，这是契诃夫以一种特殊的方式接续俄罗斯文学的叙事传统，用更宽阔的视野和更深入的思考回应有关生命存在各种本质命题的书写。这充分体现在他在创作晚期写下的大量心理、哲理小说中。

这些小说进一步淡化了社会历史和意识形态意蕴，作家或通过一种心理分析的方法书写人物的生存处境，探求生命行为的心理、精神动因，或是剥离人生行为的外壳，揭示人生的误区，发掘具有普遍意义的生命存在的内在本质。无论是

前者还是后者，作家所要彰显的都是对人的发现和关怀。“认识你自己”，苏格拉底的这句名言，可以看作小说关于人的言说的最具经典性的意义所在。而弥漫着忧患之思的契诃夫发出的“永远要珍惜你身上的那个人”[1]的呼唤成为小说的共时性主题，它拥有一种指向光明的精神力量和抚慰人心的温暖。《没有意思的故事》《约内奇》《哀伤》《草原》《出诊》《第六病室》《罗特希利德的提琴》《黑衣僧人》《带小狗的女人》等中短篇小说正是这样的代表作。

《没有意思的故事》和《约内奇》都是以医生为主人公的小说，契诃夫在展示主人公蹒跚的生命之旅中，潜到了他们心灵的深处，抚摸到了掩藏在光鲜生命背后的伤处，揭示了其生命存在中隐含的悲情。人性的、生命存在的精神苦难背后，还有着科学家和知识者飘洒的思想流萤，这在人们的眼中往往是被遮蔽的。其实，知识精英并非救世主，也非光明的引领者，他们的灵魂和存在也是值得检视的。

中篇小说《没有意思的故事》是医学科学家尼古拉·斯捷潘诺维奇的自白，是他讲述的“没有意思的”人生故事。这个拥有三品文官官爵，胸前挂满各种勋章，享有世界声誉，年逾花甲的老教授在生命垂危的时候，突然有了一种“梦中醒来”而精神没有依托、灵魂无法安顿的死灭感。在这个充满自省的知识精英的独思中，读者看到了一个天赋异禀的医学科学家的光辉形象与他没落、颓丧、凄苦、悔恨的心理状态之间所形成的巨大断裂，一个成就卓著的医生与向往自由、幸福的人之间产生的巨大的心灵撕扯。

人人都生活在可怜的世间，所有外在的辉煌、荣耀、地位全都是虚假的，只有死亡才是真实的。在死神即将来临的时候，老教授觉得可以温暖他躯体的精神存在少之又少。他没有血肉、感情、思想，对妻子冷漠，对女儿、养女漠不关心。他从未有过精神追求，从没体验过精神生活的激赏，除了治病，也没有向病人提供任何有价值的精神抚慰和心灵忠告。他成了一个在精神生活领域一无所有的人。肉与灵、医学与生活、事业成就与精神追求对于他是截然对立的。尼古拉教授终于发现，在他的生命“愿望中缺乏一种主要的、一种非常重大的东西……一种能将一切联结成整体的东西”。这含

1 http://www.cluber.com.ua/lifestyle/people/2019/07/beregite-v-sebe-cheloveka-25-bodryashhih-um-czitat-chehova/.

蓄地表达了一个明晰的生命信仰和精神追求对于生命存在的重要性。

小说的思想指向是多重的。契诃夫还借助主人公的生命思索揭示了现代社会中科学与人性的断裂，甚至绝缘，科学的一副冷酷的面孔以及对人生命存在的异化。医学是科学家尼古拉命定的生命存在场，是他逃不出的，恰也是被奴役的宿命，是他全部的生命所系。正是这个干瘪的事业剥夺了他的全部生活和整个人生。他终于意识到，科学事业和科学家的活动若没有伟大而又崇高的精神和思想作为引领，带给人类的兴许不是自由与福祉，快乐和幸福，反而会是痛苦与灾难。爱因斯坦亦曾说过："人类通往毁灭的道路是由杰出的科学家的名字铺就的。"

借着老教授的眼光，契诃夫还如炬般地照亮了现代社会中人与人关系的扭曲。人与人之间理解的缺失、绝对的隔膜，甚至敌对、趋炎附势的恶习，让所有的生命存在都失去了亮度。冷漠的面孔与无助的泪眼，似乎成了世间人的精神的共同表达。主人公在札记中写道，"我像块冰淇淋一样的冰冷，我感到羞愧"，"冷漠是心灵的瘫痪，过早的死亡"。他还发现，如同阔人身旁永远少不了寄生虫一样，艺术和科学也同样被形形色色的"食客"盘踞。而在生活中，但凡一个女人，总能在另一个女人身上找到无数的坏处。作家通过主人公之口说："如果一个人缺乏一种比外界的一切影响更高更有力的东西……那么，此时，所有他的乐观主义或者悲观主义连同他伟大的和渺小的思想，就只有病症的意义，而没有任何别的意义了。"

在短篇小说《约内奇》中，地方医生约内奇从医没有几年，就由一个活力四射、充满抱负的青年医生蜕变成了拥有巨大田产、马车和仆人的财主。他整日数钱、打牌、喝酒，贪图享受，终于蜕变成了一个脑满肠肥的"多神教偶像"级的人物，一个心中恶的因素不断涌动的恶人。他的人生说明，随着生活的富庶、精神的失落、理想的不再，人会出现生命本能的萎缩、生命活力的衰颓、从肉体到精神的僵死。作品中的图尔金一家是外省小城镇里"最有教养、最有文化、最有才华"的人物，这个家庭似乎也是那里最和睦、幸福的一个。男主人多少年来一直爱说无趣的俏皮话，爱开毫不让人发笑的玩笑，女主人薇拉总是向客人严肃而又动情地朗读她臆造的、乏味至极的长篇小说，他们天真烂漫、有艺术理想追求的女儿科季克是一个天天弹奏钢琴、病恹恹的“天才”少女。约内奇和图尔金一家人的生活，在他们自己的眼中不可谓不“安定”、不“宁静”、不“幸福”，然而这种安定、宁静和幸福真是人类所需要的吗?

契诃夫虽然没有直接回答，但答案是显而易见的。不过，小说并没有对约内奇以及图尔金家人多少年来所形成的生活方式和生命形态作任何褒贬、臧否的评价，作家要讲述的是一个令人惊悚的生活真理：在生活中可怕的不是突如其来的剧烈变化，不是人的命运的巨大转折，而是一成不变，凝固得几近僵死的平庸生活。生活是可怕的磨盘，它不仅将生活磨成了齑粉，还把人的精气神儿销蚀殆尽。

时间在小说人物成长和叙事演进过程中扮演着重要的角色，它不断吞噬着人身体的力量，侵蚀着人对生活的态度，消解着人的内在坚韧，冷却着人对生命的渴望和追求。于是，当精神的永恒性遭遇生命的时间性时，只能黯然退场。约内奇的人生故事因而具备了一种深刻的隐喻功能。小说是主人公对人的本我身份的推崇，对生命基点的重估，更是身体、精神和灵魂对时间魔咒的无奈妥协。小说中约内奇最终像个幽灵一般在人们面前飘来荡去，这样毫无生命力的个体是谈不上生命的意义和价值的。小说表现的是人生命存在的普遍性困扰，作者对个体生命无法逃遁时间囚禁的存在的悲剧投下了深广的人文悲悯，表达了他对精神理性和自由思想的呼唤，对崇高信仰的捍卫。

类似的生命悲剧也发生在普通劳动者身上。契诃夫小说的一个非凡的价值，就在于他表达了人对真实自我的认知和人性意识的觉醒。短篇小说《哀伤》不仅是对主人公心理的真切展示，更是对人性伦理、生命存在的深刻反思。

工匠格里高利有一身好手艺，娶了一个漂亮的妻子，但好酒、懒惰，不懂得珍惜生活。从婚礼上喝得烂醉开始，四十年间他似乎从来就没有真正地清醒过。他生活穷困，甚至到了要靠妻子乞讨度日的境地，却动辄对妻子拳脚相加。直到妻子生了重病，他才突然惊醒，发现这日子这么不经过。他冒着暴风雪将妻子送往医院，途中荒唐的往事一幕幕在他眼前浮现，自言自语的唠叨变成了想象中对医生、妻子充满哀求、悔恨的道白。突然，他发现落在妻子脸上的雪不化了，她再也听不见他的倾诉了。格里高利悲痛至极，经受了从未有过的良知和人性的煎熬，渴望着“能重新开始生活”。主人公面对死去的妻子，他的自责、忏悔和一遍遍含泪的倾诉是真挚的，在严寒中被冻坏手脚的场景是令人心痛的，而面临生存与精神的双重绝境也让读者的灵魂受到震撼。在苦难缭绕的人世间，哪怕是一点点微弱的人性光亮都会是震撼人心的。

作家自称为“草原百科全书”[1]的中篇《草原》是契诃夫创作中并不多见的书写大自然的抒情散文体小说，这是自然书写与人文书写的统一，写真性与寓言性的统一。作品看似浑然天成、毫不经意，却别有深意，有着文化反思的精神向度和哲学思考，也是他最富诗性的小说。契诃夫用诗意的语言讴歌俄罗斯草原的壮美及其蕴蓄的民族历史的文化价值，用深沉的笔调揭示了现代资本对人心的腐蚀，在似嫌茫然的心境中表达了对生活变革的希冀。

小说的主人公是个九岁的男孩叶果鲁什卡。他带着告别父母的愁绪，跟随舅舅的商队，途经无际的草原，外出求学。草原景象和草原上的生活成为小主人公真正走向自然和世间的象征性仪式。途中他与路人们相遇，听他们讲述生活的一枝一叶，感到亲切、新奇、温馨。较之儿童单纯洁净的心灵，成年人的世界却是阴郁、烦躁、焦虑、忧心忡忡的，带着无数的匆忙、骚动、沉重和忧虑。商人、神父、教徒、车夫、穷困的客栈主人、伯爵小姐、工人，一个个有着迥然不同的生命追求，他们讲述的生活故事将历史、现实、未来串联在了一起，让代表俄罗斯未来的叶果鲁什卡充满了好奇和向往。

草原是小说的核心意象，它是博大世界和丰盈生活的指代，还是全部故事发生的文化场域。草原上的白昼与黑夜、阳光与星空、狂风与雷电、花草与昆虫、鸟儿与走兽、牧人与护林人，连同卸下鞍具的马匹、牧羊犬、与人一样低头沉思的羊，都充满了诗意的交响。契诃夫说：“与大自然的亲近和闲适乃是幸福的必要条件。”[2]作家把草原的美景描写得如乐曲

1 ［俄］契诃夫著、童道明译著：《可爱的契诃夫：契诃夫书信赏读》，商务印书馆，北京，2015年，第14页。

2 同上书，第108页。

般优美深邃，把草原上的生活写得细碎饱满，外显轻松，却内蕴着悲凉。

草原既是充满活力、感情和诗意的民族生命的象征，民族历史的文化承载，俄罗斯民族英雄品格和无穷无尽的创造力量的表征，也是故乡和家的延伸。作者用对草原文化反思的细线穿过一个小小的时代针孔，写出了一个时代的社会生活和民族生命百态。叙事人说，草原是可以安顿灵魂的地方，若没有从小在故乡草原中见到的风景，没有经历草原上风雪的捶打，就不会有俄罗斯人的性格和精神世界。然而，令人窒息的社会环境压制了人们的创造力量和生命激情。资本的强势涌入打破了草原的宁静。价值的重估、伦理的失序、社会的急速变化带来的不稳定，使草原这个自然生命体处在了一种不无病态的变化中，它像人一样孤独、寂寞、痛苦、愤怒。它让人们产生丰富的联想，也引出值得反思的话题：人与自然、苦难与幸福、历史与当下、记忆与想象。

情感的力量是小说的一个鲜明特点，作品中悲悯的情怀交织着苍凉的诗意。那是作者试图通过重返民族的辉煌历史以寻找自我认同的一种悲悯情怀。而凄冷、惆怅、静默的意境加剧了感伤怀旧的气氛。草原文化的凋零、草原人生存的艰难、爱的荒芜，这一切不仅在叙事人的心中始终缭绕不去，也深深印刻在了小主人公幼小的心灵中。

小说结尾，随着同行人的离去，叶果鲁什卡变得像草原一样孤寂，仿佛美好的童年随着大人们的离去而永不复返，他只得“用悲伤的眼泪迎接对他来说才刚刚开始的、陌生的新生活”。未来会是怎样的呢？作者没有说。对小主人公而言，往后的生活也会如草原之行的遭遇一样，有宁静温柔、快乐喜悦，也有孤独寂寥，甚至会电闪雷鸣。小说苍凉诗意的深刻性在于，在理性地看待俄罗斯历史传统文化和当下现实时，作者又暗示了在现代性冲击下难以预测的俄罗斯未来的历史走向。抛开小说中历史文化语境的《草原》的确写得很美，但还原后的事实却有着作者诸多的伤痛与无奈。中篇小说是交织着一位对幼儿满怀希冀之情的长者和一个对民族历史有着切肤之痛的文化人所表达的亲情和隐痛的文字记录。

第五节

剧作《海鸥》：“新戏剧”的开篇之作

契诃夫与戏剧的因缘可以从十三岁算起，那时他就是家乡塔甘罗格剧院的少年常客。在还没成为小说家之前，他就已经开始写剧本了。十八岁上，他就有了第一部习作《没有父亲的人》。19 世纪 80 年代，他在创作幽默小说的同时，就写有多部轻松喜剧，如《熊》《婚礼》《论烟草的危害》《天鹅之歌》等。这些诙谐、幽默的传统生活喜剧作品尽管从思想深度和艺术成就来看，远逊色于他晚年的剧作，却奠定了其“新戏剧”创作的喜剧基础。1887 年问世的剧作《伊凡诺夫》确立了契诃夫日后四幕剧的剧作结构，其“新戏剧”的一些特征也初露端倪。

契诃夫作为天才剧作家的全俄罗斯的声誉和其具有现代意识的“新戏剧”品格被认可是从 1898 年莫斯科艺术剧院上演的《海鸥》开始的。同时代作家博博雷金说，当年，在时尚的青年人眼中，未曾光临过莫斯科艺术剧院观看契诃夫这部戏剧的人是被看作即使不是个恋旧癖，也是个极端保守分子的[1]。作为剧作家的契诃夫从此与一代戏剧大师斯坦尼斯拉夫斯基、涅米罗维奇－丹钦科结下了不解之缘。三人共同以天才而神奇的艺术才华展现了戏剧表演无限的可能性。斯坦尼斯拉夫斯基的弟子、《海鸥》中特里波列夫的扮演者、现代派戏剧大师梅耶荷德说："扮演契诃夫笔下的人物是如此体面和有趣，就如同扮演莎士比亚笔下的哈姆雷特一样。"[2]从那时起，契诃夫就被看作与易卜生、豪普特曼、斯特林堡、梅特林克齐名的现代"新戏剧"的光辉典范。

在20世纪，随着他新剧作不断被搬上舞台，契诃夫的名字开始越出俄罗斯走向欧洲，并很快获得了世界性声誉。20世纪初，萧伯纳说："在伟大的欧洲剧作家的星群中……契诃夫的名字是一颗最大最亮的星。"[3]1921年，契诃夫的《万尼亚舅舅》在伦敦公演，引起巨大轰动，《伦敦信使报》称契诃夫是"自莎士比亚时代以来最伟大的剧作家"。1923年，莫斯科艺术剧院赴美做契诃夫戏剧巡演，在美国戏剧界掀起了一场自莎士比亚演出季以来从未有过的评论狂潮。剧评界称他是"从根本上更新了莎士比亚确立的戏剧传统的剧作家"[4]。此后，契诃夫的剧作一次次在世界各地上演，还不断有导演将其小说改编成戏剧搬上舞台。2013年夏，以色列卡梅尔剧团著名导演汉诺赫·列文就将契诃夫的三个短篇《哀伤》《在峡谷里》《洛希尔的提琴》改编成话剧《安魂曲》在国家大剧院上演。美国批评家乔治·斯坦纳说："如同任何一个伟大的剧目一样，契诃夫的剧目不断获得新的生命力，每次新的演出都会呈现出新的面貌。我们总能在契诃夫的剧作中获得新的东西，如同在莎士比亚的剧作中总能看到新的东西一样。"[5]

《海鸥》《万尼亚舅舅》《三姐妹》《樱桃园》四部剧作代表了契诃夫戏剧创作的最高成就，它们全面更新了自文艺复兴时期以来欧洲的戏剧文学传统，被戏剧界称作现代"新戏剧"的代表。剧作家巧妙地将日常生活故事编制成了一个人与世界关系的戏剧叙事，一种超越民族、阶级的人生命存在的价值叙事。他将生命本质中幽暗和卑微的一面作为戏剧叙事聚焦的对象，展现了人类的精神苦痛与生命存在的困局。在他剧作的题材内容、

1 Н.М.Фортунатов, М.Г.Уртминцева, И.С.Юхнова. История русской литературы XIX века. Высшая Школа. М.2008.С.561.

2 Литературное наследство. Т. 68. С. 439. http://apchekhov.ru/books/item/f00/s00/z0000017/st017.shtml.

3 http://yalta-museum.ru/ru/publish/chehov-v-dramaturgii.html.

4 http://apchekhov.ru/books/item/f00/s00/z0000017/st017.shtml.

5 同上。

冲突形态、人物体系、戏剧话语中，在若隐若现、似有似无的哲学气息中，读者都能感觉到内容的厚实、语义空间的阔大、思想意义的深邃。

契诃夫表现的大都是生命存在的瞬间，在平缓的、普通的日常生活中人的一种精神和心理状态。剧作不重事件，而重在讲述日常生活事实在人物心中留下的印象，是人对生活和生命的认知与感受。在他的剧作中读者几乎看不到传统戏剧固有的显在冲突，人物内心世界的心理、情感纠结以一种“潜流”的方式，即潜台词的形态隐藏在剧本的文字中。他的戏剧创作具有情绪戏剧、暗示戏剧的特征。与他的小说一样，他的剧作中没有截然对立的正、反面人物。每个人物似乎都是人生中的失意者或过失者，一种人与人心灵无法沟通的局面的共同制造者。契诃夫剧作强大的现代精神恰恰在于剧作家对人精神世界的高度关注，对人在物质世界中存在不适的高度关注，对一种崇高精神的追求。正如《海鸥》中的女主人公妮娜所言：“在广漠的宇宙中，除了精神之外，没有一样可以固定不变。我只知道要和一切物质之父的魔鬼进行一场顽强的殊死搏斗……只有在取得这个胜利之后，物质与精神才能结合在美妙的和谐之中，宇宙意志的王国才会降临大地。”[6]

契诃夫的“新戏剧”采用的是一种悲喜剧的体裁形式，即以一种幽默、戏谑的喜剧精神表现生命存在的悲剧。作家具有一种与生俱来的幽默才情，他不止一次地强调他戏剧创作的“喜剧”特征。剧评家库格尔说，契诃夫有一种“带着嘲笑审视一切激昂的情绪”[7]。而这一喜剧精神的背后，却弥漫着强烈的悲剧色彩和作家强大的悲悯情怀。“白银时代”的许多批评家都有一个共识，那就是他们都倾向于将契诃夫戏剧创作的基调理解为“悲观的乐观主义”[8]。

《海鸥》是契诃夫“新戏剧”的开篇之作。它在彼得堡亚历山大剧院第一次公演失败的原因，恰恰在于剧作内容和形式的新质让导演和演员感到审美不适，他们的理解和表演完全不得要领，抱着消闲娱乐目的观看轻松喜剧的观众也不知所云，茫然无措。两年后，靠了契诃夫的现场讲戏，斯坦尼斯拉夫斯基和涅米罗维奇－丹钦科的精心执导，莫斯科艺术剧院的

6　［俄］契诃夫著：《剧本五种》，童道明、童宁译，线装书局，北京，2014 年，第 94 页。

7　Театр и искусство. 1904. № 12. С.245. 转引自董晓著：《契诃夫戏剧的喜剧本质论》，北京大学出版社，北京，2016 年，第 8 页。

8　董晓著：《契诃夫戏剧的喜剧本质论》，北京大学出版社，北京，2016 年，第 10 页。

契诃夫与艺术家一起在读《海鸥》的剧本

诠释才获得了空前的成功。《海鸥》成了俄罗斯戏剧史上的现代经典，莫斯科艺术剧院也因此声名远扬，而振翅飞翔的“海鸥”则成了剧院舞台帷幕和节目单上永远的标志。

剧作借助对艺术和爱情的言说，为读者描绘了一幅境界幽远、思想深邃、意象鲜明的生活图画，表现了美学和哲学意义上的人的精神苦痛和生存困境。

刚刚进入文坛的青年作家特里波列夫试图用新的艺术形式，改变文学创作千篇一律的旧传统，策划了一场由他编剧的家庭演出。然而，演出失败，几乎遭到所有观众的否定。剧作缺乏作者的生活体验和真情实感，连参与演出的他的恋人妮娜也无法理解剧作的意义。而他的母亲，在演艺界享有盛誉的女演员伊琳娜不屑于儿子的创新实验，即他在剧本中对抽象和隐喻的热衷。在她的眼中，儿子“自以为开辟艺术的新纪元”不过是一个“现代派的梦话”。而老作家特里果林与酷爱艺术的少女妮娜围绕着创作灵感、作品构思、文学价值、作家使命的谈话，也表现出与特里波列夫的文学追求大相径庭的理解和认知。剧作围绕着文学艺术创作不同观念的碰撞不仅拓展了剧中人物的精神世界，还实现了与时代文艺思想走向的紧密勾连。

剧作中错综复杂的爱情纠葛也接通了对现实生活中人物心灵苦闷和精神不适的表达。青年作家特里波列夫爱着妮娜，然而酷爱舞台艺术，渴望成功、荣耀，却又不无虚荣的妮娜却移情别恋，爱上了功成名就的作家特里果林。女演员伊琳娜牢牢控制着她的情人——这个小说家特里果林，特里果林却一度迷恋青春的妮娜，在两人的孩子夭折后将姑娘遗弃，重又回到伊琳娜的身旁。庄园管家的女儿玛莎苦苦地单恋着特里波列夫，最后不得不熄灭爱情，与生活妥协，嫁给了乡村教师麦特维坚柯。庄园管家的妻子波里娜爱上了医生多恩，却始终在嫉妒多恩与伊琳娜的交往。“没有谁知道我的痛苦”，剧中人的话代表了所有爱着的和被爱的人的共同心声。爱情的种种不幸呈现了人物在生活中的失意，在情感上被抽离、被抛弃，孤苦无依的精神状态。

剧中几乎所有的人物都是人生道路上的失败者，其生存悲剧是多重的。特里波列夫性格忧郁、孤僻，追求创新，渴望成功。他宣扬崇高，反对一切物质的、生活的文学书写，对形式创新的先锋追求不仅成了人们的笑柄，还在人们的眼中成了对文学的一种破坏力量，他蒙羞受辱，体味着孤独与卑微。面临着创作失败、爱情受挫，前途无望的特里波列夫失去了继续生活下去的勇气和力量，在绝望中自杀身亡。妮娜渴望爱情、荣耀和美好的生活，不断地寻找艺术的、生活的意义和价值。她梦想成为一个优秀的艺术家，却成了男人手中的一只“金丝鸟”，未能逃脱最终被遗弃的悲苦命运。自我中心主义者、女演员伊琳娜自负、冷漠、刻薄、工于心计，甚至对自己的儿子也充满了嫉妒、恼恨。这个注重奢华、光鲜的外表，心理极不正常的女人沉浸在名演员的声望中，筑起坚固的心理壁垒和人性屏障，抗拒着社会、他人可能给她带来的任何损害，始终未能找到真实的生存领域。特里果林是一个怯弱、自私、卑微的享乐

《海鸥》剧照，1898年莫斯科艺术剧院

主义者。他始终活在名作家的光环中，其满足欲望的生命指向戕害了单纯的妮娜，而自己却一直匍匐在伊琳娜的石榴裙下，心安理得地过着没有尊严、平庸乏味的生活。伊琳娜的兄长，老年的索林苟活在没有目标的俗世中，抱怨生活的无趣、精神的枯竭。他说："在书本上谈论哲学多么容易，而在实际生活中又是多么难。""所有的人都在痛苦着"，剧中人的这一叹息昭示了现代人，特别是知识分子生存的巨大不幸。契诃夫对妻子，莫斯科艺术剧院的女演员克尼碧尔说："你们应该解读现代生活，就是那知识分子正亲身体验着的生活。"[1]作家在对他们人生的检视中，不仅探讨了生命的价值、意义，人的精神追求等人生中的重大命题，还涉及到了艺术与生活、创新与守旧、天才与平庸、成功与失败等一系列美学与哲学命题。

"海鸥"形象是剧作中重要的"潜文本"，它有着多重且异质的思想意蕴。它既是真实生活和自由生命的象征，人生方向和远大目标的喻示，也是固守一隅、孤独寂寞、精神无依的生命意象。作家特里果林说，他所构思的小说情节中爱恋湖水的海鸥正是青春、自由、快乐、热爱大自然的少女妮娜的象征。他和妮娜都想成为一只自由翱翔的海鸥，然而，虚妄的价值观却让他们一次次陷入生命的困局。在特里波列夫的眼中，海鸥却是一种孤独无助的鸟儿，他认定自己难逃如同海鸥一般的悲惨命运，被他用猎枪射杀的海鸥，还有用它制成的标本不啻他人生形态的一个隐喻。这个一味追求形式创新而忘却了生活和生命真实的年轻作家，因为生命方向和人生目标的缺失最终只能成为艺术和自我生命的扼杀者。

契诃夫对人，特别是现代知识分子生命存在的困局有着清醒的智性认识，与此同时，其充满悲悯的人文情怀中仍然有着对生命价值重建的期待。经历了生命磨难，振作起了精神，重新踏上艺术之路的女主人公妮娜说："我的精神力量在与日俱增……我现在才知道……在我们的视野中，不管是演戏还是写小说，重要的不是名誉和荣耀，也不是我曾梦想过的东西。重要的是要善于忍耐，肩负起自己的十字架，要有信仰。我有了信仰，于是就不再那么痛苦，而当我一想到自己的使命，也就不再害怕生活。"这是契诃夫在生存的苦难中发现的精神光芒，对美好人生的期盼，一种绝望中的希望。

1 ［俄］契诃夫著、童道明译著：《可爱的契诃夫：契诃夫书信赏读》，商务印书馆，北京，2015年，第228页。

第六节

剧作《万尼亚舅舅》《三姐妹》：生命存在的不适

《万尼亚舅舅》《三姐妹》延续了剧作《海鸥》的基本命题，但对生命存在这一主题有了新的思考和发现。这两部有着相对一致思想主题和审美意蕴的剧作将剧情重心转移到了人的生存苦难上来，探究了造成人生不幸的深层的存在悲剧——生命存在的不适。

“生命压抑”是德裔美籍哲学家马尔库塞对人存在状态的一种认知，它分为“基本压抑”和“文明压抑”两种。前者是指自然灾害、身体疾病、无尽的劳作、生命重荷和身心不适等因素造成的人的本能性压抑，后者是指生活环境、文化传统、权力机制等外在因素对生命存在造成的“额外压抑”。他说：“在文明史上，基本压抑和额外压抑总是不可分割地错综复杂地交织在一起。”[1] 生命压抑之所以具有深沉的悲剧性，是因为它指向的不是人在日常生活中的生存苦难，而是表现在心理和精神方面的存在苦难。在契诃夫看来，在这两种生命压抑中，“额外压抑”是造

1 ［美］赫伯特 · 马尔库塞著：《爱欲与文明》，黄勇、薛民译，上海译文出版社，上海，1987 年，第 23 页。

成人存在苦难更深层的根源，这也是他生命叙事的重要对象。

《万尼亚舅舅》中的主人公万尼亚舅舅是庄园勤勉的当家人和一家人的精神灵魂。然而，他的生活从一开始就被蒙上了悲剧性的阴影。从年轻时代起，他就放弃了自己的生活、爱情、追求，献身于姐夫、大学教授谢列布里亚科夫的学术事业。他不仅把省吃俭用攒下的所有钱都交给他享用，还把所有的思想、感情都献给了这个“精神偶像”。他像个忠实的仆人，为姐夫辛辛苦苦、忘我劳作了数十年，为他骄傲陶醉、快乐幸福。但老教授多少年来却只关心自己，沉浸于成功、声名和业界的夸赞中，“写一些聪明人早已知道，而蠢人根本不感兴趣的”的文章和书。退休后，他更成了一个极端自私、专横、怪异的庸人，对家人一次次实施财富和精神的掠夺。最后他决定把财产换成股票，去芬兰购买别墅另寻享乐。万尼亚舅舅这才如梦初醒。到了四十七岁上，他才终于看清了偶像崇拜如同乞丐一般的生活本质。他对教授说：“你毁坏了我的生活，我没有真正生活过！由于你的过错，我丧失了我生命中最美好的年华！你是我最可恶的敌人！”剧作主要讲述的是万尼亚舅舅觉醒后的人生反思，其觉醒表现了契诃夫对崇尚现代理性和知识文明的一种深刻反思。

造成万尼亚舅舅感到生存不适，几乎导致他发疯的原因不是教授对他的压迫，也不是他本人的平庸无能。他说：“我有天赋、有才能、有胆量……如果我有正常的生活，那么我有可能成为叔本华、陀思妥耶夫斯基这样的人物……我控制不住自己了，我要发疯了！”他智慧和才能受制的根源在于一种文化观念造成的压抑性机制——对所谓的知识、学问、声望、地位的文化权力的崇拜和愚忠。万尼亚说，这“就像一个小鬼压迫着我”，“我……用一套烦琐哲学蒙住了自己的眼睛，看不到真正的生活，心里还以为做得不错”。而充满争吵的家庭氛围，家中人与人关系的冷漠、敌视，以及外省小镇沉闷、僵死、一成不变的市民生活也加剧了他生命的压抑感。相对于无穷无尽、琐碎繁忙的庄园事业，这些“额外压抑”造成的生活空虚和精神荒芜彻底剥夺了万尼亚对爱情、幸福和生命价值的追求。

值得指出的是，剧作中承受这种强大生命压抑的，不只是万尼亚舅舅一个人，还有教授的少妻叶莲娜、教授的女儿索尼娅、医生阿斯特罗夫等一群人。叶莲娜根本不爱丈夫，陪同他吃饭、睡觉、聊天、散步构成了她生命的全部。为了父亲的学术成就而无尽的劳碌和精神的忧郁完全压抑了索尼娅青春生命的激情，剥夺了她享受爱情和生活的权利。医生说："这个家没有一个人像我这样不倦地工作，命运不停地用鞭子抽打我，我常常苦不堪言，但我看不见远方的灯火。"所有这些人都是教授的工具性存在，而不是平等的生活参与者和分享者，他们从来没有过真正属于自己的生活。

《三姐妹》的主题与《万尼亚舅舅》有异曲同工之处。十一年前，青春妙龄的三姐妹奥尔佳、玛莎、伊林娜与兄长安德烈随同身为炮兵军官的父亲从莫斯科换防来到外省城镇。她们有文化、有知识、有思想、懂多门外语，兄长还颇有科学禀赋。但在这个庸俗市民聚居的小城，没有人需要她们的文化知识和思想智慧，她们也无法融入这一生活中。父亲去世后，她们怀念故乡的生活，渴望莫斯科的现代意识和精神文化，回到莫斯科成为她们日思夜想的生命理想。然而，庸俗乏味、死气沉沉的外省市民文化成了她们悲剧性命运的源头。在日复一日的市民习气的冲击和腐蚀下，三姐妹不断地妥协、让步，变得胆怯、自卑、迟钝、闭锁，其清新、美好的精神世界湮没在了粗鄙的日常生活中。而真正让她们蒙难的则是兄长的沉沦和利欲熏心的嫂子娜塔莎的到来。安德烈喜好赌博，把三姐妹的房子典当给了银行，而娜塔莎，这个被丈夫称作"卑微、盲目、粗糙的一头野兽"不仅霸占了家中的财产，还不择手段地将三姐妹一个个挤出了家门。强大的市民文化无时无刻不在渗透并操控着三姐妹的生活，直接或间接地制造了她们生命的不能承受之重。姑娘们只能通过嫁人的方式缓释生存的压力。给三姐妹带来欢愉的生活、精神寄托和情感抚慰的驻扎在小城的军官们也都换防他去，这让姑娘们最终失去了最后的精神、情感依靠。

重返莫斯科的梦想无疑是悲剧性的，因为这一梦想永远停留在了梦想中。当活着全凭一种梦想时，梦想也就成了梦魇。三姐妹与其说在生存的梦想中活着，莫如说她们是在生存的梦魇中受难。二姐玛莎说："活在这世上真无聊"，"我们不知怎么才能走完我们的生命之路，我们要成为怎样

《万尼亚舅舅》剧照，1899年莫斯科艺术剧院

的人”。小妹伊琳娜说：“我们姐妹的生活哪一天美好过，它给我们沉重的负担，就像杂草一般。”连她们的兄长安德烈都痛心疾首地抱怨说：“怎么刚开始生活，一天天就变得枯燥、灰暗、无味、懒惰、麻木、不幸起来了……别看我们这座城市已有二百年的历史，十万居民，可从过去到现在，没出一个为理想忘我奋斗的人，没出一个学者、一个艺术家……所有人无一例外，不过是吃、喝、睡觉，然后死去……”当然，三姐妹的生存苦难不完全是“额外压抑”所致，造成其生命压抑的原因是多方面的，其中还有她们自身的原因。

相对而言，《万尼亚舅舅》对生命压抑的控诉与反思似乎显得更为激烈和悲壮。剧作第一稿中万尼亚舅舅因为对生活的绝望而自杀身亡，出版时改为了他把枪口对准了老教授，认为他才是其荒芜一生的罪魁祸首。不过老教授并未被杀死，他与妻子离开了庄园，万尼亚舅舅宽恕了苦难的一切，在道别前实现了与教授的和解，甚至答应教授：“你以前收到多少钱，以后照样能收到，一切照旧。”索尼娅也痛苦又无奈地说：“我们还要活下去，……度过一连串漫长的夜晚，要耐心地承受命运给予我们的考验……当我们的日子到了尽头，我们便平静地死去。”三姐妹面对生存的苦难同样选择了退让和逃离。大姐奥尔佳说：“时间飞逝，我们会永远消失，被人忘记……我们的痛苦会化成后来人的欢乐，幸福、和平会降临……亲爱的妹妹们，生命还没有结束，要活下去啊！”二姐玛莎说，“应该活下去，应该活下去”，像候鸟一样，“不停地飞行，却不知道究竟为什么飞行”。小妹伊琳娜说：“总有那么一天，所有人都会懂得这一切都是因为什么……现在应该活着。”

一段生命史承载着源自自我和外在的精神压抑，男女主人公无根的漂浮感和试图摆脱生命桎梏的挣扎表现了在现代压抑性文化下，人性所面临的生存焦虑和生命苦痛。两部剧都隐含着主人公急切而激越的呼唤——“不能再这样生活下去了”，需要有另一种活法。然而，男女主人公并没有卸下沉重的文化和精神枷锁，从现实的“生命压抑”中超拔出来。强大的心理惰性使然，他们仍以本能性的生存意识来面对当下和未来，最终仍选择了高傲与卑微地活着。向往新生活的彩虹般的希冀最终破灭，他们注定要在原来的土地上生活到生命的终结。

有人将这两部剧作阐释为知识分子的文化屈服和精神奴性的表达，其实，将这两个文本看作人的个体精神在生命压抑下的妥协、忍让、挣扎似乎更为合理。作品是契诃夫对遭受生命压抑的人灵与肉的双重关怀。如何挣脱压抑性文化带来的精神桎梏，为内心找到一片诗意的净土，赢得生命存在的真正价值和意义，这是剧作家提出，让读者深思的命题。

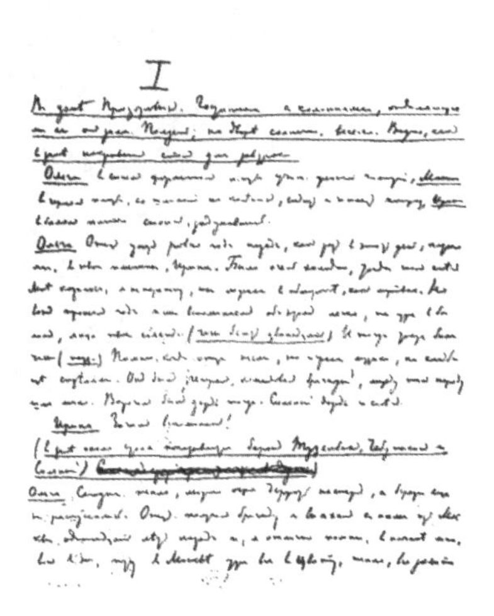

《三姐妹》剧本的开头，契诃夫手稿

围绕着生命压抑的命题，契诃夫在剧作中还足够深切地探讨了劳动、生态、幸福等多个伦理和哲学话题。

劳动在人生命中的意义和价值是契诃夫一直关心的命题。在这两部剧作中，男女主人公都把劳动、工作看

《三姐妹》单行本首版封面，附有艺术剧院第一批女演员的肖像

作生命的第一要务，视为照亮生命幽暗的一盏灯。索尼娅说："万尼亚舅舅，我们要活下去……无论是现在还是在年老之后，我们都要不知疲倦地为别人劳作……我们将会看到光明而美丽的生活，我们会怀着柔情与微笑回看我们今天的不幸。"伊琳娜说："人，不管他是谁，就应该劳动，应该辛辛苦苦地工作，他的生活的意义和目标、他的幸福、他的欢乐只在于这一点。"但她的心路历程还告诉我们，在劳动中生命精力的付出往往会熄灭人原本的热情，劳动并不总是给人们带来应有的快乐和幸福。若要让劳动充满诗意，使人变得高尚，给人带来心灵的抚慰和快乐，那是需要有崇高思想指引的。

契诃夫是黄金世纪俄罗斯作家中第一个揭示生态危机给人类带来生命压抑的剧作家。《万尼亚舅舅》中的医生阿斯特罗夫除了守护人们的健康，还是一个热情洋溢的生态保护的宣传者和奋斗者。契诃夫借助他的口指出，"俄罗斯森林在斧头下呻吟，上亿的树木遭到毁灭，野兽和鸟类也要失去栖身之地，河水在干涸，美丽的风景将永远消失……只有丧失理智的野人，才会在自家的炉膛中把美丽烧毁，毁灭我们无法再造的东西。人是富有理智和创造力的，理应去增加他们需要的财富，然而，到现在为止，他们没有去创造，反而去破坏。森林变得越来越少，河流干涸，野兽绝迹，气候恶化，土地一天天变得贫瘠和丑陋"，"这是一幅自然退化的图景，尽管这种退化是缓慢的，但却是毫无疑问的"。剧中人大声疾呼，警示的是自然不断遭受劫毁，人性日趋沉落的悲惨景象，其冷峻、坚韧的捍卫自然和生命的价值取向，具有震撼人心的力量。

人的幸福是契诃夫生命压抑的戏剧展现中非常突出的一个话题。生活越是卑微、平庸，生命的苦难越是深重，人们对幸福的渴望便越发强烈和急切。新生活不仅是两部剧作中青年男女的渴想，还是万尼亚舅舅年迈母亲的生命希冀。老太太"一只眼睛瞅着坟墓，另一只眼睛却总在聪明人写的书本中寻觅新生活的曙光"。幸福在劳动中，在良好的教养中，在自由的生命中。《三姐妹》中开明的中校军官维尔希宁说，"如果热爱劳动再加上教养，如果有教养再加上热爱劳动那就好了"，因为这是幸福生活的基础。剧中人的生存不适一次又一次地告诉读者，自由是幸福的保证，它的真正敌人是自我，心灵的自由是没有人可以夺走的，也是没有人可以给予的。知识分子一辈子所追求的爱情、婚姻、事业、幸福，最终都指向自由这一终极意义。

《万尼亚舅舅》和《三姐妹》这两部关于生命存在思考的新剧作，用剧中人的话来说，是"关于应该如何生活的书，供我们后人学习的书"。

第七节

剧作《樱桃园》：关于昨天、今天和明天的哲思

《樱桃园》是契诃夫戏剧的顶峰之作，被文学史家称作他“最伟大的剧作”[1]。它最大限度地展现了作家戏剧创作的一个重要特质：以“空间化”的艺术策略处理时间问题，即以固定的空间表达对人与历史关系认知的一种戏剧表达方式。从《海鸥》开始，契诃夫笔下的戏剧故事基本上都发生在相对固定狭小的空间中，如庄园、小镇、家庭等。剧中人生活、情感、精神状态变化的线性时间关系链条或被切断，或被遮蔽，今天与昨天之间并没有显在的线性关系，而是以同一个空间的时间并置的方式来呈现的，把昨天的历史和明天的希望镶嵌在今天的时间中。契诃夫在剧本中主要通过这样的空间化策略叙说人的心理体验和情感波澜，并从中揭示生存的不幸和存在的不适。

樱桃园是全剧不变的空间，樱桃园的买卖是剧作的中心事件，它贯穿四幕剧的始终。这一中心事件将原本处于线性的历史时间链条置于同一

1　В.И.Кулешев. *История русской литературы XIX века*. Изд. МГУ. М. 1997.С.611.

《樱桃园》基辅演出海报

空间中，作者把代表昨天、今天和明天的人物聚拢在一起，通过对他们生存状态和精神面貌的呈现来表达他对历史、现实、未来的思考。

这是一个樱桃园易主的戏剧故事。女贵族拉涅夫斯卡雅在经历了五年侨居国外的生活后，两手空空地从巴黎回到樱桃园故居，因债务缠身不得不接受庄园被拍卖的严酷现实。精明的商人罗伯兴建议她出租庄园土地用来建造别墅，以保持樱桃园所有权不落入他人之手还能大大获利，但遭到鼠目寸光的女贵族及其兄长加耶夫的断然拒绝。兄妹俩试图挽救他们珍惜的樱桃园，维持贵族家庭的尊严和体面，挽留曾经的美好，却始终停留在毫无意义的，连他们自己都无法相信的议论、设想中，毫无作为。庄园尽管已经入不敷出，拉涅夫斯卡雅却一如既往地大手大脚，弄得养女瓦丽雅不得不千方百计紧缩开支，以维持庄园的开销和家人的生活。数月后，樱桃园最终在拍卖会上落入罗伯兴手中。剧终，颓丧无奈的贵族一家人在樱桃树被砍伐的咔咔的声响中，相互道别，离开了樱桃园。

围绕着樱桃园，契诃夫把社会历史进程中的昨天、今天和明天三组时间及其代表人物组合在了一起，但剧作家不是简单地通过剧情故事讲述樱桃园的昨天、今天和明天，而是把代表昨天、今天、明天的各类人物镶嵌在樱桃园被拍卖的生活进程中。剧作讲述的是不同阶层、不同代际人的精神面貌和心理状态，我们从中不仅可以体会到历史文化转型时期人们惆怅、不安与希冀交织的复杂情感，还能隐隐约约感觉到一种似乎缥缈却又沉实的东西，那是剧作家关于昨天、今天与明天的哲思。剧作是契诃夫对贵族阶级日薄西山，正走向衰颓的“昨日”的生活和时代唱响的一首挽歌，是对资本主义兴起的“今日”生活现实表达的充满忧虑和不安的心声，还是一部渴想“明日”新生活的心曲。

剧作的这一主题是通过三类人物来表现的。

第一类是“昨日”的使者。其代表人物是女贵族拉涅夫斯卡雅和她的兄长加耶夫。他们吃喝玩乐、贪图享受，过着简单的无意识的荒唐、没落的寄生生活。在他们光鲜靓丽的外表下隐藏着极端空虚无聊的内心。拉涅夫斯卡雅长年在巴黎居住，挥霍无度、奢华放荡、随心所欲。她甚至把姑妈的一笔用来购买庄园的款项据为己有，供自己在巴黎挥霍。兄长加耶夫懒惰、愚蠢，衣来伸手、饭来张口，生活全靠老仆人菲尔斯服侍。他始终沉浸在游戏的人生中，台球成为他生命中最美好的记忆和最深切的怀念。兄妹俩由“樱桃园”的主人最终变成了它的弃儿，其生命暮年可悲的没落景象充分体现了俄罗斯“贵族之家”的衰败颓相。樱桃园被拍卖后，拉涅夫斯卡雅准备重返巴黎，回到旧情人的怀抱，继续她那荒唐、放荡的生活。她的兄长加耶夫告别了生活数十年的庄园，在银行找到了一份差使，要成为资本时代新的一员。

剧作中的老仆人菲尔斯是一个独特的人物形象，这个耄耋老者为历史的“昨日”做了极为精彩的注脚。他是加耶夫的贴身仆人，一种宁可不要自由，也要忠心耿耿地服侍老爷，把生命的一切献给贵族大人的历史图腾。他把废除农奴制称作不幸，把老爷与奴仆的和谐相处当作生活的理想，从而成为一个古老的生命存在。他生活在昨天，游走在梦幻呓语与历史往事之间，无法融入“今日”的生活。剧终时，慌乱出走的主人们已经完全忘却了这个忠诚的老奴仆。菲尔斯被贵族，也被历史彻底抛弃了，他注定会在一个空旷而又冷清的樱桃庄园中死去。樱桃园沦陷了，一种一成不变的、垂死的贵族生活样式就这样结束了。

第二类人物是“今日”现实生活的代表，商人罗伯兴，樱桃园的新主人。这个新时代资本的拥有者，因为赢得了庄园而兴奋喜悦、欢欣鼓舞。然而，这个“身穿白色坎肩，脚蹬黄色皮鞋，嘴里嚼着高级点心”的富有商人，在心灵深处，仍将自己看作一个地道的农民。这个昔日农奴的后代始终怀存着对昔日主子的感激，与生俱来的奴性让他自卑、猥琐。这充分暴露了“新时代主人”的主流身份与他实际的社会文化身份的分裂。在这种名不副实的身份扮演中，罗伯兴难以找到在生活中的位置。别看罗伯兴踌躇满志，但他始终心神不定。“看我罗伯兴怎么举起斧子砍伐樱桃园……我们要建造别墅楼，我们的子子孙孙将在这里看到新的生活”，就在他踌躇满志发出这一欢呼的同时，却也在为未来“难过的、不幸的生活”发愁。在买下了樱桃园之后，他为庄园所累，生活颠簸不定，甚至无法拥有自己正常的生活和向往的爱情。在契诃夫的眼中，建设未来美好、和谐的世界，罗伯兴是无能的。这个商人的全部身心和精神的聚焦点是在对利益的角逐上的。因为站在利益的墙头，他无法望高望远。他的胸怀只是一个口袋，金钱财富是他最简单、最明丽的语言。加上他原生态的愚昧、闭塞、精神贫瘠，没有文化来启蒙他的思想，他的生活注定是一种走了调的变奏曲。

对今日急剧变化的现实生活的慌乱无措还体现在庄园各色人等不正常的精神和心理状态中。拉涅夫斯卡雅的养女瓦丽雅勤勉节俭、朴实拘谨，却缺乏独立的人格和生命的激情。在樱桃园易主后，这个主管家中事务、爱情无着的姑娘只能另择庄园继续她苟且的生存。喜欢读书、有文化的庄园管家叶彼霍多夫无法找到生活的方向，对喧闹、乏味的生活感到绝望，他随身带着手枪，因为他实在不知道“究竟是活下去呢，还是开枪自杀更好”。女家庭教师夏尔洛塔是个孤女，失落感和身份归属的焦虑使她惶惶不可终日，她没有生活，没有亲人，孤独无助，只能懵懂地活在世间。“今日”充满了不确定性，还包含着人们犹豫、彷徨、出走、手足无措的茫然等时代的杂音。

斯坦尼斯拉夫斯基在《樱桃园》中饰演加耶夫

剧中的第三类人物是历史“明日”的代表，新生活的憧憬者和追求者。他们是拉涅夫斯卡雅的女儿安尼雅和曾经的家庭教师、寄居在庄园的“永远的大学生”特罗菲莫夫。他们的青春散发着与未来生活挨得更近的气息。安尼雅美丽善良、单纯真诚，为母亲的艰难处境深感不安，但对自己的未来充满了向往。在特罗菲莫夫的思想启蒙下，她看清了樱桃园的未来，懂得了人生的价值。她渴望充实自己，用自己诚实的劳动开始独立的新生活。在樱桃园被出卖，家人即将离去的时候，她安慰母亲说：“亲爱的妈妈，跟我一起走吧，我们要去建造一座新的花园，它会比这座花园更加富丽，你会看到它的，你会感受到它的美丽，而欢乐，那宁静的、深沉的欢乐会降临到你的心上，像夕阳照亮着黄昏，你会露出笑容来的。”特罗菲莫夫诚实正直、聪明自尊，有思想、有智慧，目光远大。他经历过生活的磨难，痛感民族的落后，承担着启蒙的使命，有着追求美好未来的巨大激情。“樱桃树粗老树皮发出的幽暗的光”令他不安，他无法容忍乏味、庸俗的现实生活。他说：“我们生活的目标和意义，在于摆脱一切渺小、虚幻的东西……前进！我们要奋不顾身地走向那颗闪闪发亮的星星，它闪耀在遥远的天际！前进！”然而，他却耽于幻想，停留于言辞。他深爱着安尼雅，却因为有着所谓“比爱情更崇高”的追求，只能在空泛的精神理想中寻找自我的情感安慰。他寄居在他人家中，却又端着文化人的架子，这一矛盾心态、身份归宿的错乱使他无所作为。离开了樱桃园的这两个青春男女能否找到安置自己灵魂的地方，

《樱桃园》中的一幕，1904年莫斯科剧院

成为真正的明日新生活的创造者，剧作家既抱有期待，也有所怀疑。

《樱桃园》中三类人物不同的生命走向表达了契诃夫对俄罗斯历史长河中的昨日、今日和明日的生命遐想，表达了历史转型时期生活的混沌和秩序的错乱。所有的剧中人都难以掩饰各自在生活面前的焦虑不安，他们的情感与心灵都没有确切的路径通向宁静。剧作家表达了一种印刻在人们心灵深处的忧伤和纠结，一种美好的诗情与和谐失落后的精神悲哀。与此同时，在这三类人物中，除了拉涅夫斯卡雅回归历史的原点，老菲尔斯被历史埋葬外，其他人都在无限的渺茫中产生着明天的希望。在这个樱桃园里，没有圣贤高人，也没有大奸大恶和宵小伪善，只有一种混混沌沌和一种不和谐的别扭。生活中的一切都脱离了常规，然而又似乎没有什么常规可言。作家是以一种调侃、揶揄、幽默、讽刺的笔法塑造这些剧中人的，他们无不被赋予了同样的喜剧色彩。契诃夫说，这是一部“好笑的，非常好笑的剧，起码从思想内容上是这样的”[1]。这正是剧作充满悲剧性的喜剧精神所在。

“樱桃园”是全剧的核心意象、整体性的隐喻。它既是美好、诗情与和谐的象征，也是昨日、今日和明日历史演进的文化载体。其历时性意蕴

1 https://litrekon.ru/analiz-proizvedenij/vishnyovyj-sad-chehov/.

在于，樱桃园的易主昭示了贵族阶级力量的衰颓及其寄生文化的没落，新兴资产阶级力量及其文化的崛起。这是一种不以人们意志为转移的时代演进、社会发展的历史铁律。樱桃园昨日的繁盛、美好，随着资本野蛮的入侵，正在被其强大的破坏性力量毁灭，变成一个正在逝去的幻梦，而它的明日只是一个不可知的模糊、朦胧的未来。剧作形而上的历史哲思在于，人类的“樱桃园”，这一美好与和谐、充满诗意的符号铭刻在了每一个剧中人，以及读者、观众的心中，它将穿越时空，和人类生命的苦难成为永远的历史存在。“昨天”并没有消失，不会随着时间的推移和人物的变迁而消亡，还会在“今天”和“明天”的文化中重现。今日必然取代昨日，而今日也必然会被明日取代。在历史转型中，在不同阶级、文化、世界观的碰撞、角逐中是没有失败者和胜利者可言的。在人类文明发展前行的时候，人要懂得珍惜、留住记忆，要多情、善感，对一切成为历史的事物的美好表达深沉的感谢。

契诃夫说：“夏日之后冬日将至，青春逝去便有老年的到来，幸福之后是不幸而至，或是相反；人不可能终生健康、快乐，他会遭遇各种失落，也无法逃避死亡，即使是亚历山大·马其顿[2]。人应有应对各种可能的准备，要像应对无法避免的死亡一样应对一切，无论这多么令人忧伤。要做的事情是竭尽所能完成自己的使命，如此而已，岂有他哉。”[3]

2　公元前4世纪古希腊历史上最出类拔萃的军事家和政治家。

3　https://litrekon.ru/analiz-proizvedenij/vishnyovyj-sad-chehov/.

第八节

契诃夫充满现代精神的诗学创新

在俄罗斯文学黄金世纪现实主义作家的队伍中，契诃夫无疑是最具现代精神的大师中的一个。他的创作既基于俄罗斯现实主义文学的优秀传统，又充满了创新性的现代意识。作家独特的文学言说成为讲述处于日常困境中人的精神和灵魂的一个光辉典范。

时代对于作家艺术风格的塑形作用是巨大的，同时一个民族在特定历史时期的社会思想和审美倾向又是通过风格最为突出、成就最为卓著的大师的创作来体现的。契诃夫独树一帜的创作风格不能不是时代文化特征的反映，同时他的创作也是考察时代艺术风格，洞悉社会文化趋向的历史之门。

19世纪晚期，俄罗斯社会经历了普遍而又深刻的精神危机，处在一个自身求变的动力场中。实证主义哲学被否弃，人类社会有规律可循，世界可以被认知的传统观念遭到极大的质疑。整个文化界弥漫着一种世纪末的危机意识，摆脱这一危机，恢复世界与人的和谐这一思想和文化任务摆在了每一个知识精英，特别是作家的面前。俄罗斯文学出现了从艺术观念到价值取向，从作家关切的基本命题到文学言说方式的现代转型。对人类社会、世界未来整体性认知的缺失，导致了长篇小说引领文学体裁的局面被打破，使得中小体裁的叙事文学迎来了从未有过的勃兴。新的历史文化语境催生出的文学求新、求变的新风颇有乱花迷眼之势。其标志是以“白银时代”象征主义为代表的现代主义文学的出现和以契诃夫、高尔基为代表的后陀思妥耶夫斯基时代现实主义文学的新变。

在观念形态上，契诃夫与陀思妥耶夫斯基、托尔斯泰是两代作家：陀氏和托翁是基督教浪漫主义时代的典型，契诃夫却是宗教理想失落后时代反思的代表。契诃夫不相信上帝，不相信永恒。他热爱生活，看重当下，相信人类生活的未来。生活中尽管充满了泥泞、庸俗，甚至残暴，未来在他的笔下尽管是朦胧、暧昧的，却都是被高度诗意化了的，寄托着他的生命向往和审美理想。小说《第六病室》里的受虐狂、最有思想的文化人格罗莫夫有句名言：“我爱生活，热烈地爱生活……我充满生活的渴望……”“美好的时代总要来的！新生活的黎明会放光，真理会胜利，那时候节日会来到我们街上的！”[1]剧作《樱桃园》中的特罗菲莫夫满腔激情地说：“我的心里永远充满着无法言喻的预感，我预感到幸福的临近……我已经能看到它了……”“新生活，你好！”[2]契诃夫以他小体裁的存在叙事承担起了对人和世界的思考以及对未来向往的先锋角色的塑造。他的中短篇小说是问题小说，不是答案小说。他的叙事从来不是寻找生活答案、提供结论的。他讲述的是生活中的人在无情的现实中被拖曳，人性的复杂灵敏、精神的伤痕累累、生存的悬空堕落，甚至不知所终。宗教理想失落后的一应命题在契诃夫的创作中都有不同程度的表现。

在文学的价值判断上，契诃夫有了一种此前从未有过的新的取向。他在创作中不再着意于人物阶级、社会属性以及明晰善恶准则下的是非臧否，他坚持小说和戏剧创作的一种新的价值伦理。在他看来，生活世界的多义性和模糊性，人生命的、人性的多面性才是现代生命伦理的终极真

1　[俄]契诃夫著：《外国中短篇小说藏本·契诃夫》，汝龙译，人民文学出版社，北京，2010年，第96、98页。

2　[俄]契诃夫著：《剧本五种》，童道明、童宁译，线装书局，北京，2014年，第319、344页。

理。他一改二元对立的书写方式，而以多元共存的形态表现人、人性和生命存在。现代小说的主要特征之一是反对过度明确的中心意义，摒弃创作主体观念对叙事的强制性介入。内在主旨的不确定性和含混性恰恰正是契诃夫小说、戏剧创作的重要特征。他作品的叙事单位不再像陀思妥耶夫斯基的小说那样是思想，也不像托尔斯泰的小说那样是人物典型，而是一个个平凡的个体，一个个无法解释清楚、充满不确定性的人。因了这种不确定性，他笔下的人都有点奇怪、有点荒唐、有点非理性。果戈理和陀思妥耶夫斯基笔下的人物也是荒诞的，但在荒诞的背后有作家明确的思想支撑，而在契诃夫的笔下，犹如批评家所言，“偶遇的文学边缘成了叙事的中心：人‘躲进了’细节中”[1]，他的人物呈现出一种“超现实主义胚胎”[2]的样貌。

在现代小说和戏剧创作中，作家多是“隐身”的，读者只闻其声，不见其人，文学叙事由此获得了一种置身事外的立场，创作主体的立场从而有了一个具有本质意义的“不介入”的突破。契诃夫的思想、情感、立场的隐蔽性、含混性、复杂性，以及与此有关的作品结局的开放性，既给小说批评家的认知带来了困惑，也让表演、导演艺术家在理解、把握剧本的精神上产生了巨大的困难，然而却给读者的创造性阅读提供了巨大的想象空间。作家不再指点江山、规训道德。契诃夫说：“我害怕那些试图在我的字里行间寻找倾向性并非要看出我是自由主义者或保守主义者的人。我既不是自由主义者，也不是保守主义者，既不是渐进主义者，也不是僧人、冷漠主义者。我只想成为一个自由的艺术家。”[3] 那些没有始末、起伏，毫无波澜的日常生活流中的人和事仅仅唤起读者的思考，几乎响彻在其每一部作品中的人道主义的呼唤，“不能再这样生活下去了”“要彻底改变生活”的话语成了作家讲述故事的思想要义，也成为他的小说和戏剧审美意蕴的生长点。

反思性和批判性是审美现代性的基本属性。契诃夫是从日常生活中人的言行、情感、生活态度、价值观上实现他对人的灵魂的反思、检视的。他对人灵魂的拷问，不同于托翁和陀氏，他不是法官和教父。他的批判手

1 П. Вайль, А. Генис. *Все в саду.* Сб. «Родная речь». М., 1991. С. 182.

2 https://pandia.ru/text/77/320/44052.php.

3 Вячеслав Пьецух. *Русская тема.* Глобулус. М. 2008. С.275.

4 沈从文著:《废邮存底》,《沈从文全集》，第 17 卷，北岳文艺出版社，太原，2002 年，第 186 页。

段与一般的那种国民性批判和人性批判是有区别的。他采用的是一种非对抗性的批判，是“和解”的方式，他作品中的巨大的哀伤和悲悯是以幽默、调侃、嘲笑的方式来呈现的。在契诃夫看来，这种批判和反思与读者的距离才是最近的。无独有偶，作家沈从文在他的一篇名为《废邮存底》的散文中说：“神圣伟大的悲哀不一定有一摊血一把眼泪，一个聪明的作家写人类痛苦是用微笑来表现的。”[4]

凡此种种，契诃夫文学创作的现代精神决定了他的文学创新既是解构性的，同时又是建构性的。我这里强调的契诃夫的诗学创新，并非作家在整体的和体系性的艺术理论上的新知新见，而是决定契诃夫文学艺术风格的叙事对象、表达意念、言说方式这三个层面的审美创新。

首先，叙事对象的创新。在契诃夫的笔下，作为小说叙事基本组元的“故事”由宏大的事件化作了日常生活中的琐细事情。在他的笔下，一个个凡人、一件件小事缓缓地流泻而出，他一篇接一篇地重复这些生活细节，将它们贯穿起来，互为补充、相互映照，从而呈现出一种整体性的、全社会的、全人类的，谁也无法逃避的生存环境。2013年诺贝尔文学奖得主、被誉为“当代契诃夫”的加拿大女作家爱丽丝·门罗说，他的“小说不像一条道路，它更像一座房子。你走进里面，待一小会儿，这边走走，那边转转，观察房间和走廊间的关联，然后再望向窗外看看，从这个角度看，外面的世界发生了什么变化”[5]。契诃夫非凡的眼光与高度在于，在看似不经意地描写人物的走走看看的过程中揭示他们情感的、心灵的、灵魂的、存在的困境。他的小说言近旨远，大义微言：一个画面捕捉一种智慧，一个瞬间揭示一种思想。他虽然写的是凡人小事、日常的行为和情感，内在视域上却保持了陀氏和托翁宏大叙事所具有的共时性、存在性、哲理性。

其次，表达意念的创新。在小说和戏剧的艺术理念上，契诃夫更接近象征主义，尽管他与俄罗斯象征主义文学的宗教神秘主义大相径庭。他在审美意蕴的表达上尤其重视象征意象的作用。象征意象是他作品中非常重要的现实符码，表面上看，它们都是实实在在的日常生活情景。然而，它

5　张磊著：《新世纪的众声喧哗：当代英语女性小说十五家（2000—2012）》，北京联合出版公司，北京，2012年，第141—142页。

们却是他作品脍炙人口的“潜文本”的重要载体，是诱导读者想象的重要手段，极大地补充、延伸、拓展了言说内容，蕴藏着无比丰盈、深邃的思想内容。整体性的或局部性的象征意象几乎弥漫于契诃夫的每一部作品中。比如，贯穿作品始终的“醋栗”“草原”“跳来跳去的女人”“第六病室”“海鸥”“莫斯科”“樱桃园”这样的整体意象。它们驾驭着整部作品，将似嫌散乱的日常生活叙事凝聚起来，以表达生存中被压抑的煎熬、绝望和希望。又有以人物肖像或话语细节呈现的局部意象，如《套中人》中别里科夫的雨伞、墨镜、竖起的衣领、希腊语，《樱桃园》中加耶夫口口声声念叨的“台球”等。它们在凸显人物的精神状态、心理面貌、精神品格方面起着十分重要的作用。在这些象征意象的背后都隐藏着深刻的隐喻，作家将自己对生活、生命的认知溶解其中，将两个世界联结了起来：个人的、日常的、独特的生活世界与普遍的、宇宙的、永恒的生命存在的世界。契诃夫的意象书写突破了主宰黄金世纪文学书写的启蒙语式，创造了他的“意象主义”的写作语式。

最后，是言说方式的创新。契诃夫采用的是一种高度客观、冷静、简约、内敛的叙事方式。他追求客观化的写作，旨在为读者提供一个个能让读者独立自由思考和想象的文本。无论大事、小事，急事还是不急的事，他的叙事节奏一样地平缓、流畅，不慌不忙。这一叙事风格是他对人进行情感的和文化的疗伤，表达朴素人文关怀的一种言说方式所需要的，它能让读者在他流畅通晓的话语中体悟到一种生活真味、人性真情。要以一种现代思维来理解契诃夫简约、洗练的文笔，如果把它仅仅理解为一种文字技巧，那就失之偏颇了。因为这恰恰是他试图让文学摆脱政治、伦理的强大束缚，让文学书写变得越来越纯粹和真实的结果。对于一个朴素的现实主义作家契诃夫来说，感受与情怀的表达，而非现实生活的再现是更重要的层面。显然，他对生活现实的“还原”，既非典型环境中的典型人物，也区别于现代主义的完全虚构。他通过观察与想象的合力，将一种感受和情怀艺术化地还原成了现实，而不是真实地再现现实。于是夸张、变形、漫画式的书写便成了他表达思想的重要手段。

契诃夫在审美理念上的这些创新充分表明，他在创作中运用了现代主义叙事的元素，为现实主义文学的书写提供了一种新的表意形式，从而改变了黄金世纪俄罗斯文学的现实主义走向。

后　记

从 2020 年 5 月到 2021 年 5 月，历时一年，我为三联中读开设的 57 讲音频课《俄罗斯文学的黄金世纪》全部讲完了。应三联中读和三联书店之约，基于讲座内容的纸质版图书也即将问世。由一种“不快不慢”的“中读”转换成图书的重新阅读和更深阅读，是有独特意义的。课与书的合力能使听众和读者对俄罗斯文学黄金世纪经典的阅读获得更坚实的理解、认知，使他们与主讲人有更具体、密切、深入的思想对话和心灵碰撞。对于更喜欢读书，而不是听书的人来说，书是更直接地打开文本、强化思考、深化认知、提升思想的方式，对于讲者和著者，也是进一步精炼、充盈和完善自我的过程。

与三联书店，这个有着九十年悠久历史的出版社相遇、相知、合作，心中自然是非常高兴的。我们结缘于一个偶然的机会。2019 年年末，应编者和译者之邀，我为三联书店出版的“三联精选·经典新读”系列，莱蒙托夫的长篇小说《当代英雄》和屠格涅夫的《父与子》写了两篇导读，力图对既有的认知和阐释有所挑战，写出点新意，让俄罗斯文学经典更多更好地走进中国读者，特别是年轻读者的阅读视野。承蒙出版社编辑的认可、喜欢，把拙文推荐给了“中读”，录成了音频，给了我进一步表达的机会。接着便有了我与“中读”合作的高潮——《俄罗斯文学的黄金世纪》音频课的问世，还有“中读”平台、出版社相携成趣的另一个高潮——《俄罗斯文学的黄金世纪》图书的出版。

我想，没有一个教师和作者不渴望在一个闻名遐迩的新媒体平台和权威的出版社一展身手的。大学讲堂毕竟受众有限，听众对课程内容和授课效果的反馈也远不如新媒体来得快捷、真切。对于我，这一合作还有另一重“开创性”的意义：这是我第一次与新媒体、出版社“三合一”的联姻，现代和传统媒介共同为我提供了一个将自己在俄罗斯文学教学和研究领域的成果，个人的认知、领悟、发现进行宣讲和传播的新阵地，因此有了一点站在现代知识传播“制高点”的感觉。

在同行眼里，对于一个在高校从事俄罗斯文学教学和研究四十年的教师来说，“俄罗斯文学的黄金世纪”本应是一个驾轻就熟、信手拈来的课题，用不着再翻山越岭便能纵览这一文学的整体面貌和各种细节。但是，说不清是因为讲多了少了新鲜感，还是大学教师固有的课堂形态的授课范式让我感到厌烦，所以，我想反抗文学历史讲授和原著研读的传统与经典模式，反抗自己过于熟悉的讲课路数，实现从内容的创新到语言的优化。接下音频合同之后，我自己对《俄罗斯文学的黄金世纪》音频课的录制产生了强烈的创新诉求，一种力图对经典做出新解，有新的“痛点”和“亮点”，有新的思想发现和艺术发现的冲动感。“制高点”似乎给了我飞翔的动力，长期积累的教学和研究成果为我提供了强有力的学术支持。不过，我仍然不敢怠慢，秉承的是忠于原著、回归文本、强调细读的精神。对学术概念的厌恶，对阅读经验的重视是我阅读经典、阐释经典、进行文学批评的初心。如何摒弃孤冷高傲的学院姿态，以一个专业读者的身份与听众和读者进行对话，我努力把每一章节变成立足于文本的思想和形式的分析，有中国学者观点的阅读、批评实践。这些努力使我在写作和讲课的时候，在解析作品、分析问题、追问意义的时候，不会把思考局限在俄罗斯文学的“自我”框架内，而是会把它放在更广阔的欧洲文学、中国文学的视野中，同时有意识地强化对文学性、可读性的学术追求。于是，便有了听众所说的“这门课程缓解了我对俄罗斯文学大部头的胆怯惶恐之情，我觉得非常值得，也很难得”，“课程不仅开阔了视野，也让我仿佛与俄罗斯几位大作家的精神相遇了一般，充实又难忘”的感受，有了“文学著作也是有门槛的，它们并不仅仅是一个个故事，它们是人性的描写、历史的讲述、人生的哲思”，“莱蒙托夫发掘了人的生命中的暧昧与悲壮，寻找与反抗同在的矛盾纠葛，实现了其对人性和灵魂复杂性的揭示”这样的感悟，还有了“张老师把俄罗斯文学讲透了，非常渊博”，“张教授的语言极富感染力”，“好美的文笔”这样的溢美之词。我的努力和追求在音频课的反馈中得到了回报，更为开心的是，我所执着的通俗性和学术性、思想性和文学性同在的期许赢得了听众和读者的认可，实现了与他们在思想和情感上的共鸣。

黄金世纪俄罗斯文学的影响在某种意义上已经超出了文学范畴，成为俄罗斯文化精神的象征和富有永恒生命力的民族文化符号。在我的心里，俄罗斯文学已经成为一种殿堂般的存在，这里经典如林、大师如海。俄罗斯作家对他们自己的文学有一种独特的思考和认知。纳博科夫说：“可以毫不夸张地说，所有 19 世纪的俄国作家都经历了奇怪的双重炼狱。”[1] 一股是来自政府的，当权者警惕文学家发出与政府声音不和谐的音符，用各种审查制度来制约文学的发展。另一股是来自反政府的，有着公民意识的思想家、政治家。他们有一种强大的关心社会公益的责任感，关心人民福祉，要改善底层百姓的生活和国家的政治制度。沙皇政府要求文学家成为国家的仆人，而激进的政治家则要求作家成为民众的仆人。于是社会认知便成了俄罗斯文学的重要内容和批评家与读者的一种共识，社会批判成为俄罗斯文学一个重要的思想面向。与此同时，高举人道主义大旗，呼唤信仰与爱的力量，重建被社会和人类自身毁灭的精神家园，为人性的沉沦、道德的蜕化、精神的堕落而忏悔、赎罪，坚持对人性和生命存在意义和价值的追求，坚持对人类生命存在的终极关怀，是俄罗斯文学另一个重要的思想面向，并成为俄罗斯作家在生命实践和创作实践中践行的“向死而生”伟大精神的内在动因。在不同的历史时期和阶段，在不同作家的创作中，这两种精神面向有着不同的表现形态和表达方式。而它们正是我在书写《俄罗斯文学的黄金世纪》时所遵循的两个基本思想取向。

对于我，俄罗斯文学永远是新的，是因为时代和世界总在发生变化，是因为阅读、阐释、研究文学经典的方法论、价值观总在发生变化，是因为我们生活的环境和现实总在发生变化，还因为阅读者自己的审美趣

1 ［美］弗拉基米尔·纳博科夫著，《俄罗斯文学讲稿》，申慧辉等译，上海译文出版社，上海，2018 年，第 10 页。

味、看问题的视角、思维方式和价值判断也都在发生变化。一个国家的文学其实就是一本大书，每个作家都是其中的章节，每个作家都在书写属于他自己的那部分。他们或灵动典雅，或幽默风趣，或大气磅礴，或委婉简约。如果单独分出来，每个人都有一个个故事，每个故事又都是一部部小说、一幕幕戏剧、一首首诗歌。更为重要的是，拿起这本书时，我们不仅是读者，还是作者，因为我们不仅阅读接受，更要发现和创造。从前一直以为，阅读、讲授、研究外国文学也是一种“戴着镣铐的跳舞”，毕竟要说的、要写的，大都已经被前人讲过、写过，要想超越很难。重新讲了一遍《俄罗斯文学的黄金世纪》之后，又有了一种新的领悟，阅读、思考、讲解、写作的过程更是一个重新认知历史、现实和回归自我的过程，让文学中的虚构与真实获得彼此的方向感和确定性，让阅读者和阐释者的自我认知不断丰满、深化，在重塑世界观的同时，拓宽生命的维度，重建自我的生命方向和人生目标。阅读文学倘若不与我们存在的土壤，不与我们当下的思考，不与我们自己的生活和生命发生关联，这样的阅读意义是很有限的。